Maggie Hall

SOCIETY

Die Karte des Schicksals

DIE AUTORIN

Maggie Hall widmet sich ihrem Faible für ferne Länder und außergewöhnliche Abenteuer, sooft sie kann. Sie hat schon mit Tigerbabys in Thailand gespielt, in Italien gelernt, Pasta zu machen, und ist im Zug durch Indien gereist. Wenn sie nicht gerade quer durch die Welt unterwegs ist, lebt sie mit ihrem Mann und ihren Katzen in Albuquerque, schaut Football, zeichnet und schreibt in ihrem Blog über Jugendbücher.

Von Maggie Hall ist bei cbj erschienen:

SOCIETY – Der Kreis der Zwölf
(Bd. 1; 31094)

Mehr über cbj auf Instagram unter
@hey_reader

Maggie Hall

SOCIETY

Die Karte des Schicksals

Aus dem Amerikanischen
von Doris Attwood

cbt

Für Dahlia.
Ich bedaure all jene, die sich ohne dich durch die Verlagswelt – und das Leben – schlagen müssen. Zu meinem großen Glück muss ich das nicht.
Und für Sofia,
danke, dass du dir mit mir den Kopf zerbrichst und am Ende mit wertvollen Ratschlägen und Wein alles wieder in Ordnung bringst.

MIX
Papier aus verantwortungsvollen Quellen
FSC® C014496

Verlagsgruppe Random House FSC® N001967

1. Auflage 2020
Erstmals als cbt Taschenbuch März 2020

Die Originalausgabe erschien 2016 unter dem Titel »Map of Fates«
bei G. P. Putnam's Sons, einem Verlag der Penguin Random House, New York

Übersetzung: Doris Attwood
Umschlaggestaltung: Suse Kopp, Hamburg
unter Verwendung der Abbildungen von© iStockphoto (MicrovOne, airrazab);
© GettyImages (lambada; 4x6; BJI); © plainpicture (goZooma/Antonina Gern)
MP · Herstellung: AS
Satz: KompetenzCenter, Mönchengladbach
Druck: GGP Media GmbH, Pößneck
ISBN 978-3-570-31095-3
Printed in Germany

www.cbj-verlag.de

KAPITEL 1

TOURISTEN STRÖMTEN DIE steile Treppe zur Basilika Sacré-Cœur hinauf, deren Umrisse an eine Hochzeitstorte erinnerten. Ich presste mich gegen das Geländer, um ihnen aus dem Weg zu gehen. »Bist du sicher, dass wir ihn *hier* treffen sollen?«

»Auf dem ersten Treppenabsatz westlich des Karussells«, antwortete Jack. »Das ist hier.«

Fröhliche Akkordeonmusik ertönte ganz in der Nähe und ich kam mir vor wie in einem alten Charlie-Chaplin-Film.

»Er kommt zu spät«, sagte ich.

»Du kannst von Kriminellen keine geregelten Arbeitszeiten erwarten.« Jack setzte sich auf die niedrige Mauer, die den Treppenabsatz säumte. Ich ging ungeduldig vor ihm auf und ab und suchte die Gesichter nach jenem korpulenten

Mann ab, dem wir vor einer Woche unsere Fotos gegeben hatten, konnte ihn in der üblichen Menschenmenge am Sonntagnachmittag jedoch nirgends entdecken.

Das Akkordeon auf der einige Meter entfernten Terrasse verstummte und zaghafter Applaus ertönte. Hier konnte man zu praktisch jeder Tageszeit Straßenkünstler bestaunen, die mit den unterschiedlichsten Instrumenten musizierten, völlig übertriebene Pantomimen-Shows zum Besten gaben oder Porträts von Touristen zeichneten. Das Viertel hatte sich zu einem Hafen für Schriftsteller und Künstler entwickelt, seit sich zu Beginn des 19. Jahrhunderts die ersten Einwanderer hier angesiedelt hatten. Der Montmartre hatte schon Hemingway, Picasso und F. Scott Fitzgerald ein Zuhause geboten.

So wie jetzt auch uns.

Es war inzwischen zwei Wochen her, seit Jack und ich von der Hochzeit geflohen waren, bei der ich Luc Dauphin hätte heiraten sollen, woraufhin der Orden meine Mutter entführt und meinen Freund und Jacks Mentor, Mr Emerson, getötet hatte. Insgesamt also ein eher nicht so toller Tag.

Vor zwei Wochen endete auch unsere Jagd durch halb Europa, nach der uns nur das Armband geblieben war, das ich nun Tag und Nacht am Handgelenk trug, selbst wenn ich schlief. Ich hob den Arm und es erglänzte schwach in der Nachmittagssonne. Das breite Band aus mattem Gold hatte einst Napoleon Bonaparte gehört und war Teil einer Reihe von Hinweisen, die er hinterlassen hatte und die zum Grab von Alexander dem Großen führten.

Das Grab bzw. die Waffe gegen den Orden, die sich

angeblich darin befand, war unser einziges Druckmittel, mit dem wir die Freilassung meiner Mom erreichen könnten. Der Orden würde alles dafür tun, damit diese Waffe nicht dem *Kreis* in die Hände fiel. Ein Teil der Inschrift auf dem Armband – *Mein Zwilling und ich* – deutete darauf hin, dass es noch ein weiteres identisches Schmuckstück gab. Um das Grab zu finden, mussten wir also erst noch das andere Armband finden.

Wir verkrochen uns nun schon seit zwei qualvollen Wochen in einer winzigen Wohnung am Montmartre und verbrachten unsere Tage damit, verschiedene Museen in ganz Paris und das Internet nach dem Zwilling des Armbands zu durchforsten.

Zwei Wochen, in denen mein Herz jedes Mal zu rasen begann, wenn das Telefon klingelte, weil ich Angst hatte, dass der Orden anrief und uns mitteilte, dass sie meine Mutter getötet hatten, weil wir nicht schnell genug gewesen waren. Ich hoffte jedoch, dass sie nichts dergleichen tun würden, solange wir noch aktiv suchten – warum sollten sie schließlich grundlos ihr eigenes Pfand aufgeben? Jack fürchtete hingegen, dass sie es vielleicht einfach aus einer Laune heraus tun und anschließend auch mich töten oder entführen würden. Für den Orden wäre dies nicht unbedingt die schlechtere Option, denn dann könnte *niemand* mehr Alexanders Grab finden.

Zumindest arbeitete der Orden bereits daran, dass der Kreis es nicht fand. Anfangs hatten ihre Attentate noch willkürlich gewirkt: ein saudi-arabisches Mitglied des Kreises. Liam Blackstone, ein amerikanischer Schauspieler. Dann ein Angriff auf die Familie Dauphin, bei dem einer der ungeborenen Zwillinge von Madame Dauphin gestorben war. In Wahrheit waren sie jedoch niemals willkürlich gewesen. Das Zwillingsmädchen wäre das erste Mädchen des Kreises mit violetten Augen gewesen – abgesehen von mir. Die restlichen Attentate zielten auf Söhne ab, die möglicherweise der Eine waren, um zu verhindern, dass sie mich heiraten und damit das Mandat erfüllen könnten, wodurch angeblich der Weg zum Grab enthüllt werden würde.

Seit zwei Wochen blickte ich deshalb ständig über meine Schulter und schaute mich nach dem Orden *und* dem Kreis um, der mich immer noch für sich allein wollte und Jack nach wie vor für einen Verräter hielt.

Ich rieb mir die Augen und ließ meinen Blick über die Menschenmenge schweifen. Genau wie der Rest von Paris gelang dem Montmartre der Spagat zwischen schmuddeliger Großstadt und märchenhafter Kulisse perfekt. Am Fuß der Treppe stand ein Wohnhaus, das an jedem anderen Ort als *Schloss* bezeichnet worden wäre. Es verfügte über breite gusseiserne Balkone und Türmchen aus dunklem Stein, die in krassem Kontrast zu den schmutzigen Souvenirläden im Erdgeschoss standen, in denen Postkarten, Schals und falsche Sonnenbrillen von Dior angeboten wurden, genau wie meine echte mit den riesigen Gläsern, die ich zur Tarnung trug.

Dieses Viertel war der höchste Punkt von Paris. Anfangs hatte ich eine gute halbe Stunde damit zugebracht, Notre-Dame zu suchen. Inzwischen entdeckte ich die Kathedrale auf Anhieb, obwohl ihre Zwillingstürme zwischen all den anderen cremefarbenen und grauen Gebäuden kaum zu erkennen waren.

»Du hast auch nichts gesehen, als du die Lage ausgekundschaftet hast, oder?«, fragte ich.

Jack schüttelte den Kopf.

Ich wusste, dass er wirklich gut darin war, für unsere Sicherheit zu sorgen. Trotzdem konnte ich einfach nicht aus meiner Haut und blieb übervorsichtig. Wir gingen nie ohne Sonnenbrille und Mütze vor die Tür und versuchten, uns von Orten wie Metrostationen fernzuhalten, an denen es Überwachungskameras gab. »Ich befürchte einfach die ganze Zeit, dass uns irgendjemand finden wird.«

Jack wiegte sich, die Hände auf das Geländer gestützt, vor und zurück, und das Kompass-Tattoo an seinem Unterarm spannte sich. »Ich weiß. Aber sie glauben wahrscheinlich, dass wir mittlerweile längst am anderen Ende der Welt sind, Dim Sum in Shanghai essen oder in Brasilien am Strand liegen. Wir wären schließlich nicht so dumm, praktisch direkt vor der Haustür der Dauphins herumzulungern, richtig?«

Das stimmte zwar, aber genau das war auch unser Problem – und der Grund, warum wir nun hier warteten. Wir hatten inzwischen wirklich ganz Paris durchsucht und seit dieser Woche schlichtweg nichts mehr zu tun, zum denkbar ungünstigsten Zeitpunkt.

Narbengesicht, einer der Handlanger des Ordens, rief alle paar Tage an, um sich nach unseren Fortschritten zu erkundigen. Gestern hatte er jedoch zum ersten Mal angespannt geklungen. Der Kommandant, sein Boss, wurde langsam nervös. Er meinte, sie hätten uns bereits zwei Wochen Zeit gegeben, um den Hinweisen zu folgen, und fand, zwei weitere sollten ausreichen.

Uns blieben also nur noch 14 Tage, um ihnen das Grab von Alexander dem Großen zu liefern, mehr nicht. *14 Tage*, um etwas zu entdecken, wonach Archäologen und Schatzsucher seit Jahrhunderten ohne Erfolg suchten. Und wenn wir es nicht fanden, würden sie meine Mutter töten.

Nur noch 14 Tage.

Wir mussten weg aus Paris. Wir mussten herausfinden, wo Napoleon das Zwillingsarmband möglicherweise versteckt haben könnte, und dort danach suchen. Museen, Kunstsammlungen, historische Stätten … Es konnte überall auf der Welt sein.

Das Problem war nur, dass ich keinen Reisepass besaß und Jacks überwacht wurde – und sofern man nicht an Bord eines vom Kreis gecharterten Privatjets saß, benötigte man nun mal einen Pass, um das Land zu verlassen. Normalerweise half der Kreis Jack mit allem, was er brauchte, aber diesmal waren wir auf uns gestellt. Nach kurzer Recherche hatten wir direkt in unserer Nachbarschaft einen zwielichtigen Typen aufgespürt, der mit falschen Papieren handelte.

Von der Treppe ging eine schmale mit Cafés gesäumte Straße ab, aus denen sich wacklige Tische über die Pflastersteine ergossen. Dazwischen entdeckte ich endlich das bekannte Gesicht eines untersetzten Typen in fleckigem grauen T-Shirt und Kakihose.

Jack hüpfte von der Mauer und klopfte den Staub aus seiner dunklen Jeans. »Da ist er.«

Ich zog mir den Hut mit der breiten Krempe tiefer ins Gesicht. Wir stiegen die Stufen hinunter und gingen auf eine Bank in der Nähe des Karussells zu. Die Musik erstarb, und ein Haufen Kinder stieg ab, während die nächsten hinaufstürmten.

»Hast du sie?«, fragte Jack.

Der Mann keuchte und strich sich das fettige rote Haar aus dem Gesicht. »Es dauert länger als erwartet«, antwortete er mit starkem französischen Akzent auf Englisch. »Komplikationen.«

»Du hast gesagt, wir kriegen sie diese Woche«, erwiderte ich mit lauter werdender Stimme. »Wie lange noch?«

»Noch eine Woche.« Er wischte sich die Nase ab. »Vielleicht auch zwei.«

Ich biss wütend die Zähne zusammen. Hinter Jacks Schulter war der Akkordeonspieler von einer Opernsängerin abgelöst worden.

»Das ist zu lange«, erwiderte ich. »Geht das nicht schneller? Wir bezahlen auch mehr.« Ich versuchte genervt zu klingen, aber meine Stimme schwankte irgendwo zwischen niedergeschlagen und panisch.

»*Non*«, antwortete er. »Das ist unmöglich.«

Am liebsten hätte ich laut geflucht, mit irgendetwas um mich geworfen und losgeheult, aber stattdessen sagte ich nur: »Dann vergiss es.« Wir ließen ihn stehen und stiegen die unzähligen Stufen zu den Hügeln des Montmartre hinauf, ich immer zwei auf einmal nehmend. Eigentlich hatte ich so etwas beinahe erwartet – es wäre auch zu einfach gewesen.

»Hey«, sagte Jack und schloss zu mir auf. »Es wird alles gut, okay? Uns fällt schon irgendwas ein.«

Ich nickte stumm, ging aber nicht langsamer. Ich konnte spüren, dass er mich beobachtete. Uns bot sich noch eine andere Möglichkeit, um durch Europa reisen zu können, und Jack hatte keinen Hehl daraus gemacht, dass er sie für die beste Option hielt.

Die Saxons konnten uns helfen. Meine neu gefundene Familie.

Auch sie hatten wir seit zwei Wochen nicht mehr gesehen. Trotzdem ließen mich die Gedanken an meinen Vater nicht los – und die Vorstellung, dass ich einen Bruder und eine Schwester hatte, von denen ich bis vor Kurzem gar nichts wusste. Es war ganz sicher nicht so, dass ich sie *nicht* kennenlernen oder ihnen die Chance geben *wollte*, uns zu helfen. Aber es stand einfach zu viel auf dem Spiel, um irgendein Risiko einzugehen. Konnte ich diesen Fremden wirklich vertrauen, wenn das Leben meiner Mutter am seidenen Faden hing?

Am obersten Treppenabsatz bremste Jack mich aus und nahm seine Sonnenbrille ab. Ich spannte mich unwillkürlich an. Im Moment war ich einfach nicht bereit für diese Diskussion. Aber er sagte nur: »Es muss noch andere Kriminelle in dieser Stadt geben, die uns kurzfristig falsche Pässe besorgen können. Wir ziehen einfach durch sämtliche schäbigen Kneipen, bis wir einen von ihnen finden, in Ordnung?«

Ein verzweifeltes Lachen entwich meiner Kehle, aber ich nickte und entspannte mich tatsächlich ein wenig. Vielleicht gab es ja wirklich noch eine andere Möglichkeit. Er nahm meine Hand und strich mit dem Daumen über meine Handfläche. Gänsehaut breitete sich auf meinen Armen aus, wie immer, wenn er mich so berührte.

Jack bemerkte es und ließ meine Hand so abrupt los,

dass sie an meiner Seite herunterfiel. Er setzte die Sonnenbrille wieder auf und wandte sich von der Treppe ab und einer kleinen Gasse zu. »Wir sollten auf dem Heimweg im Laden vorbeigehen. Wir haben keinen Kaffee mehr.«

Ich rieb mir die Arme, um die Gänsehaut zu vertreiben, und folgte ihm. Ich durfte nicht so empfinden.

Trotz allem, was passiert war, waren Jack und ich nicht zusammen. Wir waren kein Paar. Ganz sicher nicht.

Wir hatten gleich am Anfang darüber gesprochen. Es hätte uns einfach zu sehr abgelenkt. Er wollte mich nicht in eine unangenehme Lage bringen. Ganz gleich, was wir füreinander empfanden, es war am besten, unsere Beziehung auf Eis zu legen, bis es nicht mehr um Leben oder Tod ging.

Da waren wir absolut einer Meinung. Außerdem war es schon schlimm genug, dass er mir dabei half, mich vor den Saxons zu verstecken. Wenn sie auch noch herausgefunden hätten, dass irgendetwas zwischen uns lief …

Sicher, hin und wieder passierten uns kleine Ausrutscher. Erst letzte Woche, zum Beispiel. Wir saßen auf der Couch und wälzten Geschichtsbücher über Napoleon. Plötzlich dachten wir, in einem Museum in Österreich etwas entdeckt zu haben. Ohne nachzudenken, küsste ich ihn – und er erwiderte den Kuss, als hätte er sich in seinem ganzen Leben noch nie etwas sehnlicher gewünscht. Was die ganze Sache ein paar Minuten später natürlich nur umso peinlicher machte – er löste sich so abrupt von mir, als hätte er gerade ein furchtbares Verbrechen begangen. Am Ende war dann auch noch die Spur zu dem Museum in Österreich eine Sackgasse.

Jedenfalls waren Jack und ich nur noch Freunde. Kumpel.

Zwei Leute, die zusammen wohnten und in ihrer winzigen Wohnung im selben *Zimmer* schliefen – aber in getrennten Betten. Zwei Leute, die wirklich zu vergessen versuchten, wie es sich anfühlte, mit dem Kopf auf der Brust des anderen aufzuwachen.

Aber vielleicht ging das auch nur mir so.

Ich schaute ihn an. Die kräftigen Augenbrauen wie Sturmwolken über seinen grauen Augen. Der eckige Kiefer. Die Strickmütze, die sein dunkles Haar verbarg.

Wir waren die perfekte Definition von: *Es ist kompliziert.*

»Ja.« Ich schob auch meine Sonnenbrille wieder nach oben. »Kaffee. Und einen neuen Pariser Urkundenfälscher. Alles wird gut.«

Wir hatten die Wohnung beinahe erreicht, als mein Handy klingelte. Aus dem Augenwinkel nahm ich wahr, wie Jack seufzte.

Hinter uns lagen auch zwei Wochen mit Stellan. Obwohl er auf der anderen Seite von Paris war, bei den Dauphins, schien es, als lebe er mit uns in unserer kleinen Wohnung, seit wir herausgefunden hatten, dass er der verlorenen dreizehnten Blutlinie des Kreises der Zwölf angehörte. Außerdem war er *der Eine*, auch wenn dies außer uns niemand wusste. Er war der Erbe von Alexander dem Großen – und derjenige, den ich laut des uralten Mandats des Kreises heiraten musste, um Alexanders Grab finden zu können, auch wenn ich diesen Teil natürlich nicht eine Sekunde lang glaubte.

Ich nahm den Anruf entgegen. »Brauchst du irgendwas?«

»Ich hab mich nur gefragt, was ihr heute so treibt«, antwortete Stellan betont lässig. Eine Autohupe ertönte ein

Stück entfernt von uns im selben Moment wie eine Hupe am anderen Ende der Leitung. Ich konnte mir lebhaft vorstellen, wie Stellan sich in der Nähe des Louvre zwischen kleinen schwarzen Vespas hindurchschlängelte und irgendetwas für die Dauphins erledigte.

»Nichts Besonderes«, antwortete ich. Jack und ich blieben an der Bordsteinkante stehen, als ein roter Fiat vorbeiraste, über die Pflastersteine rumpelte und um unsere Hausecke mit dem überwucherten Garten bog.

Jack zog seine Mütze vom Kopf und fuhr sich mit der Hand durchs Haar. Er gab vor, dass er die ganze Sache für genauso lächerlich hielt wie ich und es überhaupt nichts bewirken würde, wenn ich Stellan heiratete. Aber er war im Kreis aufgewachsen. Die *Vereinigung* des Einen und des Mädchens mit den violetten Augen, von der im Mandat die Rede war, bedeutete für Jack eindeutig *Heirat*, genau wie für den Rest des Kreises. Und ich wusste, dass ihm das mehr zu schaffen machte, als er zugab.

»Wo seid ihr?«, fragte Stellan. In den vergangenen Wochen war mir sein leichter russischer Akzent ebenso vertraut geworden wie Jacks britischer.

»Warum?«, fragte ich misstrauisch zurück. »Wo bist *du*?«

Wir bogen auf unsere Straße ab, und dort stand er, an die Mauer vor unserer Wohnung gelehnt. Sein langer, schmaler Körper steckte in seiner üblichen Uniform aus enger Jeans, weit geschnittenem T-Shirt und Stiefeln. Er warf sich das blonde Haar aus dem Gesicht und grinste breit. Ich seufzte und steckte mein Handy zurück in die Tasche.

»Ihm ist schon klar, dass er hier keine Dauereinladung hat, oder?«, grummelte Jack.

»Das hab ich gehört«, rief Stellan.

Jack drängte sich, ohne *Hallo* zu sagen, an ihm vorbei und gab den Türcode zu unserem Gebäude ein. Der inzwischen vertraute Geruch von altem Holz folgte uns die Treppe hinauf. Jack hielt die Wohnungstür für mich auf und runzelte die Stirn. »Wir haben den Kaffee vergessen.«

»Ich kann später noch mal losgehen.«

»Nein, ich gehe gleich. Ist das okay?« Sein Blick huschte zu Stellan, der gerade die Wohnung betrat. Ich nickte. »Ich bin in einer Minute wieder da«, fügte Jack hinzu und schloss die Tür hinter sich.

»Es ist wirklich entzückend, wie ihr zwei hier *Familie* spielt.« Stellan ließ sich auf die Couch fallen und streckte die Arme über die Lehne aus. Die Wohnung hatte nur zwei Zimmer: ein Schlafzimmer von der Größe eines Kleiderschranks und dieses hier, das über eine Küchenzeile, einen kleinen Tisch und eine Couch verfügte, die unter den Fenstern zum sonnigen Innenhof stand.

Ich warf den Hut und die Sonnenbrille auf den Tisch und blickte zu unserer »Wand der Rätsel« hinüber, an der kopierte Seiten aus Napoleons Tagebuch hingen, das wir ebenfalls dank Mr Emersons Hinweisen entdeckt hatten. Außerdem pinnten dort die Inschrift des Armbands, Fotos des Wasserspeiers, der uns zu dem Tagebuch geführt hatte, und eine Weltkarte. Die Städte, in denen wir vielleicht etwas finden würden, hatte ich mit bunten Nadeln markiert und Broschüren verschiedener Museen sowie Notizen danebengehängt. Im Prinzip sah es so aus, als hausten hier durchgeknallte Verschwörungstheoretiker. Aber ich schätze, das war auch gar nicht so weit von der Wahrheit entfernt.

»Wolltest du irgendwas Bestimmtes, oder bist du nur hier, um uns zu nerven?«, fragte ich über meine Schulter hinweg.

»Habt ihr endlich Fortschritte gemacht oder lief eure Idee mit den falschen Reisepässen nicht ganz nach Plan?«, fragte er zurück.

Mir krampfte sich schmerzhaft die Brust zusammen. »Ich muss wohl verpasst haben, dass du einen besseren Vorschlag hattest – oder uns angeboten hättest, den kompletten Kontinent allein nach dem zweiten Armband abzusuchen.«

Stellan trommelte mit den Fingern auf der Sofalehne herum. »Du weißt sehr wohl, dass ich eine bessere Idee *habe* …«

Ich schüttelte den Kopf und zog einen Zeitungsartikel aus meiner Handtasche, der uns vorhin aufgefallen war. Ein weiterer Hinweis für unsere durchgeknallte Verschwörungswand.

»Sag mir nur eins«, fügte Stellan nach einer Minute hinzu. Ich spürte, wie er mich beobachtete, während ich den Artikel an die Wand pinnte. »Ist es seinetwegen?«

»Was?« Ich wusste ganz genau, wovon er sprach.

»Du weißt, was ich meine, *kuklachka*. Weigerst du dich wegen deiner Gefühle für jemanden, den du eben erst kennengelernt hast, das Mandat zu erfüllen?«

Ich rieb mir das Gesicht. »Ich würde sagen, die eigentliche Frage ist doch, warum *du mich* heiraten willst. Das Grab von Alexander dem Großen ist seit Jahrhunderten verschollen. Ich leugne ja gar nicht, dass es in der Welt des Kreises etwas zu bedeuten hätte, wenn wir beide heiraten würden, aber eine Kirche und ein weißes Kleid erzeugen noch keine Magie.« Er wollte mir widersprechen, aber ich schnitt ihm das Wort ab. »*Vereinigung* bedeutet vielleicht etwas anderes als Heirat – etwas, das uns *tatsächlich* dabei helfen könnte, das Grab aufzuspüren. Aber bis wir herausfinden, ob dem so ist und was es damit genau auf sich hat, stehen unsere Chancen besser, wenn wir Hinweisen folgen, die jemand hinterlassen hat, der auch wirklich dort war, anstatt einander ewige Treue zu schwören. Schließlich *haben* wir diese Hinweise. Irgendwo dort draußen gibt es ein zweites Armband, das wir suchen müssen. Und wenn wir dann auch noch das Passwort finden, wird es uns sagen, wie wir zum Grab gelangen. Hoffe ich«, endete ich atemlos.

Das war noch so ein Problem: Das zweite Armband war nicht das Einzige, was uns noch fehlte. Ich schob den Daumen unter das Armband an meinem Handgelenk. Auf der Außenseite waren nur die Inschrift und die Dekorationen zu erkennen. Bei genauerer Betrachtung war uns jedoch aufgefallen, dass die *Innenseite* eine zusätzliche Ebene hatte. Es war in fünf identische Bänder unterteilt, die ich einzeln um mein Handgelenk drehen konnte und in die jeweils eine lange Reihe von Buchstaben eingraviert war. Wir vermuteten, dass es wie ein Kombinationsschloss funktionierte: Wenn wir die einzelnen Teile so verschoben, dass die Buchstaben entlang der vorgegebenen Linie das richtige Passwort bildeten, würde irgendetwas passieren. Wir hofften, dass dann auch die restlichen Buchstaben Worte bilden würden, die uns womöglich verrieten, wo sich das Grab befand.

Stellan rutschte an die Sofakante vor und bildete mit den Fingern ein Dreieck unter seinem Kinn. Im durch das Fenster hereinströmenden Gegenlicht sah es aus, als würde er rundum glühen. »Erstens möchte ich dich daran erinnern, dass ich feuerfeste Haut habe.«

Seine Hand wanderte zu den durchscheinenden Narben, die unter seinem Ausschnitt zu erkennen waren. Es stimmte. Als er im Keller der Dauphins ein brennendes Feuerzeug an seine Haut gehalten hatte, war sie kein bisschen angesengt. *Der Eine, der durch Feuer geht und nicht verbrennt,* hieß es im Mandat. Der Kreis wusste jedoch nicht, dass es so wörtlich zu verstehen war.

»Ich werde das Wort *Zauberei* nicht in den Mund nehmen, weil es eine wissenschaftliche Erklärung dafür geben muss, falls diese Eigenschaft bei mir in der Familie liegt«, fügte er hinzu. »Trotzdem bin ich mir sicher, dass mehr hinter der Sache steckt, als wir begreifen.«

Ich presste die Lippen zusammen und wandte mich wieder der Wand mit den Hinweisen zu.

»Und zweitens«, fuhr er fort, »falls irgendjemand im Kreis etwas von der dreizehnten Blutlinie erfährt – die *du* übrigens entdeckt hast, vielen Dank dafür – und du mir nicht den Rücken stärkst, bin ich tot, weil sie annehmen werden, dass ich einen Coup plane. Und selbst wenn es mir gelingen würde zu entkommen, wäre ich für den Rest meines Lebens auf der Flucht, genau wie meine Schwester.«

Stellans Akzent klang bei seinen letzten Worten stärker durch als üblich. Ich stellte mir das kleine blonde Mädchen auf dem Foto vor, das er mir gezeigt hatte: *Anya.* Kurz nachdem wir von der Hochzeit geflohen waren, hatte er dafür gesorgt, dass jemand in Russland seine Schwester versteckte, nur für den Fall. Ich wusste jedoch, dass er sich trotzdem Sorgen um sie machte.

»Aber wenn ich dich an meiner Seite hätte?«, sprach er weiter. »Wenn ich an das Mädchen gebunden wäre, das sie für ihre Rettung halten? Der Kreis hat zwar keinen alleinigen Anführer, aber *du* kommst dem immer noch am nächsten – und wenn wir beide zusammen wären, kämen *wir* dem am nächsten. Dann könnte ich nachts wieder ruhig schlafen und müsste nicht noch mehr Angst davor haben als ohnehin schon, dass mich vielleicht irgendjemand umbringt. Und *darum* will ich es tun.«

Aus irgendeinem Grund hatte ich die Sache noch nie so betrachtet. Die *Anführerin* des Kreises? Ich drückte eine der Pinnnadeln tiefer in die Wand. »Du glaubst, jemand hat vor, dich zu töten?«

Stellan sank auf der steifen grünen Couch zurück und ihr Quietschen durchschnitt die Stille. »In dieser Welt hat immer jemand vor, dich zu töten.«

Wir blickten beide zuerst zum Fenster und dann zur Tür. »Und überhaupt«, fragte er, »woher willst du eigentlich wissen, dass es bei der Vereinigung *nicht* um Heirat geht?«

»In Napoleons Tagebuch –«

»Stand nicht explizit, dass dem *nicht* so ist.«

»Ich weiß, was der Kreis glaubt. Aber warum hätte Napoleon überhaupt Hinweise hinterlassen sollen, wenn durch die Hochzeit zweier Menschen eine Art Bethlehem-Stern erschaffen wird, der den Weg zum Ziel weist?«, beharrte ich und gestikulierte in Richtung Wand.

»Ich meine ja nur.« Stellan stand von der Couch auf. »Du behauptest, dass du alles tun würdest, um deiner Mutter zu helfen. Aber obwohl du nur noch so wenig Zeit hast, bist du noch nicht einmal bereit, über die Vereinigung *nachzu-*

denken. Oder die Saxons um Hilfe zu bitten, wenn wir schon dabei sind.«

Ich versteifte mich. »Du auch noch? Sie sind *meine* Familie. Ich sollte diejenige sein, die entscheidet, was ich mit ihnen tun will oder auch nicht.«

Er hob einen Finger, um mich zum Schweigen zu bringen. »Sie sind dein *Blut*. Aber sie müssen nicht deine Familie sein, wenn du es nicht möchtest. Und vielleicht willst du das ja wirklich nicht.«

Ich zitterte. Draußen war es warm, aber diese alten Steingebäude speicherte die Kälte. »Was soll das nun wieder bedeuten? Natürlich will ich, dass sie meine Familie sind.« Ich wünschte nur, es wäre so einfach: dass Dinge wahr wurden, indem man sie sich einfach wünschte. Ich schloss die Finger fest um mein Medaillon, in dem sich das einzige Bild *des Menschen* befand, der immer meine Familie gewesen war. Des Menschen, der nun meine erste Priorität sein musste.

Wäre meine Mom hier, was täte sie dann? Würde sie den Saxons vertrauen? Würde sie versuchen, einen anderen Weg zu finden? Meine Mom war nie der Typ für Pro-und-Kontra-Listen gewesen. Wann immer ich eine Entscheidung treffen musste, riet sie mir, auf mein Herz zu hören, weil es ganz genau wisse, was ich wirklich wollte, und niemals falschliegen könne, wenn ich ihm folgte. Ich erinnerte sie dann jedoch immer daran, dass mein Herz wahrscheinlich niemals einen Mathekurs würde belegen wollen, obwohl ich ihn für meine Collegebewerbungen unbedingt brauchte. Allerdings half mir das im Augenblick auch nicht weiter. Alles, was mein Herz wollte, war, sie zu retten – ich wusste nur nicht, wie.

Stellan hob die Augenbrauen.

»Ich glaube einfach, dass ich diejenige sein sollte, die entscheidet, wen und wann ich heirate. Und vielleicht würden mich die Saxons ja nur mit jemandem verkuppeln, der noch schlimmer ist als du«, fügte ich schnippisch hinzu.

»Also, das war jetzt einfach nur unhöflich.« Stellan durchquerte den Raum und schob den schweren Vorhang zur Seite, den wir für gewöhnlich geschlossen hielten. Das sanfte Licht des Sonnenuntergangs fiel ins Zimmer, als er auf die Straße hinausblickte.

Ich fegte einen einsamen Brotkrümel von der Arbeitsplatte. »Wenn ich zu den Saxons gehe, helfen sie mir entweder … oder sie sperren mich ein und zwingen mich, den Höchstbietenden zu heiraten. Folglich ist es für mich am sichersten, das Grab auf eigene Faust zu finden.«

»*Falls* du es findest.«

Ich schnaubte entnervt. »Brauchen die Dauphins dich nicht für … *irgendwas*? Nein?«

»Sie will damit sagen, dass du hier nicht länger erwünscht bist.« Jack betrat die Wohnung und warf eine Packung Espressobohnen auf die Arbeitsplatte.

»Na schön.« Stellan ließ den Vorhang los und tauchte das Zimmer wieder in schummriges Licht. »Es war schön, euch zu sehen – wie immer. Wir reden morgen weiter.«

Und damit verschwand er. Was er gesagt hatte, steigerte meine Besorgnis jedoch nur umso mehr. Mein Plan, die Rätsel allein zu entschlüsseln und den Hinweisen zu folgen, ging offensichtlich nicht auf. Irgendetwas musste sich ändern.

Nach dem Abendessen saß ich auf der Couch, während sich Jack vor der Wand der Rätsel aufbaute und den neuen Artikel las, den ich vorhin dort aufgehängt hatte. Er handelte von einem Versteck mit napoleonischen Artefakten, das in der Nähe von Neu-Delhi in Indien entdeckt worden war.

»Das bedeutet also, dass Napoleon überall war«, sagte er.

Ich zuckte mit den Schultern. Wir wussten, dass wir nicht nur in Paris suchen konnten – falls wir jemals unsere Pässe bekämen –, aber die Liste mit möglichen Zielen für unsere Suche wuchs stetig weiter.

Ich vergrub das Gesicht in den Händen und spürte, wie sich die Couch bewegte, als Jack sich neben mich setzte.

»Na schön, die Möglichkeiten sind schier endlos«, begann er. »Aber einen Anhaltspunkt haben wir immerhin: Wir vermuten, dass Napoleon das zweite Armband oder weitere Hinweise an Orten versteckt hat, die ihm, dem Kreis oder Alexander etwas bedeuteten, richtig?«

Ich nickte. Wenn er gewollt hatte, dass jemand die Hinweise entdeckte, dann hätte er sie wohl kaum auf irgendeinem x-beliebigen Acker vergraben.

»Deshalb finden wir jetzt erst mal eine Möglichkeit, von hier wegzukommen, und dann suchen wir ganz methodisch in Städten, die eine gewisse Bedeutung für den Kreis haben. Oder an Alexander-Denkmalen. Wo immer wir können, solange uns noch Zeit bleibt«, fügte er hinzu.

Jack klang immer so ruhig. So logisch. Er erhob sich wieder und legte eine Hand auf meine Schulter, zog sie dann jedoch wieder zurück und stand ein wenig verlegen neben mir. »Ich gehe ins Bett.«

Nicht, hätte ich beinahe gesagt. *Ich will jetzt nicht mit meinen Gedanken allein sein. Ich brauche jemanden. Ich brauche dich.*

»Gute Nacht«, erwiderte ich stattdessen nur. Wenigstens hatte ich eine Menge Übung darin, meine wahren Gefühle zu verbergen – mich dazu zu zwingen, sie zu verbergen.

»Wie schon gesagt«, erwiderte er nach einem Moment, »es wird alles gut, okay? Wir finden eine Lösung.«

Ich nickte und versuchte, ihm zu glauben.

Er verschwand im Schlafzimmer und kickte im Gehen die Schuhe von den Füßen. Ich seufzte, zog eins der Geschichtsbücher aus dem Stapel auf dem Couchtisch und las zum tausendsten Mal alles über Napoleons Frankreich-Feldzug. Über Alexanders Zeit in Ägypten. Über Napoleons Außenposten in Nordfrankreich. Über Alexanders Eroberungen in Indien.

Ich schnappte mir mein Handy. Indien. Elefanten. Leuchtende Farben. Mit leuchtenden Farben bemalte Elefanten. Der Schatz Napoleons, den sie kürzlich gefunden hatten, befand sich in Delhi, nicht in Kalkutta, wo die in Indien ansässige Familie des Kreises lebte. Ich suchte nach bedeutenden Denkmälern in Kalkutta. Nach Tempeln. Nach dem Indischen Museum, in dem offensichtlich sowohl Artefakte von Alexander als auch europäische Kunst und Schmuck ausgestellt waren. Es war ein sehr schönes Gebäude, wirkte jedoch zu neu. Erbaut … *ha!* Erbaut 1814. Im selben Jahr, in dem Napoleon aus Frankreich verbannt worden war.

Ich kritzelte eine Notiz dazu auf ein Blatt Papier und pinnte es an die Wand. Vielleicht war Indien ja unser erstes Ziel, falls wir jemals einen Weg fanden, Paris zu verlassen.

Eine Sekunde lang stellte ich mir vor, wie es wäre, wenn ich den Saxons vertrauen würde. Mit ihren Mitteln konnten wir überallhin gelangen. Außerdem, flüsterte eine leise Stimme in meinem Hinterkopf, wärst du dann wirklich ein Teil einer Familie. *Meiner* Familie. Ich versuchte nicht darüber nachzudenken, wie sehr ich mich in Wirklichkeit danach sehnte. Aber es war wie mit jedem anderen Verlangen auch: Je mehr ich es mir verwehrte, desto größer wurde es.

Ganz gleich, wie sehr ich es mir auch wünschte, es war die Sache nicht wert, das Leben meiner Mom dafür zu riskieren, sagte meine rationale Seite. Aber war das Risiko wirklich *so* groß?

Ich fuhr mir mit den Händen übers Gesicht. Für heute hatte ich genug. Ich musste wenigstens versuchen, ein bisschen zu schlafen.

Ich nahm die braunen Kontaktlinsen heraus, mit deren Hilfe ich meine violetten Augen verbarg, und schlich mich ins dunkle Schlafzimmer.

Jack hatte heute Morgen auch mein schmales, hartes Bett gemacht, die Laken exakt an den Ecken gefaltet und das Kopfkissen aufgeschüttelt und eingeschlagen. Genauso perfekt, wie er unsere Betten jeden Tag machte, sämtliches Geschirr spülte und anhand eines minutengenauen Zeitplans durch die Nachbarschaft patrouillierte, damit ihm nichts Ungewöhnliches entging. Alles war stets ordentlich und an seinem Platz, er selbst eingeschlossen – ein dunkler Hügel unter der Bettdecke, schlafend im silbernen Mondlicht. Genau, wie er es sollte. Genau, wie er es jede Nacht tat, während ich wach lag und an die Zimmerdecke starrte. Grübelte, mir Sorgen machte und versuchte, mein Hirn wenigstens so lange auszuschalten, dass ich die Augen schließen konnte, ohne all diese schrecklichen Dinge hinter meinen Lidern heraufzubeschwören.

Ich wappnete mich geistig für eine weitere lange, rastlose Nacht, als Jack sich plötzlich umdrehte. Im spärlichen Licht glänzte das Weiße in seinen Augen, als er einmal blinzelte, dann ein zweites Mal. Er hob die Bettdecke an, rutschte an den hinteren Rand seiner Matratze und machte auf seinem Bett einen Platz für mich frei, obwohl es kaum groß genug für einen war.

Ich zögerte nur eine Sekunde lang, bevor ich mein eigenes Bett ignorierte und dankbar in seines kletterte, den Kopf auf seine Brust legte und seinen Arm um mich schlang. In dieser Nacht musste ich nicht lange an die Decke starren.

Am nächsten Morgen, am ersten Tag der dritten Woche, erwachte ich noch immer in Jacks Armen. Er öffnete die Augen, als ich mich aufsetzte. »Morgen«, sagte er verschlafen. Sein Haar klebte an einer Seite seines Gesichts. Ich widerstand dem Drang, mit den Fingern hindurchzukämmen.

»Guten Morgen.« Ich wusste nicht, ob es daran lag, dass ich endlich ein wenig Schlaf gefunden hatte, oder daran, dass ich wieder daran erinnert worden war, dass ich Jack wirklich etwas bedeutete – aber mit einem Mal wusste ich, was ich zu tun hatte. Es gab nur eine einzige Option, die wirklich Sinn ergab.

»Wir müssen die Saxons um Hilfe bitten«, sagte ich.

KAPITEL 2

MEIN VATER HATTE offensichtlich immer einen Jet auf Abruf bereitstehen. Am frühen Nachmittag, nur wenige Stunden nachdem ich ihn angerufen hatte, landeten Jack und ich am Flughafen Heathrow in London. Mein Magen grummelte nervös, was allerdings nicht nur an dem Flug lag. Als wir aus der Maschine stiegen, wartete auf der Rollbahn bereits ein glänzender schwarzer Helikopter auf uns.

»Miss West, nehme ich an? Und Jack Bishop?« Der Pilot musterte Jack kurz von oben bis unten, und ich konnte in seinen Augen erkennen, dass es nicht nur den Saxons missfiel, dass Jack mit mir davongelaufen war. Alle, die für sie arbeiteten, waren unglaublich loyal – was Jack getan hatte, war eigentlich unvorstellbar.

Ich warf Jack einen Blick zu. Zum allerersten Mal wirkte er ein wenig unsicher, was seinen Plan anging.

Ein Hüter – denn das war Jack für die Saxons, ebenso wie Stellan ein Hüter der Dauphins war – war mehr als nur ein Angestellter. Ein Hüter war eine Mischung aus Sicherheitschef, Berater und persönlichem Assistenten. Er gehörte beinahe zur Familie, weit mehr als irgendein Angestellter. Jede Familie hatte nur zwei Hüter: einen älteren und erfahreneren und seinen Stellvertreter, der sich noch in der Ausbildung befand und sich darauf vorbereitete, die Position des älteren Hüters zu übernehmen, sobald dieser die Aufgabe nicht mehr erfüllen konnte … oder sobald ihm irgendetwas passierte. Diese Stellung hatten auch Jack und Stellan inne. Hüter erledigten die Aufgaben, die eine Familie keinem anderen anvertrauen wollte. Wenn der Hüter einer Familie plötzlich während der Erfüllung einer dieser Aufgaben verschwand – in diesem Fall war das *ich* –, blieb dies nicht ohne Konsequenzen.

Ganz davon zu schweigen, dass eine Romanze zwischen Angestellten und Familienmitgliedern absolut tabu war und dazu führen konnte, dass man sich des Angestellten deswegen »entledigte« – die gängige Umschreibung des Kreises für die Ermordung von Regelbrechern. Auch wenn Jack und ich in dieser Hinsicht nichts zu befürchten hatten, machte mich der durchdringende Blick des Piloten nervös.

Dann wandte sich der Mann jedoch mir zu. »Es gibt eine Planänderung in letzter Minute. Sie treffen Miss Lydia in der Stadt, bevor Sie zum Familiensitz zurückkehren.« Er reichte mir riesige gelbe Kopfhörer. »Bitte, Miss West, machen Sie es sich bequem.«

Eine Sekunde später krallte ich mich an den Armlehnen meines Sitzes fest und sah zu, wie die Erde unter mir immer weiter schrumpfte. Wir stiegen schnell über grüne und gelbe Felder auf und flogen Richtung London, das mit jeder Minute größer wurde. Wie durch Paris floss auch durch London ein Fluss, aber dennoch wirkte es neuer und moderner, eher wie eine Weltstadt. Hier gab es viel mehr glänzende Wolkenkratzer, die Straßen waren breiter, und auf dem gewaltigen Strom fuhren größere Schiffe. Die Stadt erstreckte sich, so weit das Auge reichte.

Wir flogen über leuchtend grüne Parks, über ein weißes Riesenrad, das so klein wirkte, als könne ich es um meinen Ringfinger tragen – *»Das ist das London Eye«*, hörte ich Jacks Stimme durch die Kopfhörer – und über eine Brücke, die einem Roman von Charles Dickens zu entstammen schien. *»Die Tower Bridge«*, erklärte Jack, während sie sich in der Mitte teilte, um ein Kreuzfahrtschiff passieren zu lassen.

Paris fühlte sich für mich inzwischen so vertraut an, dass diese neue Stadt ein viel größerer Schock für meine Sinne war, als ich es erwartet hatte. Wir flogen über Big Ben, das Parlament und das Britische Museum hinweg, von denen ich schon tausend Mal gehört hatte. Mom hätte es geliebt. Es gehört zu ihren Lieblingsbeschäftigungen, eine Tour durch jede neue Stadt zu machen, in die wir ziehen. Plötzlich fiel mir wieder ein, dass sie auch mal in London gelebt hatte. Hier war sie meinem Vater begegnet.

Nach gefühlt nicht einmal einer Sekunde landeten wir auf einem Dach im Stadtzentrum. Die Rotoren drehten sich immer noch, als Jack die Tür aufstieß und mir aus dem Hubschrauber half. Ich klammerte mich ein wenig länger an ihn, als ich es hätte tun sollen, bis sich meine wackligen Beine wieder etwas stabilisiert hatten.

Dann ließ er mich sehr abrupt los. Als ich mich umdrehte, erkannte ich, warum: Lydia Saxon kam über den Helikopterlandeplatz auf uns zu. *Meine Schwester.*

Ich war Lydia bisher nur einmal begegnet, beim Ball im Eiffelturm, als ich erfahren hatte, dass die Saxons meine Familie waren. In den vergangenen zwei Wochen hatte ich jedoch jede Gelegenheit genutzt, im Internet alles über sie zu erfahren. Als Verschleierungstaktik und um zu erklären, warum sie so unfassbar reich und so gut vernetzt waren, gaben die Saxons vor, entfernt mit dem britischen Königshaus verwandt zu sein, weswegen die Regenbogenpresse häufig über sie berichtete: *Lydia, die ihren Zwillingsbruder Cole von einer Schlägerei in einer Kneipe fortriss. Beide Zwillinge – er in einem eleganten Anzug mit Weste, sie mit auffälligem Hut – bei der Taufe eines neuen royalen Babys.* Mit jedem weiteren Foto, das ich von ihr sah, kam mir das Ganze nur umso surrealer vor. Und sie jetzt in Fleisch und Blut vor mir zu sehen, war noch eigenartiger.

Lydia trug einen klassischen kakifarbenen Trenchcoat über einem blauen Sommerkleid und hatte das Haar zu einem Knoten zusammengebunden. Ihre Augen sahen aus wie meine, abgesehen von der Farbe: ein bisschen zu groß und ein bisschen zu weit auseinanderstehend leuchteten sie unter dunklen Augenbrauen. Ihre Haut schimmerte olivfarben, während ich so blass war, dass ich beinahe durchsichtig wirkte. Als sie näher kam, erkannte ich, dass wir ohne ihre hohen Absätze vermutlich gleich groß gewesen wären.

Sie blieb direkt vor uns stehen. »Hi«, sagte sie und ließ ihre lange Halskette durch die Finger gleiten.

»Lydia.« Mir wurde bewusst, dass auch ich an meinem Medaillon herumspielte, und zwang mich, damit aufzuhören. Sollte ich sie umarmen? Ihr die Hand schütteln? Ich ließ beides. »Hi. Danke fürs Abholen. Ist alles in Ordnung? Ich dachte, wir wollten zu euch nach Hause?« Ich plapperte wild drauflos, während in meinem Kopf ein Katastrophenszenario nach dem anderen ablief: Das Sicherheitspersonal stand bereit, um mich in eine Zelle zu stecken. Sie hatten die Hochzeitszeremonie bereits in einer Kirche ganz in der Nähe vorbereitet und mir blieb keine Zeit mehr wegzulaufen.

Lydia schüttelte den Kopf. »Vaters Besprechung im Parlament dauert länger als gedacht. Er wollte dich eigentlich selbst abholen, aber jetzt soll ich dir erst mal alles zeigen. Sobald er fertig ist, treffen wir ihn zu Hause.« Ihre Augen weiteten sich. »Ist der Helikopter okay für dich? Ich war mir nicht sicher, weil du ja nicht daran gewöhnt bist, aber Vater meinte, damit geht es am schnellsten –«

»Alles bestens«, versicherte ich ihr und entspannte mich allmählich. Der Helikopter war die geringste meiner Sorgen.

Lydia schwankte auf den Fersen vor und zurück. Benahm sie sich vielleicht so eigenartig, weil sie genauso nervös war wie ich?

Als wolle sie meine Frage beantworten, blickte sie auf. »Als wir uns zum ersten Mal getroffen haben, wusste ich nicht, dass du meine Schwester bist«, sagte sie. »Trotzdem bin ich froh, dass du jetzt hier bist.«

Mein Herz explodierte vor Freude und Erleichterung in tausend Einzelteile. Ich musste mich regelrecht zwingen, nicht die Arme um sie zu schlingen. Dieses Gefühl –

Glück? – war nach den letzten zwei Wochen ganz fremd für mich.

»Ich auch«, erwiderte ich. »Ich bin auch froh, hier zu sein.« Lydia grinste und mit einem Mal löste sich meine ganze Anspannung in Luft auf. Ich hatte eine Schwester. Ich hatte eine Familie. Und sie *mussten* mir helfen. Das machten Familien schließlich so, oder?

Lydia warf lachend einen Blick auf Jack, der sich ein paar Schritte entfernt hielt und ins Leere starrte. »Oh, hör schon auf«, sagte sie, ging zu ihm und drückte ihm einen Kuss auf die Wange. Genau wie es mir schon beim Ball aufgefallen war, schien sich Jack in ihrer Gesellschaft nicht annähernd so wohl zu fühlen wie Stellan mit seinem Schützling, Luc Dauphin.

»Lydia.« Jack verneigte sich förmlich.

»Vater ist nicht da. Du musst nicht so furchtbar steif sein«, sagte sie, und ich entspannte mich noch mehr. Lydia schien Jack die ganze Sache offensichtlich nicht übel zu nehmen. »Ich will alles über eure Abenteuer hören, die ihr zwei hinter euch habt.«

Sie nahm meinen Arm und zog Jack hinter uns her zu einem Fahrstuhl, der uns in eine mit dunklem Holz ausgekleidete Lobby direkt neben einer belebten Straße transportierte. Jack übernahm das Reden und fütterte sie mit einstudierten Erklärungen: dass wir nicht schon früher zu ihnen gekommen waren, weil ich Angst gehabt, er aber dennoch alles getan hat, um dafür zu sorgen, dass ich in Sicherheit war.

»Dann wart ihr die ganze Zeit in Paris?«, fragte Lydia, während ich zusah, wie ein roter Doppeldeckerbus auf der falschen Straßenseite vorbeifuhr, gefolgt von einer ganzen Reihe schwarzer Taxis, die aussahen wie Melonen.

»Ja«, antwortete ich und löste mich widerwillig von Londons Charme. »Genau, wie ich es deinem Vater … unserem Vater … Alistair …« Wie sollte ich ihn eigentlich nennen? »Wie ich ihm schon am Telefon gesagt habe, hat der Orden meine Mom, und ich habe versucht, ihr zu helfen. Paris schien mir dafür der beste Ort zu sein. Jetzt bin ich mir allerdings nicht mehr so sicher, ob das wirklich der Fall ist.«

Lydia nickte. »Du hast gesagt, der Orden will, dass du das Grab findest? Und die Information über den Standort gegen deine Mum austauschst?«

Jack warf mir einen hastigen Blick zu. Wir hatten darüber gesprochen. Wir würden den Saxons *fast* alles erzählen.

»Das verlangen sie zumindest«, antwortete Jack. »Aber wir hoffen natürlich, dass wir sie trotzdem daran hindern können, das Grab zu betreten.«

Ein Stirnrunzeln huschte über Lydias Gesicht, verschwand jedoch sofort wieder. »Natürlich«, stimmte sie zu.

Ich berührte das Armband an meinem Handgelenk, das im Augenblick unter meiner Strickjacke versteckt war.

Ein paar Minuten lang gingen wir schweigend weiter. Ich konnte nicht anders, als mit großen Augen über diese Stadt zu staunen. Die imposanten Steintürme und schillernden Wolkenkratzer. Die leuchtend roten Telefonzellen und die glänzenden neuen Straßenschilder. Das Saubere und Moderne, das in starkem Kontrast zum gemütlichen, abgenutzten Charme der restlichen Stadt stand, so als würden sich die Gebäude am liebsten hinsetzen und eine Tasse Tee mit einem trinken.

Die Menschen waren hingegen genau wie in jeder anderen Großstadt auch: wuselnd, hastend, drängelnd. Ich war mir allerdings nicht sicher, ob ich schon jemals so viele *unterschiedliche* Menschen an ein und demselben Ort gesehen hatte.

Man hörte zwar immer, wie multikulturell London war, aber ich hatte es mir nie richtig vorstellen können. Wir kamen an einer Gruppe asiatischer Geschäftsleute in teuren Anzügen vorbei, die neben ein paar Jugendlichen saßen, deren Akzent osteuropäisch klang. Sie waren eindeutig jünger als ich, aber ihre Vokuhilas und verwaschenen Jeans stammten aus einer Zeit, als es mich noch gar nicht gegeben hatte. Zwischen ihnen tollte ein Haufen Kindergartenkinder. Ein kleines indisches Mädchen mit entzückendem britischen Akzent schrie kreischend einen blassen rothaarigen Jungen an, weil es auch endlich das Springseil wollte.

Ich hatte schon ganz vergessen, wie es war, die Unterhaltungen auf den Straßen zu verstehen. Einen Moment lang blieb ich stehen und belauschte ein Pärchen, das darüber diskutierte, wohin es zum Abendessen gehen sollte, und staunte darüber, wie *fremd* meine eigene Muttersprache plötzlich klang.

Obwohl ich schon an so vielen verschiedenen Orten gewohnt hatte, gehörte ich theoretisch *hier*hin. Hier lebte meine Familie. London wäre mein Zuhause, wenn die Dinge anders gelaufen wären. Meine Schwester fühlte sich auf diesen breiten, sauberen Straßen offensichtlich sehr wohl.

Wahrscheinlich hatte ich unterbewusst erwartet, irgendeine Verbindung zu dieser Stadt zu spüren.

Aber ich fühlte mich auch nicht anders als in jeder anderen fremden Stadt. Wenn man so häufig umzog wie Mom und ich, war Zuhause überall und nirgends. Man gewöhnte sich ebenso daran, sich die Haare in einem *Days Inn Motel* am Highway zu waschen, wie an die speziellen Eigenheiten jeder neuen Küche. Vermutlich war es mit Menschen genauso. Würde ich wirklich je das Gefühl haben, mehr zu den Saxons zu gehören als zu irgendjemandem sonst?

Wie aufs Stichwort nahm Lydia einen Anruf entgegen und teilte der Person am anderen Ende mit, dass wir fast da waren.

»Vater ist so weit«, verkündete sie. »Bringen wir dich nach Hause.«

KAPITEL 3

»ZUHAUSE« WAR EIN umzäuntes Anwesen am Stadtrand von London. Ein breiter Fußweg führte von der Einfahrt zum Haus. Vom Helikopterlandeplatz auf dem Dach blickten wir über das Grundstück, das sich bis zu einem schillernden Swimmingpool, einem Reitstall und einer eigenen Rennstrecke ausdehnte, auf der ein einsames Fahrzeug kreiste. Zahlreiche Blumenbeete mit in der sanften Spätnachmittagsbrise schwankenden Wildblumen sorgten dafür, dass dieses Anwesen nicht zu förmlich wirkte.

Nachdem Jack uns aus dem Hubschrauber geholfen hatte, verschwand er mit einem flüchtigen Kopfnicken in meine Richtung und ließ mich mit meiner Schwester allein. Lydia begann sofort mit einer umfassenden Tour durch das Haus und hörte erst wieder auf zu reden, als sie sich fürs Abendessen umzog. Sie bot an, mir etwas aus ihrem Kleiderschrank auszusuchen, aber ich war nicht sicher, ob wir wirklich schon so weit waren, um Klamotten zu tauschen. Bevor wir am Morgen in Paris aufgebrochen waren, hatte ich mir bereits etwas Schickeres angezogen und mich für ein klassisches schwarzes Kleid entschieden. Während ich im Wohnzimmer auf Lydia wartete, piepste eine Nachricht auf meinem Handy. Ich hoffte, dass sie von Jack käme und er mir mitteilte, wo er sich befand und dass alles in Ordnung sei.

Aber er war es nicht. Es war Narbengesicht. *13 Tage*, lautete die Nachricht.

Ich warf das Handy zurück in meine Tasche, als stünde es in Flammen. Die Nachricht war nicht nur eine weitere Erinnerung daran, dass meine Mom in Lebensgefahr schwebte, sondern auch daran, dass ich plante, die Saxons zu hintergehen. Bis jetzt hatte ich deswegen kein schlechtes Gewissen gehabt, aber nachdem ich Lydia getroffen hatte, meldete es sich immer lauter.

Kurz darauf tauchte meine Schwester in einem schwarzen Kleid mit Spitzenkorsage und fließendem A-Linienrock wieder auf und wir gingen gemeinsam ins Esszimmer. Das Innere des Hauses passte perfekt zu dem, was ich von außen gesehen hatte: alt und elegant, aber so zurückgenommen, dass die Einrichtung der Dauphins im Louvre im Vergleich dazu unglaublich protzig wirkte.

Jedes Mal, wenn wir auf unserer Tour durch mein »Zuhause« um eine Ecke bogen, erwartete ich, meinen Vater dahinter stehen zu sehen. Doch auch als wir das formelle Esszimmer erreichten, waren wir immer noch allein, abgesehen von zwei Mädchen in schwarzen Uniformen, die an der hinteren Wand standen. Der Raum war mit dezentem Damast tapeziert und mit dunklem Holz verkleidet. Vor den Fenstern hingen schwere Samtvorhänge. Ein klirrender Kristallleuchter über der langen Tafel spendete Licht, auf der am einen Ende vier Gedecke standen, während in der Mitte Kerzen flackerten. Lydia setzte sich und deutete auf den Stuhl ihr gegenüber. »Du bist also in … Minnesota aufgewachsen, richtig?«

Ich nickte. »In Minnesota, und davor in Portland, New York, Florida …«

Lydia stellte ihr Glas mit Mineralwasser ab und rümpfte die Nase. »Das klingt ja furchtbar.«

»Es war nicht ideal.« Ich gestikulierte durch den Raum. »Nicht so wie hier.«

»Du *hättest* hier aufwachsen können.« Lydia stützte die Ellenbogen auf dem Tisch ab und neigte den Kopf zur Seite. »Es ist so *komisch*, dass deine Mutter dir nie etwas von uns erzählt hat. Sie hat dir so vieles verheimlicht … Du hättest in deinem Leben so viel mehr haben können.«

Ich lehnte mich überrascht auf dem gepolsterten Stuhl zurück. »Ich –« Natürlich fragte ich mich, wie es wohl gewesen wäre, als Teil des Kreises aufzuwachsen. Ich war furchtbar wütend auf sie gewesen, nachdem ich herausgefunden hatte, wie lange Mom mich schon anlog. Aber trotzdem … »Sie hatte ihre Gründe.«

»Da bin ich mir ganz sicher. Tut mir leid, ich wollte nicht neugierig sein.« Lydia lächelte. Es wirkte aufrichtig. Dennoch konnte ich Fragen in ihren Augen leuchten sehen, bei denen ich mir nicht sicher war, dass ich sie beantworten wollte. Ich wechselte das Thema. »Kommt *deine* Mom auch zum Abendessen?«

Lydia fuhr mit dem Finger über die goldene Gabel neben ihrem Teller. »Meine Mutter muss sich erst noch an den Gedanken gewöhnen, dass es dich gibt. Sie wird nicht mit uns essen.«

Natürlich. Selbst außerhalb des Kreises wäre es nicht besonders angenehm, herauszufinden, dass der eigene Mann ein uneheliches Kind hatte.

Ich deutete auf das vierte Gedeck. »Und dein Bruder –«

Die Hartholztür knarrte. Ich wirbelte herum und sah meinen Vater im Türrahmen stehen.

Meinen Vater.

Es war so eigenartig, das sagen zu können. Ich war ihm erst einmal begegnet, beim Ball, aber er sah exakt so aus wie in meiner Erinnerung. Die Ehrfurcht, die ich empfand, strahlte aus Augen direkt zu mir zurück, die genauso aussahen wie meine, so, als würde ich in einen Spiegel schauen.

Er machte einen Schritt in den Raum und ich erwachte aus meiner Trance. Sollte ich aufstehen? Ich drückte mich halb aus meinem Stuhl hoch, ließ mich jedoch sofort wieder hineinfallen, als ich sah, dass Lydia sich entspannt zurücklehnte. Mein Vater ging um den Tisch herum und ich erhob mich unbeholfen doch wieder. Er war attraktiv, mit dunklen Haaren und dichten Augenbrauen, genau wie meine und Lydias. Für einen Mann war er nicht besonders groß, wahrscheinlich nur fünfzehn Zentimeter größer als ich. Ich hatte den Teint meiner Mom und ihre kleine Nase geerbt, aber es war offensichtlich, dass ich auch viel von den Saxons mitbekommen hatte.

Mein Vater küsste mich auf die Wange. »Avery«, sagte er,

und ich musste wieder an die Andenkenkiste unter meinem Bett in Minnesota denken, in der ich alles aufbewahrte, was ich im Laufe der Jahre über meinen Vater herausgefunden hatte. Sosehr ich es mir auch gewünscht und davon geträumt hatte, ich hatte nie wirklich daran geglaubt, dass er eines Tages ein Teil meines Lebens sein würde.

»Ich bin so froh, dass du hier bist«, fügte er hinzu und drückte meine Hände. »Ich wünschte, du wärst schon früher zu uns gekommen, aber es ist schön, dass wir dich jetzt bei uns haben.«

Er ging zum Kopf der Tafel und erst jetzt bemerkte ich Jack. Er musste mit meinem Vater hereingekommen sein. Er stand mit den Händen hinter dem Rücken da und verschmolz praktisch mit der Wand, genau wie die anderen Bediensteten. Er wirkte weder verletzt noch aufgebracht. Vielleicht war ihm ja bereits verziehen worden.

Mein Vater wandte sich an Lydia, als der Butler seinen Stuhl unter dem Tisch hervorzog. »Wo ist Cole?«

Lydia zuckte mit den Schultern, und im selben Moment schlenderte Cole Saxon ins Zimmer, in einem rot-weißen Overall, einem Helm unter dem Arm und verschwitzten Haaren.

Mein Vater presste die Lippen zusammen und wartete darauf, dass Cole seinen Platz einnahm.

Mein Halbbruder war ein Stück größer als mein Vater und durch den Overall wirkte sein schmaler Körper ein wenig breiter. Trotzdem war offensichtlich, dass die ganze Familie eher klein gewachsen war. Cole ließ sich auf den Stuhl neben seiner Schwester fallen und schnappte sich ein Brötchen aus dem noch unangetasteten Brotkorb. In der

Schulter des Overalls befand sich ein Riss. Lydia pikte mit dem Finger hinein und zog die Augenbrauen hoch.

»Der Ferrari ist hin«, murmelte Cole mit einem Mundvoll Brot.

Lydia klappte die Kinnlade herunter. »Cole! Der 64er?«

Cole nickte. Er hatte die gleiche olivfarbene Haut und so dunkle Haare wie seine Schwester, aber in seinen violetten Augen lag nichts von Lydias Wärme.

»Es war das einzige Auto, das ich wirklich mochte.« Lydia verschränkte die Arme über der Brust. »Hast du ihn einfach liegen lassen?«

»Er steht neben der Rennstrecke. Irgendjemand wird sich schon darum kümmern.« Er blickte zu Jack, der in der Ecke stand. »Der Hüter ist wieder da. Schick ihn.«

Lydia krallte ihre kleinen Hände in die elfenbeinweiße Tischdecke. »Jack ist nicht für die Autos zuständig, du Idiot.«

»Da er es sich offensichtlich selbst zur Aufgabe gemacht hat, den Leibwächter für unsere Schwester zu spielen, die gar kein Teil unserer Familie sein will, dachte ich, es hätten sich vielleicht auch noch andere Dinge verändert.«

Ich hatte aufgehört, so zu tun, als würde ich ihnen nicht zuhören. Jack zeigte keinerlei Reaktion. Lydia seufzte nur.

»Cole, bitte benimm dich anständig bei Tisch.« Der Stuhl meines Vaters am Kopfende des Tisches war größer als die anderen und sah mit der geschnitzten Rückenlehne aus wie ein kleiner Thron. Er gestikulierte in meine Richtung. »Wir sind hier, um deine Schwester *willkommen* zu heißen.«

»Halbschwester«, murmelte Cole. Bisher hatte es fast so ausgesehen, als hätte er mich gar nicht bemerkt, aber nun starrte er mich unverhohlen an. »Ich wollte eigentlich in die Stadt fahren, um ihr zusammen mit Lydia alles zu zeigen, aber dann ist mir aufgegangen, dass ich dazu gar keine Lust habe.«

Nervös blickte ich auf meine Hände hinunter, die angespannt die Serviette auf meinem Schoß verdrehten. *Eigentlich sollte ich in den USA sein,* dachte ich. Wir sollten gerade nach Maine umziehen, wo ich am Ende des Jahres in einer neuen Schule anfangen und wieder einmal die Neue sein würde, die niemand wirklich wollte. In gewisser Weise war das hier auch nichts anderes. Und ehrlich gesagt: Einen Teil von mir störte Coles Feindseligkeit nicht im Geringsten. Wenigstens wusste ich, dass sie echt war. Wenn sie vereinbart hätten, nur so zu tun, als wollten sie nett zu mir sein, bis sie mich für ihre Zwecke benutzen konnten, dann wäre es ihm sicher nicht erlaubt gewesen, sich so aufzuführen. Ich hoffte einfach, dass Lydias und die Freude meines Vaters, mich hierzuhaben, genauso echt war wie Coles Abneigung.

Mein Vater räusperte sich und hob sein Weinglas. »Ein Toast. Avery, du hast von Anfang an zu uns gehört, und nichts freut uns mehr, als dich endlich bei uns zu haben. Willkommen in unserer Familie.«

Ich hob mein Glas Mineralwasser, genau wie Lydia. Selbst Cole griff mürrisch nach seinem Glas, nachdem ihm seine Schwester einen scharfen Blick zugeworfen hatte. »Danke. Ich freue mich auch, hier zu sein«, erwiderte ich aufrichtig.

Als wir alle einen filigranen Salatteller vor uns stehen hatten, rückte mein Vater an die Stuhlkante vor. »Ich nehme an, dass es einen Grund dafür gibt, dass du dich nun doch entschieden hast, zu uns zu kommen?«

Ich holte tief Luft. Jack und ich hatten Lydia bereits einen Teil der Geschichte erzählt, aber mein Vater kannte nur das Nötigste, von dem wir ihm am Telefon berichtet hatten. Ich warf Jack einen Blick zu, der noch immer wie ein vorbildlicher Hüter an der Wand stand und so tat, als würde er unsere Unterhaltung nicht belauschen.

»Wie bereits erwähnt«, begann ich schließlich, »hat der Orden meine Mutter entführt.«

Ich hielt inne, um die Reaktion meines Vaters einzuschätzen, schließlich musste ihm meine Mom irgendwann einmal viel bedeutet haben. Für einen Sekundenbruchteil versuchte ich, ihn mit ihren Augen zu betrachten – den jungen, einflussreichen Mann aus dem Kreis –, und fragte mich zum millionsten Mal, wie ihre Beziehung damals begonnen hatte. Es gab so vieles, worüber ich mit ihr sprechen musste.

Mein Vater nippte an seinem Wein. »Und ich möchte dir noch einmal versichern, wie leid es mir tut, das zu hören. Erzähl weiter.«

»Sie wollen, dass wir … ich«, korrigierte ich mich. Jack gehörte nun nicht mehr dazu. »Sie wollen, dass ich Alexanders Grab finde und den Inhalt gegen meine Mom austausche, damit dem Kreis die Waffe gegen den Orden nicht in die Hände fällt.« Dieser Teil entsprach der Wahrheit. Der nächste Teil hingegen … »*Ich* will – mit deiner Hilfe – das Grab finden und den Inhalt dazu benutzen, den Orden aufzuhalten«, fuhr ich fort. Das entsprach *größtenteils* der Wahrheit. Sosehr ich den Orden auch stoppen wollte, die Sicherheit meiner Mom bedeutete mir mehr, und ich würde alles dafür tun, sie wieder in Freiheit zu sehen. Aber das mussten die Saxons ja nicht wissen.

Mein Vater schüttelte seine Serviette auf und breitete sie über seinem Schoß aus. »Und welche Art der Hilfe erwartest du von uns?«

»Als ich noch nicht wusste, wer du bist und wer ich in Wirklichkeit bin, habe ich einige Hinweise gefunden, die Emerson Fitzpatrick hinterlassen hatte, bevor der Orden auch ihn ermordete.« Ich schluckte. Es fiel mir immer noch schwer, es auszusprechen. »Die Hinweise legen nahe, dass Napoleon Alexanders Grab während seines Feldzugs gefunden hat.«

Alle drei Saxons erstarrten. Eine Gabelvoll Salat schwebte auf halbem Weg vor Lydias Mund, und mein Vater stellte den Salzstreuer wieder ab, den er in der Hand hielt.

»Soll das etwa heißen, du weißt bereits, wo sich das Grab befindet?«, fragte Cole und knallte die Ellenbogen auf den Tisch.

Ich schüttelte den Kopf. »Napoleon hat es gefunden und dann wieder versteckt. Was immer sich auch darin befand, er hielt es für gefährlich. Aber er hat seine eigenen Hinweise hinterlassen, denen ich nun folge, diesen hier eingeschlossen.«

Ich schob den Ärmel meiner Strickjacke hoch und schüttelte das Armband von meinem Handgelenk. Ich fuhr mit dem Finger über die eingravierten Buchstaben, während ich erklärte, was es bedeutete und wonach wir suchen mussten. »Ich hatte gehofft, mit denen dir zur Verfügung stehenden Mitteln die Suche nach dem zweiten Armband und dem Passwort fortsetzen zu können«, endete ich schließlich.

Ich reichte das Armband Lydia. Cole betrachtete es über ihre Schulter hinweg, bevor sie es meinem Vater gab.

Er zog eine Lesebrille aus seiner Jacketttasche und begutachtete mit zusammengekniffenen Augen die Ringe auf der Innenseite. »Bist du auch sicher, dass es echt ist?«

Ich schaute zu Jack hinüber. Wir hatten die Echtheit des Armbands nie in Zweifel gezogen. »Ich denke schon. Mr Emerson – Fitz – glaubte es jedenfalls.«

Mein Vater nahm die Brille ab und drückte mit zwei Fingern seinen Nasenrücken. »Ich kann es meinen Sicherheitsleuten geben, damit sie es sich anschauen, aber ... Fitzpatrick war Tutor, richtig? Ich erinnere mich daran, dass er ständig von Geschichte und irgendwelchen Theorien gesprochen hat. Die Kinder mochten ihn.« Mein Vater warf Jack einen Blick zu. »Ich weiß, dass dies eine wirklich aufregende Möglichkeit ist, aber wir dürfen auch die Fakten nicht außer Acht lassen. Niemand hat das hier je zuvor gesehen. Was er dir hinterlassen hat, könnte entweder ein wahres Wunder sein ... oder die wirre Theorie eines senilen alten Mannes.«

»Er war nicht –« Mir sträubten sich die Nackenhaare. Er hatte Mr Emerson nicht so gut gekannt wie ich. Oder wie Jack. Er hätte uns diese Hinweise niemals hinterlassen und uns in Gefahr gebracht, wenn er sich nicht absolut sicher gewesen wäre, dass sie der Wahrheit entsprachen. Ob die Hinweise echt waren oder nicht, war hier nicht die Frage. »Der Orden glaubt es auch. Sie haben versucht, uns zu *töten,* um an diese Informationen zu gelangen. Sie haben Fitz getötet. Sie haben meine Mom entführt.«

Mein Vater tippte mit dem Armband auf sein Tischset. »Der Orden ist verzweifelt.«

Ich streckte meine Hand aus, um das Armband zurückzufordern. Mit einem Mal war ich misstrauisch.

»Ich kann es für dich aufbewahren, wenn du willst«, sagte mein Vater. »Und es untersuchen lassen.«

»Nein!«, platzte ich heraus. Auf der anderen Seite des Tisches räusperte sich Lydia und hob die Augenbrauen, aber das war mir egal. »Ich will es zurück, bitte.« Als sich das Armband wieder sicher um mein Handgelenk schlang, fügte ich hinzu: »Was immer sich in dem Grab befindet, wäre auch gut für *dich*. Willst du denn nicht auch alles tun, was in deiner Macht steht, um es zu finden?«

»Natürlich.« Mein Vater lehnte sich auf seinem Stuhl zurück. Nun sah er auch *aus* wie ein König, der gleich etwas verkünden würde. »So neu das auch alles für dich ist, Avery, du bist eine von uns. Du gehörst zur Familie. Und ich will, dass du das Gefühl hast, zur Familie zu gehören. Aber das bedeutet auch, realistisch zu sein. Es wäre fantastisch, wenn deine Hinweise wirklich zu dem Grab führen würden. Ein Wunder. Aber wir müssen trotzdem andere Dinge in Betracht ziehen.«

Mir krampfte sich der Magen zusammen. Bislang hatte ich geglaubt, dass die Wiedervereinigung der Familie hervorragend lief, aber nun nahm sie eine Wendung, die mir ganz und gar nicht gefiel. »Es fällt mir immer noch schwer zu glauben, dass es auch nur das Geringste bewirken würde, wenn ich irgendjemanden heirate«, sagte ich.

Lydia hob eine Hand. »Wir wissen, dass sich im Grab von Alexander dem Großen nicht plötzlich ein Portal zu einem Todesstrahl öffnet, der Ordensmitglieder auslöscht, nur weil du in eine andere Familie einheiratest.«

»Sie hat recht.« Mein Vater bat mit einer Geste, sein Weinglas wieder aufzufüllen. »Aber die Vereinigung ist schon seit Jahrhunderten ein wichtiger Bestandteil der Philosophie des Kreises. *Logisch* betrachtet wissen wir natürlich, dass durch eine Heirat nichts Magisches ausgelöst wird, aber es steckt noch mehr dahinter. Im Mandat geht es zwar darum, das Grab zu finden, aber es geht auch um Politik. Und um Macht. Es geht um einen vereinten Kreis, der all seine Feinde besiegt, den Orden eingeschlossen.«

»Aber das Grab zu finden wäre doch mindestens genauso gut«, widersprach ich.

»Vielleicht.« Mein Vater lehnte sich in seinem Stuhl zurück und wirkte mit einem Mal viel größer. »Aber ich vermute, dass du von den Angriffen des Ordens auf Mitglieder des Kreises gehört hast. Dank Dauphin weiß der Kreis, dass es dich gibt. Wir würden sowohl schwach als auch grausam erscheinen, wenn wir nicht versuchen würden, die Attentatsserie aufzuhalten, nun, da jenes Mädchen aufgetaucht ist, auf das wir alle gewartet haben.«

Einer der Diener stellte eine aufwendige kulinarische Kreation mit Huhn vor mir ab, aber ich schob den Teller weg. Ich musste zugeben, dass ich die Argumente meines Vaters verstehen konnte: Für den Kreis war die Erfüllung des Mandats das einzig Richtige, und natürlich wollte ich nicht, dass noch jemand starb. Aber von mir zu verlangen, dass ich jemanden *heiratete,* war alles andere als ein kleiner Gefallen.

Und dann war da noch die Tatsache, dass ich ganz genau wusste, wer wirklich dazu bestimmt war, das Mandat mit mir zu erfüllen, und es war *kein* Sohn der Zwölf. Das war das Zweite, was wir den Saxons nicht erzählen würden.

Lydia und mein Vater beobachteten mich aufmerksam, während Cole sich von irgendwoher einen Kugelschreiber geschnappt hatte und auf seiner Stoffserviette herumkritzelte.

Ich rutschte hin und her. Mit einem Mal fühlte sich der harte Stuhl richtig unbequem an. Als Nächstes würden sie mir wahrscheinlich verbieten, das Haus zu verlassen. Ich musste an die Nachricht des Ordens denken. *13 Tage.* »Es gibt natürlich einiges zu bedenken«, sagte ich. Selbst wenn ich ihnen wirklich etwas bedeutete, war das Ganze für sie weder eigenartig noch falsch. War es womöglich doch ein Riesenfehler gewesen, hierherzukommen?

Mein Vater musste mein Zögern bemerkt haben, denn für eine Sekunde verschwand der geschäftsmäßige Ausdruck von seinem Gesicht und wurde durch ein leises, sehr väterliches Lächeln ersetzt. Ich gab mein Bestes, um mich davon nicht beeinflussen zu lassen. »Ich habe einen Vorschlag für dich«, sagte er sanft. »Ich weiß, wie fremd das alles für dich ist und dass du nicht zu einer Vereinigung mit jemandem gezwungen werden willst, der dir nichts bedeutet. Aber es gibt eine Menge guter Kandidaten. Ich bin sehr zuversichtlich, dass du einen finden würdest, der dir zusagt.«

Das konnte nur jemand sagen, dem es völlig normal erschien, seine Tochter dazu zu zwingen, jemanden zu heiraten, den sie nicht kannte.

»Es gibt zehn Erben aus zehn Familien«, fügte mein Vater hinzu.

Ich blickte von meinem Teller auf. »Nur zehn?«

»Die Dauphins hatten ihre Chance, und sie haben bewiesen, dass sie unser Vertrauen nicht verdienen.«

Oh. Natürlich.

»Voilà! Ein Todesstrahl, der Ordensmitglieder auslöscht«, warf Cole ein und präsentierte seine Serviette wie ein Gemälde in einem Museum. Ich musste zugeben, dass er Talent hatte. Allein die schiere Anzahl der verstümmelten Leichen, die er in den letzten paar Minuten gezeichnet hatte, war beeindruckend.

Lydia schlug ihm die Serviette aus der Hand und Cole grinste schief. Ich fühlte mich ein wenig schuldig, weil ich meinen eigenen Bruder ziemlich unheimlich fand, aber ich konnte nichts dagegen tun.

Mein Vater ignorierte die beiden und sprach weiter. Je mehr er redete, desto mehr wurde mir bewusst, dass er sich diesen Plan nicht eben erst spontan ausgedacht hatte. »Wir werden versuchen, jeden Tag eine der Familien zu treffen, aber hin und wieder werden die Reisen etwas länger dauern.«

»Reisen? Besuchen wir jede Familie in ihrer eigenen Stadt?« Das war die erste einigermaßen positive Nachricht. Ich blickte zu Jack hinüber und erinnerte mich wieder an unsere Unterhaltung von letzter Nacht. *Napoleon hätte seine Hinweise an Orten versteckt, die dem Kreis etwas bedeuten.*

Mein Vater nickte. »Wenn wir morgen anfangen, dann sollte der Besuch aller zehn Familien nicht länger dauern als –«

»Zwei Wochen«, beendete ich den Satz für ihn. Genauso viel Zeit hatte der Orden auch uns gegeben.

»Ungefähr zwei Wochen«, stimmte mein Vater mir zu. Bisher hatte er sein Abendessen nicht beachtet, ließ es sich nun jedoch schmecken. »Das müsste hinkommen. Und während dieser Zeit darfst du natürlich weitere Nachforschungen zu deinem Armband anstellen. Ich würde mich wirklich sehr freuen, wenn sich deine Theorie tatsächlich als wahr erweisen sollte. Du kannst natürlich gerne jederzeit unsere Datenbanken, Geschichtsbücher und alles andere nutzen, was dir weiterhelfen könnte.« Dann fügte er betont beiläufig hinzu: »Ich schicke dann ein Team los, das deinen verschiedenen Hinweisen nachgeht.«

»Warte mal«, widersprach ich. »Nein. Ich muss selbst danach suchen –«

Er unterbrach mich: »Der Orden behauptet vielleicht, sie würden dich in Ruhe lassen, damit du das Grab für sie findest, aber ich glaube keine Sekunde lang, dass sie nicht trotzdem für jedes Mitglied des Kreises eine Gefahr darstellen, ganz zu schweigen für ein so bedeutendes wie dich.«

Ich blickte auf mein unangetastetes Essen hinunter. Das passte mir ganz und gar nicht.

Ich fragte mich, ob er so um meine Sicherheit besorgt war, weil ich seine Tochter war oder sein neuer Besitz. Der Gedanke schmerzte mich mehr, als mir lieb war.

»Solange du unter unserem Schutz stehst«, fuhr mein Vater fort, »wirst du bewacht, und wir übernehmen die eigentliche Suche. Falls wir das Grab finden, bevor wir uns hinsichtlich der Vereinigung für eine Familie entschieden haben, können wir noch einmal über die Hochzeit nachdenken. Aber andernfalls bist du doch gewiss auch der Ansicht, dass es das Beste für unsere Familie, für den Kreis *und* für deine Mutter ist, wenn du heiratest.«

Ich presste die Lippen zusammen. Es *war* das Beste, auch wenn ich es nur ungern zugab. Trotzdem war ich mir sicher, dass es nicht so weit kommen würde. »Okay. Aber du musst mir versprechen, dass die Rettung meiner Mom oberste Priorität hat.«

Mein Vater nickte zustimmend.

»Sie stellt Forderungen.« Lydia lächelte mich an, fast ein wenig stolz. »Unsere Schwester lernt langsam, was es heißt, eine von uns zu sein.«

Ich schaute zu Jack hinüber, der meinen Blick absichtlich mied. »Und wo reisen wir als Erstes hin?«, fragte ich, als ginge es um einen Urlaub und nicht um eine arrangierte Hochzeit.

Mein Vater wirkte erfreut. »Wie würde dir ein Trip nach Indien gefallen?«

Nun blickte Jack doch auf und schaute mir ganz flüchtig in die Augen. »Da wollte ich immer schon mal hin«, erwiderte ich. Das Lächeln, das sich auf dem Gesicht meines Vaters ausbreitete, wirkte so aufrichtig, dass sich meine Schuldgefühle sofort wieder meldeten.

✵

Nach dem Abendessen bat mein Vater Jack, mich auf mein Zimmer zu begleiten. Es bestand kein Zweifel daran, dass die Familie allein sein wollte, um meine Zukunft zu besprechen. Jack ging mir in mehr als respektablem Abstand voraus und ich folgte ihm den Flur hinunter. Er blickte zu einer an der Decke angebrachten Kamera, deren kleines rotes Licht unseren Bewegungen folgte. Wir gingen daran vorbei und plötzlich packte Jack meine Hand und drückte sie fest.

»Willst du wirklich zulassen, dass sie die Suche in die Hand nehmen, während du dich von einem Haufen Verehrer aus dem Kreis becircen lässt?«, flüsterte er.

Ich blickte den Flur hinunter Richtung Esszimmer. Die Tür war zu. »Natürlich nicht«, flüsterte ich zurück.

Die Kamera am anderen Ende des Flurs schwenkte in unsere Richtung. Wir wichen hastig voneinander weg und gingen weiter, als seien wir nie stehen geblieben.

KAPITEL 4

AM FOLGENDEN NACHMITTAG fand ich mich in einem weiteren riesigen Haus auf der anderen Seite der Welt wieder.

Die Familie Rajesh lebte nicht weit von Kalkuttas Stadtzentrum entfernt. Die hohen Mauern rund um ihr Anwesen schützten einen dahinter verborgenen Garten mit mächtigen Palmen, Orangenbäumen, wucherndem Efeu und moosbedeckten Springbrunnen, die aussahen, als würden sie schon seit Jahrhunderten vor sich hin plätschern. Das Gebäude an sich bestand aus weißem Marmor. Die Fassade säumten imposante Säulen, durch die es eher an einen Palast erinnerte als an ein normales Haus. Man hatte uns direkt zu unseren Suiten geführt, und nun saß ich auf einem hohen Hocker, während Lydia und zwei junge Dienerinnen der Rajeshs um mich herumwuselten.

»Fertig«, sagte Lydia, nachdem sie meinen Augen den letzten Schliff verpasst hatte. Meine Schwester hatte mir alles über die Rajeshs erzählt, während sie mich nebenbei schminkte. Ich kannte mittlerweile die Namen und das Alter sämtlicher Kinder und wusste sogar, wie weit sich das Herrschaftsterritorium der Familie erstreckte. Obwohl wir in einem Schlafzimmer in Indien saßen, tat sie so, als sei das alles die normalste Sache der Welt.

Lydia war kaum von meiner Seite gewichen, seit ich am Morgen in London aufgewacht war. Ich hatte schon befürchtet, dass die Stimmung zwischen uns ein wenig angespannt sein würde, weil ich ihren Plänen nicht sofort zugestimmt hatte. Aber sie schien sich einfach nur auf das Abenteuer zu freuen und schaffte es mit ihrer Begeisterung, dass auch ich mich ein wenig besser fühlte.

Eine der jungen Dienerinnen stand die ganze Zeit vor mir, betrachtete mit zusammengekniffenen Augen mein Gesicht und runzelte die Stirn. Sie nahm Lydia den Eyeliner aus der Hand und schob sie mit einem Ellenbogenknuff aus dem Weg. Die Mädchen sprachen beide kein Englisch, und weder Lydia noch ich konnten Bengali, deshalb gab sie mir mit Gesten zu verstehen, dass ich nach oben schauen sollte, bevor sie sich mit sanften Strichen des Stifts an meinen Augen zu schaffen machte. Lydia lächelte amüsiert und setzte sich auf die Bettkante. »Also, wie ich schon sagte –«

Es klopfte an der Tür, und sie stand wieder auf, um sie zu öffnen. Ich blickte an den Händen des Mädchens vorbei und sah, dass Cole ins Zimmer lugte. Ich winkte ihm zu, aber er sagte irgendetwas zu Lydia und verschwand dann wieder, ohne mich auch nur eines Blickes zu würdigen. Ich ließ die Hand wieder in meinen Schoß fallen.

»Er meint es nicht böse.« Lydia half dem zweiten Mädchen, meine dünnen Haarsträhnen zu Ende zu flechten, während die mit dem Eyeliner mir bedeutete, die Augen zu schließen. »Er ist nur ein bisschen verletzt, weil …« Ich erkannte, dass sie versuchte, sich diplomatisch auszudrücken. »*Ich* verstehe, dass du dir Sorgen um deine Mutter machst und dass alles ziemlich überwältigend für dich sein muss. Wenn ich an deiner Stelle wäre, hätte ich mich wahrscheinlich im Schrank verkrochen und eine Woche lang nur geheult. Aber Cole versteht nun mal nichts anderes, als immer nur das zu tun, was das Beste für die Familie ist. Aber er wird seine Meinung schon noch ändern. Vor allem, wenn du das Mandat erfüllst.«

»Okay«, sagte das Mädchen vor mir mit starkem Akzent, und ich machte die Augen auf.

Lydia beugte sich nach vorne, um mein Gesicht zu betrachten. »Oh! Sehr hübsch!« Sie deutete auf ihr Gesicht. »Ich auch, bitte!«

»Falls«, korrigierte ich sie, als sie sich aufs Bett setzte und das Mädchen begann, auch um ihre Augen dicke Kajallinien zu malen. »*Falls* ich das Mandat erfülle. Eine Heirat ist nur der allerletzte Ausweg.«

Lydia schaute zu mir herauf, ein Auge teilweise schwarz umrandet. »Du weißt schon, dass alle Hochzeiten im Kreis arrangiert sind, oder?«

»*Alle?*«

»Alle in der direkten Linie, obwohl sie nicht gleich das komplette *Schicksal* des Kreises verändern.« Sie sah zu, wie das andere Mädchen den Sari vorbereitete, in den sie mich vermutlich gleich hüllen würden. Lydia hatte mir erklärt, dass ich mir bei den meisten unserer Besuche ihre Kleider ausleihen konnte, es in manchen Fällen aber als Zeichen des guten Willens galt, die traditionelle, von der Familie bereitgestellte Kleidung zu tragen. »Violett«, sagte sie. »Wie passend. Gefällt mir.«

Ich blinzelte. Die Farbe des Saris war ein tiefes Pflaumenblau, mit einem rot und golden schimmernden Rankenmuster an den Rändern. Das Mädchen bedeutete mir, dass ich mich ausziehen solle. »Wenn du mal heiratest«, fragte ich Lydia, »wird die Ehe also auch arrangiert sein?«

Lydia nickte.

»Und das macht dir gar nichts aus?«

Sie zuckte mit den Schultern. »Ich habe mich an die Vorstellung gewöhnt.«

»Moment mal, soll das etwa heißen, dass eigentlich *du* einen der Typen heiraten sollst, die wir auf dieser Reise besuchen?« Das Einzige, was noch unangenehmer gewesen wäre, als nacheinander zehn heiratswilligen Kerlen vorgeführt zu werden, wäre die Tatsache, dass einer von ihnen bereits meiner Schwester versprochen war.

Sie stand auf und begutachtete ihr Make-up im Spiegel, was mir selbst bislang noch nicht erlaubt gewesen war. Falls es so ähnlich aussah wie ihres, dann war es ziemlich dramatisch. »Nein. Vereinigungen innerhalb des Kreises bleiben für gewöhnlich in der Familie. Das ist noch einer der Gründe, warum *du* etwas so Besonderes bist.«

Ich versuchte schon die ganze Zeit, nicht nervös zu werden, aber das hier half mir nicht unbedingt dabei. Ich streckte die Arme zur Seite aus, während mich die Mädchen in den Sari wickelten. Die mit Perlen besetzten Quasten am Saum baumelten mit einem leisen Klingeln in der sanften Brise des Deckenventilators hin und her.

Nach ein paar Sekunden der Stille baute sich Lydia vor mir auf und strich eine abtrünnige Haarsträhne aus meinem Gesicht. »Tut mir leid«, sagte sie leise. »Ich vergesse immer, wie wenig du eigentlich weißt und wie traumatisch das alles für dich sein muss. Wenn ich mich wie eine unsensible dämliche Pute aufführe, dann knall mir einfach eine, okay?«

Ich stieß ein atemloses Lachen aus.

»Ich mein's ernst. Außerdem sollten wir ein geheimes Zeichen vereinbaren, nur für den Fall, dass du irgendwas brauchst. Zum Beispiel …« Sie kratzte sich mit dem kleinen Finger an der Augenbraue. »Okay? Wenn du das machst, dann weiß ich, dass du meine Hilfe brauchst, und eile zu dir.« Sie unterbrach sich kurz. »Und ich werde versuchen, dich nicht mehr so wegen dieser ganzen Sache zu nerven, aber ich finde es nun mal einfach faszinierend. Meine Heirat wird nie so bedeutend sein wie deine. Cole ist der Erbe – oder zumindest war er es, bevor du aufgetaucht bist. Er ist zwölf Minuten älter als ich, weißt du?« Ihr selbstbewusstes Lächeln wirkte eine Sekunde lang ganz zerbrechlich. »Jetzt bist du es.«

Ich beobachtete, wie Lydias Finger – nicht manikürt und mit abgekauten Nägeln – an einem Faden ihres Rocksaums herumzupften. Ich hatte die ganze Zeit nur daran gedacht, wie ungerecht das alles *mir* gegenüber war. Aber wie fühlte es sich wohl an, zuzusehen, wie jemandem all diese Aufmerksamkeit zuteilwurde, die man selbst nie haben würde, obwohl diejenige sie gar nicht wollte?

»Ohne dich könnte ich das alles gar nicht, weißt du?«, sagte ich leise. Es war alles, was mir einfiel, aber es entsprach der Wahrheit. »Also … danke.«

Lydia lächelte.

Es klopfte erneut an der Tür. »Zehn Minuten«, rief Jack, und ich schreckte hoch, versuchte jedoch, mir nichts anmerken zu lassen. Ich hatte meinen Vater davon überzeugen können, ihn nach Indien mitzunehmen. Es fiel mir jedoch immer schwerer, so zu tun, als bedeute er mir auch nicht mehr als jedem anderen Mitglied des Kreises irgendein beliebiges Dienstmädchen bedeutete. Allerdings war es faszinierend, ihn in seinem Element zu beobachten. Er war hoch konzentriert, wachsam und ernst. Er war der Jack, den ich kannte, nur viel intensiver.

Ich strich meinen Sari glatt. Ich durfte mich jetzt nicht ablenken lassen, vor allem nicht von einem Jungen, an den ich eigentlich gar nicht so denken durfte – schon gar nicht, kurz bevor ich jemanden kennenlernte, den ich vielleicht bald heiraten würde. Ich zog eine imaginäre Schutzmauer um mich hoch. »Gibt's sonst noch irgendetwas, das ich wissen müsste?«, fragte ich.

Die Mädchen hüllten Lydia inzwischen in einen rubinroten Sari. Als sie fertig waren, schmückten sie uns beide mit schweren Halsketten, Armbändern und Ohrringen. »Selbst wenn du nervös bist, versuch einfach, es zu genießen«, riet Lydia mir. »Dev ist wirklich … Na, es könnte jedenfalls ein ganz lustiger Abend werden.«

»Was meinst du denn damit?«

»Letztes Jahr hat er an einem UN-Landwirtschaftsgipfel teilgenommen und sich als Banane verkleidet. Will heißen: Er hatte einen Ganzkörper-Bananenanzug an.«

Ich lachte. »Hatte er nicht.«

»Es ist Zeit«, hörten wir eine Stimme vor der Tür. Die Mädchen zupften noch ein letztes Mal an mir herum und drapierten schließlich eine glänzende goldene Kette auf meinem Haar. Dann durfte ich mich endlich im Spiegel betrachten.

Die Seide des Saris schimmerte in dunklem Violett auf meiner blassen Haut, während Gold und Edelsteine an meinen Händen, meinem Hals und in meinem Haar glitzerten. Meine Augen *waren* dramatisch, passten jedoch perfekt zu meinem Outfit. Lydia stellte sich neben mich, ebenso elegant und schillernd.

Ich betrachtete uns nebeneinander im Spiegel und war überrascht, als sie meine Hand nahm. Ihre war klein und kalt. Unsere Armreifen klimperten hübsch aneinander. Lydias Mundwinkel verzogen sich langsam zu einem Lächeln, so als würden wir ein schwesterliches Geheimnis teilen. »Du siehst aus wie eine Prinzessin«, sagte sie.

✵

Ich hatte erwartet, dass mein erstes Treffen mit einer anderen Familie des Kreises genauso verlaufen würde wie mein Treffen mit den Dauphins – entweder voll kaum verschleierter Verachtung oder unterwürfiger Verehrung –, aber die Rajeshs waren ganz anders. Lydia und ich gesellten uns gemeinsam mit meinem Vater, Cole und Jack zu ihnen, in einem Raum mit tanzendem Kerzenlicht, leuchtend bunten Wandbehängen und einer lebensgroßen Statue von Ganesha, dem Elefantengott.

Devs Mutter, Indra Rajesh, hatte ein sanftes Lächeln. Sie umschloss in einer warmen Geste meine Hand mit ihren, fragte mich nach meinem bisherigen Leben und meiner Familie und versicherte mir, wie leicht es mir fallen würde, ein Teil ihres Lebens zu werden. Devs Vater, Arjun, hatte einen dicken Schnurrbart und einen noch dickeren Bauch und musste vor dem Abendessen ein Dutzend Tassen Kaffee getrunken haben, da er ohne Punkt und Komma über alles Mögliche redete, von der Kunst in ihrem Haus bis hin zum Wetter, und das mit sehr vornehmem britischen Akzent.

Dev selbst hatte dunkelviolette Augen, um die sich so freundliche Falten bildeten, wenn er lächelte, dass ich automatisch zurücklächeln wollte. Er hatte mir sofort eine Tasse mit dampfendem, intensiv duftendem Tee eingeschenkt, als wir das Wohnzimmer betreten hatten, und saß nun neben mir, während wir seinem Vater zuhörten.

»Natürlich haben wir auch neue Sicherheitsmaßnahmen ergriffen, seit die Angriffe begonnen haben«, fuhr Mr Rajesh fort. »Grauenvoll. Ich habe gestern mit George Frederick gesprochen. Sie machen nach Liams Tod verständlicherweise eine schwere Zeit durch …« Er sprach von Liam Blackstone, einem berühmten Schauspieler und Mitglied des amerikanischen Zweigs des Kreises, der mit Colette LeGrand zusammen gewesen war. Ich hatte sie beide kennengelernt, kurz bevor er ermordet worden war.

Die Unterhaltung verebbte, als mein Vater und Mr Rajesh Richtung Esszimmer vorangingen. Ich stand auf, um ihnen zu folgen, und Dev bot mir seinen Arm an. Ich nahm ihn.

»Tja«, sagte er mit tiefer, weicher Stimme, »wie es aussieht, haben wir den Schritt von den unbehaglichen zu den deprimierenden Konversationsthemen erfolgreich vollzogen. Ich würde sagen, bislang läuft der Abend nach Plan, meinst du nicht auch?«

»Oh.« Ich versuchte wieder ein Lächeln auf mein Gesicht zu zaubern. »Doch. Alles läuft bestens. Ich –«

Dev lachte. Ich blickte auf und schaute in seine leuchtenden Augen. Er sah wirklich richtig gut aus – tat das irgendjemand im Kreis eigentlich *nicht*? –, mit langem, welligem schwarzen Haar, Drei-Tage-Bart und freundlichem Lächeln.

»Schon okay. Du musst nicht so tun, als wäre das Ganze hier nicht irrsinnig peinlich.« Dev zeigte vor uns. Auf dem Boden des Esszimmers befand sich ein Mosaik in Form eines Rads mit zwölf Speichen. Es musste das Familiensymbol der Rajeshs sein. »Meine Eltern sind normalerweise nicht so. Sie sind nur ein bisschen angespannt. Wegen der Angriffe und wegen … na ja … deinetwegen.«

Ich betrachtete Mrs Rajesh, die nervös am Esstisch stand. Ihre Augen huschten über die Gedecke, als könne eine unpassende Serviette ihre Chancen auf die Vereinigung ruinieren.

»Sie sind wirklich nett«, erwiderte ich und entspannte mich zum allerersten Mal. »Ich weiß es wirklich zu schätzen, dass sich deine Familie meinetwegen solche Mühe macht.«

»Und wir wissen deinen Besuch zu schätzen. Ich hoffe, dir schmeckt das Paneer Makhani Masala, das es zum

Abendessen gibt.« Er führte mich zu einem Stuhl am Kopf der Tafel. »Das Tandoori-Lamm ist zwar das Hauptgericht, aber mein Lieblingsessen ist der Paneer. Das Rezept hat meine Mutter schon als junges Mädchen gelernt. Sie hat darauf bestanden, dass für dich nur das Beste gut genug ist.«

Ich ertappte Mrs Rajesh dabei, wie sie uns beobachtete und dann so tat, als hätte sie es nicht getan. Ich versteckte mein Lächeln.

Nach dem dritten Gang platzte ich bereits, aber es war noch lange nicht zu Ende. Das Lamm war köstlicher, als ich es je für möglich gehalten hätte. Der Paneer, der aussah wie Tofuwürfel, in Wahrheit aber Käse war, schmeckte gleichzeitig herzhaft und süß, buttrig und scharf.

»Was ist da drin?«, fragte ich Dev und tunkte auch den letzten Rest Soße mit einem weichen Stück Fladenbrot auf, das *Naan* hieß. »Wie kann das nur so gut schmecken?«

»Das ist ein Geheimnis.« Er zwinkerte mir zu. »Und dieses Geheimnis besteht aus einem riesigen Gewürzschrank und stundenlangem Köcheln. Aber sagen wir einfach: Es ist Zauberei.«

»Es *ist* Zauberei.« Ich sah zu, wie das Kerzenlicht über das bestickte Tischtuch und das Porzellan tanzte. Dann schaute ich wieder Dev an, in dessen Augen noch immer ein freches Grinsen leuchtete. Ich musste ihn einfach fragen. »Hast du dich wirklich bei einem UN-Gipfel als Banane verkleidet?«

Er zuckte mit den Schultern. »Ich musste das Kostüm reinschmuggeln. Das klingt zwar albern, aber es hat tatsächlich dazu geführt, dass die Leute zugehört haben.« Er lehnte sich herüber und flüsterte mir ins Ohr: »Ich musste wählen zwischen Banane oder Weintrauben, aber ich dachte, das nächste Treffen der Weinindustrie kommt bestimmt. Die Trauben spare ich mir noch auf. Aber sag meinem Vater nichts davon.«

Ich lachte so laut, dass sich der halbe Tisch uns zuwandte. Ein strahlendes Lächeln breitete sich auf Mrs Rajeshs Gesicht aus, als sie sah, wie gut wir uns verstanden, und auch mein Vater schien sich ein wenig zu entspannen.

»Unsere Väter sind seit ihrer Kindheit befreundet«, sagte Dev. Er lehnte sich zurück, damit einer der Diener seinen leeren Teller abtragen konnte. »Aber deine Schwester und deinen Bruder kenne ich nicht wirklich.«

Er blickte zum anderen Ende des Tisches, wo sich Lydia und Cole mit den jüngeren Kindern der Rajeshs unterhielten.

»Aber ich kannte Oliver, als wir noch Kinder waren«, fuhr er fort. Er senkte den Kopf. »Was für eine Tragödie.«

Oliver?

Bevor ich Dev fragen konnte, wen oder was er damit meinte, trällerte eine Stimme auf meiner anderen Seite: »Wie kommt es, dass wir deine entzückenden Geschwister bereits kennengelernt haben, dich heute aber zum ersten Mal treffen?«, wollte Mrs Rajesh wissen.

»Ich bin außerhalb des Kreises aufgewachsen«, erwiderte ich und gab ihr damit jene vage, aber höfliche Antwort, die wir einstudiert hatten, dann lenkte ich unsere Unterhaltung so schnell wie möglich in eine andere Richtung.

Nach dem Dessert – Zimtkuchen und süßer, milchiger Chai – wagte ich es, erneut einen Blick auf Jack zu riskieren. Er stand stoisch im Türrahmen, wie er es auch während des kompletten Essens getan hatte. Dieser ganze Abend kam mir vor wie ein seltsamer, wenn auch nicht unangenehmer Traum, aber seine Anwesenheit erinnerte mich wieder daran, dass es Zeit war, in die reale Welt zurückzukehren.

Ich beschloss, mich bei meinen Gastgebern zu bedanken und ihnen eine gute Nacht zu wünschen. Auch wenn Jack und ich unseren eigenen Plan verfolgten und eine Vereinbarung einhalten mussten, mochte ich Dev wirklich und wäre gerne mit ihm befreundet gewesen – *heiraten* wollte ich ihn trotzdem nicht. Aber gerade weil ich ihn mochte, wollte ich ihm nicht noch mehr falsche Hoffnungen machen, als ich es allein durch meinen Besuch ohnehin schon getan hatte.

Doch bevor ich mich entschuldigen konnte, stand Mr Rajesh vom Tisch auf und klatschte in die Hände. »Ich würde sagen, die Party kann beginnen.«

Ich stellte meine Tasse mit der letzten Neige des Chais ab. »Party?«

»Das Abendessen war nur der Auftakt.« Dev bot mir seine Hand an und ich nahm sie zögernd.

»Das wusste ich ja gar nicht.« Ich schaute erst Lydia an und dann meinen Vater. Keiner von beiden wirkte überrascht, was die Party anging. Jack hingegen blickte mir flüchtig in die Augen und runzelte die Stirn.

Alle erhoben sich angeregt plaudernd vom Tisch, während ich auf meine Armbanduhr schaute. »Könnten Sie mir sagen, wo das Badezimmer ist?«, bat ich Indra Rajesh leise, und sie rief eins der Dienstmädchen zu sich, das mich den Flur hinunter begleitete.

Ich schloss die Tür ab und holte das Handy aus meiner kleinen mit Perlen bestickten Clutch. *Es wird später als geplant,* tippte ich und rückte den mit Juwelen besetzten Kopfschmuck wieder richtig auf meine Stirn, bevor mich das Dienstmädchen wieder zurück ins Esszimmer brachte. Bis auf Dev waren alle verschwunden.

»Sie warten alle auf unseren großen Auftritt«, verkündete er, und da mir keine andere Wahl blieb, nahm ich erneut den Arm, den er mir anbot.

Ich hätte wissen müssen, dass das Haus der Rajeshs über einen Ballsaal verfügte. Zwei ganz in Weiß gekleidete Männer öffneten die hohen geschnitzten Türen, und Stille breitete sich im Raum aus, als Dev und ich ihn betraten.

Ich blieb wie angewurzelt stehen. Hunderte Gäste waren unter der vor Juwelen und Blumen strotzenden Decke versammelt. Arjun Rajesh hob die Hände, und ein eindeutig indischer Dance-Beat ertönte aus den Lautsprechern, während die Menge in so lauten Jubel ausbrach, dass er von der Brust bis zu den Zehen in mir vibrierte.

»Gehören sie alle dem Kreis an?«, fragte ich Dev über den Lärm hinweg.

»Zumindest entfernt«, brüllte er zur Antwort. »Sie wollten dich alle sehen.« Er lachte, als ein Dutzend Männer auf uns zustürmten und uns beide ohne die geringste Vorwarnung auf ihre Schultern hievten. Dev grinste, ich jaulte auf und hielt meinen nur locker zusammengesteckten Sari fest, während die Männer mit uns durch die Menge hüpften.

Wir bewegten uns so schnell, dass ich die lachenden Gesichter rundum nur kurz aufblitzen sah. Trotzdem konnte ich erkennen, dass sie noch begeisterter strahlten, als es Mr und Mrs Rajesh schon den ganzen Abend getan hatten. In ihnen lag dieser helle, offene Ausdruck von … was? Bewunderung? Ja, aber da war noch mehr. Optimismus. Vertrauen.

Hoffnung.

Ich wusste, worauf ich mich einließ, als ich dem Plan meines Vaters zustimmte. Aber erst in diesem Augenblick, auf den Schultern zweier Männer, die ich nicht kannte, während ich zu einem Bollywood-Song herumgewirbelt und von allen Seiten mit Konfetti beworfen wurde, das sich wie Schneeflocken in meinem Haar verfing, wurde mir wirklich bewusst, was ich hier tat. Ich hatte es die ganze Zeit als eine Form von Politik betrachtet. Aber bis zu diesem Moment hatte ich nicht wirklich begriffen, dass ich außerdem zugestimmt hatte, mich in das Symbol der Hoffnungen und Träume der mächtigsten Familien der Welt zu verwandeln.

Frauen umringten uns, in alle erdenklichen Farben gehüllt. Sie erstrahlten im Glanz unzähliger Pailletten und schwangen weiße Tücher über ihren Köpfen hin und her. Als die beiden Männer Dev und mich schließlich wieder absetzten, klammerte ich mich schwindlig an seinem Arm fest, während uns die Frauen Girlanden aus weißen, gelben und orangefarbenen Ringelblumen um den Hals legten, bis sie mich beinahe erstickten.

Dev nahm meine Hand und wirbelte mich zur Mitte der Tanzfläche, bevor ich überhaupt die Chance hatte, wieder zu Atem zu kommen. Die Musik und das Lachen rissen mich mit, und obwohl ich wusste, dass ich niemals *wirklich* sein würde, was sie sich wünschten, konnte ich in diesem Augenblick nichts anderes tun, als mitzuspielen. Schon bald lachte ich ebenso herzlich wie alle anderen und zerrte Lydia zu mir, damit sie mit mir tanzte. Selbst Coles grimmige Miene war verschwunden.

Nach einer Weile taten mir allerdings vom vielen Tanzen die Füße und vom vielen – gekünstelten und echten – Lächeln die Wangen weh. Selbst zum Stehen war ich fast zu erschöpft. Aber trotzdem: Jack und ich hatten noch eine Verabredung. Ich warf daher Lydia einen flehenden Blick zu und kratzte mich mit dem kleinen Finger an der Augenbraue.

Sie nickte und ein paar Minuten später stand mein Vater neben mir, bedankte sich bei Dev und seinen Eltern für den wundervollen Abend und verabschiedete sich mit Jetlag als Entschuldigung auch von den anderen Gästen.

Sie wirkten enttäuscht – es war schließlich noch früh –, aber Dev gab mir einen Kuss auf die Hand, und ich lächelte und winkte zum Abschied, bevor wir uns schließlich in die Stille des Flurs zurückzogen.

Mein Vater begleitete mich zu meinem Zimmer. Das Rascheln der Seide meines Saris war das einzige Geräusch im Wohntrakt der riesigen Villa, aber in meinem Kopf hallten noch immer die Trommeln und Flöten und der Jubel aus dem Ballsaal wider. Ich nahm die oberen Blumengirlanden ab und meine Schultern fühlten sich wieder ein wenig leichter.

Mein Vater räusperte sich. Ich hatte seit dem gestrigen Abendessen kaum mit ihm gesprochen, und auch wenn Lydia mein nur widerwilliges Einverständnis in ihre Pläne zu akzeptieren und sogar zu verstehen schien, war ich mir nicht sicher, ob er es auch tat. Ich erwartete einen Vortrag darüber, dass ich den Sitten und Bräuchen dieser Familien zu folgen hatte und nicht einfach verschwinden konnte, nur, weil ich müde war. Daher war ich umso überraschter, als er sagte: »Du machst deine Sache wirklich gut.«

Ich blickte auf. Mein Vater trug eine ähnliche Tunika wie Mr Rajesh, die nach dem durchtanzten Abend auf charmante Weise verrutscht war.

»Ich weiß, dass es nicht leicht für dich ist«, fuhr er fort. »Deine Mutter … Claire hat die Politik des Kreises immer gehasst.«

Claire. Ich vergaß immer, dass Carol nicht der richtige Name meiner Mutter war. Ebenso wenig wie West. Wahrscheinlich hatte sie sich beide ausgedacht, nachdem sie erfahren hatte, dass sie mit mir schwanger und vor dem Kreis geflohen war.

Mein Vater – ich konnte ihn immer noch nicht *Dad* nennen, weil das Wort jedes Mal Bilder von karierten Hemden und sommerlichen Grillpartys heraufbeschwor – musste mein Schweigen als Zustimmung verstanden haben, denn er fügte hinzu: »Es bedeutet uns und dem Kreis sehr viel, dass du bereit bist, bei dieser Sache mit uns zusammenzuarbeiten. Sie waren heute Abend richtig hingerissen von dir.«

Erneut meldeten sich Schuldgefühle in mir. Ich kooperierte schließlich nicht so sehr mit ihnen, wie er glaubte.

Ein schwerer Samtvorhang führte in den Flur mit den Schlafzimmern. Mein Vater hielt ihn zur Seite und ließ mich hindurchgehen. »Ich bin mir nicht sicher, ob es dir hilft, das zu wissen, aber was du hier tust – dass du dir von diesen jungen Männern und ihren Familien den Hof machen lässt –, hat eine lange Tradition. All unsere Ehen sind arrangiert.«

Ich starrte auf meine Hände hinunter, die mit Armreifen und durch zarte Ketten miteinander verbundenen Ringen geschmückt waren. »Lydia hat es mir erzählt.«

Ich spürte, dass mein Vater mich beobachtete. »Man kann lernen, jemanden zu lieben.«

Ich konnte die Frage nicht unterdrücken. »Dann hätten du und meine Mutter –«

»Niemals eine Zukunft gehabt.« Seine Worte klangen sanft, aber endgültig. »Jetzt ist es vollkommen offensichtlich. Aber damals waren wir jung. Und idealistisch.«

Wir gingen unter einem vergoldeten Türbogen hindurch. Zwei Laternen flackerten vor den von Goldfäden durchzogenen Wandteppichen. Sicher, der heutige Abend war nett gewesen – mehr als nett. Und vielleicht würden auch all die anderen Abendessen, Partys und Reisen auf ihre eigene Weise genauso viel Spaß machen. Und ich *war* froh, dass ich meiner Familie helfen konnte, solange es eben dauern mochte – es gab mir das Gefühl, wirklich zu ihnen zu gehören. Aber wie unterschied sich das alles von meiner Beinahe-Heirat mit Luc Dauphin? Es waren nur andere Familien, andere Länder, andere Käfige.

Aber wenigstens stand die Tür dieses speziellen Käfigs immer noch einen Spalt offen.

»Haben deine Leute schon irgendwelche Fortschritte gemacht, was die Hinweise oder meine Mom betrifft?«, fragte ich mit krächzender Stimme. Mein Hals war rau und wund, weil ich den ganzen Abend gegen die Musik hatte anschreien müssen.

Mein Vater schüttelte den Kopf. »Aber wir arbeiten daran.«

Wir blieben vor einer aufwendig geschnitzten Tür stehen, die von dem langen gefliesten Flur abging. Über uns drehte sich träge ein Deckenventilator und ließ meine Locken flattern.

»Wir sehen uns dann morgen früh«, sagte mein Vater. »Wir trinken um zehn zum Abschied noch Tee mit den Rajeshs und brechen dann um zwölf nach Deutschland auf.«

»Ich werde pünktlich fertig sein«, versicherte ich. Es folgte eine unbehagliche Pause, und ich dachte schon, er würde mich in den Arm nehmen. Aber er tätschelte mir nur die Schulter und entfernte sich dann wieder den Flur hinunter.

Ich ging in mein Zimmer und lehnte mich gegen die Tür. Allein in der Dunkelheit wünschte ich mir nichts mehr, als mich ins Bett zu kuscheln, die Augen zu schließen und mich zu erholen.

Aber ich hatte keine Zeit, um Auszuruhen. Wir hätten schon um neun von hier verschwinden sollen und es war bereits zehn. Ich zog meinen Sari aus und legte ihn auf dem Schminktisch zusammen. Dann schlüpfte ich in meine Jeans und ein weites Top aus dem Kleiderschrank und schlang mir ein Tuch um den Kopf.

Eine Doppeltür führte von meinem Zimmer auf einen großen Balkon. Während ich im Ballsaal gewesen war, hatte sie offensichtlich jemand geöffnet, und von irgendwo ertönte leise Flötenmusik, die sich unter das Plätschern des Springbrunnens unten im Innenhof mischte. Der Hof war herrlich grün und überwuchert und eignete sich perfekt als

Versteck Obwohl vor dem Anwesen zahlreiche Wachen patrouillierten, waren im Inneren des Anwesens kaum welche postiert. Ich schaltete die Deckenlampe an und lugte über das Balkongeländer, in der Hoffnung, einen Blick auf den einzigen Wachmann zu erhaschen, von dem ich wusste, dass er da war.

Die Luft in Indien – zumindest, soweit ich das bisher beurteilen konnte – war schwer, drückend heiß und voller Düfte. Im Moment roch sie nach Abendessen: nach Butter, Gewürzen und gebratenem Fleisch. Die Straßenlaternen in der Ferne schimmerten diesig.

Ich hörte, wie der Kies unter mir knirschte. Der Wachmann ging unter meinem Zimmer vorbei. Er bewegte sich in gemütlichem Tempo – hier schien alles etwas gemächlicher vonstattenzugehen. Ich wischte mir eine Schweißperle weg, die an meinem Hals hinunterrann. Heute waren die Temperaturen auf knapp vierzig Grad geklettert und selbst nach Sonnenuntergang hatte sich die Luft kaum abgekühlt. Trotzdem musste ich das Kopftuch tragen – westliche Gesichter zogen hier zu große Aufmerksamkeit auf sich, und Aufmerksamkeit war das Letzte, was wir wollten.

Der Wachmann summte leise vor sich hin und bog um die Ecke. Ich zögerte nur eine Sekunde lang, bevor ich von dem aufwendig verzierten Marmorbalkon kletterte.

KAPITEL 5

ICH HATTE MEINE Höhenangst so gut wie überwunden – vielleicht war sie einfach von zu vielen anderen Ängsten verdrängt worden. Trotzdem hielt ich den Atem an, als ich mich vorsichtig am Balkon entlang zu einem Spalier schob, das bis in den Innenhof hinabreichte. Jack hatte vor einer Weile die Lage erkundet und war zu dem Schluss gekommen, dass dies die beste Möglichkeit war, mich aus dem Zimmer zu schleichen. Das Spalier splitterte zwar an einigen Stellen bereits, war jedoch stabil. Als die Flötenmusik über mir in Streicher überging, war ich bereits auf dem Boden angelangt und duckte mich hinter einen Farn.

Ich pflückte einen Holzsplitter von meiner Handfläche und beobachtete, wie der Schatten des Wachmanns einen Durchgang entlangwanderte, der vom Innenhof zu einem Lieferanteneingang neben der Küche führte. Sobald er außer Sichtweite war, versuchte ich mich, so gut es ging, in den Schatten zu halten, und huschte am Rand des Hofs entlang, vorbei an der hell erleuchteten Küchentür.

Ich war so angespannt, dass ich beinahe laut aufschrie, als ich plötzlich eine Hand an meinem Ellenbogen spürte.

»Schhh.«

Einen flüchtigen Moment lang fragte ich mich, seit wann ich Jack allein an diesem einen Laut erkennen konnte. Er sah genauso gut und ernst aus wie schon den ganzen Tag, aber als er mir in die Augen schaute, tauchte ein Lächeln auf seinem Gesicht auf. Er drückte sanft meinen Arm, und ich wusste, dass wie beide froh waren, uns zu sehen. Wir hatten uns so daran gewöhnt, die ganze Zeit zusammen zu sein, dass sich der heutige Tag irgendwie falsch angefühlt hatte. Beinahe hätte ich die Arme um seinen Hals geschlungen, hielt mich jedoch zurück. Stattdessen verließen wir heimlich das Grundstück und betraten eine der belebten Straßen Kalkuttas.

Jack setzte die Kapuze seines Sweatshirts auf, um sein Gesicht zu verbergen. »Gab's irgendwelche Schwierigkeiten?«

Ich schüttelte den Kopf und blickte mich um. Ich nahm nicht an, dass uns irgendjemand vom Palast gefolgt war, konnte mir jedoch nicht ganz sicher sein. Außerdem musste ich annehmen, dass der Orden wusste, dass ich in Indien war. Ich glaubte zwar immer noch nicht wirklich, dass sie mich angreifen würden, aber die Paranoia meines Vaters – und Jacks – schienen doch langsam auf mich abzufärben.

Ich legte die Hand um das kleine Messer in dem Außenfach meiner Handtasche. Ich bewahrte es dort auf, seit ich es von Elodie – Dienstmädchen, Assistentin und Auftragskillerin der Dauphins – bei der fehlgeschlagenen Hochzeit bekommen hatte. Manchmal fragte ich mich immer noch, warum sie es mir gegeben hatte. Doch was auch immer der Grund dafür gewesen sein mochte, das Messer war inzwischen mehr als nur eine Waffe für mich. Es hatte sich zu einer Art Talisman entwickelt: Ich hatte das Messer die ganze Zeit dabei, obwohl ich es noch nie hatte benutzen müssen.

Uns schien niemand zu folgen, aber ich war mir ohnehin nicht sicher, ob sie uns überhaupt hätten im Auge behalten können – hier waren einfach so viele Menschen. Sie lungerten in Scharen in den Eingängen geschlossener Läden und beobachteten uns im Vorübergehen. Mehrere Männer wuschen sich unter einem Wasserhahn am Straßenrand, seiften sich ein und schütteten sich aus einem Eimer Wasser über den Kopf, wobei ihre Lendenschurze ebenso klatschnass wurden wie der Rest von ihnen.

Jack winkte eine leuchtend gelbe Fahrrad-Rikscha heran, deren Baldachin am Rand mit Flitter verziert war, und wir quetschten uns hinein.

Ich lehnte mich auf dem Sitz zurück und erlaubte es mir endlich, ein wenig zu entspannen. Ich rieb mir, ohne nachzudenken, das Gesicht, und der schwarze Eyeliner verteilte sich auf meinen Händen. Bevor ich mich aus dem Haus geschlichen hatte, war mir gerade genügend Zeit geblieben, meine braunen Kontaktlinsen wieder einzusetzen, den dicken Kajal hatte ich jedoch nicht mehr abwaschen können.

Jack schob seine Kapuze nach hinten. In der winzigen Rikscha saßen wir eng aneinandergepresst. »Hat Lydia dich geschminkt?«

Ich erzählte ihm, wie ich für die Feier gestylt worden war.

Jack lächelte. »Ich glaube, Lydia findet es toll, eine Schwester zu haben.«

Das ging mir genauso. Ich fragte mich, ob es wohl jemals dazu kommen würde, dass Lydia und ich uns heimlich gemeinsam aus dem Haus schlichen, ohne dass unser Vater etwas davon bemerkte, genau wie in jeder normalen Familie.

»Du denkst doch nicht, dass sie etwas ahnen, oder?«, fragte ich.

Jack schüttelte den Kopf. »Du spielst deine Rolle perfekt. Solange wir hier draußen nicht erwischt werden, ist alles in Ordnung.«

Die Rikscha steckte im chaotischen Verkehrsgetümmel neben einem Motorrad, auf dem sich eine komplette Familie drängte, und einer alten klapprigen Karre fest. Ich hätte schwören können, dass sie von Wasserbüffeln mit blau und orangefarben angemalten Hörnern gezogen wurde, an deren Hälsen große Glocken bimmelten.

Im Licht der Laternen war zu erkennen, dass die Straßen fast von genauso vielen Farben wie Menschen überquollen: eine lachsrosa Tür in einer türkisfarbenen Wand. Blaue Busse mit gelbem Streifen, passend zu den gelben Taxis. Auf die Seite eines Busses hatte jemand verschiedene Vögel gemalt, während auf dem Heck aller größeren Autos die Worte *Bitte hupen* zu lesen waren. Die Fahrer dahinter ließen sich das nicht zwei Mal sagen.

»Ich komme mir vor, als hätte ich Halluzinationen«, flüsterte ich.

»Ja, diese Wirkung hat dieses Land manchmal.« Auch Jack beobachtete das bunte Treiben fasziniert. Auf seiner

Seite briet ein runzliger alter Mann im Schein einer Taschenlampe Kartoffeln in einer Metallpfanne, die genauso breit war wie der Gehweg, und servierte sie seinen Kunden anschließend in improvisierten Tüten aus Zeitungspapier.

Weil wir ohnehin viel zu spät dran und der Verkehr eine einzige Katastrohe war, bat Jack den Fahrer, anzuhalten und uns aussteigen zu lassen. Wie im Palast der Rajeshs lag auch hier ein intensiver Geruch in der Luft, nur, dass er nicht so angenehm war. Wir bogen um eine Hausecke und entdeckten drei Ziegen, die von einem kleinen Müllhaufen futterten. Eine von ihnen trug ein *Mein kleines Pony*-T-Shirt um ihren mageren Bauch. Sie stieß sanft mit dem Kopf gegen meine Handtasche, als wir an ihnen vorbeiwollten, und ich drückte mich erschrocken gegen die Wand. Nach kurzem Zögern ließen sie uns jedoch passieren und wir eilten weiter. Stellan fragte sich bestimmt schon, wo wir blieben.

Der Platz, auf dem wir uns mit ihm treffen wollten, war weit und offen, aber wir mussten uns erst noch durch einen nächtlichen Blumenmarkt kämpfen, um ihn zu erreichen. In Saris gehüllte Frauen mit glänzenden goldenen Kreolen in den Ohren hockten auf dem Boden und flochten bergeweise leuchtend orangenfarbene und gelbe Ringelblumen zu Girlanden, genau wie jene, die ich vorhin noch getragen hatte. Sie riefen uns zu, als wir an ihnen vorbeigingen, und hielten ihre Waren hoch. Hinter ihnen kletterten mehrere Kinder über Stapel ausgedienter Kartons. Ein kleiner Junge schaute zu uns herauf und ich musste ihn verdutzt noch ein zweites Mal ansehen. »Trägt der Kleine etwa Make-up?«, fragte ich. Er konnte nicht älter als zwei sein, aber seine Augen waren mit dickerem Kajal umrandet als meine.

»Das ist hier so üblich«, antwortete Jack. »Aberglaube.«

Ich holte tief Luft. »Wo genau treffen wir uns mit Stellan?«

Jack zeigte über den Platz und ich sah ihn sofort. Im Gegensatz zu uns machte Stellan keinerlei Anstalten, nicht aufzufallen.

Er lehnte an einem Laternenpfahl und schaute auf sein Handy. Unter der abgenutzten offenen Lederjacke trug er ein schwarzes T-Shirt. Sein blondes Haar schimmerte im Licht der Straßenlaterne. Hier zog man schon mit heller Haut allein unzählige Blicke auf sich, aber bei blonden Haaren klappte den Leuten förmlich die Kinnlade herunter. Ein paar Meter von Stellan entfernt hatte sich eine Menschentraube gebildet, was ihn jedoch nicht im Geringsten zu stören schien. Als er uns entdeckte, steckte er das Handy in die Hosentasche. »Dann habt ihr mich also doch nicht im Stich gelassen.«

»Hättest du nicht wenigstens eine Mütze aufsetzen können?«, fragte Jack. Die Gaffer glotzten uns nun alle drei an und flüsterten miteinander. *Großartig.*

Stellan grinste höhnisch und winkte in Richtung der Menschenmenge. »Willst du damit etwa sagen, dass ich die hundert Prozent Luftfeuchtigkeit hier noch nicht mal in meinen eigenen Klamotten genießen darf?«

»Nein.« Ich packte ihn am Arm und zerrte ihn aus dem Kreis seiner Bewunderer in Richtung Straße.

»Falls es dir entfallen sein sollte: Einige von uns können sich den Luxus nicht leisten, derart sorglos durch die Gegend zu spazieren«, blaffte Jack ihn gereizt an.

»Dafür müssen einige von uns sich irgendwelche Ausreden einfallen lassen, um euch beiden um die halbe Welt zu folgen.« Nachdem der Kreis vom Plan der Saxons erfahren hatte, mich mit einem Bewerber einer der anderen Familien – außer den Dauphins – zu verheiraten, hatte Stellan seinen Arbeitgebern vorgeschlagen, uns zu folgen und ihnen Bericht zu erstatten. »Monsieur Dauphin hat mich zwar mit Freuden gehen lassen, damit ich euch nachspioniere, aber es wird sicher nicht so leicht sein, Elodie und Luc auf Dauer zu belügen.«

Luc, Elodie und Stellan hatten eine eigenartige Beziehung. Sie waren eine Art Kombination aus Geschwistern und besten Freunden. Nicht unbedingt das, was man zwischen den Familienmitgliedern und einem Angestellten des Kreises erwarten würde. »Dir wird schon was einfallen«, erwiderte ich.

Wir überquerten die Straße zum Indischen Museum. Es war dunkel und still. Nur auf der Vordertreppe schliefen einige streunende Hunde.

»Ihr glaubt also wirklich, das andere Armband könnte hier sein?«, fragte Stellan und blickte an der imposanten Fassade empor.

»Dieses Museum wurde 1814 erbaut«, antwortete ich. »Genau zur richtigen Zeit für Napoleon, um etwas in der Sammlung zu verstecken. Außerdem ist Kalkutta eine wichtige Stadt des Kreises und die Sammlung umfasst angeblich auch mehrere Artefakte von Alexander.«

Stellan zündete sich eine Zigarette an. »War einer von euch denn schon mal in diesem Museum?«

Jack schüttelte den Kopf. Auch ich war natürlich noch nie hier gewesen.

»Ich schon«, sagte Stellan. »Die Ausstellungsstücke sind

weder besonders gut gepflegt noch bedacht zusammengestellt. Wenn das Armband jemals hier war, dann ist es entweder immer noch an derselben Stelle wie im 19. Jahrhundert, oder jemand hat es im Keller in einen Karton geworfen oder ist mit dem Ding am Arm einfach aus dem Museum spaziert …«

Ich sah ihn stirnrunzelnd an. »Tja, es ist trotzdem die beste Chance, die sich uns seit einer Weile bietet. Außerdem musste ich eine sehr nette Familie hinters Licht führen und so tun, als könne ich mir vorstellen, ihren Sohn zu heiraten, nur, um hierherzukommen«, erwiderte ich. »Deshalb werde *ich* trotzdem mein Glück versuchen. Also, wie sieht unser Plan aus? Gibt's irgendwo eine nicht abgeschlossene Tür?«

Die Gruppe der Inder war uns über die Straße gefolgt und kam immer näher. Stellan grinste sie an. Er rief ihnen – offensichtlich auf Bengali – etwas zu, und ein paar von ihnen antworteten und wackelten auf diese typische Weise mit dem Kopf, wie es hier scheinbar alle taten. Stellan zog ein Bündel Geldscheine aus der Hosentasche, nahm mehrere Scheine und drückte sie einem der Männer in die Hand. Er zählte das Geld nach und eilte davon, während uns die anderen weiter angafften.

Ich hob die Augenbrauen.

»Er lässt uns rein«, sagte Stellan schlicht.

»Ich dachte, du hättest einen *Plan,* wie wir uns Zugang verschaffen wollen«, entgegnete Jack mit vernichtendem Blick.

»Das *ist* mein Plan.« Wir folgten Stellan durch ein angelehntes Eisentor in einen großen Hof. »Jeder hier hat entweder einen Cousin, einen Schwager oder einen Friseur, der gewisse Dinge organisieren kann. Vertraut mir einfach.«

Ich schüttelte den Kopf und blickte mich um. Der Innenhof war beeindruckend. Zwei Reihen von Torbogen umschlossen die makellos gepflegten Rasenflächen und Hecken. »Ja, sieht wirklich total vernachlässigt aus hier«, sagte ich sarkastisch.

»Warte es einfach ab.« Stellan drückte seine Zigarette aus und winkte einem weiteren Mann zu, der gerade eine Tür auf der anderen Seite der Anlage geöffnet hatte. »Nach dir«, sagte er.

Der Mann ließ uns ein und Stellan fragte ihn irgendetwas. Er zuckte mit den Schultern, antwortete und zeigte den Flur hinunter. Dann ging er, schloss die Tür wieder hinter sich und ließ uns in düsterer, feuchter Stille zurück.

»So viel dazu«, sagte Stellan. »Er meinte, er hätte keine Ahnung, ob es hier irgendwelche Artefakte von Napoleon gibt. Aber wenn, dann sind sie wahrscheinlich dort drüben. Außerdem sollen wir uns lieber nicht erwischen lassen, weil er behaupten wird, er habe keine Ahnung, wie wir hier hereingekommen sind, und dann landen wir wegen Einbruchs im Gefängnis.«

»Wundervoll.« Jack knipste eine Taschenlampe an, die er in seiner Hosentasche versteckt haben musste, und reichte mir eine zweite, bevor wir eine schmutzige Treppe hinaufstiegen. Sie führte uns zu einer eindrucksvollen Galerie mit geschwungenen Holzbalken unter der hohen Decke. In der Mitte der Galerie thronten –

»Elefantenskelette?«, stieß ich aus.

Sie standen ins Mondlicht getaucht, das durch die Fenster über ihnen hereinströmte. Aber es waren nicht nur Elefanten: Ich erkannte auch Hirsche, Giraffen und kleinere Tiere, deren Knochen ich jedoch nicht zuordnen konnte, aufgereiht in einer makabren Parade. »Das ist wohl kaum die Galerie, nach der wir suchen«, flüsterte ich.

Im selben Moment knallte am anderen Ende des Saals eine Tür zu. Ich eilte panisch davon und zog Jack mit mir, während sich Stellan in der anderen Richtung hinter eine Vitrine schlich. Unglücklicherweise blieb Jack und mir nur der Elefant als Deckung.

Der Strahl einer Taschenlampe wanderte in unsere Richtung. Jack legte sich im Schutz der Plattform mit dem Elefantenskelett flach auf den Boden. Ich wollte es ihm nachtun, aber es war bereits zu spät. Der Wachmann schaute in unsere Richtung. Ich blieb wie erstarrt neben dem Hinterbein des Elefanten stehen.

Der Taschenlampenstrahl rührte sich einen Moment lang nicht, dann entfernten sich die Schritte wieder.

Ich atmete erleichtert aus, während Jack sich wieder aufrichtete und wir auf Zehenspitzen den Raum durchquerten. Stellan huschte bereits den angeschlossenen Flur hinunter und winkte uns, ihm zu folgen. »Anscheinend machen hier Nachtwächter die Runde«, flüsterte er.

»Danke für die Warnung«, erwiderte ich sarkastisch.

Wir betraten eine lange Galerie mit schwacher Sicherheitsbeleuchtung. In der folgenden Stunde suchten wir reihenweise Glaskästen ab, zuerst in diesem Raum, dann in einem zweiten. Widerwillig musste ich zugeben, dass Stellan recht gehabt hatte, was das Durcheinander betraf. Die Ausstellung erinnerte mich an den Secondhandladen in Lakehaven, in dem meine Freundin Lara und ich die Vitrinen gerne nach altem Schmuck durchstöbert hatten. Das hier machte allerdings viel weniger Spaß – und dauerte ewig, vor allem, weil wir jeder nur eine kleine Taschenlampe hatten. Trotzdem war es ein unglaubliches Gefühl, endlich *irgendetwas* zu unternehmen, nachdem ich mich wochenlang völlig machtlos gefühlt hatte.

Doch nichts von dem, was wir bisher gesehen hatten, schien irgendetwas mit Napoleon zu tun zu haben, und kein einziges der Schmuckstücke sah auch nur im Entferntesten so aus wie unser Armband.

Jack gesellte sich am Ende der Vitrinen, die wir gerade absuchten, zu mir und schüttelte resigniert den Kopf.

»Lass es uns in der nächsten Galerie versuchen –«, flüsterte ich, hielt dann jedoch inne.

Über seine Schulter hinweg nahm ich eine Bewegung am anderen Ende des Raumes wahr. »Stellan«, zischte ich leise und riss Jack am Ärmel. Wir hockten uns hinter einen Glaskasten, und ich musste mir auf die Lippe beißen, um nicht laut zu kreischen, als ein unidentifizierbares Insekt über meinen Fuß krabbelte. Doch auch nach mehreren Sekunden waren in der Galerie noch immer keine Schritte zu hören und kein Taschenlampenstrahl zu erkennen. Es konnte also kein Wachmann gewesen sein.

Ich stand auf und versuchte, sämtliche Gedanken an Kakerlaken abzuschütteln, während Stellan ein paar Meter entfernt hinter einer anderen Vitrine hervorkam. »Wahrscheinlich fange ich schon an, mir Sachen einzubilden«, flüsterte ich. »Tut mir leid. Weißt du, wo die Alexander-Artefakte sind?«

Stellan führte uns einen weiteren Flur hinunter.

Der nächste Ausstellungsraum war nicht ganz so vollgestellt und leichter zu durchsuchen. Wir teilten uns wieder auf, und ich brauchte nicht lange, um die Kunstwerke in meinem Teil der Galerie zu überprüfen – das meiste waren Landschaftsgemälde und Tierskulpturen. Ich beleuchtete mit der Taschenlampe eine hochkant stehende Vitrine, die mehrere Schmuckstücke enthielt. Es waren hauptsächlich Kronen und Halsketten, die jedoch viel älter zu sein schienen als unser Armband.

Dann richtete ich die Taschenlampe auf die Kunstwerke im Glasschrank daneben und war eine Sekunde lang so verblüfft, dass ich nur noch starren konnte. Dort, an der Wand über einem Basrelief von drei Frauen, die ihre Köpfe zusammensteckten, hing ein Holzschnitt des Knotensymbols mit den dreizehn Schleifen, das sich auch auf dem Medaillon an meinem Hals befand – das gleiche Symbol, das uns zu Mr Emersons Hinweisen geführt hatte. Es war zwar nicht das, wonach wir eigentlich suchten, aber es konnte auch unmöglich Zufall sein. Direkt darunter befand sich eine französische Inschrift. »Hey, Jungs«, wisperte ich.

Jack stand als Erster neben mir. Er sah genauso überrascht aus, wie ich mich fühlte. »Hast du das Armband gefunden?« Er ließ den Blick über die Kunstwerke schweifen.

»Nein«, flüsterte ich und zeigte auf die Inschrift. »Aber schau mal. Was steht da?«

Stellan drückte sich an uns vorbei und murmelte leise: »*La Serenissima. Der Entschlüsselung des Geheimnisses einen Schritt näher durch eine in Blut geformte Vereinigung*«, übersetzte er.

Ich riss Jack aufgeregt am Ärmel. Die Sprache ähnelte

der unserer bisherigen Hinweise so sehr, dass wir einfach auf der richtigen Spur sein *mussten.*

»Entschlüsselung … Vielleicht geht es ja um das Passwort.« Jack machte mit dem Handy ein Foto von der Inschrift.

Stellan betrachtete die Worte mit zusammengekniffenen Augen. »*La Serenissima.* Die Gelassene. Klingt fast wie ein Name. Aber das ist nicht Französisch, sondern Italienisch.«

»Eine Statue? Ein Gemälde?« Ich blickte mich um und versuchte, einen weiteren Hinweis zu finden.

Plötzlich hallte ein lauter Knall durch das Museum und erschreckte uns. Schwere Schritte stapften über den Holzboden und wir versteckten uns in einem Knäuel aus Armen und Beinen hinter dem Sockel der nächstbesten Statue.

Die Schritte entfernten sich.

»Wir sollten verschwinden. Wir dürfen auf keinen Fall hier erwischt werden«, flüsterte Jack. Ich saß halb auf seinem Bein und konnte Stellans Puls spüren, der sich mit dem Rücken gegen mich presste. »Selbst wenn *La Serenissima* ein anderes Kunstwerk ist, befindet es sich wahrscheinlich nicht in diesem Museum.«

Wir warteten, bis die Schritte vollkommen verklungen waren. Dann half Jack mir schwungvoll auf, und wir eilten die Stufen hinunter und durch die Tür ins Freie, zurück in die schwere Nachtluft Kalkuttas.

KAPITEL 6

AM NÄCHSTEN MORGEN erwachte ich bei Sonnenaufgang, obwohl ich erst nach Mitternacht wieder über meinen Balkon geklettert war und noch stundenlang wach gelegen hatte. Eigentlich hatte ich gehofft, besser schlafen zu können als sonst, weil ich wusste, dass wir endlich Fortschritte machten, war jedoch enttäuscht worden. Ich massierte meine Schultern, die vom vielen Tanzen und dem Schlafmangel ganz steif und schwer waren, betrat den Balkon, wo die Morgenluft ein wenig kühler war als in meinem Zimmer, und setzte mich im Schneidersitz auf eins der niedrigen Sofas.

Ich schnappte mir mein Handy, um noch einmal das Foto des Holzschnitts zu betrachten, das Jack mir geschickt hatte. Überrascht sah ich, dass ich vor wenigen Minuten eine Nachricht erhalten hatte.

Venedigs Spitzname ist La Serenissima, las ich. Stellan.

Warum bist du wach?, schrieb ich zurück. Er hatte am anderen Ende der Stadt übernachtet und war schließlich genauso spät ins Bett gekommen wie ich. *Soll das bedeuten, das Armband ist in Venedig?*

Vielleicht. Dort gibt's jedenfalls jede Menge Zeugnisse napoleonischer Geschichte. Es wäre schlüssig.

Die Familie Mikado wollte in einigen Tagen nach Venedig reisen. Mein Vater hatte erwähnt, dass wir sie wahrscheinlich dort treffen würden.

Venedig steht schon auf meinem Reiseplan, aber erst in ein paar Tagen, schrieb ich. *Vielleicht finden wir ja bis dahin heraus, was »eine in Blut geformte Vereinigung« bedeutet.*

✵

Am Nachmittag saßen wir im Flieger nach Deutschland, dem Ziel des nächsten Familienbesuchs. Ich war längst nicht mehr so nervös wie auf dem Weg nach Indien. Zu wissen, dass wir der richtigen Fährte folgten, war eine Riesenerleichterung. Ich hatte sogar Lydia gefragt, ob wir uns während unseres Aufenthalts vielleicht ein paar Museen anschauen könnten, damit ich nicht ganz so häufig hinter dem Rücken der Saxons handeln musste. Beim Familienfrühstück hatten wir noch einmal den Besuch bei den Rajeshs Revue passieren lassen. Es war eigenartig, aber auch nett gewesen, einfach so mit meinem Vater und Lydia zusammenzusitzen – und mit Cole, auch wenn er die ganze Zeit nur mit seinem Handy beschäftigt gewesen war. Seit ich denken konnte, hatte ich mir immer wieder vorgestellt, wie es wäre, eine ganze Familie zu haben, auch wenn es dabei nie darum gegangen war, eine arrangierte Hochzeit zu planen. Aber davon einmal abgesehen war ein Traum für mich wahr geworden, als ich ganz entspannt mit meinem Vater und meiner Schwester geplaudert und gelacht hatte. Und wenn alle Familien, die wir in den kommenden Tagen treffen würden, genauso reizend waren wie die Rajeshs, dann würde auch dieser Aspekt des Ganzen gar nicht so schlimm werden.

Leider waren sie aber nicht alle so wie die Rajeshs.

Als Nächstes besuchten wir die Familie Hersch in Frankfurt. Wir landeten früher als geplant und hatten noch Zeit für eine Stadtrundfahrt. Ich mochte Frankfurt sofort – es war groß und lebendig und ein wenig schäbig, bot jedoch auch zahlreiche charmante Ecken. Ich konnte mir durchaus vorstellen, dort zu leben, wenn es denn hätte sein müssen. Mit der Familie sah es allerdings ganz anders aus. Ihr einziger Sohn, Jakob, war achtundzwanzig – und verheiratet. Lydia hatte mich bereits darauf vorbereitet: Anscheinend würde eine Vereinigung mit mir der Familie so viele Vorteile bescheren, dass seine Frau bereit war, ihn aufzugeben – was mir natürlich *kein bisschen* unangenehm war.

Nachdem wir einen ganzen Tag in verschiedenen Museen verbracht hatten, ohne irgendeine Verbindung zu Napoleon zu entdecken, saßen wir nun mit Jakobs Frau und Tochter beim Abendessen am Tisch, während Jakob und Mr Hersch versuchten, meinen Vater von sich zu überzeugen. Jakob starrte mich dabei die ganze Zeit an. Oder nicht direkt mich, sondern meine *Augen*. Ich stellte mir vor, dass so auch ein Vampir ein Mädchen anstarren würde, das er gleich zum Abendessen aussaugen wollte. Lydia hatte mir bereits im Flugzeug erklärt, dass Jakob kein ernst zu nehmender

Kandidat sei. Trotzdem musste mein Vater allen Familien die gleiche Chance geben. Als ich sie gefragt hatte, wer tatsächlich infrage käme, hatte sie nur geantwortet, dass sich dies erst noch herausstellen würde. Nicht, dass es eine Rolle spielte. Uns blieben immer noch elf Tage, um das Grab zu finden und mich aus dieser ganzen Nummer wieder herauszuholen.

Als Nächstes folgte die Familie Melech in Jerusalem. Daniel hatte einen dichten schwarzen Haarschopf und ein schmales, hübsches Gesicht. An der Art, wie Lydia mir von ihm erzählte, erkannte ich sofort, dass sie ihn mochte. Daher war ich überrascht, als er mich bei unserer ersten Begegnung abschätzig und mit so nüchternem Blick betrachtete, dass ich mir nicht sicher war, ob ich beleidigt oder erleichtert sein sollte, als er schließlich wohlwollend nickte und mir die Hand schüttelte.

Wie viele andere Familien folgten auch die Melechs gewissen lokalen Bräuchen. Es gab Kerzen, Lieder und Segenswünsche, die ich nicht verstand. Wir teilten uns alle ein süßes, weiches Brot, und sie servierten Wein und mehr Essen, als ich in einem Monat hätte verspeisen können. Dann folgte die nächste Verkaufspräsentation: In geschäftlicher Hinsicht konnten die Melechs den Saxons einen Markt eröffnen, der ihnen von London aus nicht so einfach zugänglich war. Nicht zu vergessen die historische Bedeutung, die der Verbindung beikäme. Sie beschrieben sogar bis ins letzte Detail, wie die Zeremonie aussehen würde, falls wir tatsächlich heiraten sollten. Das Ganze lief so geschäftsmäßig ab, dass sie ebenso gut eine PowerPoint-Präsentation hätten zeigen können.

Tagsüber hatten wir keine Zeit gehabt, eine der kulturellen Attraktionen zu besuchen, daher schlichen Jack und ich uns am Abend erneut voller Hoffnung aus dem Haus. Auch Alexander der Große hatte Jerusalem schließlich besucht. Wir trafen uns mit Stellan und durchsuchten mehrere Museen, fanden jedoch nichts. Vermutlich hatte Stellan recht gehabt, und durch die jahrelangen politischen Unruhen in der Region waren wirklich alle Hinweise, die Napoleon hier vielleicht hinterlassen hatte, in alle Winde zerstreut worden.

10 Tage, schrieb mir der Orden in jener Nacht. Der Optimismus, den ich vor Deutschland noch gespürt hatte, verflüchtigte sich rasant.

Den nächsten Besuch statteten wir der Familie Emir in Saudi-Arabien ab. Je weiter die Tage voranschritten, desto schlechter schlief ich. Als wir schließlich dort eintrafen, kam mir alles nur noch wie eine endlose Reihe von Halluzinationen vor: der gläserne Wolkenkratzer der Familie in Riad, der in der glühenden Hitze der Wüstensonne funkelte. Der schreckliche Ausdruck auf Samarah Emirs Gesicht, als sie über ihren ältesten Sohn Malik sprach, der vom Orden ermordet worden war, kurz bevor ich herausgefunden hatte, dass der Kreis überhaupt existierte. In den Nachrichten war damals von einem saudischen Prinzen die Rede gewesen, der von einer Autobombe getötet worden war – damals, als ich noch geglaubt hatte, die Nachrichten würden die Wahrheit berichten.

Die Emirs hatten einen ausgewachsenen Bengalischen Tiger in ihrem Penthouse-Zoo. Als Cole ihn gegen den Strich streichelte, schnappte der Tiger mit spitzen Zähnen nach ihm, die so lang waren wie mein kleiner Finger. Jack legte blitzschnell eine Hand an seine Pistole und die andere auf meine Schulter – es war das einzige Mal während der kompletten Reise, dass er meine Anwesenheit vor den Saxons auch nur zur Kenntnis nahm. Der Tiger handelte sich für sein Verhalten einen Spritzer Wasser aus einer Sprühflasche ein, so als sei er eine gewöhnliche Hauskatze und hätte nur das Sofa zerkratzt. Die Tiere hatten Malik gehört, erklärte Lydia. »Jetzt, wo er tot ist, könnten die Emirs sie doch einfach auf der Straße freilassen«, flüsterte Cole, als ihm sonst niemand zuhörte. »Nur so zum Spaß.«

Zuvor hatten wir die älteste Tochter der Emirs kennengelernt. Sie war etwa in meinem Alter und hatte große, traurige Augen. Ich erinnerte mich wieder daran, was Jack mir erzählt hatte: Sie hatte eine Beziehung mit einem Hüter angefangen, und man hatte sie gezwungen, sich seiner persönlich zu entledigen. Vielleicht hatte Cole wegen der Tiere vorhin ja doch keinen Witz gemacht.

Beim Abendessen führten uns die Emirs ihren jüngeren Sohn vor, der mich heiraten sollte, obwohl er erst zwölf war. Der Ausdruck in seinen Augen wirkte viel zu erwachsen, als er meine Hand nahm und mir schwor, mich auf ewig zu lieben und zu beschützen, falls ich ihn erwählte.

Ich hätte niemals hier leben können. Oder bei den Melechs. Oder bei der Familie Hersch. Eher hätte ich *Stellan* geheiratet. Während ich in meinem Nachtisch aus klebrigen Datteln herumstocherte, dachte ich darüber nach, dass wir gerade zwei weitere Tage verschwendet hatten und uns noch nicht einmal sicher waren, ob unser neuer Hinweis wirklich zu etwas führen würde. Ich spürte förmlich, wie sich die Wände dieses hübschen Käfigs immer schneller um mich schlossen.

✵

Stunden später schreckte ich mitten in der Nacht aus dem Schlaf hoch und japste nach Luft.

In meinem Traum war ich von einem Hochhaus gestürzt, während meine Mom meine Hand hielt. Es dauerte eine Sekunde, bis ich wieder wusste, wo ich war. Ich sank auf mein Kopfkissen zurück und starrte auf den Wandteppich, der über meinem Kopf hing. Die Klimaanlage wirbelte die senfgelben Fransen herum, die ihn säumten. Ich drückte ein Kissen auf meine Brust. Tagsüber schaffte ich es zwar, die Fassung zu wahren, aber die Nacht verschwor sich immer wieder gegen meinen klaren Verstand.

Acht Tage, dröhnte eine Stimme in meinem Kopf.

Ich schaltete die Lampe neben meinem Bett an. Wenigstens hatte ich dank meiner Schlaflosigkeit jede Menge Zeit für Recherchen. In den vergangenen zwei Tagen hatte ich mich an Venedig geklammert wie an einen Rettungsanker. Wir durften uns einfach nicht irren, was den Hinweis anging. Kurz vor dem Einschlafen hatte ich eine Website gefunden, auf der eine Verschwörungstheorie im Zusammenhang mit dem Markusdom in Venedig und den Gebeinen von Alexander dem Großen erwähnt wurde. Es war zwar ziemlich weit hergeholt, aber wenigstens gab sie uns einen Ort, an dem wir anfangen konnten. Ich erinnerte mich wieder daran, wie wir in der Bibliothek der Dauphins nach Napoleons Tagebüchern gesucht hatten.

Auch Stellan würde heute noch aufbrechen und uns dann

später in Venedig treffen. Ich schickte ihm eine Nachricht: *Ich glaube, in der Bibliothek der Dauphins steht ein Buch über die Geheimnisse des Heiligen Markus oder so. Kannst du das mitbringen?*

Ich war überrascht, als mein Handy eine Sekunde später vibrierte. *Bin ich jetzt dein Botenjunge?*

Schläfst du eigentlich nie?, schrieb ich zurück.

Sagt ein Mädchen, das mir gerade um vier Uhr morgens Ortszeit eine Nachricht geschickt hat. Lief das Abendessen mit den Emirs nicht so gut?

Ich schnitt eine Grimasse, die nur mein Handy sah. *Bring einfach das Buch mit.*

Nach ein paar Minuten summte die nächste Nachricht. *Gib's zu. Je mehr potenzielle Ehemänner du triffst, desto anziehender wirke ich.*

Um vier Uhr morgens bist du noch unerträglicher, antwortete ich und versuchte, zu vergessen, dass mir exakt dieser Gedanke schon selbst gekommen war. Aber so weit würde es nicht kommen. *Definitiv* nicht.

Ich lehnte mich gegen die Kissen zurück und wartete darauf, dass die Sonne zwischen den Vorhängen hereinlugte, bevor ich Jack eine Nachricht schickte.

Wollen wir trainieren, wenn du wach bist?

In Paris hatte Jack mir Selbstverteidigung und verschiedene Kampftechniken beigebracht. Seit wir auf Reisen waren, hatten wir nicht mehr trainiert, es den Saxons gegenüber jedoch erwähnt. Als uns die Emirs gestern durchs Haus führten, hatten sie uns auch ein riesiges Fitnessstudio gezeigt und mir angeboten, es zu benutzen, solange ich hier war.

Jack antwortete nur Minuten später. *Ich hol dich gleich ab.*

Der Fitnessbereich der Emirs nahm die komplette Etage ein und umfasste auch einen schillernden Pool und ein Dampfbad am einen Ende sowie eine Loungelandschaft am anderen. Alle vier Wände waren komplett verglast, und ich schaute zu, wie die aufgehende Sonne auf der Skyline der Stadt glitzerte, während ich meine Turnschuhe zuschnürte, meine Halskette und Napoleons Armband abnahm und sie in einer Ecke auf mein Sweatshirt legte.

»Bereit?«, fragte Jack.

»Allzeit bereit.« Ich band mein Haar zu einem Pferdeschwanz zusammen. Ich wusste, was kommen würde – ich wusste nur nicht, wann. Ein paar Sekunden später packte mich Jack unsanft um die Taille.

Ich hakte einen Fuß um seinen Knöchel und versuchte, ihn umzuwerfen, aber er befreite sich mit Leichtigkeit wieder. Er lockerte dabei jedoch den Griff ein wenig und ich schnappte mir seinen Arm und bog ihm das Handgelenk nach hinten. Ebenso schnell riss er mir meinen anderen Arm so grob auf den Rücken, dass ich einen Schrei ausstieß und ihn losließ.

In derselben Sekunde, als ich aufschrie, ließ Jack mich frei. Ich stützte mich auf den Knien ab und keuchte heftig. Meine allgemeine Erschöpfung war dem Durchhaltevermögen nicht unbedingt förderlich. In der nächsten halben Stunde brachte Jack mir bei, wie man jemandem die Finger brach und wo genau man einen Angreifer gegen das Schienbein trat, damit es am meisten wehtat.

Dann holte er ein Messer hervor. Ich fasste in die Tasche des Sweatshirts, das ich auf dem Boden abgelegt hatte, und zog mein eigenes heraus.

»Wie wir schon in der ersten Stunde gesagt haben: Das Messer sollte immer der letzte Ausweg sein«, sagte Jack. »Es ist ein Risiko.«

»Ein taktisches Risiko«, erinnerte ich mich wieder. »Ich zücke es nur, wenn es wirklich sein muss, weil ein Kampf durch eine Waffe immer eskaliert.«

Jack nickte. »Und es ist im Zweifelsfall immer das Beste, zurückhaltend vorzugehen.«

Ich blickte auf das Messer hinunter und nickte.

»Wo waren wir stehen geblieben?«, fragte Jack.

Ich hielt die Klinge hoch, wie er es mir beigebracht hatte, und drehte das Handgelenk nach innen.

»Gut«, sagte Jack. »Stoß zu, als würde ich dich wirklich angreifen.«

Als er sich mit seinem Messer auf mich stürzte, machte ich einen Satz nach hinten, und mein eigenes Messer fiel auf die Matte. »Tut mir leid«, sagte ich und beugte mich nach unten, um es aufzuheben. »Entschuldige. Noch mal.«

Jack stürzte sich erneut auf mich. Diesmal hielt ich das Messer zwar fest, zuckte aber immer noch zusammen.

»Ist alles in Ordnung?«, fragte er. Er streckte eine Hand nach mir aus, hielt dann jedoch inne und blickte zu der kleinen Glaskuppel in der Decke hinauf, in der sich vermutlich eine Kamera befand. Seine Hand fiel sofort wieder an seiner Seite herunter.

»Es kommt mir vor, als hätte ich alles vergessen«, sagte ich wütend. »Noch mal.«

Wir trainierten weiter, aber ich war nicht mit dem Herzen bei der Sache. »Können wir nicht was anderes machen?«

Sein Blick wurde sanfter. »Du schlägst dich wirklich gut.«

»Nein, tue ich nicht. Mit dem Messer schlage ich mich nie gut. Wenn *wirklich* mal jemand versucht, mich umzubringen, bin ich erledigt.«

»Doch, das tust du.« Er warf erneut einen subtilen Blick auf die Kamera über uns. »Es ist nur … Du könntest ein bisschen Hilfe bei deiner Grifftechnik gebrauchen.«

Er stellte sich hinter mich, schlang beide Arme um mich und nahm meine Hand. »So«, sagte er und zog mich so nahe an sich heran, dass ich die Wärme seiner Brust auf meinem Rücken spüren konnte. Ich lehnte mich gegen ihn und entspannte mich ein wenig. Ich wusste, dass ich mir nicht nur wegen des Trainings Sorgen machte, und er auch. »Du schließt die Finger so um den Griff, siehst du? Genau so. Jetzt hast du's. Es läuft wirklich gut, das verspreche ich dir.« Er drückte meine Hände so sanft, dass die Kameras es nicht erkennen konnten. »Alles.«

Ich holte erneut tief Luft. Ich hoffte so sehr, dass er recht hatte.

Dann schloss ich die Finger fester um das Messer, drehte mich ohne Vorwarnung aus seinem Griff und richtete die Spitze auf Jacks Brust.

Ein überraschter Ausdruck huschte über sein Gesicht, und er hob die Hände, um mir zu zeigen, dass er sich ergab. »Du hast gewonnen.«

Ich ließ das Messer sinken, und Jacks Augen leuchteten so liebevoll, dass ich mir wünschte, ich könnte ihn wenigstens umarmen. Doch stattdessen sagte ich nur: »Auf nach Venedig.«

KAPITEL 7

IN DEM MOMENT, als der Flieger in Venedig aufsetzte, begannen sämtliche Handys zu vibrieren. Mein Vater runzelte die Stirn und tätigte sofort den ersten Anruf. Auch Lydia hing am Telefon.

Als wir auf der Rollbahn standen, nutzte ich die Tatsache aus, dass sie abgelenkt waren, und schlich mich zu Jack. Auch er starrte auf sein Smartphone. »Was ist denn los?«

Auf seinem Gesicht zeichnete sich eine schreckliche Mischung aus Entsetzen und Trauer ab. »Es ist Dev Rajesh«, antwortete er. »Er wurde heute Morgen tot aufgefunden. Sie glauben, dass er vergiftet wurde.«

Mir wurde erst heiß und dann eiskalt. »Oh, nein. Nein, nein, nein.« Ich ließ nicht nur meine Mom im Stich, sondern auch den Kreis. »Das ist meine Schuld.«

»Es ist nicht deine Schuld. Es ist nicht unsere Schuld. Es

ist *ihre* Schuld. Sie sind *Terroristen*«, sagte Jack, aber er sah genauso am Boden zerstört aus, wie ich mich fühlte.

Ich schlang die Finger um mein Medaillon und folgte Jack zu dem wartenden Wagen. Die Maschen des Sicherheitsnetzes zogen sich merklich enger um mich. Da noch immer alle Saxons an ihren Handys hingen, landeten Jack und ich allein in einem Auto. Wir taten so, als würden wir einander ignorieren, aber er drapierte sein Jackett so, dass der Fahrer nicht sehen konnte, wie wir uns verzweifelt an die Hand des anderen klammerten.

Da es in Venedig keine Autos gab, waren Boote ab dem Stadtrand das einzige Transportmittel. Sie fuhren über den breiten, wogenden Canal Grande, der mitten durch die Stadt verlief, sowie auf kleineren Nebenkanälen, die zu den verschiedenen Wohngebieten führten. Im Hotel angekommen duschte ich schnell. Lydia wartete bereits mit ihrem kompletten Frisier- und Schminkarsenal auf mich, als ich wieder aus dem Badezimmer kam. Heute Abend war ich jedoch nicht wirklich in der Stimmung, mich für eine Party zu stylen.

»Dev würde nicht wollen, dass du dich davon abschrecken lässt«, sagte Lydia. Sie bürstete mein Haar und steckte es fachmännisch zu einer Hochfrisur fest. »Er würde wollen, dass du heiratest und den Orden aufhältst. All die jungen Männer, die getötet wurden … Sie würden wollen, dass ihr Opfer den Kreis stärker macht.«

Ich hob die Augenbrauen und blickte sie im Spiegel an. Irgendwie bezweifelte ich, dass nach einem Angriff wie diesem wirklich noch irgendjemand hoffte, dass ich einen der anderen Anwärter heiratete. Ich nahm an, dass ich noch viel zu lernen hatte, wenn es um den Kreis ging. »Es ist schon komisch«, erwiderte ich. »In jeder anderen Beziehung ist der Kreis so stark, aber …« Ich wusste nicht, ob ich es wirklich aussprechen sollte und sie es als Beleidigung empfinden würde. »Es scheint, als sei die einzige Hoffnung des Kreises, diesen Attentaten ein Ende zu bereiten, die Verheiratung eines Mädchens mit irgendeinem Nachkommen aus ihren Reihen … Kommt dir das nicht auch seltsam vor? Als seien sie inzwischen so schwach, dass sie dem Orden nichts anderes entgegenzusetzen haben.«

Zu meiner Überraschung verzog sich Lydias Mund zu einem Lächeln. »Es ist interessant, dass du es so siehst. Ich stimme dir aber nicht zu. Du erkennst das vielleicht noch nicht, aber der Kreis ist auf dem besten Weg, stärker zu werden, als er es seit langer Zeit war.«

»Was meinst du denn damit?«

»Der Orden war nicht immer so mächtig.« Sie steckte zwei Zöpfe an meinem Hinterkopf zusammen, und ich achtete darauf, dass sie auch die Haare mit feststeckte, die mir bei der Hochzeit abgeschnitten worden waren. Ich hasste es, die kurze Strähne anzusehen. »Unserer Herrschaft stand jahrhundertelang nicht ein einziges Hindernis im Weg. Das hat uns selbstgefällig werden lassen. Weißt du, wie uns der Orden zum ersten Mal wieder ins Gedächtnis gerufen wurde?«

Ich schüttelte den Kopf.

»Durch meinen Großvater und meinen Onkel. Kurz bevor ich –« Sie schaute mich an. »Kurz bevor *wir* geboren wurden, hat der Orden sie ermordet. So wurde Vater zum Oberhaupt der Familie.«

Ich erinnerte mich wieder daran, dass Jack mir erzählt hatte, Alistairs Bruder sei ermordet worden. Er hatte jedoch nie erwähnt, dass der Orden es getan hatte.

»Der Kampf gegen den Orden gibt uns einen Grund, uns zusammenzuschließen«, fuhr Lydia fort. Sie ging zu einem Schrank, in dem mehrere Kleider hingen, die offensichtlich ihr gehörten. Sie nahm ein weißes Kleid mit langen Ärmeln heraus und legte es aufs Bett.

So hatte ich die Sache noch nie betrachtet. »Aber du willst damit doch wohl nicht sagen, du bist *froh* über das, was der Orden tut.«

»Nein! Aber es ist unsere Bestimmung, den Orden zu besiegen. Genau wie es deine Bestimmung ist, ein Teil dieses Kampfes zu sein, gemeinsam mit unserer Familie.«

Letztes Jahr hatten wir im Geschichtsunterricht die Manifest-Destiny-Doktrin der USA durchgenommen. Es ging dabei um den Glauben, dass es damals als unausweichlich – oder besser: *göttlich vorherbestimmt* – betrachtet wurde, dass sich die Vereinigten Staaten über ganz Nordamerika ausbreiten würden, ganz gleich, wer oder was sich ihnen in den Weg stellte. Es war eine verlockende Vorstellung – eine mächtige Vorstellung –, das Schicksal auf seiner Seite zu haben.

Wenn es um den Kreis ging, verkörperte *ich* dieses Schicksal. *Ihre Schicksale sind miteinander verknüpft und werden zum Schicksal des Kreises.* So lautete die Stelle im Mandat über die Vereinigung des Mädchens mit den violetten Augen und des Einen. Es war vorherbestimmt.

Ich schlüpfte in das weiße Kleid, während Lydia sich selbst frisierte und schminkte und anschließend ein rotes

Kleid aus dem Schrank holte. Als sie es überstreifte, fiel mir eine Tätowierung auf ihrem Brustkorb auf.

»Ich dachte, ihr bekommt die Tattoos erst an eurem siebzehnten Geburtstag«, sagte ich.

Lydia fuhr mit den Fingern über das Bild auf ihrer Haut. »Das ist nicht das Symbol der Saxons.«

Sie drehte sich um und zeigte mir die Tätowierung: eine Blume mit nur ein paar Blütenblättern, so als hätte jemand mit den restlichen *Er liebt mich, er liebt mich nicht* gespielt. Sie sah ziemlich frisch aus. Lydia zog das Kleid nach unten, um sie zu bedecken.

»Was bedeutet das?«, wollte ich wissen.

Sie lächelte sich selbst im Spiegel an. »Eines Tages verrate ich es dir.«

Ich betrachtete uns Seite an Seite im Spiegel: Blass und ganz in Weiß wirkte ich wie der Geist meiner feurigen Schwester mit ihrer olivfarbenen Haut, dem leuchtenden Lippenstift und dem roten Kleid. Sie nahm meinen Arm. »Bereit für Verehrer Nummer fünf?«, fragte sie. »Er ist ziemlich heiß.«

Das Boot legte am Steg vor dem Hotel der Mikados an, und ein Mann in einem perfekt sitzenden Anzug und Zylinder hielt mir seine Hand hin, um mich auf sicheren Boden zu geleiten. Die Leibwächter der Saxons umringten mich sofort, allen voran Jack.

Über meine Schulter hinweg betrachtete ich den Sonnenuntergang über dem Canal Grande. Es war ein grauer Tag gewesen und den ganzen Nachmittag lang war immer wieder Regen auf die Kanäle niedergeprasselt. Als wir das Hotel verlassen hatten, war jedoch plötzlich die Sonne zum Vorschein gekommen. Nun tauchte sie die ganze Stadt in einen rosigen Glanz und ließ die Fassaden der Gebäude wie aufeinandergestapelte bunte Dominosteine aussehen.

Der Markusdom und die umliegenden Bauten spiegelten sich schimmernd auf der Wasseroberfläche des Kanals wider und sahen im diesigen Licht aus wie ein Aquarell. Dann schipperte ein *vaporetto*, ein Wasserbus, darüber hinweg, und die Wellen, die es hinterließ, glänzten in leuchtendem Orange. Ich wünschte mir, ich hätte den Anblick mehr genießen können – und die bevorstehende Party. Von mir wurde erwartet, dass ich dort auftauchte, lächelte und mich amüsierte. In Indien hatte ich mich zum letzten Mal aufrichtig amüsiert – und jetzt war Dev tot. Es fühlte sich einfach nicht richtig an, nun zu feiern. Und zu allem Überfluss machte ich mir langsam wirklich Sorgen, dass wir heute Nacht nichts finden würden, wenn wir dem *La Serenissima*-Hinweis folgten.

»Ist alles in Ordnung?«, fragte mein Vater, und ich schreckte auf.

»Ja«, antwortete ich. »Alles bestens.«

»Ich weiß, wie Furcht einflößend das ist«, sagte er. »Aber wir sorgen dafür, dass du immer in Sicherheit bist.«

Ich nickte, auch wenn meine eigene Sicherheit die geringste meiner Sorgen war. Ich warf noch einen letzten Blick über die Schulter und folgte ihm nach drinnen.

Vorgeblich waren die Mikados aufgrund einer Wohltätigkeitsgala nach Venedig gereist – einer dieser Veranstaltungen, die reiche Leute als Vorwand für eine dekadente

Feier nutzten. Ich bezweifelte jedoch, dass sie die lange Reise auf sich genommen hätten, wäre da nicht auch der Wunsch gewesen, mich kennenzulernen, vor allem, weil sie die »Erste Familie« Japans waren. Wenn es um öffentliche Aufgaben ging, hielten sich die meisten Familien des Kreises zurück und schickten rangniedrigere Mitglieder vor, Ryo Mikado aber war der Premierminister des Landes.

Selbstverständlich hatte sich die Teilnehmerzahl dramatisch erhöht, nachdem die Mikados ihren Besuch angekündigt hatten. Mein Vater hatte mir erzählt, dass einige Personen wieder von der Gästeliste gestrichen werden mussten und sich so viele Promis für das Event angesagt hatten, dass es aufgezeichnet und teilweise live im Fernsehen übertragen werden würde. Ich hätte eher vermutet, dass einige nach dem jüngsten Attentat ihre Teilnahme absagen würden, aber die Nachricht hatte offensichtlich genau die gegenteilige Reaktion ausgelöst. Die Sicherheitsmaßnahmen waren höher denn je. Um Jack war eine kleine Armee aus Personenschützern versammelt, die leise in ihre Anzugrevers flüsterten und die von Samtvorhängen verdeckten Fenster im Auge behielten, die auf den Canal Grande blickten.

Ich saß mit meinem Vater, Lydia und Cole am Haupttisch unter dem verblassten, aber aufwendigen Deckengemälde einer Szene aus der griechischen Mythologie. Direkt gegenüber von uns, hinter einigen kleineren Tischen, befand sich eine Bühne, auf der ein Jazztrio spielte, seit wir hereingekommen waren. Dort würde zwischen den Appetithäppchen und dem Hauptgang auch irgendwann die Hauptattraktion auftreten: *Sunday Six*, die beliebteste Boyband der letzten Jahre.

Zwischen mir und der Bühne saßen Dutzende Mitglieder des Kreises.

In Indien hatten die Gäste ihr Interesse an mir offen gezeigt, aber hier war ich das Objekt von heimlichen Blicken, Geflüster und einem steten Strom an Gratulanten, die scheinbar nicht aufhören konnten, mir in die Augen zu starren. Zum ersten Mal konnte ich mir vorstellen, wie es wäre, so berühmt zu sein, dass alle glaubten, man würde ihnen gehören.

Ich wünschte mir, ich könnte sie dazu bringen, damit aufzuhören. Ich war mir wirklich nicht sicher, ob ich heute Abend die brave Prinzessin spielen konnte.

Nach einer Weile verstummte die Menge jedoch und Lydia streckte einen Arm hinter dem Stuhl meines Vaters aus und drückte mir die Schulter. Dann öffneten sich die Türen und die Mikados hatten ihren großen Auftritt.

Ich setzte ein falsches Lächeln auf. Lydia hatte mir nicht genau erklärt, warum eine Vereinigung mit den Mikados »eine vorteilhafte Verbindung« darstellen würde, aber ich nahm an, dass es auch keine Rolle spielte – *ich* musste schließlich nicht *sie* beeindrucken. Sie würden mich wollen, ganz gleich, was passierte. Die Familie steuerte direkt auf den Haupttisch zu, und Takumi verbeugte sich tief, bevor er sich neben mich setzte. »Es freut mich, dich kennenzulernen«, sagte er leise.

Ich wusste selbst nicht, wie ich mir Takumi vorgestellt hatte, aber sicher nicht so. Er war groß und schlank und trug eine Brille mit schwarzem Gestell. Er hatte einen Undercut und trug das Deckhaar lässig zur Seite gekämmt. Anders als sein Vater war er nicht in einen klassischen

Smoking gewandet, sondern in eine schmale Hose und ein langes, asymmetrisches Jackett, das direkt vom Laufsteg einer aktuellen Modenschau zu stammen schien.

Obwohl er eher wie ein Topmodel aussah als wie ein normaler Mensch, empfand ich Takumi als sehr angenehm und höflich. Während der Vorspeise plauderten wir darüber, wie schön Venedig sei und was ich in London alles gesehen hatte. Er erzählte mir von seinem Lieblingsrestaurant in Tokio und bot mir an, mich eines Tages dorthin mitzunehmen und mir beizubringen, wie man echte japanische Ramen – aus einem Automaten – bestellte, wobei er mir versicherte, dass sie ganz anders schmeckten als die Fertigpackungen, die man bei uns im Supermarkt kaufen konnte. Er war richtig entsetzt, weil ich noch nie Sushi gegessen hatte, und ich erklärte ihm, wenn er jemals in den USA wäre und Lust auf einen guten amerikanischen Burger hätte, dann müsse er zu *In-N-Out* gehen. Wir unterhielten uns über alles Mögliche – nur nicht über das Wichtigste von allem –, was mir half zu vergessen, dass mich der Rest des Saales beobachtete und zweifellos jede meiner Bewegungen analysierte.

Mir wurde bewusst, dass ich noch kein einziges Mal auf die Uhr gesehen hatte, seit Takumi neben mir saß, und auch seine Eltern hatten noch nichts Merkwürdiges getan, was ich als sehr angenehme Abwechslung empfand. Die letzten paar Familien, die wir besucht hatten, waren so schrecklich gewesen, dass mir schon übel geworden war, wenn ich nur an eine Zukunft mit ihnen gedacht hatte. Die Vorstellung, sie mit Dev zu verbringen, war in Ordnung gewesen, aber jetzt … Bedeutete sein Tod, dass Takumi meine beste Option war, falls der Ernstfall wirklich eintrat?

Er oder Stellan, vermutete ich. Schließlich gab es immer noch Stellan. Je mehr ich darüber nachdachte, wie es wäre, jemanden zu heiraten, desto mehr war ich auch gezwungen, darüber nachzudenken, wie es wäre, mit *ihm* verheiratet zu sein. Wenigstens musste ich bei ihm keine Angst vor einer unheimlichen Familie oder einer Zweitfrau haben. Außerdem kannte ich ihn besser als all die anderen Typen aus dem Kreis und wusste daher, worauf ich mich einließ. Andererseits … *kannte* ich ihn. Und wusste daher, worauf ich mich einließ.

Ich war froh, als das Knistern des Mikrofons aus den Lautsprechern auf der Bühne ertönte.

Ich mochte mich vielleicht langsam an den Kreis gewöhnen, aber es gab immer noch Momente, in denen es mich wie ein Blitz traf, wie seltsam das alles war. Meine Freundin Lara in Lakehaven – oder jeder sonst, den ich kannte – hätte glatt einen Herzinfarkt erlitten, wenn sie im selben Raum wie Eli, Alexsi und Noah gewesen wäre. *Sunday Six* spielten normalerweise nur in ausverkauften Arenen vor einem Haufen kreischender Mädchen, würden jedoch gleich auf einer winzigen Bühne nur drei Meter von mir entfernt auftreten. Wenn heute nicht jemand getötet worden wäre, den ich kannte, dann hätte mir dieser ganze Abend ziemlich großen Spaß gemacht.

Lydia hatte mir erzählt, dass alle drei Bandmitglieder dem Kreis angehörten. Noah Day war ein Cousin der Saxons, Alexsi Popov war mit den Vasilyevs verwandt, und Eli Abraham, der Frontmann, gehörte zu den Melechs. Mit der Unterstützung von drei Familien des Kreises im Rücken war es kein Wunder, dass sie so beliebt waren.

Die Fernsehkameras, die bisher träge über die Menge geschwenkt hatten, richteten sich auf die Bühne, und sämtliche Lichter gingen aus. Die drei Jungs erschienen unter wohlwollendem Applaus. Alexsi stimmte seine Gitarre, und Noah schlug zum Test mit dem Schlagzeugstock auf ein Becken, während Eli den Mikrofonständer zwischen seinen Händen hin und her schwang und ins Publikum starrte. Er hatte kinnlanges, welliges schwarzes Haar, das er heute mit einem breiten Stirnband im Zaum hielt. Keiner der drei hatte violette Augen, aber sie alle strahlten dieses unerschütterliche Selbstvertrauen aus, das so typisch für die Mitglieder des Kreises war. Und für Rockstars, nahm ich an.

Elis Blick richtete sich auf unseren Tisch und blieb sofort an mir hängen. Seine Lippen verzogen sich zu etwas, das man nicht direkt als Lächeln bezeichnen konnte. Dann rückte er das Mikrofon zurecht. Ich war kein Riesenfan von *Sunday Six*, deshalb konnte ich mich durchaus irren, aber ich fand, dass Eli irgendwie anders aussah, als ich ihn mir vorgestellt hatte. Er wirkte distanzierter als im Fernsehen. Vielleicht war eine Veranstaltung wie diese hier einfach nicht so aufregend, wie vor kreischenden dreizehnjährigen Mädchen zu spielen. »Eins, zwei, drei, vier!«, zählte er an, und dann stimmten sie einen ihrer ersten Hits an: *After Midnight*.

Trotz der düsteren Atmosphäre, die über der Gala lag, hatten der Wein und die Musik die Stimmung der Gäste ein wenig gelockert. Überall im Raum wippten einige von ihnen mit dem Kopf und Lydia sang neben mir leise den Refrain mit. Selbst Takumi tippte mit dem Fuß auf.

Als das Lied zu Ende war, wischte sich Eli mit dem Saum

seines Karohemds das Gesicht ab und lehnte sich dann ganz dicht ans Mikro. »Der nächste Song«, sagte er, wieder mit diesem seltsam traurigen Lächeln, »ist für eine ganz besondere junge Dame. Hi, Avery West. Du wirst die Welt verändern, das weißt du, oder?«

Ich setzte mich erschrocken kerzengerade auf. Der Kreis sprach diese Dinge normalerweise nicht in der Öffentlichkeit aus. Die Kameras schwenkten zu mir, und ich versuchte, nicht wie ein Reh im Scheinwerferlicht auszusehen. Eine Sekunde lang stellte ich mir vor, wie Lara zu Hause vor dem Fernseher saß, und ich überlegte, ob sie mich überhaupt wiedererkennen würde. Falls ja, wäre sie auf jeden Fall ziemlich verwirrt. Dann begann die Band wieder zu spielen und die Kameras schwenkten zurück auf die Bühne.

Lydia stupste hinter dem Rücken meines Vaters meinen Arm an und nickte mit hochgezogenen Augenbrauen vielsagend in Elis Richtung. »Ja, klar«, sagte ich stumm. Da er nicht der direkten Blutlinie angehörte, war er kein passender Kandidat für das Mandat – und davon abgesehen war er *Eli Abraham*. Andererseits war *er* derjenige, der die ganze Zeit *mich* anlächelte. Meine Augen sorgten dafür, dass sich selbst Typen wie Eli Abraham für mich interessierten. Das Ganze war einfach nur seltsam.

Ich musste allerdings zugeben, dass *Sunday Six* live ziemlich gut waren, obwohl Eli so abgelenkt wirkte. Trotzdem war ich nicht in der Stimmung, wie Lydia auf meinem Stuhl zu tanzen. Stattdessen brachte ich Takumi den Text von einigen ihrer Refrains bei.

Zum krönenden Abschluss spielten sie einen meiner Lieblingssongs. Als er sich dem Höhepunkt näherte, sprang

Eli mit dem Mikro in der Hand von der Bühne. Er sang an ein paar der anderen Tische, bevor er zu unserem kam.

»*In the name of looooove!*« Als er den höchsten Ton anstimmte, von einem lauten Schlag der Basstrommel untermalt, brandete tosender Applaus unter den Gästen auf. Mit einem weiteren traurigen Lächeln in meine Richtung verneigte er sich vor unserem Tisch. Pfiffe und Jubel ertönten im ganzen Saal.

Eli richtete sich erst nach ein paar Sekunden wieder auf. Ich schenkte ihm ein strahlendes Lächeln – diesmal war es echt –, aber er erwiderte es nicht. Tatsächlich wirkte seine Miene seltsam gequält.

»Es tut mir so leid«, sagte er und legte das Mikrofon auf dem Tisch ab.

Ich rutschte ein wenig verwirrt an die Stuhlkante vor und spürte, wie alle anderen im Saal dasselbe taten.

Und dann zog Eli Abraham eine Pistole aus dem Bund seiner engen Jeans, richtete sie auf unseren Tisch und schoss Takumi Mikado in die Brust.

KAPITEL 8

EINEN MOMENT LANG war es vollkommen still, bevor sich der Saal mit panischen Schreien füllte. Die Menschen stürmten zu den Türen, warfen Stühle um und stießen die anderen elegant gekleideten Gäste zu Boden.

Ich saß einfach nur stocksteif da, nicht zuletzt, weil Takumi auf mich gekippt war. Er gab ein Gurgeln von sich, das tief aus seiner Kehle drang, und seine glasigen Augen blinzelten hinter der Brille.

Mehrere Wachmänner stürzten sich von allen Seiten auf Eli. Jack war der Erste und schlug ihn zu Boden.

Eli hob die Pistole. »Jack!«, kreischte ich panisch, aber Eli richtete die Waffe auf seinen eigenen Kopf und betätigte den Abzug.

Plötzlich hielt Jack den toten Frontmann der berühmtesten Popband der Welt am Boden fest, während in meinen

Armen ein junger Mann starb, den ich eben erst kennengelernt hatte.

Takumi rutschte auf meinen Schoß hinunter und seine langen Haarsträhnen fielen ihm über die Augen. Ich presste eine Hand auf die Wunde in seiner Brust. Überall war so viel Blut, dass ich gar nicht sehen konnte, wo die Kugel tatsächlich eingedrungen war. »Es ist alles gut«, stammelte ich verzweifelt mit dünner, hoher Stimme. »Es ist alles gut. Du schaffst das.«

Aber er schaffte es nicht. Er blinzelte noch zwei Mal und blickte starr zu mir herauf, bevor seine Augen zufielen und seine röchelnde Atmung verebbte.

Fremde Hände hoben ihn von mir herunter und ich wurde nach draußen geschoben und auf ein Boot verfrachtet. Erst als wir über den Canal Grande rauschten, wurde mir bewusst, dass meine Hände und mein weißes Kleid von klebrigem Blut überströmt waren.

Eli habe auf eigene Faust gehandelt, hieß es. Die anderen Bandmitglieder hätten zwar schon seit Tagen das Gefühl gehabt, dass ihn irgendetwas bedrückte, aber nicht im Entferntesten geahnt, dass so etwas passieren würde. Wie es dem Orden gelungen war, Eli dazu zu zwingen, wusste niemand. Es war jedoch offensichtlich, dass sie so zwei Fliegen mit einer Klappe geschlagen hatten: Ein Junge, der möglicherweise als der Eine auserwählt worden wäre, und ein weiteres bedeutendes Mitglied des Kreises waren getötet worden, beide auf spektakuläre Weise.

Zurück im Hotel sperrten mich die Sicherheitsleute in

die mehrere Zimmer umfassende Suite ein, die sie für uns organisiert hatten. Nachdem ich geduscht und mir saubere Klamotten angezogen hatte, begann ich, an einem Fluchtplan zu arbeiten. Vielleicht hätten wir unser Vorhaben nach allem, was eben passiert war, lieber aufgeben sollen, aber ich hatte immer noch das Gefühl, als würde Takumi Mikados Blut überall an mir kleben. Eli Abrahams Entschuldigung und seine eigenartige Bemerkung, dass *ich* alles verändern konnte, hatten sich tief in mein Gedächtnis gebrannt.

Den Hinweisen zu folgen war nun wichtiger denn je.

Allerdings tummelten sich jetzt noch mehr Wachleute vor meiner Tür und weitere an beiden Enden des Flurs. Ursprünglich hatte ich vorgehabt, mich nach draußen zu schleichen, sobald sie mich allein ließen, aber das würde nun nicht mehr funktionieren. Ich stellte mich ans Fenster und schob die schweren Seidenvorhänge zur Seite. Keine Chance. Wir befanden uns vier Stockwerke über dem Kanal.

Ein paar Minuten lang tigerte ich hinter der Zimmertür auf und ab. Zu allem Überfluss hatten sie mich so schnell fortgeschafft, dass ich noch nicht einmal wusste, ob Jack verletzt worden war. Bisher hatte er nicht auf meine Nachrichten geantwortet. Ich trommelte mit steigender Nervosität auf meinem Handy herum – und dann hörte ich plötzlich Jacks Stimme im Flur. Ich blieb stehen. Er sollte nicht hier sein, aber er war es eindeutig – und unterhielt sich mit den Wachen, als sei alles völlig normal. Eine Woge der Erleichterung schwappte durch meinen Körper.

Dann ertönte am Ende des Flurs plötzlich ein lauter Knall. Stimmengewirr und Schritte wirbelten durcheinander, und dann rief Jack: »Geht, ich bewache die Tür.« Wenige Sekunden später klopfte es zwei Mal, gefolgt von einer Pause, bevor es noch zwei Mal klopfte. Unser Zeichen, das wir vereinbart hatten.

Ich schnappte mir meine Tasche und öffnete die Tür einen Spalt.

Jack stand mit dem Rücken zu mir und blickte den Flur hinunter. So konnte er im Zweifelsfall alles abstreiten, falls das hier von einer Kamera aufgezeichnet wurde. Er konnte behaupten, er hätte nicht mitbekommen, wie ich mich hinausschlich.

»Die dritte Tür links«, flüsterte er, ohne sich umzudrehen. »Notausgang. Ich habe den Alarm ausgeschaltet.«

»Okay«, flüsterte ich zurück, schloss leise die Tür hinter mir und schlich den mit weichem Teppichboden ausgelegten Flur hinunter. Ich stieß die Tür zur Feuertreppe auf, eilte hinunter und trat in einer schmalen Gasse zwischen zwei Gebäuden ins Freie. Ich horchte einen Moment lang, ließ die Tür dann hinter mir zufallen und versteckte mich einen halben Block entfernt in den Schatten.

Wenige Minuten später öffnete sich die Tür wieder. Ich verhielt mich für alle Fälle, so still ich konnte, aber dann streckte Jack den Kopf heraus und blickte sich um. Ich wartete kurz, um mich zu vergewissern, dass er allein war, und rannte dann zu ihm.

Bevor ich auch nur ein Wort sagen konnte, schlang er die Arme um mich, und ich ließ meinen Gefühlen zum ersten Mal seit dem Abendessen freien Lauf. Der Schock, den ich die ganze Zeit in Schach gehalten hatte, brach sich in heftigen Wellen Bahn.

Jack drückte mich ganz fest an sich.

Ich löste mich ein wenig von ihm, zog ihn zu mir herunter und küsste ihn.

Er schob mich weg. »Ich –«

Ich schüttelte nur den Kopf und küsste ihn erneut, und dann küssten wir uns beide so intensiv, dass nichts anderes mehr eine Rolle spielte.

Als wir das letzte Mal die Beherrschung verloren, hatte Jack der Sache ebenso schnell ein Ende bereitet, wie sie begonnen hatte.

Aber diesmal nicht.

Wir hielten einander so fest, dass ich die straffen Muskelstränge in seinen Armen spüren konnte, als er sie um mich schlang. Überall dort, wo seine Haut meine berührte, hatte ich das Gefühl, ich würde schmelzen, und es fühlte sich wundervoll an.

Das hier war noch viel besser als in meiner Erinnerung. Wie hatten wir es bloß geschafft, das hier *nicht* die ganze Zeit zu tun? Wenn ich ihn küsste, fühlte ich mich sicher. Wenn ich ihn küsste, vergaß ich alles andere.

Erst als wir unsanft gegen die feuchte Steinmauer des nächsten Gebäudes stießen, lösten wir uns heftig keuchend wieder voneinander. Mir war gar nicht bewusst gewesen, dass ich ihm das Hemd halb ausgezogen hatte und die Hände gegen seine Rippen presste, direkt unter seinen geheimnisvollen kreisförmigen Narben.

Jack strich mir das Haar aus dem Gesicht. »Du warst so nahe dran. Er hätte dich erschießen können.«

»Hat er aber nicht.« Ich zog die Hände unter seinem Hemd hervor und schlang meine Arme um ihn. »Er hätte es tun können, hat er aber nicht. Das sage ich doch schon die ganze Zeit: Der Orden will nicht *mich* töten. Aber er hätte *dich* erschießen können.«

»Hat er aber nicht.«

Der nächste gewaltige Schauder erfasste mich und Jack drückte mich fest an seine Brust.

»Wir müssen dem ein Ende bereiten.« Hier ging es nicht mehr nur um meine Mom. Erst Dev Rajesh, dann Takumi und Eli... Ich hatte zwar die ganze Zeit gewusst, dass der Orden Menschen tötete, aber diese hatte ich *gekannt*.

Aber würde der Orden wirklich damit aufhören, wenn ich heiratete? Die Saxons glaubten es, auch wenn ich mir da nicht so sicher war. Andererseits hatten sie vielleicht wirklich keinen Grund mehr, noch weitere Kandidaten zu töten, wenn erst einmal bewiesen war, dass die Vereinigung nicht zu Alexanders Grab führte ... aber meiner Mom half das auch nicht. Das Grab zu finden war der einzige Weg, beide Probleme zu lösen. Nach heute Nacht blieben uns noch sieben Tage. »Wir müssen es finden«, fügte ich hinzu. »Hier *muss* irgendetwas sein.«

»Ich weiß.«

Ich holte tief Luft und spürte, wie sich Jacks Brust bewegte, als er das Gleiche tat. Schließlich löste ich mich von ihm und strich mir das Haar aus dem Gesicht. »Wir sollten los.«

Jacks Haar war völlig zerzaust und sein Hemd hing aus der Hose. Ich sah, wie er den Arm hob und nach meiner Hand fassen wollte, sich dann jedoch zurückhielt. Er erkannte, dass ich sein Zögern bemerkt hatte. Wir standen beide wie erstarrt da und warteten darauf, dass der andere den ersten Schritt machte und zugab, wie schwierig es werden würde, uns nicht öffentlich auf den anderen stützen zu können, je schlimmer das alles wurde.

»Ich –«, begann Jack und steckte beide Hände in die Hosentaschen.

Ich nickte und strich meinen Rock glatt und dann rannten wir ohne ein weiteres Wort aus der engen Gasse.

Aufgrund des Nebels, der seit dem Galadinner aufgezogen war, war es unmöglich, mehr als drei Meter in jede Richtung zu sehen. Außerdem schien er die Geräusche zu verstärken, die in den schmalen Gassen widerhallten. Ich zuckte jedes Mal zusammen, wenn eine Tür knallte oder ein Bootsmotor ansprang, und schaute mich immer wieder um, wenn ich Schritte hinter uns hörte.

Jack ging schweigend neben mir, in seine eigenen Gedanken versunken. Plötzlich fragte ich mich, was passieren würde, falls – *wenn* – ich meine Mom wirklich zurückbekam. Wenn ich mich entschied, im Kreis zu bleiben, musste ich zwar vielleicht nicht heiraten, aber solange ich nicht genügend Macht besaß, um die Regeln zu ändern, hätten Jack und ich niemals eine Zukunft. Vielleicht würden wir ja zusammen abhauen, aber dann müsste ich auch meine Familie verlassen, die ich eben erst gefunden hatte – und er die einzige Familie, die er jemals gekannt hatte. Vielleicht, vielleicht, vielleicht.

Das Einzige, was ich mit Sicherheit wusste, war, dass wir dieses Armband finden mussten.

Nachdem wir uns zehn Minuten lang durch das Labyrinth geschlängelt hatten, schimmerte vor uns endlich ein Licht, und die Gasse öffnete sich auf einen weiten Platz. »Oh«, hauchte ich. Trotz allem war der Anblick einfach magisch.

Der Nebel wirkte hier nicht so dicht, wahrscheinlich, weil er mehr Raum hatte, um sich zu lichten. Auf dem Weg in die Stadt hatte uns der Fahrer am Morgen von *acqua alta* erzählt. »Seid froh, dass nicht August ist«, sagte er in gebrochenem Englisch. »Wenn das *acqua alta* im August kommt, kann man Venedig in ganz Italien riechen.«

Auch jetzt stand der Markusplatz unter Wasser. Touristen schlenderten über Holzstege, die sich quer darüber erstreckten. Es sah aus, als würden sie auf dem Wasser wandeln. Die Lichter des Doms und der umliegenden Gebäude glitzerten auf den sanften Wellen wie glänzende Nadelstreifen in der hereinbrechenden Dämmerung. Rund um den Platz gingen die Einheimischen ihren alltäglichen Geschäften nach, verschwanden durch Ladentüren und saßen mit kniehohen Galoschen an halb überspülten Cafétischen.

Ich leckte mir die Lippen. Die Luft in Venedig schmeckte ein bisschen nach ruhigem Meer und Fisch, aber mit dem Hauch einer frischen Brise, die den Geschmack ganz angenehm machte.

Ich blickte mich um, versuchte mich zu orientieren. Wir standen an der dem Markusdom am nächsten gelegenen Ecke der Piazza. Auf unserer einen Seite befand sich ein kleines Café, auf der anderen eine Reihe geschlossener Läden und Freiluftbistros. »*La Serenissima* bezieht sich nicht auf einen bestimmten Teil Venedigs«, sagte ich. »Der Name gibt uns also keinen weiteren Anhaltspunkt. Laut einer Verschwörungstheorie sind die Gebeine von Alexander dem Großen jedoch im Markusdom versteckt.« Stellan hatte das Buch in der Bibliothek der Dauphins gefunden, um das ich ihn gebeten hatte, und mir die wichtigsten Einzelheiten berichtet.

»Napoleon könnte vielleicht auch von diesem Gerücht gehört haben. Er war jedenfalls sehr interessiert an dieser Kirche. Und das da drüben«, ich zeigte zur anderen Seite des Platzes, »ist *Ala Napoleonica,* der napoleonische Flügel. Heute befinden sich darin allerdings nur noch Ausstellungen zur venezianischen Geschichte, deshalb sollten wir uns zuerst im Dom umschauen.«

Jack nickte zustimmend. »Klingt gut. Ich hab jedenfalls auch keine bessere Idee.«

»Du vielleicht nicht«, hörten wir eine Mädchenstimme mit leichtem französischen Akzent hinter uns, »ich schon. Aber bitte, verschwendet ruhig weiter eure Zeit.«

Wir wirbelten beide in Richtung Café herum. Dort, an eine Säule gelehnt, Hunderte Kilometer von Paris entfernt, wo sie eigentlich hätte sein sollen, stand die Assistentin der Dauphins: Elodie.

KAPITEL 9

JACK ZOG MICH sofort hinter sich, und ich schob eine Hand in meine Tasche, um nach dem Messer zu greifen – als hätte ich im Ernstfall tatsächlich irgendetwas gegen die Armee der dauphinschen Wachmänner ausrichten können, die sie höchstwahrscheinlich geschickt hatten, um mich wieder einzufangen und in die Zelle in ihrem Keller stecken zu lassen.

»Wo sind sie?«, fragte ich und blickte über Elodies Schulter. »Wo sind deine Wachen?«

Elodie stieß sich von der Säule ab, ging ein paar Schritte auf uns zu und stippte die Stiefelspitze in die Ausläufer des *acqua alta*. Die platinblonden Strähnen in ihrem Haar schimmerten im Dämmerlicht. »Ich dachte schon, ihr traut euch aufgrund der unangenehmen Ereignisse heute Abend gar nicht mehr raus.«

»*Unangenehm?*«, blaffte ich sie an. »Zwei Menschen sind gestorben.«

»Woher wusstest du, dass wir hier sind?«, fragte Jack.

Sie rollte mit den Augen. »Kommt ihr da wirklich nicht selbst drauf?«

Jack spannte sich an. »Ich werde Stellan umbringen –«

»Er hat es mir nicht *erzählt*. Mir ist nur wieder eingefallen, dass ihr dieses Dreierding am Laufen hattet, und da er in letzter Zeit öfter weg war, um *den Saxons nachzuspionieren*, war es nicht schwer, eins und eins zusammenzuzählen. Ich habe das versteckte Handy gefunden, das er benutzt hat, um mit euch zu kommunizieren – und hier bin ich. Wisst ihr«, sagte sie und blickte abschätzend auf das funkelnde Armband an meinem Handgelenk, »ihr solltet wirklich vorsichtiger sein.«

Jack stand mit einem blitzschnellen Satz hinter ihr und drückte ihr seine Pistole in den Rücken. »Was willst du, Elodie?«

»Jack!«, begann ich, aber bevor ich noch mehr sagen konnte, wirbelte Elodie herum und rammte ihm ihr Knie in den Schritt. Er taumelte rückwärts.

Sie wich ein paar Meter zurück. »Fass mich nicht an –«

Sie verstummte abrupt, als Jack seine Waffe wieder auf sie richtete. Zum Glück war das kleine Café nebenan so spärlich besucht, dass uns niemand beobachtete.

»Ich wusste ja gar nicht, was das hier für ein mörderisches Pflaster ist.« Elodie hob die Hände auf Taillenhöhe.

»Du weißt doch, was heute Abend hier passiert ist!«, kreischte ich beinahe, zwang mich jedoch, ruhiger weiterzusprechen. »Mir ist es sowas von egal, ob du die Wahrheit sagst oder nicht, aber du hast dir wirklich den denkbar ungünstigsten Zeitpunkt ausgesucht, um dich an uns ranzuschleichen.«

»Ich bin nicht hier, um euch etwas anzutun«, sagte sie und hielt weiter beschwichtigend die Hände hoch.

»Steck die Waffe weg«, forderte ich Jack auf.

»Sie könnte jede Sekunde Alarm bei den Dauphins auslösen.« Jack ließ nervös den Blick über die Piazza schweifen, doch es näherte sich uns niemand. »Ich bin mir zwar nicht sicher, warum sie glauben, dass du ihnen von Nutzen sein könntest, aber ich garantiere dir, Elodie ist nicht nur zum Plaudern hier.«

»Nimm einfach die Waffe runter«, wiederholte ich. »Heute Nacht wird niemand mehr erschossen.«

Er senkte sie langsam und ich fasste in meine Tasche und tauschte das Messer gegen meine Spraydose. »Es ist nur Pfefferspray«, sagte ich zu Elodie, »aber du kannst nicht erwarten, dass wir dir einfach so vertrauen.«

»Da«, knurrte Jack und zeigte auf einen der kleinen Bistrotische des Cafés. »Hinsetzen.« Während ich sie mit dem Spray in Schach hielt, holte er Handschellen aus der Innentasche seines Jacketts, um Elodie an einen der Stühle zu fesseln.

»Ist das dein Ernst?«, schnaubte sie und ließ sich dramatisch auf den Stuhl sinken.

»Es ist nur eine Vorsichtsmaßnahme.« Als sie fixiert war, ließ ich das Pfefferspray sinken.

»Ich muss zugeben«, sagte Elodie, und ihre mandelförmigen Augen weiteten sich mit übertrieben unschuldiger Miene, »nachdem ich euch geholfen habe, bei der Hochzeit zu entkommen, dachte ich, ihr würdet euch freuen, mich zu sehen.«

Dann *war* es also Absicht gewesen. »Warum hast du das eigentlich getan?«

Elodie trommelte ungeduldig mit den Fingern – dem einzigen Teil ihrer Arme, den sie frei bewegen konnte – auf der Armlehne des Stuhls. »Mir war langweilig. Ich dachte, ich sorge für ein bisschen Drama.«

»Ich meine es ernst.«

»Wenn du wirklich wissen willst, warum ich hier bin«, antwortete sie mit ihrem arroganten französischen Akzent, »dann hättest du auch fragen können, *bevor* ihr mir Handschellen angelegt habt. Wie schon gesagt, ich habe eure Unterhaltungen mit Stellan überwacht. Und ich glaube, ich weiß ein paar Sachen über eure Hinweise, von denen ihr keine Ahnung habt.«

Wir ließen Elodie an den Stuhl gefesselt sitzen. Sie überkreuzte lässig ihre langen, schlanken Beine, als genieße sie nur einen Espresso an einem neblig-milden Abend. Wir schickten Stellan eine Nachricht und änderten unseren Treffpunkt. Ich fuhr mir mit der Hand durchs Haar. Nach der Dusche vorhin hatte ich keine Zeit gehabt, es zu föhnen, und es verhedderte sich beim Trocknen in der sanften Brise immer mehr. Nach einer Weile hörte ich schwere Schritte auf dem Holzsteg und drehte mich um.

»Ich habe gehört, was mit Eli Abraham passiert ist«, sagte Stellan. »Geht's dir gut?« Er blickte über meine Schulter und erstarrte, als er Elodie sah.

»Wenn das mal nicht das fünfte Rad am Wagen ist«, sagte sie und winkte ihm mit den Fingern zu.

Stellan drehte sich wieder zu mir um. »Ich nehme an, ihr treibt hier keine harmlosen Fesselspielchen, also … Würde mir vielleicht jemand sagen, was los ist?«

Ich erzählte ihm alles, was wir wussten, untermalt von einem Streicherquartett, das in einem Bistro in der Nähe zu spielen begonnen hatte. Stellan kaute auf seiner Unterlippe herum, zog sich dann einen Stuhl heran und setzte sich Knie an Knie vor Elodie.

»Die Dauphins haben dich nicht geschickt? Du hast ihnen nicht erzählt, was wir tun? Wenn ich dich losmache, wirst du uns dann angreifen oder davonlaufen?«

»Nein, nein und nein.« Elodie rollte mit den Augen. »Ich wäre hier sicher nicht allein oder relativ unbewaffnet aufgetaucht, wenn ich euch oder eurem ach so wertvollen Mädchen mit den violetten Augen etwas antun wollte, oder?«

»*Relativ* unbewaffnet?«, fragte ich, aber Stellan lehnte sich nach vorne, die Ellenbogen auf den Knien abgestützt, und schaute Elodie direkt in die Augen.

»Sagst du mir auch die Wahrheit, El?«

Sie zuckte nicht einmal mit der Wimper. »Ja.« Dann blickte sie mit derselben nüchternen Entschlossenheit zu Jack hinauf. »Du weißt, wer ich bin, Jackie. Du wusstest schon immer, wenn ich lüge. Und nach heute Abend denke ich, dass ihr so viel Hilfe braucht, wie ihr kriegen könnt, um den Orden ein für alle Mal aufzuhalten.«

Jackie?

Jack zog den Schlüssel für die Handschellen aus der Hosentasche. Elodie klimperte sarkastisch mit den Wimpern in seine Richtung. Das Gefühl, hier die Außenseiterin zu sein, traf mich wie ein Schlag. Ich wusste, Jack und

Stellan kannten sich schon ewig, hatte aber nie wirklich darüber nachgedacht, dass auch Jack Elodie schon sein halbes Leben lang kennen musste. Und sosehr ich es auch versuchte, ich konnte mir einfach nicht vorstellen, dass er jemals »Jackie« gewesen war.

»Okay«, sagte ich. »Aber was springt für dich dabei raus?«

Elodie schüttelte sich den Pony aus den Augen, und mir kam die alberne Frage in den Sinn, wie sie es wohl schaffte, dass ihr Haar immer so perfekt aussah. Sie war teilweise asiatischer Abstammung, und das Platinblond war auf keinen Fall echt, sah aber trotzdem immer wie frisch vom Friseur aus.

»Was für mich dabei rausspringt? Irgendwann werden sie auch Luc angreifen«, antwortete sie. »Sie löschen nach und nach jeden aus, der der Eine sein könnte, in sämtlichen Familien des Kreises. Vielleicht gewähren sie Luc noch eine Schonfrist, weil sie bereits das Baby der Dauphins getötet haben, ich weiß es nicht. Ich würde sie jedenfalls lieber aufhalten, bevor sie es versuchen.«

Ich glaubte nicht, dass sie uns anlog.

»Davon abgesehen«, fuhr sie fort, »hat das Grab auch sonst eine große Bedeutung – und ich bin mir sicher, dass die beiden hier auch ganz scharf darauf sind. Ruhm, Reichtum, Anerkennung …« Der sarkastische Unterton kehrte wieder in ihre Stimme zurück.

Jack rieb sich den Nacken und blickte mich schulterzuckend an. Er war bereit, ihr zu vertrauen.

»Na schön«, sagte ich. Es war schon später als geplant, und es wäre sicher entschieden einfacher, nach weiteren Hinweisen zu suchen, während der Dom und das Museum geöffnet waren, anstatt uns heimlich hineinschleichen zu müssen. Wir konnten uns anschließend anhören, was Elodie zu sagen hatte. Ich würde mir diese Chance nicht entgehen lassen, nur, weil sie glaubte, sie hätte eine bessere Idee.

Wir betraten zu viert den Markusdom und Elodie zeigte Jack irgendetwas auf einem der Fresken. »Wir teilen uns auf«, schlug ich vor. »Wir treffen uns in zehn Minuten wieder hier.« Ich packte Stellan am Arm und zog ihn den Mittelgang hinunter.

»Ja, ich vertraue ihr«, sagte er, bevor ich überhaupt den Mund aufmachen konnte.

Ich schnappte entrüstet nach Luft.

»Du bist unendlich leicht zu durchschauen«, teilte er mir mit und ließ mich wieder nicht zu Wort kommen. »Deshalb wusste ich genau, was du mich fragen wolltest.«

Ich runzelte die Stirn und steuerte auf die ersten Kunstwerke auf der einen Seite der Kirche zu, während er die etwas höher an der Wand hängenden inspizierte. Ich musste daran denken, wie Elodie ihn vorhin angelächelt hatte. Dann fiel mir der Nachtklub in Istanbul wieder ein, in dem wir gemeinsam gewesen waren. Es kam mir vor, als sei es Ewigkeiten her. Ich erinnerte mich noch genau an den Ausdruck auf ihrem Gesicht, während sie zusah, wie sich irgendein Mädchen an Stellan ranmachte. *Alle interessieren sich auf diese Weise für ihn,* hatte sie gesagt.

Ich blickte Stellan über die Schulter hinweg an und suchte sein fein gemeißeltes Profil nach irgendeinem Anzeichen dafür ab, dass er mich anlog. »Läuft zwischen euch beiden was?«

Stellan betrachtete eine Statue von Jesus und der Jungfrau Maria. »Ist das relevant?«

»Keine Ahnung. Ist es das?«

Seine Mundwinkel bogen sich nach oben. Wir gingen auf den Altar zu.

»Du hast ihr *sofort* geglaubt, als sie behauptet hat, dass sie uns nichts tun will«, hakte ich nach. »Und vielleicht will sie das ja wirklich nicht. Aber ich finde, ich habe ein Recht darauf, es zu erfahren, falls mehr als nur deine Vernunft dazu geführt hat, dass du ihr all unsere Geheimnisse anvertrauen willst.«

Stellan wandte sich von einem goldenen Kruzifix ab. »Eifersüchtig, Frauchen?«

Ich schnaubte beinahe vor Wut. »Ich will damit nur sagen, dass ihr zwei ganz offensichtlich eine gemeinsame Vergangenheit habt oder zumindest befreundet seid.«

Stellans Grinsen wurde noch breiter. »Oh, wir sind mehr als nur befreundet.«

»Na also!«

»Ich gebe dir eine Gratislektion fürs Leben. Nur weil zwei Menschen eine gemeinsame Vergangenheit haben, bedeutet das nicht, dass sie sich ewige Liebe und Treue geschworen haben.« Er zog eine Augenbraue hoch. »Manchmal ist eine Affäre nur eine Affäre.«

»Ihr kennt euch schon seit Ewigkeiten. Ich glaube nicht, dass bei euch irgendetwas *nur* irgendetwas ist.«

»Ich glaube Elodie, *weil* ich sie schon so lange kenne. Vertrau mir, *kuklachka*«, sagte er, als ich versuchte, ihn zu unterbrechen. »Ich weiß, was ich tue. Ich bin clever genug, einem Mädchen nicht nur zu glauben, weil es hübsch ist. Ich stelle schließlich auch immer noch die Hälfte von dem infrage, was *du* mir erzählst.«

Ich ignorierte sein Flirten. Wenigstens hatte noch keiner meiner potenziellen Ehemänner aus dem Kreis versucht, mich anzubaggern, im Gegenteil: Ganz anders als Stellan gingen sie sogar ziemlich geschäftsmäßig an die Sache heran. »Ich habe dich nicht angelogen. Zumindest nicht mehr, seit ich dich das letzte Mal angelogen habe. Aber damals wusste ich ja auch noch nicht, dass ich dir vertrauen kann. Und ich hoffe, dass ich dir auch jetzt noch vertrauen kann.« Sicher, es war Vertrauen mit einer ordentlichen Portion Misstrauen, aber immerhin.

Er schubste mich leicht mit der Schulter an. »Wenn du deinem zukünftigen Ehemann nicht vertrauen kannst, wem dann?«, flüsterte er mir ins Ohr und wich meinem Ellenbogen aus, als ich ihn in die Seite knuffen wollte.

Als wir erkannten, dass wir nichts finden würden, kehrten wir zu Jack und Elodie zurück und untersuchten gemeinsam den vorderen Teil des Doms. Während der Suche beobachtete ich Elodie wachsam.

»Bevor ich euch sage, was ich denke«, begann sie, »will ich mich erst mal vergewissern, dass ich alles richtig verstanden habe. Ihr habt ein Armband, das möglicherweise zu Alexanders Grab führt. Ihr sucht nach einem zweiten dazu passenden Armband, mit dem ihr das Rätsel lösen könnt. Und ihr sucht nach dem Grab, weil der Kreis natürlich die Waffe gegen den Orden in seinen Besitz bringen will, um den Attentaten ein Ende bereiten und sie ein für alle Mal aus dem Weg räumen zu können.«

Ich nickte.

»Sonst noch was?«, bohrte sie nach und blickte uns drei abwechselnd an.

Ich setzte eine finstere Miene auf. Seit ich sie kennengelernt hatte, war Elodie überzeugt, dass ich auf Stellan stand. »*Das* ist es jedenfalls nicht«, antwortete ich. »Stellan hilft uns nur.«

Elodie grinste höhnisch. »Ich habe nicht wirklich geglaubt, dass ihr einen flotten Dreier am Laufen habt, aber es ist schön zu wissen, dass du gleich an so was denkst. Ich meinte damit eigentlich, dass ich gehört habe, wie du deine Mutter erwähnt hast.«

Ich sah Jack an und er zuckte mit den Schultern. Anscheinend erzählten wir ihr wohl alles.

»Der Orden hat meine Mom entführt«, erwiderte ich. »Und ich will sie zurück.« Das war nahe genug an der Wahrheit.

»Und sie haben Emerson Fitzpatrick getötet«, fügte Stellan hinzu.

»Was?« Elodie blieb wie angewurzelt stehen und Jack wäre beinahe gegen sie geprallt. »Fitz ist *tot?*«

»Der Orden hat ihn getötet«, wiederholte ich.

»Wie … wann?«

»Vor ein paar Wochen. Gleich nach der Beinahe-Hochzeit mit Luc.«

Elodie setzte sich wieder in Bewegung, aber sie wirkte völlig schockiert.

»Es tut mir leid«, sagte ich. »Ich wusste nicht, dass du ihn so gut kanntest.«

»Ich auch nicht«, sagte Stellan.

Elodie steckte sich eine Haarsträhne hinters Ohr. »Das … hab ich auch nicht. Ich wusste nur nicht, dass ihm etwas passiert ist.«

Eines Tages würde ich mich vielleicht an Mr Emerson erinnern oder über ihn sprechen können, ohne dabei diesen Schmerz zu empfinden, der es mir schwer machte, überhaupt klar zu denken. Heute war jedoch nicht dieser Tag. Ich musste das Thema wechseln. »Und von alldem mal abgesehen, will ich auch mit niemandem zwangsverheiratet werden, um das Mandat zu erfüllen, vor allem, weil ich ernsthaft bezweifle, dass es irgendetwas bewirken würde.«

Wir verließen den Dom und traten wieder in die Abendluft hinaus. Über uns hing eine Stille, die ebenso schwer war wie der Nebel. Unsere Schuhe klapperten hohl auf den Holzstegen. Ich begann zu zittern und schlang die Arme um meinen Körper. Ich wünschte, ich hätte daran gedacht, eine Jacke mitzunehmen.

Jack kam zu mir, und ohne zu fragen, ob ich es brauchte, schlüpfte er aus seinem Jackett und legte es mir über die Schultern.

»Danke«, flüsterte ich. Das Jackett roch nach ihm – es war diese Mischung aus erdig und warm und süß, die Erinnerungen an Dinge weckte, an die ich lieber nicht denken sollte.

Hinter uns ragte der Markusdom leuchtend weiß in der Dunkelheit auf. Seine Fassade zierte eine endlose Ansammlung aufwendig gefertigter Bögen, Fresken und imposanter Säulen, so als hätten sich die Architekten einfach nicht dazu durchringen können, aufzuhören. Hinter ihnen wölbten sich Kuppeln, die mich ein wenig an die *Hagia Sophia* erinnerten.

Elodie zündete sich eine Zigarette an und schnipste im Gehen ein Stück der brennenden Asche in das dunkle Wasser. Die kleine orangenfarbene Glut erlosch, und Elodie holte tief Luft, dann begann sie: »Wie ich schon sagte, bin ich hier, weil ich eure Nachrichten über den Hinweis gelesen habe, den ihr gefunden habt: *Eine in Blut geformte Vereinigung.*«

Ich konnte immer noch nicht fassen, dass sie uns wochenlang nachspioniert hatte. Ich nickte.

»Ich habe auch schon an den anderen Hinweisen gearbeitet, um zu sehen, ob ich etwas entdecke, das euch vielleicht entgangen ist. Als ihr den letzten Hinweis gefunden habt, ist mir eine Idee gekommen. Erinnerst du dich noch, wie ich dir davon erzählte, dass es in der Biologie sogenannte *Schicksalskarten* gibt?«

Ich nickte erneut. Wir hatten darüber gesprochen, als sie mich für die Hochzeit mit Luc gestylt hatte. Ich hatte angenommen, es sei ihre Art, mir mitzuteilen, dass sie mir zur Flucht verhelfen würde. »Was bedeutet das noch mal?«

Wir blieben stehen und ließen eine Schlange von Touristen an einer Kreuzung der Holzstege passieren. »Eine Schicksalskarte beschreibt die Entwicklungsgeschichte einer Zelle. Für *uns* ist dies erstens wegen einer Zeile im Mandat von Bedeutung: *Ihre Schicksale sind miteinander verknüpft*. Wie auf diesen Karten.«

Ich sah Stellan an.

»Und zweitens wegen Olympias –«

Vor mir seufzte Stellan laut.

»Wer ist Olympias?« Der Name kam mir bekannt vor, aber ich konnte ihn nicht einordnen.

»Die Mutter von Alexander dem Großen«, antwortete Stellan. »Elodie ist ein wandelndes Lexikon, was sie betrifft.«

»Sie ist nun mal eine der faszinierendsten Frauen in der

Geschichte«, gab Elodie zurück. »Manche Leute hielten sie für eine Hexe, dabei war sie ihrer Zeit nur sehr weit voraus, in wissenschaftlicher Hinsicht. Genau wie Aristoteles. Sie ist der Grund für die violetten Augen des Kreises, wusstest du das? Sie hat sie durch genetische Verbindungen geschaffen, von denen selbst wir heute nur träumen können.« Sie nahm einen langen Zug von ihrer Zigarette. »Genetik hatte für den Kreis schon immer große Bedeutung, von Anfang an. Und Genetik hat viel mit Blut zu tun.«

Ich hob die Augenbrauen. Natürlich war Genetik für den Kreis von Bedeutung. *Herrschaft durch Blut.* Ich hatte allerdings nie darüber nachgedacht, ob damit Blut im Sinne von *Gewalttaten* oder Blut im Sinne von *Blutlinie* gemeint war. Vermutlich beides. »Und?«

»Und *eine in Blut geformte Vereinigung,* klingt eher nicht nach einer sozialen Verbindung wie durch eine Heirat, oder?«

Tat es nicht – das sagte ich schließlich schon die ganze Zeit. Eine Heirat als krönender Abschluss des Mandats ergab keinen Sinn. Außerdem hatte auch Napoleon in seinem Tagebuch geschrieben: *Sie irren sich, was das Mandat angeht.* »Und was glaubst du, was es dann bedeutet?«

»Meine bevorzugte Theorie«, zog Elodie ihre Antwort in die Länge und schien es sichtlich zu genießen, dass sie ein gebanntes Publikum hatte, »die auch von einigen anderen Mitgliedern des Kreises geteilt wird, ist, dass die Vereinigung gar nichts mit einer Heirat an sich zu tun hat, sondern vielmehr damit, was eine Heirat hervorbringen kann. Zum Beispiel«, endete sie und blickte mich von der Seite an, »ein Kind.«

Ein ersticktes Geräusch entwich meiner Kehle. Stellan

blieb abrupt stehen, und ich wandte hastig die Augen ab, bevor er mich ansah. Wenn ich jetzt schon dauernd daran denken musste, ihn zu heiraten, wohin sollte dann erst der Gedanke führen, dass wir *ein Kind zeugen* sollten?

Ich schluckte. »Ich dachte, du hättest ein paar Ideen, was unsere Hinweise angeht. Wenn ich schwanger werde, hilft uns das sicher nicht, das zweite Armband oder das Grab zu finden.«

Elodie trat ihre Zigarette mit dem Stiefel aus, als wir am anderen Ende des Markusplatzes den Holzsteg verließen. »Du hast recht – ein Kind hat eher mit der Verbindung zweier Blutlinien zu tun als mit Napoleons Suche. Aber ihr wollt schließlich auch herausfinden, wie ihr die Armbänder entschlüsseln könnt, richtig? Ich sage ja nur, dass eure Hinweise und die Suche nach dem zweiten Armband vielleicht auch etwas damit zu tun haben. Das Passwort könnte doch auch ein Wort sein, das etwas mit Blut, DNA oder einem Kind zu tun hat.«

Ich schüttelte das Armband von meinem Handgelenk und drehte an den Buchstabenreihen. *Der Entschlüsselung des Geheimnisses einen Schritt näher durch eine in Blut geformte Vereinigung,* hatte der Hinweis gelautet. »Was heißt Blut auf Französisch?«, fragte ich.

»*Sang*«, antwortete Jack. »Vier Buchstaben.«

Das Passwort bestand aus fünf. Auf dem Rest des Weges zum Museum probierten wir noch weitere Wörter, die zu Elodies Theorie passten. *Baby. Kind. Schicksal. Vereinigung.* Die meisten von ihnen waren in der Übersetzung jedoch keine fünf Buchstaben lang, und die, bei denen die Länge passte, funktionierten nicht.

»Aber die Idee ist gut«, gab Stellan zu. »Wir sollten sie nicht außer Acht lassen.«

»Siehst du?«, gab Elodie zurück. »Du kannst von Glück sagen, dass ich dein Handy ausspioniert habe.«

Stellan schnaubte nur.

»Aber trotzdem«, mahnte Jack, als wir uns dem Eingang zum *Museo Correr* im napoleonischen Flügel näherten, »müssen wir jetzt erst mal nach dem zweiten Armband suchen.«

Das Museumspersonal war bereits dabei, abzuschließen, und wollte uns nicht mehr einlassen. Stellan lehnte sich ganz dicht ans Fenster des Ticketschalters und flehte den stämmigen Museumswärter förmlich an. Ich wollte ihm gerade sagen, dass sein Charme bei dem Mann vermutlich nicht funktionieren würde, als Stellan ein paar Euroscheine über den Tresen schob. *Das* funktionierte.

Wir eilten hinein. »Er gibt uns nur zehn Minuten, aber es sind auch nicht viele Räume«, sagte Stellan. »Wir teilen uns auf.«

Jack und Elodie rannten in die eine Richtung, während Stellan und ich uns einen Raum mit glänzendem Marmorboden und einer hohen mit Fresken verzierten Decke vornahmen. Ich lief schnell hindurch und ließ den Blick über die Wände schweifen.

»Vertraust du ihr jetzt?«, fragte Stellan von der anderen Seite des Raumes.

»Ich weiß nicht, ob *vertrauen* das richtige Wort ist, aber ich bin bereit, mir ihre Theorien anzuhören.« Ich ließ ein Gemälde mit Waldnymphen links liegen und suchte den Rest des Raumes ab. Nichts. Ich blieb stehen und stemmte die Hände in die Hüften. »Was, wenn mit *La Serenissima* gar nicht Venedig gemeint war?«, sprach ich die Befürchtung laut aus, die sich schon in meine Gedanken geschlichen hatte, bevor wir aus dem Hotel abgehauen waren. »Das hier könnte schließlich auch eine Sackgasse sein.«

»Lass uns das Museum erst mal durchsuchen, bevor wir irgendwelche voreiligen Schlüsse ziehen.«

Wir zogen ins nächste Zimmer weiter. »Und was machen wir, wenn hier nichts ist?«, fragte ich.

Wir –« Stellan blieb stehen und blickte über meine Schulter.

»Was?«

Er zeigte darauf. »Das Symbol von deinem Medaillon.«

Ich wirbelte herum. Tatsächlich: Das Symbol war über meinem Kopf in die Wand gemeißelt und darüber befand sich ein Basrelief von drei Frauen. Zwischen ihnen stand eine französische Inschrift.

Ich rannte in den nächsten Raum und rief Jack und Elodie zu uns. Wir versammelten uns um Stellan, der mit den Händen in den Hosentaschen dastand und die Inschrift entzifferte. Jack und Elodie lasen mit.

»Könnte das vielleicht mal jemand für das Mädchen übersetzen, das kein Französisch spricht?«, fragte ich.

»Hier steht: *Wo Alexander einst Rat suchte, behüten die Geister der Priesterinnen einen Zwilling, aber nur durch die Verbindung wird er sich öffnen*«, zitierte Stellan. »Noch ein Hinweis, der irgendwohin führt.«

»Aber da steht *ein Zwilling*«, entgegnete ich hoffnungsvoll. »Vielleicht führt dieser ja zum zweiten Armband.«

Elodie starrte mit zusammengekniffenen Augen auf das Symbol. »*Nur durch die Verbindung* …«, sagte sie wie zu sich selbst. »*Eine in Blut geformte Vereinigung.*« Wir anderen schauten sie an, aber sie biss sich auf die Unterlippe, ging im Raum auf und ab und murmelte vor sich hin. »Schicksalskarten. Vereinte Schicksale. Schicksale.« Sie blickte uns mit weit aufgerissenen Augen an. »*Schicksalsgöttinnen.*«

Ich fotografierte das Symbol schnell mit dem Handy. »Was ist mit Schicksalen?«

»Du hast doch gesagt, dass der Hinweis in Indien neben einem Holzschnitt der Moiren war, richtig? Den griechischen Schicksalsgöttinnen?«, erwiderte sie.

Ich nickte. Anfangs war mir gar nicht bewusst gewesen, wer die drei Frauen auf dem Basrelief waren. Erst als wir uns später Jacks Foto angesehen hatten, war uns ein Licht aufgegangen.

»Und das hier sind sie auch.« Elodie lächelte triumphierend. »Das Armband befindet sich an einem Ort, der für Alexander von Bedeutung war, aber auch etwas mit den griechischen Schicksalsgöttinnen zu tun hat. In diesem Hinweis ist von *die Geister der Priesterinnen* die Rede. Es ist glasklar: Es befindet sich am berühmtesten Orakel der Welt – in Delphi.«

KAPITEL 10

»WIE SOLLEN WIR die Saxons davon überzeugen, mich nach Griechenland reisen zu lassen?«, fragte ich Jack. Wir blieben unter dem Säulengang stehen, der den Markusplatz umgab. Ein einladendes, hell beleuchtetes Café lockte uns mit dem Duft von Pizza, der durch die offenen Fenster und Türen schwebte. »Wir können nicht warten, bis wir mit allen Besuchen fertig sind. Wir haben nicht mal mehr acht Tage.« Und sobald die Besuche abgeschlossen waren, erwarteten sie von mir, dass ich jemanden auswählte.

»Sag ihnen, dass du eine Pause brauchst«, schlug Elodie vor. »Sag ihnen, du steigst in irgendeinem Resort ab. Colette ist auch gerade in Griechenland, auf ihrer Jacht. Wir können bei ihr unterkommen.«

Colette LeGrand. Sie war eine Cousine der Dauphins und außerdem eine der berühmtesten Schauspielerinnen der

Welt. Ihr Freund, Liam, war eines der ersten Opfer des Ordens gewesen.

»Ich glaube nicht, dass sie mir das abkaufen werden«, erwiderte ich.

Elodie rümpfte die Nase. »Du überlegst doch nicht ernsthaft, ihnen die *Wahrheit* zu sagen, oder?«

Ich schaute Jack an. »Genau genommen haben wir ihnen gar nichts gesagt.«

»Ja, weil du ihnen sonst alles geben würdest, um deine Mutter zurückzubekommen.« Elodie lehnte sich gegen einen der Bogen und blickte über den Platz. Der Touristenstrom hatte sich am späteren Abend ausgedünnt und die Spiegelungen der Gebäude in der stillen Wasseroberfläche waren nun noch deutlicher zu erkennen. Elodie wandte sich an Jack. »Und das ist okay für dich?«

Er antwortete nicht, sondern verzog nur den Mund zu einer straffen Linie. Es hatte ihm zwar von Anfang an nicht besonders gefallen, aber er wusste, dass es das war, was ich tun musste.

»Ich denke, wir sollten jetzt gehen«, sagte ich, um das Thema zu wechseln.

»Es wird schwieriger werden, wieder ins Hotel hinein-, als hinauszuschleichen«, fügte Jack hinzu. Mir war eben der gleiche Gedanke gekommen.

»Die Dauphins haben hier eine Personalwohnung«, sagte Stellan. Er reichte mir das Armband und schüttelte den Kopf. Er hatte geistesabwesend daran herumgedreht und neue Passwörter ausprobiert.

»Schön für euch«, grummelte Jack.

»Ich wollte damit natürlich sagen, dass ihr auch bei uns

übernachten könnt«, fügte Stellan geduldig hinzu. »In der Wohnung gibt's jede Menge Betten.«

»Und jede Menge Kameras.« Ich schob das Armband wieder über mein Handgelenk und wir kehrten in das Labyrinth der engen Gassen zurück. »Es wäre wirklich wahnsinnig clever, die Dauphins wissen zu lassen, dass wir hier sind – mit dir.« Ich wandte mich an Elodie. »Und wieso konntest du einfach so herkommen? Sie glauben doch, dass Stellan die Saxons ausspioniert –«

»Genau wie ich auch«, unterbrach mich Elodie. »Es ist dir vielleicht noch nicht aufgefallen ist, aber du bist im Moment das Wichtigste, was innerhalb des Kreises vor sich geht.«

Die Beleuchtung wurde schwächer, je schmaler die Gassen wurden und je tiefer wir zwischen die hohen Gebäude vordrangen. Unsere feuchten Schuhe platschten auf den Pflastersteinen.

»Die einzigen Kameras der Wohnung befinden sich an der Tür«, erklärte Stellan. »Du versteckst einfach dein Gesicht, bis wir drin sind. Wenn sie uns wirklich beobachten – was nicht der Fall sein wird –, werden sie glauben, dass ich … Nun, sagen wir einfach, es wäre nicht das erste Mal, dass ich Mädchen mit nach Hause bringe.«

Natürlich nicht.

»Damit kannst du *mich* vielleicht reinschmuggeln«, erwiderte ich. »Aber –« Ich sah Jack an.

Stellan folgte meinem Blick. »Elodie übernachtet auch dort. Oder sie glauben einfach nur, dass es eine besonders wilde Nacht für mich wird.« Er zwinkerte mir übertrieben zu. »Die Dauphins haben im Augenblick Wichtigeres, worüber sie sich Sorgen machen können, glaub mir. Ich wollte nur nett sein, aber bitte: viel Spaß beim Zurückschleichen in deinen goldenen Käfig.«

Ich besprach mich kurz mit Jack und wir entschieden uns sofort für die Wohnung der Dauphins. Am Morgen würde es viel einfacher sein, sich im Trubel der auscheckenden Touristen ins Hotel zurückzuschleichen.

Schon kurz darauf blieben wir vor einem vierstöckigen Gebäude stehen, dessen abbröckelnde Fassade ein buntes Fresko zierte, und Stellan gab den Türcode ein.

Ich klappte den Kragen von Jacks Jacke hoch und versteckte das Gesicht darin, während Jack den Kopf senkte. Wir folgten Stellan und Elodie in den hell erleuchteten Flur, der so feucht war, dass ich mich fragte, ob in dieser Stadt jemals etwas wirklich trocknete.

Wir erreichten eine Tür im dritten Stock und Elodie blieb davor stehen. »Da ist noch eine Sache, die ich vielleicht hätte erwähnen sollen …«

Bevor sie den Satz zu Ende bringen konnte, schwang die Tür auf. Luc Dauphin stand im Rahmen, die Haare zerzaust und die Augen rot umrandet.

Stellan fluchte. »Was soll das, Elodie? Was –«

Luc fuhr ihm mit einem französischen Wortschwall über den Mund, der anhand der Blicke, die Stellan und Elodie tauschten, vermutlich so viel bedeutete wie: *Es war meine Idee, hierherzukommen, und sie konnte mich nicht davon abhalten.*

»Okay, alle rein da.« Jack schob uns durch die Tür und schloss sie ab.

»Es ist schrecklich.« Luc fuhr sich mit der Hand durchs Haar. »Eli Abraham *und* Takumi Mikado. Es ist so … oh, *chérie!*« Er verstummte und riss mich in eine so schwungvolle Umarmung, dass ich glatt vom Boden abhob. Dann stellte er mich wieder ab und drückte mir einen schmatzenden Kuss auf jede Wange. »Und du warst dabei. Es tut mir ja so leid. Ich möchte –« Er gestikulierte hinter sich, wo ein üppiges Dessertbuffet aufgebaut stand. »Ich möchte mich bei dir entschuldigen, und ich weiß ja, wie sehr du Pistazieneis magst.« Er nickte in Jacks Richtung. »Ich dachte, köstliche Desserts sagen am besten: *Tut mir leid, dass meine Familie versucht hat, uns gegen deinen Willen zu verheiraten*. Aber jetzt ist *das* passiert und …« Er seufzte dramatisch und führte mich ins Wohnzimmer. »Und jetzt ist meine Feier eine Totenwache.«

Er machte einen Schritt zur Seite und ich blieb wie angewurzelt stehen. In der Mitte des dunklen Wohnzimmers stand etwas, das man nur als Schrein bezeichnen konnte.

Seit er die schreckliche Nachricht gehört hatte, musste Luc jeden Zeitungskiosk in Venedig und die Hälfte aller religiösen Souvenirläden geplündert haben. Er hatte Statuen der Jungfrau Maria, Kruzifixe und flackernde Kerzen mit aufgemalten unidentifizierbaren Heiligen in einem aufwendigen Diorama rund um eine Collage mit aus Zeitschriften geschnittenen Fotos von Eli und Takumi platziert: Eli, der ein brasilianisches Supermodel küsste, oder Takumi oben ohne am Strand. In der Mitte befand sich das Cover des jüngsten Albums von *Sunday Six*.

Luc ließ sich auf einen Stuhl vor dem Schrein fallen und schlug unbeholfen ein Kreuzzeichen über der Brust. Wir starrten ihn alle an. Aus irgendeinem Grund war alles, was ich hervorbrachte: »Bist du überhaupt katholisch?«

»Nein.« Luc seufzte erneut. »Aber es erschien mir angemessen, *non*? Und es war alles, was ich so kurzfristig auftreiben konnte. Außerdem sind wir hier ja praktisch im Vatikan …«

»Der Vatikan ist nicht in Venedig«, murmelte Elodie.

Mein Mund stand immer noch offen. »Tut mir leid«, flüsterte Jack mir ins Ohr. »Er will nicht respektlos erscheinen –«

»Das hier ist mein einziges Jackett, das dunkel genug für den Anlass ist.« Luc zupfte an der Schulter seines Blazers herum. Er war aus violettem Samt mit dezentem Blumenmuster – falls man überhaupt etwas daran als dezent bezeichnen konnte. »Aber ich glaube, es hätte den beiden gefallen. Ich bin Eli zwar nur einmal begegnet, Takumi immerhin ein paar Mal, aber ich hatte den Eindruck, dass zwischen uns eine Verbindung bestand.«

Luc griff nach einer bereits geöffneten Weinflasche, die auf dem Schrein stand. Er nahm einen Schluck und reichte sie dann an uns weiter. Elodie zuckte mit den Schultern und trank dann ebenfalls.

Ich rieb mir die Stirn. Beide waren vor meinen Augen gestorben. Es war für alle schrecklich gewesen. Aber trotzdem fühlte es sich seltsam an. »Selbst wenn der Orden ihn dazu gezwungen hat, Eli hat trotzdem jemanden *umgebracht*«, sagte ich. »Findet ihr es nicht seltsam, ihn genauso als Opfer anzusehen wie Takumi?«

Sie alle starrten mich an, einen finsteren Ausdruck auf dem Gesicht. »Du verstehst den Orden nicht«, erwiderte Stellan. »Sie tun grauenvolle Dinge. Eli hatte mehrere jüngere Geschwister. Vielleicht hat der Orden sie bedroht. Er hatte ganz offensichtlich das Gefühl, keine andere Wahl zu haben.«

»Aber jemanden *umzubringen* –«

»Hast *du* nicht auch vor, diesen Mördern das Einzige zu

überlassen, was sie aufhalten könnte, um deine Mom zu retten?«, unterbrach mich Elodie. »Inwiefern ist das etwas anderes?«

»Ich –« Plötzlich war mir richtig übel. Ich betrachtete den Schrein erneut. Die glücklichen, lächelnden Gesichter der beiden Menschen, die ich erst vor wenigen Stunden hatte sterben sehen. In meinem Hals stieg ein Kloß, der vielleicht schon den ganzen Abend hätte dort sein müssen, langsam höher.

Ich zog mein Handy heraus. Nach ein paar Sekunden hatte ich ein Foto von Dev Rajesh gefunden. Ich lehnte das Handy gegen eine der Kerzen des Schreins. »Er war auch ein Opfer.«

Elodie stellte die Weinflasche ab und suchte nach einem Foto von Liam Blackstone, das sie neben Devs platzierte. Auf Jacks Handy war Malik Emir zu sehen. Stellan legte eine Hand auf Lucs Schulter, und ich wusste, dass sie an Lucs kleine Schwester dachten.

»Und auf den Rest von ihnen, all unsere Brüder, die der Orden getötet hat«, sagte Luc leise.

Jack holte seine Brieftasche heraus und entnahm ihr das Foto, das ihn und Mr Emerson auf dem Mont Blanc zeigte, das Mr Emerson uns als Hinweis hinterlassen hatte. Er stellte es ebenfalls auf den Schrein und drückte meine Hand.

»Ich habe mal von dieser Tradition gehört«, begann Elodie. »Man öffnet ein Fenster, um die Geister der Toten hinauszulassen, wie Rauch.«

Ich stieß einen zitternden Atemzug aus.

»Man vergisst sie nicht, aber man erlaubt es ihnen – und sich selbst – loszulassen.«

Ich spürte, wie sich meine Fingernägel in meine Handfläche bohrten. Wir steckten in dieser Sache immer noch mittendrin, und ich war mir nicht sicher, ob ich wirklich schon loslassen konnte.

Luc durchquerte das Zimmer und öffnete die Balkontür. Er schnappte sich eine Packung mit Räucherstäbchen, zündete eines von ihnen an einer Kerzenflamme an und wedelte den Rauch über den Schrein. Der Rauch wurde immer dichter, während wir die Weinflasche kreisen ließen. Er schmeckte süß und sirupartig. Ich schaute immer wieder zu dem Rauch hinüber, aber er zog nicht zum Fenster hinaus.

Eine Stunde später hatten wir fast zwei Flaschen Wein geleert. Einige der Kerzen waren inzwischen abgebrannt, aber der Rest flackerte immer noch über den Fotos. Cremefarbene Teppiche bedeckten den Parkettboden der Wohnung, die über eine kleine Küche und zwei dick gepolsterte Ledersofas verfügte, auf denen wir zu viert lümmelten. Ich hielt mich auf der einen Couch in sicherer Entfernung zu Jack, während Elodie auf der anderen ihre Beine über Stellans Schoß ausgestreckt hatte.

Luc saß auf einem Plüschteppich vor Stellan und Elodie und versuchte ungeschickt, eine weitere Flasche Wein zu öffnen. Ich vermutete, dass er bereits etwas getrunken hatte, bevor wir eingetroffen waren. »Wäre es furchtbar, wenn ich sagen würde, das hier macht richtig Spaß?«, fragte er. »Es ist wie eine … Wie nennt ihr das noch gleich in Amerika? Eine Pyjamaparty? Eine sehr tragische Pyjamaparty.«

Eigentlich hätten wir die Zeit nutzen sollen, um unsere

Reise nach Griechenland zu planen, aber ich musste zugeben, dass auch ich froh war, mich mit etwas anderem abzulenken. »Spaß« war zwar vielleicht nicht unbedingt das richtige Wort dafür, aber es war wirklich wie eine Pyjamaparty in dieser gemütlichen Wohnung. Nach der ganzen Erschöpfung und Frustration dank des Hinweises, der gar kein Hinweis gewesen war, und all des sprichwörtlichen und echten Bluts an meinen Händen brauchte ich das hier einfach. Ich glaube, das taten wir alle.

Elodie streckte sich, um Luc den Wein abzunehmen, und Stellan stand von der Couch auf und verschwand im Nebenzimmer.

Ich rekelte mich, stand dann ebenfalls auf und durchquerte das Zimmer zu dem kleinen Balkon. Jack folgte mir. Er hielt mich an der Glastür auf und schaute nach draußen. »Scheint alles sicher zu sein.«

Ich blickte über die Piazza unter uns. Draußen regnete es inzwischen Bindfäden und die Pflastersteine glänzten im Licht einer einsamen Straßenlaterne. Der Platz war rechteckig, an drei Seiten von Gebäuden mit geschlossenen Fensterläden und Blumenkästen gesäumt und an der vierten von einem Kanal begrenzt. Es war kühl, und ich zitterte leicht, obwohl ich immer noch Jacks Jackett trug.

»Alles okay?«, fragte er.

Ich schlang die Arme um meinen Körper und nickte.

»Glaubst du wirklich, dass Griechenland eine gute Idee ist?«, wollte er wissen.

Ich blickte ihn durchdringend an. »Natürlich. Acht Tage noch, schon vergessen? Glaubst du etwa *nicht*, dass es eine gute Idee ist?«

»Es gefällt mir nicht, so weit von den Sicherheitskräften der Saxons entfernt zu sein. Vor allem nach dem Attentat heute.« Jack schwieg für einen Moment. »Die Saxons wollen das Grab genauso dringend finden wie wir. Wenn wir ihnen die Wahrheit erzählen, könnten sie wenigstens ein paar Wachleute mitschicken.«

Ich schüttelte bereits den Kopf, bevor er den Satz überhaupt zu Ende gebracht hatte. »Du weißt doch, warum wir es ihnen nicht erzählen können. Sie würden niemals zulassen, dass ich, was auch immer wir finden, dem Orden gebe.«

Ich lehnte mich gegen das Geländer. Der Balkon im Stockwerk darüber schützte uns vor dem Regen, aber hin und wieder wehte die sanfte Brise ein paar Tropfen herbei. Meine Schultern spannten sich an, als Jack sich an mich lehnte.

»Ich weiß. Und ich verstehe es.« Er holte tief Luft. »Es ist nur … du musst auch meinen Standpunkt verstehen. Du würdest alles tun, um dafür zu sorgen, dass deine Mom in Sicherheit ist, richtig? Genauso fühle ich auch, wenn es um dich geht. Ich weiß, dass ich es nicht tun sollte«, fuhr er fort. »Ich weiß, dass wir nicht … Aber du kannst dir gar nicht vorstellen, wie es sich angefühlt hat, heute mit ansehen zu müssen, wie er diese Waffe auf dich gerichtet hat.«

Ich schluckte. »Ich glaube wirklich nicht, dass sie *mir* etwas antun werden –«

»Und ich glaube, du solltest auch die Meinung der Leute in Betracht ziehen, die bei der Sache nicht so emotional involviert sind wie du.«

Ich stieß mich vom Geländer ab. »Du hast aber gerade zugegeben, dass du emotional involviert *bist*.«

Jack wandte sich ab. Vorhin war ich so erleichtert gewesen, wieder mit ihm zusammen zu sein, und hatte so sehr nach Trost in *uns* gesucht, dass ich ihn gar nicht *nicht* hatte küssen können. Ich wusste, dass er genauso empfunden hatte. Außerdem hatte er gerade *zugegeben*, dass er ebenso fühlte wie ich. Aber das hier – die Tatsache, dass wir plötzlich nicht mehr einer Meinung waren, obwohl ich es die ganze Zeit geglaubt hatte – löste eine vollkommen neue Spannung zwischen uns aus, die neu für mich war.

»Avery –«, begann er.

»Man kann nicht immer hundertprozentig vorsichtig sein. Wir können gerne darüber nachdenken, wie unser Trip sicherer werden kann, aber wir fahren nach Griechenland. Und wir erzählen den Saxons nichts davon.«

Er klammerte sich angespannt am Geländer fest, wie immer vollkommen kontrolliert, und nickte schließlich.

Ein paar Minuten lang standen wir schweigend da. Unter der Straßenlaterne auf der anderen Seite des Platzes befand sich auf einer verfallenden Steinmauer ein Graffito. Die einzigen lesbaren Worte waren *Ti amo!*

»Was bedeutet das?«, fragte ich und zeigte darauf.

»Ähm.« Er verstummte kurz. »Das bedeutet *Ich liebe dich*. Auf Italienisch.«

»Oh.« Selbst in diesem Zusammenhang waren *diese* Worte aus Jacks Mund und mit seinem Akzent einfach nur … Mit einem Mal spürte ich viel zu deutlich, wie mein Herz gegen meine Rippen hämmerte. »Das ist das süßeste Graffito, das ich je gesehen habe.«

Ich spürte, dass er mich anschaute. »Ich will nicht, dass wir wütend aufeinander sind«, sagte er.

Ich lehnte mich wieder neben ihn an das regennasse Geländer. »Ich bin nicht wütend. Es ist nur … Du verstehst, warum ich das tun muss, oder?«

»Natürlich«, antwortete er. »Man tut alles, was nötig ist, wenn man jemanden liebt. *Das* verstehe ich.«

Ich streckte meine Hand aus und er nahm sie. Eine Sekunde lang verflochten sich unsere Finger miteinander.

»Was macht ihr denn da draußen?«, rief Elodie. »Kommt sofort wieder rein.«

Wir ließen einander los, und ich ballte die Fäuste in die Ärmel von Jacks Jackett, als wir wieder in die Wohnung gingen.

»Ich wusste ja nicht, dass wir einen Zeitplan einhalten müssen.« Ich ließ mich wieder auf die weiche Ledercouch fallen, noch immer ziemlich aufgewühlt.

»Müssen wir auch nicht.« Elodie lag rücklings auf dem weißen Plüschteppich, die Weinflache in der Hand, und starrte zu den Balken empor, die sich über die Decke zogen. »Aber Luc hatte eine Idee.«

Luc hatte ein viel zu breites Grinsen im Gesicht, wenn man die Umstände bedachte. Ich beäugte ihn misstrauisch. »Und was für eine?«

»Wir haben für heute Nacht genug getrauert. Wir sollten ein bisschen Spaß haben. Lasst uns ein Spiel spielen.«

Jack setzte sich neben mich auf die Armlehne des Sofas und hob eine Augenbraue. »Ein Spiel?«

Elodie stützte sich auf ihre Ellenbogen, trank den letzten Schluck aus der Flasche, legte sie auf den Boden und wirbelte sie wackelnd im Kreis. »Flaschendrehen.«

KAPITEL 11

ICH VERSCHRÄNKTE DIE Arme und lehnte mich auf der Couch zurück. »Du machst Witze, oder?«

»Komm schon«, sagte Elodie. »Wir sind Teenager und völlig unbeaufsichtigt. Ist es nicht sogar unsere Pflicht, uns zu betrinken und Knutschspiele zu spielen?«

»Erstens ist das heute vielleicht der unpassendste Abend überhaupt für so was. Und zweitens sind wir auch nicht unbedingt normale Teenager«, entgegnete ich. »Ich wahrscheinlich noch am ehesten, und selbst ich bin alles andere als normal.«

Was ein eigenartiger Gedanke war. Bis vor Kurzem war ich noch der normalste Teenager der Welt gewesen, und mit einem Mal war ich – um es mit Stellans Worten auszudrücken – das, was dem alleinigen Anführer der mächtigsten Organisation der Welt am nächsten kam.

»Und genau darum werden wir es tun. Wir werden das Leben feiern, anstatt über den Tod zu trauern«, sagte Luc verträumt, offensichtlich mehr als nur ein bisschen beschwipst.

»Und wen interessiert schon, ob wir normal sind?« Elodie setzte sich auf. »Im Film spielen schließlich alle amerikanischen Teenager Flaschendrehen. Oh, und Wahrheit oder Pflicht. Wollen wir lieber Wahrheit oder Pflicht spielen?«

Ich blickte sie stirnrunzelnd an. »Ich habe noch nie Flaschendrehen und Wahrheit oder Pflicht gespielt. Die Filme lügen.«

»Tja …« Elodie gab Stellan die Flasche, der mit den Schultern zuckte und sie auf den Boden legte. Er drehte sie schwungvoll. »Dann ist das eben für uns alle das erste Mal.«

Die Flasche drehte sich wild, wurde dann langsamer, wackelte ein bisschen, hielt an … und zeigte direkt auf mich.

Stellan blickte mich mit schiefem Lächeln an.

»Oh mein Gott. Okay. Wir spielen Wahrheit oder Pflicht. Ich wähle Wahrheit«, sagte ich.

»Autsch«, erwiderte Stellan.

Elodie grinste triumphierend und hob die Flasche vom Boden auf. »Wahrheit. Ich habe noch nie …«

»Du bringst da was durcheinander«, unterbrach ich sie. »*Ich habe noch nie* ist so was wie *Wahrheit für alle*. Du sagst irgendetwas, das du noch nie getan hast, und alle anderen, die es schon mal gemacht haben, müssen trinken.«

»Na, das klingt doch perfekt.« Elodie öffnete eine weitere Flasche Wein und füllte unsere Gläser nach.

Jack schaute mich an. »Wollen wir das wirklich –«

»Anscheinend schon.«

Elodie lehnte sich gegen die Couch und zwirbelte eine Haarsträhne zwischen ihrem Daumen und Zeigefinger. »Ich habe noch nie jemanden in diesem Zimmer geküsst«, sagte sie und trank amüsiert von ihrem Wein. Neben ihr tat Stellan das Gleiche.

Ich schaute Jack an.

Wir könnten auch lügen, sagten meine Augen. *Wir wollen vielleicht nicht, dass Elodie alles weiß.*

Elodie verdrehte die Augen. »Ich bin nicht blöd. Ihr wurdet *in ihrem Zimmer* bei uns zu Hause erwischt.«

Stellan wackelte spöttisch mit dem Zeigefinger. »Aber sie sind nicht zusammen. Frag sie, warum.«

Ich funkelte ihn an. »Unsere Aufgabe ist wichtiger. Wir wollen uns von nichts ablenken lassen und –«

Elodie schnaubte höhnisch. »Ist das nicht furchtbar anstrengend, die ganze Zeit so aufrecht und selbstgerecht zu sein?«

»Ein paar von uns nehmen die Sache eben ernst, bei der es um Leben oder Tod geht –«, verteidigte sich Jack.

Elodie wandte sich an Stellan. »Und damit musstest du dich die ganze Zeit herumschlagen? Du hast mein volles Mitgefühl.« Sie deutete mit ihrem Weinglas auf mich und verschüttete den Inhalt beinahe auf dem Teppich, bemerkte es jedoch gar nicht. Offensichtlich hatte sie schon mehr getrunken, als mir bewusst gewesen war. Es überraschte mich – sonst hatte sie sich immer so sehr unter Kontrolle. »Ihr habt euch zumindest geküsst. Also trinkt. So läuft das Spiel.«

Ich schluckte eine Antwort hinunter und Jack und ich nippten von unserem Wein.

»Ich komme mir richtig ausgeschlossen vor«, sagte Luc. »Ihr habt euch alle schon mal geküsst.«

»Oh, Lucien«, säuselte Elodie und streckte eine Hand nach ihm aus. »Ich würde dich jederzeit küssen.«

Luc warf ihr einen Luftkuss zu. »*Merci*, El, aber du bist nicht wirklich mein Typ.«

Es folgte ein Moment der Stille, dann rückte Stellan an die Sofakante vor. »Wenn du willst –«

Lucs Wangen liefen leuchtend pink an und er warf ein Stück Baguette nach Stellan. Grinsend fing der es auf und schleuderte es zurück.

»Okay, okay«, sagte Elodie und hob ihr Glas. »Ich habe noch nie *mehr als eine Person* in diesem Zimmer geküsst.«

Sie zog eine Augenbraue hoch, und ich tat dasselbe und sah zu, wie ihr Blick zwischen Stellan, Jack und mir hin und her huschte. »Ernsthaft?«, fragte ich genervt. »Ich hab dir doch gesagt –«

Sie zuckte unschuldig mit den Schultern. »Warum setzen sie beide ihr Leben aufs Spiel und folgen dir um die halbe Welt? Jackie spielt den edlen Ritter und beschützt dich, aber …«

Sie blickte Stellan an. Ich wusste, dass er ihr nichts von der Sache mit der dreizehnten Familie erzählt hatte.

»Na schön«, grummelte Elodie, aber dann verzog sich ihr Gesicht langsam zu einem Lächeln. »Trotzdem weiß ich, dass es ein paar Leute gibt, die darauf trinken müssen.« Sie hob ihr Glas, trank einen Schluck und ließ den Blick dann über die Runde schweifen, bevor er an Jack hängen blieb.

Er räusperte sich. »Dieses Spiel ist lächerlich«, sagte er und nippte von seinem Wein.

Ich glaube nicht, dass mir tatsächlich die Kinnlade herunterklappte, aber es fühlte sich so an. Jack wich meinem Blick aus, aber Elodie grinste selbstgefällig.

Das bedeutete also ... Jack – und Elodie.

»Ja«, sagte sie mit ihrem hübschen französischen Akzent. »Es ist genau das, was du denkst.«

Das fühlte sich an, als gäbe es eine komplett andere Version von Jack, von der ich überhaupt nichts geahnt hatte. Es stand mir eigentlich nicht zu, deswegen sauer zu sein, und das aus mehreren Gründen, aber ... »Um uns mal vom Thema Küssen zu entfernen ...«, begann ich.

»Och, warum denn?«

»Ich habe noch nie jemanden angelogen, der mir etwas bedeutet, um zu bekommen, was ich will«, fuhr ich unbeirrt fort. Ich war mir immer noch nicht sicher, ob ich Elodie wirklich abkaufte, warum sie hier war.

Irgendetwas huschte über ihr Gesicht, aber sie trank einen Schluck und verdrehte kaum merklich die Augen in meine Richtung, als wolle sie sagen: *Ich weiß, was du vorhast.* »Wenn irgendeiner von euch behauptet, er hätte das noch nie getan, dann lügt ihr *jetzt.* Außerdem ist das überhaupt nicht im Sinne des Spiels.«

Mit einem Mal breitete sich eine gedämpfte Stille im Zimmer aus. Draußen schüttete es noch heftiger und der Regen prasselte laut auf den Balkon. In meinem Kopf drehte sich alles. Ich war mir nicht sicher, ob es am Wein lag, an dem Spiel, an dem langen Tag oder an der Tatsache, dass ich wie üblich in der Nacht zuvor kaum geschlafen hatte. »Vielleicht ist es Zeit, ins Bett zu gehen«, schlug ich vor.

»Langweilig«, stöhnte Luc, rieb sich jedoch schläfrig

die Augen und stand auf. Stellan blies die Kerzen des Schreins aus und Elodie lieh mir eine Leggings und ein T-Shirt.

Das Schlafzimmer war groß und verfügte über vier Stockbetten. Jack und ich legten uns gegenüber voneinander in zwei der unteren Betten, während sich die drei anderen auf die restlichen verteilten.

»Gute Nacht«, flüsterte ich.

»Gute Nacht«, antwortete Jack.

»Gute Nacht«, rief Elodie neckend von der anderen Seite des Zimmers, bevor sie das Licht ausknipste.

Doch auch als das Licht erlosch, wollten sich meine Augen einfach nicht schließen. Die Straßenbeleuchtung warf Schatten an die Wand und ich beobachtete sie eine Weile. Irgendwann musste rein biologisch betrachtet der Zeitpunkt kommen, an dem ich so erschöpft war, dass ich einschlief, ganz gleich, was mich beschäftigte, oder?

Aber nicht so erschöpft, dass du nicht von Albträumen wieder aus dem Schlaf gerissen wirst, flüsterte eine Stimme in meinem Kopf. Vor allem nach dem heutigen Tag.

Auf der anderen Seite des Raumes schnarchte jemand leise. Vor einer Stunde hatte ich mich noch völlig normal gefühlt. Wurde man immer in dieses emotionale Chaos geschleudert, wenn man Wein trank? Ich drehte mich auf die Seite und strampelte unruhig die Decke weg.

Uns blieb nur noch gut eine Woche, um das Armband und das Grab zu finden und meine Mom zu retten. Um die Parade der Hochzeitsanwärter des Kreises und die Attentate zu stoppen. Und um zu entscheiden, was ich danach tun wollte. Angenommen, das, was sich im Grab befand, konnte den Orden tatsächlich aufhalten, dann hätte ich meine Pflicht dem Kreis gegenüber erfüllt.

Aber würde ich ihn trotzdem verlassen? Und Lydia? Und meinen Vater?

Jack?

Im Bett mir gegenüber wälzte er sich hin und her und blieb dann seufzend liegend. Würde er mit mir kommen, wenn ich ginge? Konnte ich … würde ich … wenn …?

In meinem Traum war ich wieder in der siebten Klasse, allerdings in Venedig. Poppy Levine, das reichste Mädchen in unserer Stufe, feierte im Markusdom ihre Bat-Mitzwa, zu der ich in der wahren siebten Klasse nicht eingeladen gewesen war. Als sie gerade die Kerzen auf einem riesigen Kuchen ausblies, fielen sämtliche Partygäste tot zu Boden.

Ich riss die Augen auf und brauchte eine Sekunde, um mich wieder zu erinnern, wo ich war. Wässriges Morgenlicht strömte durch die Fenster herein und im Zimmer war es heiß, stickig und ein wenig feucht.

Trotzdem fühlte ich mich vollkommen ausgetrocknet: Meine Augenlider klebten bei jedem Blinzeln zusammen, meine Kontaktlinsen trockneten an den Augäpfeln fest, und mein Mund fühlte sich rau und wie ausgedörrt an.

Ich schlüpfte aus dem Bett, träufelte ein paar Tropfen in meine Augen und steckte mir ein Pfefferminzbonbon in den Mund. Jack lag mit dem Gesicht zur Wand. Auch Luc schlief tief und fest und baumelte mit einem seiner in einen Pyjama gehüllten Beine über das obere Stockbett. Unter ihm breitete sich Elodies Haar wie ein Fächer um ihr Gesicht aus und sie wirkte erstaunlich friedlich. Stellans Bett war leer.

Ich öffnete so leise wie möglich die Schlafzimmertür und schlich mich ins leere Wohnzimmer. Vielleicht war Stellan ja losgegangen, um Kaffee zu holen oder so. Ein Atlas, den jemand letzte Nacht aus dem Regal gezogen haben musste, lag offen auf der Couch, aufgeschlagen bei einer Karte von Griechenland. Ich hob ihn auf und ging zum Balkon. Je näher ich kam, desto stärker wurde der ins Zimmer dringende Geruch von Zigarettenrauch.

Stellan stand mit dem Rücken zu mir. Er trug dasselbe T-Shirt und dieselbe graue Jeans wie gestern.

Ich blieb stehen, aber bevor ich mich entscheiden konnte, ob ich umkehren wollte, blickte er mich über seine Schulter hinweg an.

»Zigaretten sind echt widerlich«, sagte ich, stellte mich neben ihn und legte den Atlas auf dem Geländer ab.

»Ich weiß deine Meinung sehr zu schätzen.« Er nahm einen langsamen Zug, ließ den Rauch an den Mundwinkeln entweichen und drückte die Kippe in dem kleinen Aschenbecher aus. Der Rauch kringelte sich in den ersten Sonnenstrahlen.

»Gut geschlafen?«, fragte er.

»Ja.« Auf dem Platz unter uns bauten die ersten Verkäufer allem Anschein nach einen Gemüsemarkt auf. Eine Frau in mittlerem Alter mit Lederjacke und dickem schwarzen Eyeliner lud eine Kiste voller leuchtend roter und gelber Tomaten nach der anderen aus.

Stellan deutete auf den Atlas. »Der Weg zum Armband?«

»Zumindest der Weg nach Delphi.« Unter dem gusseisernen Balkon begrüßten sich zwei alte Männer, die auf dem winzigen Kanal mit ihren Booten aneinander vorbeischipperten.

Stellan nahm den Atlas und blätterte erst nach Indien, dann nach Venedig. Er lachte. »Ist dir schon aufgefallen, dass Napoleon seine eigene *Karte des Schicksals* hinterlassen hat und wir ihr folgen?«

»*Ihre Schicksale sind miteinander verknüpft*«, erwiderte ich. »Denkst du, dass er das absichtlich getan hat?«

»Zumindest hat er den ganzen Rest ziemlich genau durchdacht.«

Ich blickte zu dem *Ti amo!*-Graffito auf der anderen Seite der Piazza.

»Glaubst du eigentlich wirklich daran?«, fragte ich. »An Schicksal? Bestimmung? Was auch immer?«

Stellan beugte sich über das Geländer und beobachtete die Händler unter uns. »Glaubst du, dass all diese Menschen an Schicksal glauben? Oder denkst du, sie leben ihr Leben einfach nur, so gut sie können, ganz gleich, welche Hindernisse es ihnen vielleicht in den Weg stellt?« Ein älterer Mann hievte einen Eimer voll Fisch auf einen Haufen Eis und winkte uns zu. Ich winkte zurück.

»Ich glaube, dass bestimmte Menschen einem bestimmten Weg folgen sollen«, fuhr Stellan fort. »Aber ich glaube auch, dass wir *immer* eine Wahl haben. Es kommt nur darauf an, wie viel man kämpfen will. Wenn man dafür bestimmt ist, Fisch auf einem Markt in Italien zu verkaufen, verbringt man vielleicht sein ganzes Leben damit, zu versuchen, sein Schicksal zu ändern. Dabei ist Fische zu verkaufen doch gar nicht so übel, oder?«

Ich blinzelte gegen die aufgehende Sonne an. »Wenn du es so verlockend formulierst …«

Ich hörte, wie sich drinnen etwas bewegte, gefolgt von Stimmengewirr. Zeit, diesen Tag zu beginnen. Stellan klappte den Atlas zu und zeigte nach drinnen. »Das Schicksal wartet«, sagte er.

KAPITEL 12

ES GELANG UNS, zurück ins Hotel zu schleichen, ohne dass jemand etwas bemerkte. In meinem Zimmer schlüpfte ich in ein Sommerkleid mit Blumenmuster und traf mich mit Lydia, Cole und meinem Vater in der Lobby, wie wir es am Abend zuvor vereinbart hatten. Mein Vater führte uns zum Café auf der Terrasse des Hotels, von der sich ein wunderbarer Ausblick auf den Canal Grande bot. Reihen von Gondeln waren an Pfosten festgemacht und ihre schlanken Silhouetten schaukelten träge in der sanften Brise. Ich konnte nicht aufhören, unter dem Tisch mit dem Fuß zu tippen.

Lydia ließ sich auf dem Korbsessel neben mir nieder und setzte ihre Sonnenbrille auf, während ein Kellner unsere winzigen Tassen mit dickem Espresso füllte. Ich rührte zwei Würfel Zucker in meinen. »Wir sollten lieber schnell essen, wenn wir morgen in Peking sein wollen«, sagte Lydia und überflog die Speisekarte.

»In Peking?« Ich kniff die Augen gegen die Morgensonne zusammen und sah meinen Vater an. »Ich dachte, Johannesburg sei die nächste Station. Die Konings?« Ich hatte gehofft, sie ein paar Tage zu vertrösten. Wegen Griechenland.

»Ja.« Mein Vater rutschte auf seinem Stuhl hin und her. Auf der anderen Seite des Tisches stürzte Cole seinen Espresso mit einem Schluck hinunter. »Es gibt eine kleine Planänderung.«

Ich blickte Lydia an, aber sie starrte nur wie gebannt auf ihre Speisekarte. »Was für eine Planänderung?«, fragte ich.

Mein Vater räusperte sich. »Aufgrund der jüngsten Ereignisse müssen wir unseren Reiseplan ändern. Die Wangs in Peking. Die Fredericks in Washington. Und das war's.«

Ich stellte meine Tasse klappernd zurück auf die Untertasse. »Und was ist mit den anderen Familien?« Er konnte nicht wirklich das meinen, was ich glaubte.

»Wir werden die anderen nicht besuchen. Nachdem wir die beiden letzten Familien getroffen haben, nehmen wir uns einen Tag Bedenkzeit, und dann entscheidest du dich.«

Der Kaffee schmeckte bitter in meiner Kehle. »Du hast gesagt, ich hätte zwei *Wochen*. Es waren erst fünf Tage.«

Mein Vater griff in seine Aktentasche und zog eine Zeitung heraus. Er legte sie vor mir auf den Tisch. *Morde in aller Welt: Zufall oder Verschwörung?*, lautete die Schlagzeile. »Die Sache läuft aus dem Ruder. Wir haben keine Zeit, Familien zu besuchen, die nicht wirklich infrage kommen.«

Ich versuchte, meine Espressotasse wieder zu heben, aber meine Hände zitterten zu stark. »Aber was ist mit meinen Hinweisen? Der Suche nach dem Grab? Und meiner *Mom?*« Ich blickte mich nach Jack um, aber er hielt am Eingang des Restaurants Wache und war zu weit entfernt, um mich zu hören.

Lydia mied meinen Blick immer noch. Ich versuchte, nicht verletzt zu sein, weil sie mich nicht vorgewarnt hatte.

Mein Vater faltete die Zeitung wieder zusammen. »Ich hoffe aufrichtig, dass wir deine Mutter zurückholen können, sobald das Mandat erfüllt ist. Da deine Hinweise offensichtlich nichts Konkretes erbracht haben, scheint mir das hier die einzige Möglichkeit zu sein.«

Die Hinweise *hatten* etwas Konkretes erbracht – ich konnte ihnen nur nichts davon erzählen. Zumindest nicht, bevor meine Mom in Sicherheit war. Ein *vaporetto* fuhr mit tiefem Brummen und leisem Propellerplatschen an uns vorbei. »Dann komme ich nicht mit.«

Mein Vater nahm seine Sonnenbrille ab. *»Avery.«*

»Nein.« Wenn sie das wirklich tun wollten, dann musste ich so schnell wie möglich nach Griechenland. »Wenn ich sowieso nicht heiraten will und du mich noch nicht mal alle Anwärter kennenlernen lässt, warum sollten wir dann so tun, als würde es dich überhaupt interessieren, wen ich auswähle?«

Endlich sagte auch Lydia etwas. »Du wirst Alex Frederick mögen«, versuchte sie es.

Wenigstens konnte ich Schuldgefühle in ihrer Stimme mitschwingen hören. »Er ist echt süß. Und –«

Ich schüttelte den Kopf. Vielleicht war er das wirklich, aber das war nicht der Punkt. Ich konnte es mir nicht mehr leisten, die Gefühle der Saxons zu berücksichtigen.

»Ihr könnt allein nach Peking und Washington fliegen.« Ich verlieh meinen Worten zusätzliche Schärfe, damit sie meine Beweggründe nicht infrage stellten. »Colette LeGrand hat mich eingeladen, ein paar Tage auf ihrer Jacht zu verbringen, und ich werde die Einladung annehmen. Ich werde dort sein, bis ihr wieder zurückkommt.«

»Nein«, sagte Lydia. »Selbst wenn du nicht mit uns kommst, ist es viel zu gefährlich für dich, ganz allein –«

»Jack begleitet mich.« Ich stieß mich vom Tisch ab, und mein Vater machte ebenfalls Anstalten, sich zu erheben, aber ich hob eine Hand. »Lass es einfach gut sein. Du bekommst doch genau das, was du willst. Ich werde ja noch nicht mal anwesend sein, während du beschließt, was mit meinem Leben passieren soll.«

Ich marschierte aus dem Restaurant und schaute nicht ein einziges Mal zurück. Ich wollte den verletzten Ausdruck in den Augen meiner Schwester oder die Enttäuschung meines Vaters nicht sehen. Hoffentlich hatten wir recht, was Delphi betraf. Es war meine letzte Chance.

✵

Wenige Stunden später saßen Jack und ich in Colettes Privatjet. Nach der Landung zeigte mein Handy drei verpasste Anrufe an – von einer unbekannten Nummer. Der Orden. Ich schaltete den Lautsprecher ein und rief zurück. Jack spannte sich auf dem Sitz neben mir an.

»Ich dachte schon, du ignorierst meine Anrufe.« *Narbengesicht*. Ich hatte seine Stimme schon seit einer ganzen Weile nicht mehr gehört. Seit Paris hatte er nicht noch mal angerufen, sondern nur Nachrichten geschickt.

Jack beugte sich vor, die Ellenbogen auf die Knie gestützt.

»Ich ignoriere gar nichts. Wir haben ein paar neue Hinweise gefunden«, erwiderte ich. »Wir überprüfen gerade einen davon.«

»Wo seid ihr?«

Ich schaute Jack in die Augen. Wahrscheinlich hatten sie ohnehin Mittel und Wege, das herauszufinden, auch wenn wir es ihnen nicht verrieten. Ich wollte sie nicht anlügen und ihnen irgendeinen Grund geben, den Ärger an meiner Mom auszulassen. »Griechenland«, antwortete ich.

»Hmm. Ihr solltet lieber hoffen, dort fündig zu werden. Der Kommandant wird allmählich ungeduldig.«

Ich atmete zitternd aus. »Ich muss mit meiner Mom sprechen«, sagte ich. »Das war Teil der Abmachung.«

Es war ein Rauschen zu hören, gefolgt von einer Stimme: »Avery?«

Mir blieb die Luft weg und ich krallte mich an Jacks Hand fest. »Mom. Ich liebe dich. Ich –«

»Das reicht«, knurrte Narbengesicht, und am anderen Ende der Leitung knallte eine Tür zu.

Ich schluckte den Klumpen in meiner Kehle hinunter. Es ging ihr gut. »Ich werde niemanden heiraten«, platzte es plötzlich aus mir heraus. »Seit ihr diese Jungen tötet, ist der Kreis nur umso entschlossener, euch zu finden. Es hilft euch überhaupt nicht.«

Narbengesicht lachte höhnisch. »Du hast noch sieben Tage.« Und damit legte er auf.

Letzte Chance, ging es mir ständig im Kopf herum, während

wir durch den Flughafen von Athen eilten. *Letzte Chance.* Meine Mom war noch am Leben, und es ging ihr gut, für den Moment. Der Orden gab uns noch sieben Tage Zeit, aber mir blieben bloß vier, bis ich meine Pflicht dem Kreis gegenüber erfüllen sollte.

Elodie, Stellan und Luc waren nur wenige Minuten nach uns gelandet. Beim Verlassen des Terminals kamen wir an einem Zeitungskiosk vorbei, und mir wurde schlagartig klar, warum Colette sich versteckte. *Colette LeGrands Schmerz,* lautete die Schlagzeile einer englischen Zeitschrift. Auf sämtlichen Magazinen waren Paparazzi-Fotos von ihr zu sehen, wie sie aus einem Wohnhaus kam, ihr herzförmiges Gesicht verzerrt und traurig und von ihrer berühmten rotbraunen Lockenmähne umrahmt. Sie blickte direkt in die Kamera und hatte einen Ausdruck in den Augen, als hätte der Fotograf ihren Freund getötet.

»Bist du sicher, dass es ihr nichts ausmacht, wenn wir hier sind?« Ich hatte ein schlechtes Gewissen, weil wir sie so kurz nach dem Tod ihres Freundes in unsere Geschichte hineinzogen.

»Ich glaube, sie freut sich über die Ablenkung«, antwortete Luc. »Sie war die ganze Zeit allein und hat sich versteckt, bevor sie ihren Auftritt in Cannes bewältigen muss.«

Ich nickte. Außerdem war es ja nicht so, dass wir eine andere Wahl gehabt hätten.

Das Aquamarinblau des Mittelmeers kam mir beinahe unwirklich vor. Colettes Jacht lag in einem Hafen in der Nähe von Athen vor Anker, wo Dutzende weißer Boote vor dem Hintergrund weißer Kalksteinklippen auf dem funkelnden Wasser schaukelten.

Colette begrüßte uns, verborgen unter einem Hut mit breiter Krempe und großer Sonnenbrille. Ihr Haar war so wild wie eh und je, aber ihr Lächeln wirkte entschieden gedämpfter. Sie führte uns über die Gangway auf ihr Boot, wo sie ein Büfett mit Käse, Obst, Brot und Oliven vorbereitet hatte, das jede Oberfläche der kleinen, aber gut ausgestatteten Jachtküche einnahm. Sie musste die Nummern sämtlicher Lebensmittelläden in Griechenland für den Notfall auf ihrem Handy gespeichert haben.

Luc setzte sich an den Tisch und schlug zu, als hätte er seit Wochen nichts mehr gegessen. Ich blinzelte und ließ den Anblick auf mich wirken. Colette packte meine Hand.

»Komm her, *chérie*«, sagte sie und schlang die Arme um mich. Obwohl ich sie schon einmal getroffen hatte, war ich erneut überrascht, dass sie nicht größer war als ich. Und genau wie damals in Istanbul war sie – eine der berühmtesten Schauspielerinnen der Welt und Jahr für Jahr an der Spitze der *Heißeste Stars*-Listen sämtlicher Männermagazine – so unglaublich freundlich, warmherzig und beinahe mütterlich, dass es mir fast die Tränen in die Augen trieb, nicht zuletzt, weil *wir* diejenigen waren, die *sie* hätten trösten sollen. Erst in jenem Moment wurde mir bewusst, dass ich erwartet hatte, einen vorwurfsvollen Ausdruck in ihren Augen zu erkennen – oder zumindest die gleiche schreckliche Hoffnung wie bei allen anderen. Aber als sie mich wieder losließ, betrachtete sie mich nur von oben bis unten. »Du musst was essen. Du siehst so dünn aus. Geben dir diese Rüpel denn nichts zu essen?«

Sie drückte mir einen Teller in die Hand – offensichtlich

hatte sie auch die komplette Küchenabteilung eines Luxusladens leer gekauft –, setzte sich auf einen Barhocker und beobachtete uns ein wenig nervös. Als ich sie das letzte Mal gesehen hatte, war sie vollkommen entspannt gewesen und hatte mit ihrem Freund Liam gescherzt, obwohl der Orden auf der ganzen Welt Kreismitglieder angriff.

Später am selben Abend hatten sie dann Liam getötet und auch Colette war nicht ungeschoren davongekommen. Sie hatte zwar überlebt, als die Bremsen ihres Wagens versagt hatten und der Tank explodiert war, aber die Spitzentunika, die sie heute trug, enthüllte die lange, leuchtend rote Narbe auf ihrem Hals und ihrer Schulter.

»Danke«, sagte ich und füllte meinen Teller mit Obst. Auch Jack, Stellan und Elodie gingen nach und nach zum Büfett und bedienten sich.

»Lucien hat mir zwar schon ein bisschen erzählt, aber was genau bringt euch denn nun alle nach Griechenland?«, fragte Colette mit ihrem zarten Akzent.

Elodie sah Jack und mich an und ich zuckte mit den Schultern. Da wir hierhergekommen waren, hatten wir offensichtlich bereits beschlossen, dass wir ihr vertrauten.

Jack erzählte ihr alles, während Stellan hier und da einzelne Details hinzufügte, bis er schließlich zu dem Teil mit Delphi kam.

Colette nahm die ganze Geschichte überraschend gelassen auf. »Und wie sieht euer Plan aus?«, wollte sie wissen. »Was kann ich tun?«

»Uns nach Delphi bringen«, antwortete Jack.

»Der Kapitän wohnt direkt hier oben im Dorf. Ich rufe ihn gleich an.« Colette verschwand und kehrte ein paar

Minuten später wieder zurück. »Erledigt. Wir werden Delphi morgen früh erreichen. Und was jetzt?«

Elodie öffnete den Reißverschluss ihrer Reisetasche und zog einen Badeanzug heraus. »Jetzt machen wir's uns an Deck gemütlich und genießen Griechenland.«

✵

Ein paar Stunden später legte ich mein Messer auf einem der Sessel auf dem Oberdeck ab und warf wütend die Haarsträhnen zurück, die sich aus meinem Pferdeschwanz gelöst hatten. Jack und ich hatten beschlossen, den freien Nachmittag für eine Trainingseinheit zu nutzen. Ich hatte einen Kratzer am Arm, der vor Schweiß unangenehm brannte, und hatte Jack mit dem Ellenbogen bereits fast ein blaues Auge verpasst.

Wie üblich lief das Messertraining nicht besonders gut. Es fühlte sich beinahe an, als seien meine Hände einfach nicht dafür geschaffen, es zu halten. Sobald ich versuchte, mich zu wehren, ließ ich es fallen, stolperte oder vergaß alles, was ich bislang übers Abblocken gelernt hatte, wodurch mein Angreifer freie Bahn hatte.

Ich lehnte mich gegen die Reling und betrachtete das Kielwasser hinter dem Boot, während wir Richtung Delphi tuckerten. Elodie, Colette und Luc sonnten sich ein Deck tiefer. In ihrem schicken schwarzen Badeanzug sah Elodie noch größer und dünner aus, während Colette eher das genaue Gegenteil von ihr war: eine moderne Marilyn Monroe, kurvig und weich in einem weißen Häkel-Bikini, das Haar mit einem Hippie-Tuch zurückgebunden und eine riesige Sonnenbrille auf der Nase, die ihr komplettes Gesicht bedeckte. Sie wirkte schon jetzt viel entspannter, und ich war froh, dass wir ihr zumindest in dieser Hinsicht helfen konnten. Die beiden waren allerdings nicht der Grund, warum ich plötzlich laut lachen musste. Luc lag zwischen ihnen und gestikulierte wild mit einer Zigarette. Ich hatte völlig vergessen, dass viele europäische Männer tatsächlich knappe Badehosen statt Shorts trugen: Lucs war winzig, türkis und hatte ein weißes Blumenmuster – und wenn mich nicht alles täuschte, passten die Bügel seiner verspiegelten Sonnenbrille perfekt dazu.

»Oh, wow«, stieß ich aus.

Colette hörte mich und winkte mir zu. »Komm runter! Die Sonne geht bald unter.«

»Ich hab keine Badesachen dabei«, rief ich zurück und drehte mich dann zu Jack um. »Du?«

Er schüttelte den Kopf und nickte in Lucs Richtung. »Und *damit* könnte ich es auch nicht aufnehmen, selbst wenn ich welche hätte.«

Ich hatte Jack schon oben ohne gesehen – blumige Badehose hin oder her, Luc konnte ihm definitiv nicht das Wasser reichen. Aber das sagte ich natürlich nicht.

»Wir sollten reingehen«, schlug ich stattdessen vor. Ich schob das Messer wieder in die provisorische Scheide, die ich aus einem Stück Pappe gebastelt hatte, und steckte es zurück in meine Tasche. »Ich muss Alistair und Lydia zurückrufen.« Mein Vater und meine Schwester hatten mir vor einer Weile beide eine Nachricht geschickt. Ich wusste nicht, ob sie sich wegen unseres Streits wirklich schlecht fühlten, sich Sorgen um mich machten oder nur überprüfen wollten, dass ich nicht davongelaufen war. Ich versuchte, gleichgültig zu bleiben, aber ich hoffte trotzdem, dass sie mich noch nicht aufgegeben hatten. Falls wir das Grab fanden – *wenn* wir es fanden –, würde sich alles ändern.

Plötzlich fiel mir etwas wieder ein, das ich Jack schon seit Tagen hatte fragen wollen, doch immer war etwas Wichtigeres dazwischengekommen. »Dev Rajesh –« Ich biss mir auf die Unterlippe. Wenn es jedes Mal so schwer für mich sein würde, über einen der Toten zu sprechen, die wir persönlich gekannt hatten, dann lag eine harte Zeit vor mir. »Dev hat neulich beim Abendessen etwas zu mir gesagt. Über *Oliver* Saxon.«

Jack nahm gerade seine Jacke von der Reling und versteifte sich merklich. »Was hat er gesagt?«

»Er hat nur seinen Namen erwähnt, und ich hatte nicht mehr die Chance, ihn weiter zu befragen.«

Jacks Miene wirkte so leer wie eine Maske. »Es spielt auch keine Rolle. Du musst dir darüber keine Sorgen machen.« Seine Worte klangen abgehackt.

»Aber –«

»Ich gehe jetzt rein. Ich glaube, Elodie wollte gleich das Abendessen kochen.«

Die Kabinentür schwang hinter ihm zu, bevor ich irgendetwas erwidern konnte – ich hätte nur noch ins Leere fragen können. Was war hier gerade passiert?

Ich ging aus der Abendsonne zurück in die Kabine und hörte plötzlich Stellans Stimme.

»Warum erzählst du es ihr nicht? Du kannst sie nicht ewig in dieser Blase einschließen.«

Ich blieb stehen und hielt die Tür fest, damit sie nicht zufiel und mich verriet.

Irgendetwas knallte auf die Theke. »Ich sorge dafür, dass sie in Sicherheit ist.« Es war Jack. »Du weißt, was der Kreis einem Menschen antun kann.«

»Ja, das weiß ich. Und deshalb solltest du auch nichts vor ihr verheimlichen. Lass sie ihre eigenen Entscheidungen treffen.«

»Ich kann mich nicht daran erinnern, dich nach deiner Meinung gefragt zu haben.«

»Früher hast du das mal.« Aus Stellans Stimme sprach gespielte Wehmut. »Erinnerst du dich noch an jene Zeiten, als wir alles gemeinsam durchgestanden haben?«

»Nein.« Ich hörte, wie sich die Kühlschranktür schloss und sich Schritte entfernten.

»Ich meine ja nur«, rief Stellan, »wenn du nicht aufpasst, wird ihr irgendwann bewusst werden, dass sie noch andere Optionen hat. Du siehst doch, wie sie alle anstarren, und das liegt nicht nur an ihren Augen. Sie ist so *klein* und *hübsch*. Sie haben Blut geleckt.«

Eine Schranktür knallte so laut zu, dass ich erschrak.

»Ich habe gesagt: *sie*«, fügte Stellan hinzu, aber es war offensichtlich, dass er Jack absichtlich provozierte. »Für mich ist das Ganze rein geschäftlich. Eine geschäftliche Vereinbarung mit historisch weitreichenden politischen, moralischen und persönlichen Konsequenzen. Das Übliche, eben.«

»Könntest du bitte endlich die Klappe halten?«

»Ich will damit doch nur sagen, dass du dir meinetwegen keine Sorgen machen musst. Unschuldig mit großen Augen ist nicht mein Typ. Ich würde deine Nicht-Freundin niemals anrühren.« Stellan machte eine kurze Pause, und ich konnte das Grinsen in seiner Stimme hören, als er hinzufügte: »Es sei denn, sie bittet mich darum.«

Okay, das reichte.

Ich knallte die Tür absichtlich laut zu und stapfte die Treppe hinunter, keinen Moment zu früh. Jack sah aus, als wolle er Stellan einen Schlag verpassen. »Elodie meinte vorhin, wir sollten uns fürs Abendessen alle schick machen«, sagte ich so fröhlich, dass ich mir sicher war, dass es aufgesetzt klang. »Gehen wir irgendwo hin?«

Jack schoss Stellan, der am Esstisch saß, noch einen letzten Blick zu. Vor Stellan stand ein aufgeklappter Laptop und er hatte die Beine unter dem Tisch ausgestreckt.

»Ich vermute, Elodie schwebt eher ein elegantes Essen auf dem Boot vor. Sie liebt Familienfeiern«, antwortete Stellan. »Die kommen bei uns nicht so oft vor.«

Die Sonne ging bereits langsam unter, und während ich ihr dabei zusah, erwachten die weißen Lichter an Deck flackernd zum Leben. Elodie tauchte auf, noch immer im Badeanzug. Sie hatte den Arm voller Blumen und Kerzen und legte alles draußen auf dem langen Tisch ab. Colette huschte hinter ihr her, mit Servietten und Besteck beladen.

Ich drückte Jacks Arm. »Komm, wir helfen ihnen«, sagte ich und zog ihn nach draußen. Ich fragte mich, wovon Stellan wohl gesprochen hatte.

»Warte.« Jack hielt mich in dem überdachten Durchgang auf. Er kaute nervös auf seiner Unterlippe herum. »Oliver Saxon war Lydias und Coles älterer Bruder. Er wurde vor zwei Jahren bei einem Unfall getötet.«

Ich erstarrte. »*Was?*«

Jack zupfte am Ärmel seines T-Shirts herum. Das Ganze war ihm offensichtlich sehr unangenehm.

»Der älteste Sohn der Saxons wurde getötet?«, wiederholte ich. »Klingt das nicht wie ein Vorläufer von dem, was im Moment vor sich geht?«

»Es war ein schrecklicher Unfall. Ich glaube nicht, dass es irgendetwas mit den aktuellen Attentaten zu tun hatte, darum habe ich dir auch nichts davon erzählt. Ich wollte nicht, dass du dir noch mehr Sorgen machst.« Ein wenig überzeugendes Lächeln huschte über seine Lippen. »Wollen wir Elodie jetzt mit dem Abendessen helfen?«

Ich nickte und folgte ihm langsam nach draußen, während ich versuchte, mir den Halbbruder vorzustellen, den ich niemals kennenlernen würde.

KAPITEL 13

AM NÄCHSTEN MORGEN erwachten wir im Hafen von Delphi. Die Schreie der Möwen und das leise metallische Klappern der von Segelschiffen baumelnden Taue, die neben unserer Jacht schaukelten, hätte ich normalerweise als beruhigend empfunden, aber ich war viel zu angespannt, um überhaupt etwas zu frühstücken. Das Armband musste hier sein, sonst waren wir am Ende.

Wir brachen ins Landesinnere auf, wo sich die Luft trocken und heiß anfühlte. Ich hatte mir Griechenland grün und tropisch vorgestellt, aber die Gegend rund um Delphi entsprach dem ganz und gar nicht. Knorrige Sträucher und Felsvorsprünge gingen langsam in nur mäßig hohe Pinien, Olivenbäume und Frühlingsgras über. Die salbeigrünen Blätter und die knorrigen Baumstämme schienen einem Märchen entsprungen zu sein. Die Hügel waren von kleinen Dörfern übersät, mit weiß getünchten Mauern und roten Dächern.

Ich hatte angenommen, dass die Orakelstätte aus einem einzigen Tempel bestand, aber in die dramatische Bergkulisse waren mehrere Tempel sowie ein großes Amphitheater gebaut. Wir mussten ein viel größeres Gebiet durchsuchen, als ich erwartet hatte.

Als wir aus dem Taxi stiegen, legte Stellan eine Hand auf meinen Arm. »Mir ist ein Auto aufgefallen, das aussah, als würde es uns folgen«, flüsterte er. »Bleib in der Nähe.«

Ich fluchte leise. Es waren sicher nicht die Leute meines Vaters. Wenn uns wirklich jemand folgte, dann war es der Orden. »Luc?«, sagte ich. Er stand zusammen mit Jack ein Stück voraus im Schatten eines Olivenbaums.

»Ich habe ihm schon Bescheid gesagt. Er passt auf.«

Ich blickte über meine Schulter, aber alles, was ich sah, war ein Reisebus, aus dem eine endlose Reihe älterer Urlauber strömte. »Na, dann mal los.«

Colette und Elodie waren bereits in die eine Richtung verschwunden, auf einen runden Tempel zu, von dem nur noch wenige Säulen standen. Trotzdem schien er auf sämtlichen Tourismusbroschüren abgebildet zu sein. Wir anderen verteilten uns auf den Rest der Anlage. Stellan blieb dicht bei Luc. Sie suchten auf dem Hügel rund um das Amphitheater, während Jack und ich über einen Haufen weißer, mit den Jahren ergrauter Steine zu den Grundmauern eines größtenteils zerstörten Bauwerks kletterten.

Der Tempel war durch ein einsames Seil abgesperrt, das entlang des Pfads verlief. Da sonst niemand in der Nähe war, stiegen wir kurzerhand darüber. Saftig grüne Grashalme durchbrachen die Ritzen der Steine, so als sei die Natur der Ansicht, dieser Tempel hätte sich nach all den Jahren in einen Teil von ihr verwandelt. Es war geradezu unheimlich still. Ich blickte in Richtung Parkplatz zurück, bevor ich mich hinkniete und eine der Säulen genauer betrachtete. »Wo könnte er hier ein Armband versteckt haben? Die Anlage ist riesig.«

»Ich denke, da gibt es zwei Möglichkeiten«, erwiderte Jack. »Entweder hat er es vergraben – in dem Fall müssten wir nach einer Markierung oder dem Eingang zu einem Tunnel suchen. Oder er hat es in irgendetwas versteckt. In einem Geheimfach in einer der Säulen, vielleicht?«

Wir durchkämmten jeden Zentimeter des Tempels. Ich kroch zwischen den Steinen herum, machte mir die Knie meiner Jeans schmutzig und suchte mit den Händen ebenso wie mit den Augen nach irgendetwas, das fehl am Platz wirkte. Dabei passte ich die ganze Zeit auf, ob uns irgendjemand zu nahe kam. Einmal schlenderte ein Pärchen mit einem Baby an uns vorbei, ein anderes Mal bildete ich mir ein, zwei Typen in touristischen Griechenland-T-Shirts würden uns von einem Pfad in der Nähe aus beobachten, aber sie hielten sich fern. Vielleicht hatte sich Stellan ja geirrt, was das Auto anging.

Schließlich ließ ich mich auf die Fersen sinken und wischte mir mit dem Handrücken über die Stirn. »Ich habe keine Stelle entdeckt, an der sich das Graben lohnen würde.«

Jack setzte sich auf die Überreste einer Steinmauer. »Ich auch nicht.«

»Hallo!«, hörten wir eine Stimme hinter uns. Ich hielt eine

Hand gegen die glühende Mittagssonne vor die Augen und sah Luc eine Ebene über uns stehen. Er winkte uns fröhlich zu. »Fündig geworden?«

»Nein«, rief ich zurück. Ich blickte zu einem der anderen Tempel nahe dem weiten Amphitheater und sah, wie sich dort etwas bewegte. Einer der Männer in den Souvenir-T-Shirts duckte sich hinter einen strauchartigen Baum. Diesmal waren sie uns etwas näher.

»Hast du das gesehen?«, fragte ich.

Jack richtete sich alarmiert auf. »Was?«

»Diese Typen beobachten uns. Einer von ihnen hat sich gerade versteckt, als ich zu ihm rübergeschaut habe.«

Jack legte die Stirn in Falten und stellte sich schützend vor mich.

Ich blickte wieder hinter uns. »Luc!« Ich bedeutete ihm, in Deckung zu gehen. Auf der Steinmauer war er vollkommen ungeschützt.

»Kommt mal hier hoch und schaut euch das an, bevor wir gehen«, rief Luc zurück. »Hier ist ein Feld mit lauter Ziegenbabys!«

»Luc!«, wiederholte ich und gestikulierte wie wild. Jack kletterte über die Steine auf ihn zu und ich folgte ihm. Stellan musste die Angst in meiner Stimme gehört haben, denn er tauchte urplötzlich aus dem Nichts auf und riss Luc mit sich. Jack kletterte vor mir über einen Felsen und streckte dann eine Hand aus, um mich hochzuziehen. Ich zögerte kurz und starrte auf die Stelle, wo der Typ sich geduckt hatte, konnte ihn jedoch nicht mehr entdecken.

»Avery!«, sagte Jack ungeduldig, und ich ließ mir von ihm auf den Felsen und hinter ein paar Säulen helfen.

»Was hast du gesehen?«, fragte Stellan ruhig.

»Zwei Typen. Ich schwöre, dass sie uns beobachtet haben.« Ich blickte wieder über die Anlage, aber abgesehen von einer Reisegruppe, die von einer älteren Dame mit gelber Flagge angeführt wurde, konnte ich niemanden entdecken. »Vielleicht werde ich ja schon verrückt. Habt *ihr* irgendwas gesehen?«

Jack schüttelte den Kopf, ebenso wie Stellan.

Ich setzte mich auf eine zerbrochene Säule und stellte fest, dass ich mir meine Jeans beim Klettern über die Felsen am Knie aufgerissen hatte. »Dann lasst uns weitersuchen. Aber seid vorsichtig.«

Doch seit Stellan erwähnt hatte, dass uns womöglich ein Auto gefolgt war, nagte nicht mehr nur die Angst vor dem Orden an mir. Was, wenn wir doch nichts fanden oder nicht das Richtige? Dann würde ich entweder jemanden heiraten oder davonlaufen müssen und nichts von beidem würde meiner Mom helfen. Ich wusste, dass der Orden gefährlich war, aber wenn ich mich einem der Männer von Angesicht zu Angesicht stellte, bestand vielleicht die Chance, ihm Informationen zu entlocken. Wenn es meine einzige Option gewesen wäre, hätte ich es, ohne zu zögern, getan.

Plötzlich summte auf all unseren Handys gleichzeitig eine ankommende Nachricht von Elodie. *Wir haben was gefunden. Runder Tempel.*

✵

Im Gegensatz zu der Stelle, an der wir gesucht hatten, war der Tempel, bei dem Colette und Elodie auf uns warteten, voller Leute. Wir ließen uns zu sechst am Rand nieder und hofften, dass sich die Menge bald verlief. »Es ist dasselbe Symbol wie auf deinem Medaillon«, teilte Colette uns mit. »Es ist in einen Ziegel eingraviert.«

Ich konnte mich gerade noch zurückhalten, eine Gruppe von kleinen Kindern aus dem Weg zu stoßen und direkt hinzurennen. Als sich die Tempelanlage langsam leerte, versammelten wir uns um eine Wand abseits des runden Hauptsockels. Tatsächlich: Das Symbol war in einen verwitterten Stein gemeißelt.

»Und das da«, sagte Elodie und zeigte auf zwei Ziegel. Darauf befand sich, stärker verblasst als das Symbol, eine vermutlich französische Inschrift.

Jack übersetzte: *»Um die Geheimnisse zu lüften, die mein Zwilling und ich hüten, blicke dorthin, wohin er blickt. Jene, die alles gaben, besitzen den Schlüssel.«*

»Das klingt wie der Hinweis in dem ersten Armband.« Ich schaute auf mein Handgelenk hinunter. Ich kannte die Inschrift auswendig. *Er wacht über unsere Jungfrau, über der heiligen Stätte. Wohin er blickt, ist es zu finden. Wird es gefunden, werden mein Zwilling und ich alles enthüllen, aber nur dem Wahrhaftigen.* »Hier steht auch *wohin er blickt.* Mithilfe dieses Hinweises haben wir das Tagebuch gefunden.«

»Es ergibt Sinn, dass die Hinweise Parallelen aufweisen«, sagte Elodie.

»Wartet mal«, unterbrach sie Stellan. »Hier steht: *mein Zwilling und ich*, als spräche das andere Armband. Es könnte hier irgendwo sein.«

Ich kniete mich auf den Boden. »Vergraben, vielleicht?«

»Oder hinter einem dieser Ziegel.« Luc tippte an den Rand des Steins mit der Inschrift.

Elodie blickte sich um. Da uns niemand beachtete, holte sie einen Meißel und einen kleinen Hammer aus ihrer Tasche. Während sie den Mörtel rund um den Ziegel abklopfte, wischten Jack und ich Erde vom Fuß der Wand und suchten nach irgendetwas, das aussah, als würde es nicht dorthin gehören.

Nach ein paar Minuten murmelte Luc: »*Merde*. Jemand hat uns gesehen.«

Ich lugte über die Wand und sah einen Angestellten in mittlerem Alter und einer schwarzen Uniform, der mit entschlossenen Schritten auf uns zukam.

»Verschwindet alle von hier«, zischte Elodie, steckte das Werkzeug wieder in ihre Tasche und richtete sich auf. »*Unauffällig*.«

Ich nahm Jacks Hand, und wir schlenderten den Hügel hinunter, zeigten auf eine beliebige Stelle in der Ferne und plauderten wie gewöhnliche Touristen. Ich schaute mich um und sah, wie sich Luc und Stellan in die andere Richtung entfernten. Colette und Elodie blieben, wo sie waren, und lenkten den Wachmann mit flirtendem Lächeln und einem Bombardement an Fragen ab. Ich sah, wie er versuchte, sie loszuwerden, um den Rest von uns im Auge behalten zu können, aber nach einem unentschlossenen Moment und einem prüfenden Blick über die Anlage, der ihm zeigte, dass alles in Ordnung war, ließ er sich von Colette zurück in Richtung des Haupttempels entführen.

Ich bremste Jack und wartete, bis Colette und der Mann außer Sichtweite waren. Auf dem Hügel tat Elodie das Gleiche und kehrte dann zu dem Symbol zurück. Jack und ich folgten ihr und sahen, dass auch Stellan und Luc wieder über den felsigen Hang näher kamen, sich jedoch durch eine weitere Gruppe kreischender Kinder kämpfen mussten.

»Ich weiß nicht, ob sich dahinter wirklich etwas verbirgt«, sagte Elodie. »Wenn der Ziegel herausgenommen und wieder eingesetzt worden wäre, hätte ich den Mörtel inzwischen vermutlich längst rausgebrochen.«

»Was ist mit den anderen Ziegeln?«, fragte ich. »Der mit dem Symbol, zum Beispiel?«

Elodie meißelte weiter – und fast sofort war ein Knirschen zu hören. Sie blickte uns aufgeregt an und bearbeitete auch die drei anderen Seiten. Als sich Luc und Stellan wieder zu uns gesellten, kratzte sie den Mörtel mit dreckigen Fingernägeln aus der Wand.

Schließlich packte ich eine Seite des Steins, währen Elodie die andere nahm. Ich hielt den Atem an und wir zogen kräftig daran.

Der Ziegel löste sich aus der Wand und wir ließen ihn zu Boden fallen. Ich ging auf die Knie und wischte trockenes Gras und Erde beiseite. Hinter dem Ziegel befand sich eine schmale, dunkle Aushöhlung. Ich zögerte eine Sekunde lang, schob dann jedoch sämtliche Gedanken an Spinnen beiseite und steckte eine Hand hinein.

Es fühlte sich kühl und trocken an – und leer.

Ich ließ mich auf die Fersen sinken und klopfte den Dreck von meinen Händen. »Hier drin ist nichts.«

Auch Elodie tastete das Loch ab und schüttelte den Kopf.

Ich hätte am liebsten laut geschrien. »Es *muss* hier sein«, jammerte ich. Ich riss Elodie den Meißel aus der Hand und versuchte, einen weiteren Ziegel zu lösen, aber meine verschwitzten Finger rutschten an dem Metall ab, und ich riss mir stattdessen die Hand auf. Ich warf das Werkzeug fluchend zu Boden und saugte an meinem blutenden Finger.

»Warte mal«, sagte Jack. »Hier gibt's ein Museum. Was, wenn sie es schon gefunden haben und dort ausstellen?«

Ich strich mir die Haare aus dem Gesicht, die an meiner Wange klebte. »Hier gibt's ein *Museum*?«

Kurz darauf stiegen wir den Hügel wieder hinunter. Ich versuchte, mich selbst zu zwingen, Ruhe zu bewahren. Als ich abrupt stehen blieb, hielt auch Jack an. »Da sind sie wieder«, flüsterte ich und starrte auf die Rücken zweier weißer T-Shirts. Auf eins von ihnen war eine Karte der Anlage von Delphi aufgedruckt. »Diese Typen, die ich vorhin gesehen habe.«

»Wahrscheinlich sind sie nur Touristen«, erwiderte Jack, sah jedoch, wie seine Hand zum Hosenbund wanderte. Ich wusste, dass dort seine Pistole versteckt war.

»Hast du bemerkt, wie sich der eine von ihnen eben umgedreht hat, damit ich sein Gesicht nicht erkennen kann?« Es klang vielleicht verrückt, aber – »Was, wenn sie zum Orden gehören?«

»Dann sollten wir alle zurück zum Taxi.« Jack legte schützend eine Hand auf meinen Arm.

Ich schüttelte sie ab. »Ihr solltet *Luc* zurück zum Taxi bringen. Sie hatten bereits die Chance, mich zu töten, und haben es nicht getan. Und wenn sie mich wirklich entführen wollten, würden sie es sicher nicht hier in aller Öffentlichkeit tun.« Der Gedanke ging mir einfach nicht mehr aus dem Kopf. »Wenn sie zum Orden gehören … Was, wenn sie irgendetwas wissen? Was, wenn sie wissen, wo meine *Mom* ist?«

»Avery …« In Jacks Stimme schwang eine Warnung mit.

Ich durchwühlte meine Tasche. Das Messer hatte ich dabei. Eigentlich war ich die ganze Zeit fast stolz darauf gewesen, bei dieser ganzen Sache einen so erstaunlich kühlen Kopf behalten zu haben, aber seit ich gestern Moms Stimme gehört hatte und wusste, dass mir nun nur noch *drei Tage* blieben, um sie zu retten …

Ich sah zu, wie die blaue Baseballmütze des Typen in der Menge auf und ab hüpfte, und erinnerte mich wieder an all die Male, als der Orden versucht hatte, Jack und mich zu töten. Sie hatten uns auf Mr Emersons Balkon beschossen. Uns auf einem Markt in Istanbul in die Enge getrieben. Uns durch den Louvre gejagt.

Meine Hand schloss sich enger um das Messer. Ich wusste, dass ich mit diesem Ding nicht besonders gut kämpfen konnte. Zu versuchen einem Auftragskiller nachzujagen, würde vermutlich kein gutes Ende nehmen. Und wenn ich falschlag und sie uns gar nichts antun wollten …

Dann blieben die beiden Männer plötzlich an dem Tempel direkt unter uns stehen. Neben ihnen befanden sich zwei Familien. Zwei Frauen und ein paar kleine Kinder. Der Typ mit dem Delphi-T-Shirt wuschelte einem von ihnen durch den blonden Lockenschopf.

Ich atmete durch zusammengepresste Lippen aus. »Touristen«, sagte ich leise. »Nur Touristen.«

Gedrückter Stimmung gingen wir weiter in Richtung Museum.

Colette wartete dort bereits auf uns. »Es ist nur eine kleine Sammlung«, verkündete sie. »Ich habe mich schon umgesehen. Es gibt hier nichts, das wie ein Armband aussieht.«

»Wir sollten jemanden fragen«, schlug Stellan vor, winkte eine Museumsführerin heran und beschrieb ihr, wonach wir suchten.

»Wir hatten tatsächlich ein solches Stück in der Ausstellung«, erwiderte die Frau, »vor Jahren, als ich gerade angefangen hatte, hier zu arbeiten. Ein goldenes Armband.«

Mein Herz machte einen Satz und ich griff nach Jacks Hand. Die Frau schaute in meine Richtung und plötzlich fiel mir das passende Armband an meinem Handgelenk wieder ein. Ich ließ es unauffällig über meine Hand in die Tasche gleiten. Glücklicherweise war es ihr nicht aufgefallen.

»Es war höchst mysteriös«, fuhr sie fort. »Es war kein antikes Stück. Jemand musste es in jüngerer Vergangenheit hier in Delphi deponiert haben. Einer unserer Archäologen hat es mit Napoleon Bonaparte in Verbindung gebracht, man stelle sich vor. Es wurde jedoch fast umgehend zurück nach Frankreich gebracht und befindet sich dort in einer privaten Sammlung.«

Wir alle schauten einander an. »Haben Sie vielleicht ein Foto des Armbands?«, fragte Stellan. Die Führerin verschwand in einem Büro und kehrte wenige Minuten später mit einem Aktenordner wieder zurück. Sie reichte uns ein Foto, und wir schnappten alle sechs so synchron nach Luft, dass es beinahe komisch wirkte.

»Wieso interessiert ihr euch denn so dafür?«, fragte die Museumsführerin.

»Wir studieren die napoleonische Geschichte«, antwortete Elodie und betrachtete das Foto aufmerksam. Ich blickte über ihre Schulter. Auf dem Armband war eine Inschrift zu sehen, genau wie auf meinem. Elodie las sie laut auf Französisch vor und übersetzte dann: »*Erst durch die Vereinigung werden mein Zwilling und ich das dunkle Geheimnis enthüllen, das unsere Herzen bergen.*« Dann wandte sie sich an die Führerin: »Wäre es in Ordnung, wenn ich ein Foto davon mache?«

Zurück auf dem Boot beugten wir uns alle über Jacks Handy, das mit eingeschaltetem Lautsprecher in der Mitte des Tischs lag. Elodie hatte das Foto aus so geschicktem Winkel aufgenommen, dass auch der Aktenorder der Museumsführerin zu sehen war. Auf dem obersten Dokument waren der Name und die Telefonnummer des Sammlers verzeichnet, in dessen Besitz sich das Armband inzwischen befand. Es klingelte. Und klingelte. Bis endlich ein Anrufbeantworter dranging. Während der ausführlichen Ansage auf Französisch wurden die Gesichter der anderen immer länger. »Der Kunstsammler ist verstorben«, übersetzte Jack, nachdem er aufgelegt hatte. »Seine Sammlung befindet sich nun in verschiedenen Museen und Einzelstücke bei privaten Käufern.«

Ich lehnte mich auf der Bank zurück. »Es muss irgendeinen Weg geben, herauszufinden, wo sich das Armband jetzt befindet.«

»Ich bezweifle allerdings, dass sein Nachlassverwalter es uns verraten würde«, erwiderte Colette.

»Wie lautete noch gleich die neue Inschrift?«, fragte ich, den Blick an die Decke aus Holzimitat gerichtet.

Elodie wiederholte: »Erst durch die Vereinigung werden mein Zwilling und ich das dunkle Geheimnis enthüllen, das unsere Herzen bergen.«

Ich setzte mich auf und fuhr mit dem Finger über das Pendant an meinem Handgelenk. Es war ganz staubig. »*Das unsere Herzen bergen*. Es klingt fast, als befände sich etwas *in* den Armbändern. Nicht nur der nächste Hinweis, den wir erhalten, wenn wir die Buchstaben richtig ausrichten.« Ich konnte mir zwar nicht vorstellen, was dort hineinpassen sollte, aber die anderen nickten zustimmend. »Was bedeutet, wir brauchen auch das andere, und zwar nicht nur als Foto. Nur den Hinweis darauf zu sehen reicht leider nicht aus.« Ich schaute Luc an, der auf einem Barhocker saß, sein Hemd dreckverschmiert. »Der Sammler war Franzose. Kannst du nicht denjenigen, der die Sammlung verwaltet, dazu überreden, uns zu verraten, wo sich das Armband befindet?«

Er neigte den Kopf zur Seite. »Doch, wahrscheinlich schon. Aber ich müsste vermutlich zurück nach Frankreich und ein paar Anrufe tätigen.«

»Okay«, erwiderte ich. »Gut. Ich finde sowieso, dass du lieber abreisen solltest, auch wenn es heute nur falscher Alarm war. Wenn dir irgendetwas passieren würde, während du mir hilfst …«

»Das sehe ich genauso.« Elodie strich sich mit beiden Händen das Haar hinter die Ohren und ließ es dann wieder nach vorne fallen. Ich hätte nie geglaubt, dass selbst jemand wie Elodie einen nervösen Tick hatte, aber es war ganz eindeutig ihr Haar. »Das Problem ist nur, dass in diesem Hinweis eine Vereinigung erwähnt wird. *Erst durch die Vereinigung werden mein Zwilling und ich das dunkle Geheimnis enthüllen, das unsere Herzen bergen.* Luc ist der Einzige hier, der die Vereinigung mit Avery vollziehen kann, falls es dazu kommen sollte. Es scheint doch darauf hinauszulaufen, dass jemand heiraten muss. Oder ihr überspringt den Teil einfach und macht euch gleich ans Kinderzeugen?« Sie knuffte Luc mit dem Ellenbogen in die Seite.

Ich sah, dass Stellans Finger plötzlich einen schnelleren Rhythmus auf der Tischplatte trommelten. Jacks Lippen waren vor Anspannung ganz verzerrt.

»Was denn?«, fragte Elodie. Natürlich hatte sie den flüchtigen Blick bemerkt. Sie erhob sich so abrupt, dass der Tisch wackelte und den Teller mit dem unangetasteten Gebäck durchschüttelte, den Colette bereitgestellt hatte. »Ich wusste es. Ich *wusste,* dass ihr uns nicht alles erzählt. Wenn es noch irgendetwas zu wissen gibt, dann haben wir es verdient, davon zu erfahren.«

Neben mir rutschte Jack unbehaglich auf seinem Stuhl hin und her. Ich legte beruhigend eine Hand auf sein Knie. Es war nicht an mir oder Jack, dieses Geheimnis zu enthüllen.

Stellan fuhr sich mit der Hand durchs Haar und strich es sich aus dem Gesicht. »Na schön«, begann er. »Ja, wir wissen mehr, als wir euch über die Identität des Einen erzählt haben.«

Elodie machte ihrem Frust schnaubend Luft. »Und? Was? Geht es doch nicht nur darum, welchen Jungen aus dem Kreis Avery heiratet?«

Stellan schüttelte den Kopf und legte eine Hand auf die Narben an seinem Hals. »Es ist jemand ganz Bestimmtes. Es ist nicht Luc. Aber es ist auch keiner von den anderen.«

Elodie, Luc und Colette runzelten synchron die Stirn. »Was soll das heißen?«, fragte Elodie.

»Es ist gar kein Mitglied der zwölf Familien«, antwortete Stellan. Er schaute mich an, bevor er gestand: »Ich bin es.«

KAPITEL 14

ANFANGS HATTE ELODIE von allen am skeptischsten reagiert, aber nun grinste sie breit und blickte zuerst mich, dann Jack und Stellan mit durchdringendem Blick an. »Dann seid ihr zwei«, sie schaute von Jack zu mir, »also … was immer ihr auch seid. Und ihr zwei«, ihr Blick huschte wieder zu mir und dann zu Stellan zurück, »seid dafür bestimmt, zu *heiraten*?«

»Ja«, antwortete ich knapp.

»Oh, deshalb habt ihr auch so komisch reagiert, als ich das Baby erwähnt habe«, fuhr sie fort. »Na, wenn das mal kein Spaß ist.«

»Sei nicht so gemein, El«, sagte Luc abwesend. Er fuhr sich mit der Hand durch sein ohnehin bereits zerzaustes braunes Haar. »Dann besteht also nicht die geringste Chance, dass *ich* …«

»Angenommen, dass wir recht haben«, unterbrach Jack ihn, »nein.«

Luc ging in der Küche auf und ab und schloss die Jalousie über dem Spülbecken. »Was für eine Erleichterung«, sagte er. »Gott sei Dank. Was für eine Erleichterung, stimmt's?«

Zum ersten Mal wurde mir bewusst, dass die Vorstellung von so unglaublicher Macht für Luc ebenso verlockend gewesen war wie für alle anderen.

»Wenigstens weißt du jetzt, dass du mich nicht heiraten musst«, erwiderte ich in dem Versuch, die Stimmung zu lockern.

»Das wäre doch gar nicht so schrecklich gewesen«, scherzte Luc. Er fuhr mir abwesend mit den Fingern durchs Haar und ich drückte seine Hand.

»Na, dann gibt es ja wirklich keinen Grund mehr, warum Luc noch länger hierbleiben sollte.« Elodie erhob sich und holte ihr Handy heraus. Luc versuchte zu protestieren, aber sie schnitt ihm das Wort ab.

»Du kannst nach Paris zurückfliegen und dich mit dem Museum in Verbindung setzen. Das ist am sinnvollsten. Wir setzen dich in den Flieger zurück nach Frankreich, sobald sie uns einen schicken können.«

✵

Später stand ich auf dem Oberdeck und betrachtete den spektakulären Sonnenuntergang in allen erdenklichen Orange- und Rosatönen. Die Meeresbrise war frisch und kühl und roch nach Salz, und der Whirlpool hinter mir blubberte fröhlich. Stellan hatte Luc zum Flugzeug gebracht, während der Rest von uns sich noch einmal mit dem Hinweis befasste. Ich hatte erst einmal durchatmen müssen, nachdem wir eine weitere Nachricht des Ordens erhalten hatten. *Sechs Tage*. Doch das spielte kaum noch eine Rolle. Ich hatte außerdem von meiner Schwester gehört. Sie waren inzwischen in Peking eingetroffen. Anscheinend hatten sie und Cole meinen Vater begleitet, um die Wogen zu glätten, nachdem ich so unhöflich gewesen war, nicht selbst mitzukommen. Trotzdem gingen die Besuche auch ohne mich wie geplant vonstatten und mein Schicksal rückte mit jeder Stunde näher.

Die Tür hinter mir öffnete sich und Jack kam heraus. »Alles okay?«

Ich nickte.

Er stellte sich neben mich und blickte auf das Wasser hinaus. »Dieser Typ, von dem du dachtest, du hättest ihn gesehen ... Ich weiß, dass es am Ende nur falscher Alarm war. Aber wenn es das nicht gewesen wäre und du ihm nachgegangen wärst ...«

Ich betrachtete stirnrunzelnd den Sonnenuntergang.

»Ich weiß, dass du nicht glaubst, dass der Orden deine Suche aufhalten wird«, fuhr er fort, »aber was, wenn sie erfahren haben, dass die Vereinigung schon früher als geplant stattfinden soll, und sie verhindern wollen?«

Daran hatte ich noch gar nicht gedacht.

Jack strich über das Kompass-Tattoo auf seinem Arm. »Vielleicht sollten wir noch mal darüber nachdenken, ob wir nicht doch zulassen wollen, dass an deiner Stelle ein Team der Saxons die Suche fortsetzt.«

Ich atmete mit einem frustrierten Schnauben aus. »Das werden wir *nicht*.«

»Es kommt vielleicht irgendwann der Punkt, an dem ich nicht mehr der Ansicht bin, dass die Wahl ausschließlich bei dir liegt«, erwiderte er.

Ich starrte ihn an. »Wie bitte?«

»Ich meine nicht ... Ich will damit nur sagen, dass dein Urteilsvermögen getrübt ist. Aus gutem Grund. Aber –«

»Nicht.«

»Avery –«

»Nein. Ich habe sehr deutlich gemacht, wie ich die Sache sehe, und wenn du das nicht respektieren kannst, dann sprechen wir eben einfach nicht mehr darüber.« Ich wandte mich von ihm ab und schlang die Arme um meinen Oberkörper. Wenn er früher solche Sachen gesagt hatte, hatte ich immer versucht, Entschuldigungen für ihn zu finden. Er machte sich nur Sorgen. Er meinte es nicht wirklich so. Allmählich fiel es mir jedoch schwer, abzustreiten, dass er sehr wohl meinte, was er sagte.

Ich konnte spüren, dass er mich eine Sekunde lang anstarrte, bevor er murmelte: »Ich geh spazieren.«

Er verschwand in der Kabine. Als ich mir sicher sein konnte, dass er weg war, ging ich ebenfalls wieder hinein. Ich hörte Elodie und Colette im Nebenzimmer plaudern und huschte mit drei hastigen Schritten vom Schlafbereich in die Küche. Ich schnappte mir eine Handvoll dunkler Kirschen aus einer Schüssel, setzte mich an die Frühstückstheke, riss die Stängel ab und ließ sie angespannt auf der Tischplatte im Kreis rollen. Auf der anderen Seite des Decks färbte sich das türkisblaue Wasser des Mittelmeers im Licht der untergehenden Sonne orange.

»Was hat das Obst dir denn angetan?«

Ich blickte Stellan stirnrunzelnd an und fluchte, als ich eine Kirsche unter meinen Fingern zerquetschte und blutroter Saft über den Marmor und die Vorderseite meines Kleides spritzte.

»Oder vielleicht sollte ich lieber fragen: Was hat Bishop dir getan? Worum ging's denn bei eurem kleinen Streit?«

Es war kein Streit, wollte ich eigentlich erwidern und wischte den Kirschsaft weg. »Ich weiß es nicht«, hörte ich mich jedoch stattdessen antworten und fügte dann hastig hinzu: »Es war kein Streit und es geht dich überhaupt nichts an.«

»Lass mich raten.« Stellan nahm sich eine der Kirschen und schob sie sich in den Mund. »Er hat Angst um deine Sicherheit und so weiter und so fort.«

Ich rümpfte die Nase. »Wir haben uns nicht *gestritten*«, wiederholte ich und wünschte mir, es wäre wahr. Jack war der einzige Mensch, von dem ich sicher war, dass ich ihm vertrauen konnte. Und wenn er in einer Sache so strikt anderer Meinung war als ich, dann gab es nur zwei Möglichkeiten, und keine von beiden gefiel mir. Entweder konnte ich ihm nicht so sehr vertrauen, wie ich glaubte – oder er hatte recht, und ich ging diese ganze Sache vollkommen falsch an.

Stellan lehnte sich mir gegenüber an die Theke. »Er will nur, dass du in Sicherheit bist. Das ist eben sein Ding, falls dir das noch nicht aufgefallen sein sollte.«

Ich machte mir noch nicht einmal die Mühe, von meinen Kirschen aufzublicken.

»Und er hat recht«, fuhr Stellan fort. »Es könnte sein, dass es Leute gibt, die dich töten wollen. Außerdem habe ich dich beim Training beobachtet – du bist nicht besonders gut.«

Ich stieß meinen Hocker zurück und ging durch den Raum, um mir eine Serviette zu holen. »Spionierst du mir bei *allem* nach, was ich tue?«

»Du hast auf diesem Boot trainiert. Jeder mit Augen im Kopf hat dir *nachspioniert.*« Stellan setzte sich an den Tisch und legte einen seiner langen Arme auf der Rückenlehne der Bank ab.

»Ich –« Ich wusste nicht, was ich darauf erwidern sollte, weil er recht hatte. »Halt einfach die Klappe.«

»Wenn du mal jemand anders brauchst, mit dem du trainieren kannst«, bot Stellan nach einer Weile an, »aus welchem Grund auch immer …«

»Danke. Aber nein, danke«, lehnte ich ab.

»Weißt du«, erwiderte er, »ich finde es wirklich erstaunlich, dass du bereit bist, so hart zu trainieren und all diese gefährlichen, komplizierten Pläne zu schmieden, aber absolut nicht willens bist, auch nur *in Betracht zu ziehen,* dass vielleicht richtig sein könnte, wie der Kreis die Vereinigung schon seit Jahrhunderten interpretiert.«

Ich warf die Serviette über die misshandelten Kirschen. »Wir sind mit den Hinweisen ziemlich weit gekommen, falls es dir noch nicht aufgefallen sein sollte. Aber wie dem auch sei, ich werde dich sicher nicht heiraten.«

»Abgewiesen, bevor ich überhaupt einen Antrag machen konnte«, seufzte Stellan. »Du kannst einem echt Minderwertigkeitskomplexe machen.«

»Müssen wir das wirklich schon wieder durchkauen?« Ich konnte jedoch nicht leugnen, dass die leise Stimme in meinem Hinterkopf sich ebenfalls fragte, wie lange ich es noch hinauszögern konnte, diese Lösung ernsthaft in Betracht zu ziehen. Der neue Hinweis ließ kaum Zweifel daran, dass die Vereinigung tatsächlich von Bedeutung war. Dass wir *heirateten*, ergab im Zusammenhang mit der Entschlüsselung der Armbänder zwar immer noch keinen Sinn, aber wenn nichts anderes funktionierte … Und was, wenn wir dadurch einen Haufen Leute auf unsere Seite bringen würden, die uns bei der Suche nach Mom unterstützen konnten? Was, wenn es dabei half, das Grab zu finden? Ich wusste, dass die Heirat mit *irgendeinem* Mitglied des Kreises überhaupt nichts bringen würde, aber mit Stellan bestand immerhin die Chance. Eine wahnsinnige, weit hergeholte, aber immerhin eine Chance.

»Wenn wir es wirklich tun würden –« Es war das erste Mal, dass ich es laut aussprach. »Nicht, dass wir es tatsächlich tun werden, aber *wenn*, dann würde das bedeuten, dass wir uns outen müssten. Wir *hoffen* zwar, dass sie es akzeptieren würden, wenn wir es gemeinsam tun, aber es könnte trotzdem gefährlich sein.«

»Das weiß ich. Glaub mir, das weiß ich.«

»Außerdem müsstest du mir deine ewige Liebe schwören, das weißt du auch.« Ich öffnete einen der Schränke und begutachtete die Unmengen von Essen, die Colette darin verstaut hatte.

»Du tust dir selbst unrecht, wenn du annimmst, das wäre wirklich so unmöglich, wie du nahelegst.« Die Jacht schaukelte plötzlich, wahrscheinlich weil ein anderes Boot an uns vorbeiraste. »Und dann wäre da natürlich noch die nette kleine Tatsache, dass die Ehe nach der Hochzeitszeremonie des Kreises sofort vollzogen werden muss, damit sie überhaupt als gültig betrachtet werden kann.«

Ich holte ein Glas Nutella und einen Löffel heraus und verdrehte die Augen. »Nein, muss sie nicht.«

»Muss sie wohl. Es ist ein Teil der Zeremonie – ein Überbleibsel aus dem Mittelalter. Der Priester und die Familien sowie ein paar Ehrengäste sehen zu. Um sicherzugehen, dass es wirklich passiert.«

Ich hielt inne, den Löffel auf halbem Weg zum Mund. »Meinst du das ernst?«

»So ernst, wie man bei Live-Pornos eben sein kann.«

»Wenn die Hochzeit mit Luc stattgefunden hätte, dann ...«

Stellan nickte. Ich ließ mich schwer auf den Stuhl ihm gegenüber sinken.

»Hast du schon mal gesehen, wie ...?«

»Leider nicht«, antwortete er. »Luc ist das einzige Kind der Dauphins. Na ja, oder zumindest war er das bis vor Kurzem, deshalb gab es nie die Gelegenheit.«

Ich stützte mich mit den Ellenbogen auf dem Tisch ab. »Das spielt keine Rolle. Wir werden nicht heiraten, deshalb müssen wir zum Glück auch nicht wirklich –« Ich winkte mit einer Hand.

»Ich glaube, das ist jetzt beleidigender als die Tatsache, dass du eine Hochzeit mit mir ablehnst« scherzte Stellan.

Ich gab ihm nicht die Genugtuung, darauf zu antworten. Nach ein paar Sekunden fügte ich jedoch hinzu: »Was wäre, wenn wir – hypothetisch gesprochen – nur so tun würden als ob. Würden sie uns glauben, wenn wir einfach *behaupten*, dass wir geheiratet haben?«

Er zuckte mit den Schultern. »Ich weiß es nicht. Unser Wort stünde gegen das der Zweifler. Aber wenn wir nur so tun, wäre die Vereinigung auch nicht wirklich vollzogen, und es würde uns bei der Suche nach dem Grab nicht helfen. Oder dabei, die Armbänder zu entschlüsseln.«

»Falls *Vereinigung* wirklich *Heirat* bedeutet.« Ich zog die Füße auf den Stuhl und schlang die Arme um meine Knie. Wie gewöhnlich führte diese Diskussion nirgendwohin.

»Kann mir mal jemand das weiße Top rüberwerfen, das an der Tür zum Trocknen hängt?«, rief eine Stimme aus dem Schlafbereich. Colette steckte den Kopf um die Ecke, die Arme über ihren mehr als drallen Brüsten verschränkt. Sie trug nur einen rosafarbenen Tupfen-BH und einen fließenden Rock.

Ich drehte mich hastig um und wandte die Augen ab. Stellan nicht. Er bedachte sie mit einem neckischen Lächeln. »Nein«, antwortete er, »können wir nicht.«

Colette warf ihm einen gespielt erzürnten Blick zu und neckte ihn auf Französisch zurück. Ich schnappte mir das Top und warf es ihr zu.

»Danke, *chérie*«, sagte sie und rollte in Stellans Richtung mit den Augen, bevor sie wieder in ihrem Zimmer verschwand.

Als sich die Tür hinter ihr schloss, drehte ich mich zu Stellan um. »Ihr Freund ist gerade gestorben.«

»Ja.«

»Und du *flirtest* mit ihr.« Er tat es schon, seit wir in Griechenland angekommen waren. Sobald sie neben ihm stand, flüsterte er ihr irgendetwas ins Ohr, das sie zum Kichern brachte.

»Hmm. Gegen diese Darstellungsweise möchte ich mich verwahren. Eigentlich flirtet sie mit *mir*. Ich spiele nur mit.« Die Sonne versank bereits hinter dem Horizont, als Stellan nach draußen ging.

Ich folgte ihm. »Wage es ja nicht, Colette auszunutzen. Ich mag sie.«

Er warf einen kurzen Blick nach drinnen und erwiderte leise: »Ich mag sie auch. Genau das ist ja der Punkt. Die Menschen trauern auf unterschiedliche Weise. Lettie sehnt sich nach Ablenkung, also bin ich nett zu ihr.«

»Weiß *sie* das auch?«

Er neigte den Kopf zur Seite und die Meeresbrise ließ sein weißes Hemd flattern. »Ja. Wie kann ich dir das begreiflich machen? Lettie ... steht schon so lange im Rampenlicht, dass sie es hasst, alleine zu sein. Wenn sie bewundert wird, fühlt sie sich sicher. Aber alle, die sonst ständig um sie herumschwänzeln, behandeln sie jetzt nur noch wie eine traurige Kriegswitwe.« Er hielt inne und ich dachte über seine Worte nach. So hatte ich Colette noch nie betrachtet. »Ein harmloser Flirt ist in unser beider Interesse«, fügte Stellan hinzu. »Und in deinem.«

»In *meinem?*«

»Wenn sie glücklich ist, wird sie höchstwahrscheinlich eher bereit sein, uns bei dem nächsten verrückten Plan zu helfen, den du dir ausdenkst.«

Ich ging die Treppe zum Unterdeck hinunter, dicht gefolgt von Stellan.

»Benutzt du Sex immer, um zu kriegen, was du willst?«, fragte ich und fuhr mit dem Finger über eine kleine Pfütze auf der Bar.

Er funkelte mich wütend an. »Ich schlafe nicht mit ihr. Wie du in deinem schnellen Urteil eben selbst so richtig bemerkt hast, ist ihr Freund gerade gestorben. Ihr Freund, der auch ein Freund von mir war, wie ich hinzufügen möchte, genau wie Colette meine Freundin ist. Ich habe durchaus Moralvorstellungen, weißt du?« Er machte eine Pause. »Und überhaupt machen Mädchen so was andauernd.«

Ich wollte protestieren, aber er redete weiter. »Hör zu. Ich habe dir angeboten, dich zu trainieren. Hier ist eine Lektion, die nichts mit Kämpfen zu tun hat: Mit *Nett*-sein kommst du in der Welt des Kreises nicht weit. Du musst alle Möglichkeiten einsetzen, die du hast, um voranzukommen.«

Er wirkte überraschend verbittert. Es klang, als sei unsere Unterhaltung damit beendet.

»Ich meine ja nur ... du sollst sie nicht ausnutzen«, erwiderte ich.

Stellan hob zum Zeichen seiner Kapitulation, Frustration oder beides die Hände und setzte sich auf einen Liegestuhl zwei Plätze entfernt von mir. Nach ein paar Minuten deutete er auf das Armband an meinem Handgelenk. Ich reichte es ihm und er stellte es auf ein neues Wort ein. Er hielt kurz inne, als nichts passierte, und versuchte es noch ein paar Mal, bevor er es mir wieder zurückgab.

Ich streifte es wieder über meine Hand. »Drei Tage«, sagte ich leise.

Stellan blickte aufs Wasser hinaus. »Dieses Armband ist irgendwo und wir werden es finden.«

»Vielleicht«, erwiderte ich verbittert. »Wenn Jack und die Saxons es mir erlauben.« Eigentlich wollte ich es gar nicht, aber ich erzählte Stellan trotzdem, dass Jack vorgeschlagen hatte, meine Familie an der Suche zu beteiligen. »Diesen Hinweisen allein zu folgen ist die einzige Entscheidung, die ich wirklich noch selbst treffen konnte. Aber wenn es nach Jack ginge, dann läge selbst sie nicht mehr bei mir.«

Stellan setzte sich auf. »Man hat immer eine Wahl.«

Ich fummelte am Saum meines Kleides herum. »Ich glaube, du hast nicht richtig aufgepasst. Obwohl ich bei allem, was wir tun, so wahnsinnig wichtig bin, wird allmählich immer offensichtlicher, dass ich bei *nichts* von alledem eine Wahl habe. Ich habe noch genau drei Tage Zeit, bevor die Saxons mich zwangsverheiraten wollen. Ich bin nichts anderes als eine besonders wertvolle Marionette.«

Stellan schwang die Beine über die Kante der Liege und setzte sich mir gegenüber. »Eine Menge Leute in deiner Situation würden schon längst in Indonesien am Strand liegen. Sich zu weigern wegzulaufen, *ist* eine Wahl. Eine mutige Wahl.«

Plötzlich konnte ich nicht mehr stillsitzen. »Warum sagst du so was?« Ich ging an Deck auf und ab und meine nackten Füße klatschten auf dem glatten, kühlen Holz. Ich erinnerte mich wieder daran, dass ich mich damals wegen dem, was Jack zu mir *gesagt* hatte, zu ihm hingezogen gefühlt hatte. Er hatte mich in der Schule gesehen und geglaubt, mich würde nicht interessieren, was alle anderen dachten oder taten, und dass ich nur machte, was ich wollte, selbst wenn es vielleicht nicht das war, was man von mir erwartete. Ihm war nicht bewusst gewesen, dass ich es nur tat, weil ich sonst keine Option hatte.

»Ich bin nur hier, weil ich hier sein muss. Das ist nicht unbedingt etwas, worauf ich stolz sein kann.«

Ich spürte Stellans Blick auf mir. »Du sorgst dich um andere Menschen, und schwierige Situationen machen dich nur umso stärker«, sagte er. »Das ist etwas Gutes.«

Die Taue des Bootes neben uns – der *Konstantinos*, wie der an der Seite prangende Name verriet – knarrten am Dock.

Dann drang ein seltsames Geräusch von draußen herein. Eine Art mürrisches Knurren. Stellan sprang auf und eilte in die Kabine, kam jedoch ebenso schnell wieder heraus. »Versteck dich«, befahl er mir stumm, und im selben Moment hörte ich eine fremde Stimme rufen: »*Astynomía*. Polizei.«

Stellan zerrte mich hinter die Bar. Wir hockten Seite an Seite unter dem Tresen.

»Warum ist die Polizei hier?«, flüsterte ich.

»Ich glaube, das ist sie gar nicht«, flüsterte er zurück und bestätigte meine Angst. Was, wenn Jack doch recht hatte und der Orden gekommen war, um mich zu entführen?

Die Stimmen näherten sich. Ich hörte Colette etwas auf Französisch sagen, dann sprang Elodie ihr auf Englisch zur Seite, vermutlich, damit ich sie auch verstehen konnte.

»Ich glaube, Sie sind auf dem falschen Boot«, säuselte sie.

»Wir haben unsere Befehle. Wir müssen es durchsuchen«, erwiderte ein Mann. Ein tiefes Bellen begleitete seine Worte. *Hunde*. Selbst wenn uns die Männer nicht fanden, würden es die Hunde innerhalb von Sekunden tun.

Ich lehnte mich näher zu Stellan. »Das Wasser«, flüsterte ich. Stellan nickte und deutete dann auf das Armband an meinem Handgelenk. Ich streifte es ab und er legte es in einen leeren Eiswürfelbehälter, bedeckte es mit Cocktailservietten und versteckte ihn unter der Bar.

Während Colette und Elodie die Männer drinnen durch

das Boot führten und uns Gott sei Dank ein wenig Zeit verschafften, hielt ich mich geduckt, kletterte vom Tauchdeck und klammerte mich an der Metallleiter fest.

Das Wasser war *eiskalt*. Ich biss die Zähne zusammen, während sich mein Sommerkleid um meine Taille bauschte. Ich wollte Stellan gerade sagen, dass *er* sich nicht verstecken musste, aber er war bereits nach mir ins Wasser gestiegen und zeigte auf das Beiboot, das an der Seite der Jacht festgemacht war.

Die Sonne war bereits fast untergegangen und hier unten kam es mir noch dunkler vor als an Deck. Wir näherten uns dem Beiboot und steuerten auf den schmalen Spalt zwischen ihm und der Jacht zu – es war das beste Versteck, das wir finden konnten. Ich schob mich, so weit ich konnte, in die Spalte, und Stellan glitt lautlos hinter mir hinein.

Mir wurde sofort klar, dass dies doch nicht das allerbeste Versteck war. Die »Polizei« musste hinter der Bar nur einen Blick über die Reling werfen, um uns zu entdecken. Die *Konstantinos* lag keine drei Meter entfernt. Vielleicht sollten wir uns lieber hinter ihr verstecken. Wir wären zwar für ein paar Sekunden ungeschützt, aber –

Plötzlich war das dunkle Wasser um uns hell erleuchtet. Jemand hatte das Flutlicht an Deck eingeschaltet. Wir befanden uns zwar immer noch im Schatten, aber die Wellen unserer Schwimmbewegungen waren deutlich zu erkennen.

Wir verhielten uns beide vollkommen still. Ich presste mich eng in die Nische zwischen dem von Muscheln überzogenen Rumpf der Jacht und der glitschigen Hülle des Beiboots. Stellan befand sich mit dem Rücken zu mir, sein

Sonnen-Tattoo auf Höhe meines Gesichts. Ich konnte es ebenso wie seine Schwert-Tätowierung perfekt durch das durchnässte weiße Hemd erkennen.

Ich versuchte, mich an der Seite des Boots festzuhalten, aber meine Finger rutschten immer wieder ab. Stellan hielt sich an einem Tau des Beiboots fest, das ich selbst nicht erreichen konnte. Er fasste hinter sich, packte mein Kleid, zog mich zu sich heran und hielt mich fest. Ich stieß mich reflexartig von ihm weg, bevor mir klar wurde, wie dämlich das war. So war es schließlich viel leichter. Außerdem war er *warm*. Ich schlang die Arme um seine Taille.

Die Stimmen kamen näher. Stellan legte eine Hand auf meine.

»Kann ich Ihnen vielleicht einen Drink anbieten?« Colettes zuckersüße Stimme hallte vom Rumpf der anderen Jacht wider. Ich bewunderte, wie schnell sie sich auf unser Spiel eingelassen hatte. Wir waren gestern hier angekommen und hatten ihre ganze Welt auf den Kopf gestellt, und jetzt sorgte sie für die perfekte Ablenkung. »Von der Bar auf dem Oberdeck ist der Ausblick einfach *magnifique*.«

Stellans Hand drückte noch fester zu. Oh nein. Colette musste annehmen, dass wir uns auf dem Unterdeck versteckten, und wollte uns mehr Zeit verschaffen, um zu verschwinden. Vom Unterdeck aus mussten sie zumindest über ein paar Rettungswesten hinwegsehen, um uns zu entdecken, während sie auf dem Oberdeck nur über die Reling schauen mussten.

Einer der Männer grunzte etwas, die Hunde schnüffelten, und ich hörte ein klares »Ja«.

Ihre Stiefel stampften die Treppe hinauf, und ich ließ

Stellan los, der die Gelegenheit nutzte, sich lautlos zu mir umzudrehen. Die Spitzen seines blonden Haars waren nass und sahen dunkler aus als sonst. Die Narben auf seinen Schultern glühten beinahe. »Auf die andere Seite«, sagte ich tonlos, aber es war bereits zu spät. Ein hohles Stapfen von Stiefeln ertönte. Ich blickte nach oben und sah, wie sich ein Schatten direkt über uns auf die Reling zubewegte.

Ich hörte, wie Colette den Männern folgte und sich nach der nächstliegenden Stadt entlang der Küste erkundigte. Einer der »Polizisten« hatte die Reling inzwischen erreicht und beugte sich darüber. Ich erstarrte. Er blickte nach unten – und dann stieß sein Hund ein knurrendes Jaulen aus, und er drehte sich wieder um. Ich atmete erleichtert aus.

»Zeigen Sie uns, was dort unten ist«, befahl ein anderer Mann. Auch er lehnte sich über die Reling.

Ich blickte mich verzweifelt nach einem Versteck um, das nicht existierte. Stellan zog an meiner Hand und zeigte nach unten. Ohne auch nur eine Sekunde darüber nachdenken zu können, holte ich so tief Luft, wie ich konnte, und tauchte in das dunkle Wasser hinab.

Wir konnten zwar nicht viel sehen, aber wir hörten Colette immer noch lachen und vernahmen die tiefen, grollenden Stimmen der Männer. *Hol ihnen was zu trinken,* flehte ich innerlich. *Zeig ihnen dein Filmposter. Tu irgendetwas.* Ich konnte den wachsenden Druck in meiner Brust spüren. Ich begann zu zucken und merkte, wie sich das Kohlendioxid hinter meinen Augen sammelte. Stellan wirkte kein bisschen angestrengt – natürlich. Wahrscheinlich durchliefen alle Hüter auch eine richtige Marinetaucherausbildung. Ich ließ die Luft in meiner Lunge in einer Reihe winziger Bläschen entweichen, weil es angeblich dabei half, die Luft länger anhalten zu können. Nur wenige Sekunden später trieb mein Körper jedoch von ganz alleine Richtung Oberfläche. Ich drückte mich gegen Stellan und zwang mich wieder tiefer unter Wasser. Ich würde höchstens noch dreißig Sekunden durchhalten.

Aber Colette und die Männer redeten *immer noch,* direkt über uns. *Verschwindet!,* brüllte ich innerlich. Ich spürte, wie Stellan vor mir ein Stück nach oben stieg. Ich war nicht daran gewöhnt, unter Wasser die Augen zu öffnen, wenn ich Kontaktlinsen trug, aber ich konnte einfach nicht anders. Das Salz brannte in meinen Augen, aber die Kontaktlinsen schienen an ihrem Platz zu bleiben. Ich blinzelte ein paar Mal und konnte Stellans Umrisse erkennen. Er stieg nur so weit auf, dass sein Gesicht aus dem Wasser ragte, holte tief Luft und tauchte wieder in das trübe Wasser ab.

Ja. Warum hatte ich nicht selbst daran gedacht?

Mein Körper lechzte nach Luft, und ich musste mich mit aller Kraft zwingen, den Mund noch nicht zu öffnen. Ich stieg auf, wie Stellan es getan hatte – und stoppte. Ich versuchte es erneut.

Irgendetwas zog hinten an meinem Kleid. Ich riss daran, aber es löste sich nicht. Ich brauchte eine Sekunde, um zu begreifen, was los war. Ich hatte mich so weit in die Spalte gepresst, dass ich mich in den Seilen, einem Haken oder irgendetwas Ähnlichem verfangen hatte. Mein Kleid hing fest.

Ich war unter Wasser gefangen – und mir ging die Luft aus.

KAPITEL 15

ICH BLICKTE VERZWEIFELT um mich und erkannte Stellan direkt über mir. Ich zerrte erneut an meinem Kleid, diesmal fester. Stellan riss die Augen auf. Leuchtende Punkte tanzten vor meinem Gesichtsfeld.

Die Männer über uns redeten noch immer, klangen dank meines benebelten Verstandes jedoch gedämpfter. Ich ließ das letzte bisschen Luft aus meinen Lungen entweichen und riss erneut an meinem Kleid, bevor Stellan es ebenfalls versuchte.

Luft.

Ich spürte, wie Stellan sich von mir entfernte – oder doch nicht? Ich war mir nicht sicher. Luft, Luft, Luft. *Luft* jede Sekunde würde sich mein Mund unwillkürlich öffnen und ich würde Wasser einatmen denn das passierte automatisch und man konnte nichts dagegen tun und so ertrank man

Luft es fühlte sich an als würde mir jemand mit Gewalt den Mund öffnen *Luft* wenn ich starb würde niemand sonst meine Mom retten und der Orden würde sie töten *Luft* – nein nein nein *nein*, sagten die letzten Gedanken in meinem Kopf, und dann atmete ich ein, ich konnte es nicht verhindern –

Luft. Ich atmete Luft. Klarheit erfüllte meinen Verstand. Ich klammerte mich an Stellan fest, der seinen Mund auf meinen presste und mir sämtliche Luft aus seiner Lunge schenkte.

Er löste sich vorsichtig wieder von mir und hielt einen Finger hoch. Ich ruderte mit den Armen und schüttelte energisch den Kopf – ich hatte eindeutig noch nicht genügend Sauerstoff in mir. Ich ließ Bläschen entweichen, um meine Lunge zu leeren, während er erneut aufstieg, wieder zurückkehrte und mein Gesicht in beide Hände nahm. Ich saugte die Luft gierig in mir auf und konnte nicht anders, als seinen Kopf zu mir heranzuziehen, so fest es ging. Diesmal drang jedoch auch Wasser in meinen Mund ein und ich nahm einen salzigen Geschmack auf der Zunge wahr.

Mir war immer noch schwindelig, ich war noch immer nicht ganz bei mir. Ich erinnerte mich vage an einen Rettungsschwimmerkurs, den ich absolviert hatte, als wir an der Küste gelebt hatten. Diese Art der Mund-zu-Mund-Beatmung war nicht empfehlenswert, weil das Opfer dabei stets in Panik verfiel und zu oft einatmete. Die Rettungsschwimmerin hatte uns jedoch auch erklärt, dass es funktionieren konnte, wenn die Beteiligten abwechselnd atmeten, damit die Lungen des Opfers wieder normal zu arbeiten begannen.

Stellan versuchte, sich von mir zu lösen, aber ich drückte seinen Mund auf meinen. Anfangs wehrte er sich gegen die Luft, die wieder in seine Brust zurückfloss, aber dann verstand er. Einen Meter unter der Wasseroberfläche war es beinahe dunkel, aber ich konnte sehen, dass er mir direkt in die Augen schaute, bis sich meine vor lauter Begeisterung schlossen, weil ich endlich wieder *atmen* konnte, ein und aus, ein und aus. Ich vergaß beinahe, dass sich Stellans Mund auf meinem befand, bis er unsere Lippen sanft voneinander trennte und meine Hände wegzog, die sich in seine Haare krallten. Die Luft, die wir austauschten, enthielt vermutlich keinen Sauerstoff mehr. Er hielt erneut einen Finger hoch.

Diesmal war ich wachsam genug, um darüber nachzudenken, was hier gerade passierte. Er glitt wieder neben mich und strich das um mein Gesicht schwebende Haar zurück. Eine Sekunde lang blitzten lächerliche Schuldgefühle in mir auf, dabei *küsste* ich ihn nicht wirklich. Das hier war nass und salzig und Furcht einflößend und alles andere als sexy. Er hauchte mir im wahrsten Sinne des Wortes Leben ein. Ich zog ihn gierig erneut zu mir heran und leerte meine Lunge, um Platz für mehr zu schaffen, bevor sich seine Lippen auf meine drückten. Im Gegensatz zu den beiden letzten Malen war ich mir diesmal bewusst, wie sich seine Brust auf meiner zusammenzog, als er die Luft in seiner Lunge in meine strömen ließ und wir einen Moment lang atmeten wie ein Wesen.

Als ich seinen letzten Atem in mir aufnahm, erkannte ich, dass die Stimmen über uns verstummt waren. Auch Stellan blickte nach oben und sein blondes Haar breitete sich wie ein Heiligenschein um seinen Kopf aus. Er ließ mein Gesicht los, stieg wieder an die Oberfläche und lugte vorsichtig aus dem Wasser. Er musste zu dem Schluss gekommen sein, dass sie verschwunden waren, denn er reckte den Kopf ganz hinaus und schwamm schnell davon. Ich hatte zwar keine Ahnung, was er vorhatte, aber ich wusste, dass er zurückkommen würde. Eine Sekunde später schoss er tatsächlich wieder durchs Wasser auf mich zu. Er hielt irgendetwas in der Hand. Meine Lungen taten weh – nach dem Trauma ging ihnen viel schneller die Luft aus.

Stellan gab mir noch eine Lunge voll Luft und ich konnte etwas Warmes an meinen Augenwinkeln spüren. Obwohl wir von Wasser umgeben waren, erkannte ich, dass er weinte, während die traumartige Panik in mir schwand und mir bewusst wurde, was passierte. Stellan löste sich von mir und schwamm hinter mich. Er tauchte den Gegenstand, den er in der Hand hielt, in den Stoff meines Kleides, und dann spürte ich ein energisches Zerren, gefolgt von plötzlicher Leichtigkeit.

Ich schoss an die Oberfläche. Mein Kopf brach durch das Wasser in die kalte, trockene Dunkelheit und ich schnappte schluchzend und hustend immer wieder nach Luft, Luft, Luft, Luft.

Heiße Tränen strömten über meine kalten Wangen und ich zitterte am ganzen Körper. Stellan kam neben mir an die Oberfläche, wo es endlich so hell war, dass ich erkennen konnte, dass er zu Tode erschrocken aussah. Er nahm mein Gesicht in beide Hände und begutachtete mich.

»Geht's dir gut? Kannst du atmen?«, flüsterte er.

Meine Kehle war ganz rau. Meine Augen brannten. Meine Lunge fühlte sich an, als könnte sie sich unmöglich weit genug ausdehnen, um all den Sauerstoff aufzunehmen, den ich aufsaugen wollte. Ich nickte stumm.

Stellan stieß – so viel verstand ich – eine Reihe von Flüchen auf Russisch aus. Ich wollte mich so gerne dafür entschuldigen, dass ich dort unten festgesteckt hatte. Dass ich war, wer ich war. Dass wir uns deswegen hatten verstecken müssen und ich auch ihn in Gefahr gebracht hatte. Aber ich brachte die Worte einfach nicht heraus, und noch bevor ich irgendetwas sagen konnte, drückte er mir einen nassen Kuss auf die Stirn.

Mir wurde klar, dass er nicht vor Wut geflucht hatte, sondern vor Erleichterung. Er wich schnell wieder zurück, so als würde er erwarten, dass ich ihn wegstoßen würde, wie ich es normalerweise wohl getan hätte.

Stattdessen schlang ich nun die Arme um seinen Hals.

Er zögerte keine Sekunde lang und drückte mich fest an seine Brust, als hätte er nur darauf gewartet.

Ich war mir nicht sicher, ob es daran lag, dass ich ihm unendlich dankbar war, daran, dass ich mich ausruhen musste oder einfach nur dringend eine Umarmung brauchte, aber ich klammerte mich an ihn, als wolle ich ihn nie wieder loslassen. Ich zitterte so stark, dass sich kleine Wellen auf dem Wasser bildeten. Meine Tränen kullerten über seine Schulter und er hielt mich ganz fest und flüsterte mir etwas auf Russisch ins Ohr. Ich verstand kein Wort, aber es war der beruhigendste Klang der Welt. Nach einem Moment spürte ich, wie er die Seite des Beiboots losließ und auch den anderen Arm um mich schlang. Er trat Wasser, um uns beide oben zu halten, und drückte mich noch fester an sich. Alles, was ich tun konnte, war, mein Gesicht mit einem stummen *am Leben am Leben am Leben dank dir bin ich noch am Leben* an seinen Hals zu drücken.

Plötzlich hallte Elodies Stimme über dem Wasser wider. »Stellan!« Dann, etwas leiser, Colettes: »Wo *sind* sie? Ich schwöre dir, wenn sie gar nicht hier sind und wir grundlos mit diesen widerlichen Typen geflirtet haben …«

»Hier«, krächzte Stellan. Ich nahm die Beine von seiner Taille, als mir bewusst wurde, wie es aussehen musste, wenn wir klatschnass im Dunkeln aneinanderklebten. Er löste seinen Griff um meinen Körper jedoch kein bisschen.

Zwei Köpfe ragten über die Reling und waren im Licht der Lampe nur als Silhouetten zu erkennen. Elodie schnaubte laut und ich konnte ihre zornig erhobenen Augenbrauen förmlich vor mir sehen.

»Kannst du schwimmen?«, fragte Stellan leise. Ich nickte, obwohl ich ihn eigentlich nicht loslassen wollte. Er umfasste mich weiter mit einem Arm, als wir zur Leiter zurückpaddelten.

Bevor wir hinaufkletterten, drehte ich mich noch einmal zu ihm um. Stellans Haar klebte an seinem Kopf, wodurch die Erleichterung auf seinem kantigen Gesicht noch deutlicher zu erkennen war. Sein Hemd war an der Schulter zerrissen. Ich musste mich zwingen, nicht erneut die Arme um ihn zu schlingen. Er machte den Mund auf, als wolle er etwas sagen.

Schwere Schritte dröhnten an Deck. Ich streckte eine Hand nach Stellan aus, bereit, mich wieder zu verstecken, aber dann ertönte plötzlich Jacks Stimme. »Was ist hier los? Wo ist Avery?«

Stellan ließ mich los, als würde meine Haut unter seinen

Händen brennen, und dann kam Jack über das Deck gerannt und zog mich an Bord.

✵

Ich war schon seit zehn Minuten in den weichen Frotteebademantel gewickelt, konnte aber immer noch nicht aufhören zu zittern.

»Anfangs haben sie nur gesagt, dass sie das Boot durchsuchen wollen«, erklärte Elodie. »Erst, als wir uns ein bisschen mit ihnen unterhalten haben, erzählten sie uns, dass der Tempel einen Fall von Vandalismus gemeldet und sie Hinweise erhalten haben, dass sich die Verdächtigen in diesem Gebiet aufhielten.«

»Dann waren sie tatsächlich von der Polizei?« Meine Fingernägel waren ganz blau und ich steckte die Hände unter meine Beine. »Es ging also nur um diesen Ziegelstein?«

»Sieht ganz so aus«, erwiderte Elodie. »Aber wir dachten, sie seien –«

»Wir auch«, unterbrach Stellan sie. »Und wir wären beinahe ertrunken, während ihr sie gefragt habt, in welchem Dorf man hier die besten Garnelen bekommt.« Nachdem sie uns Handtücher und Bademäntel besorgt hatten, ließen wir uns unten in der Kabine nieder, wo man uns durch die Fenster nicht sehen konnte, nur für den Fall.

»Was ist denn passiert?« Colette lehnte sich vor und ihre rosenroten Lippen zitterten vor Schreck immer noch ein bisschen. Sie war wie ein aufgescheuchtes Huhn auf der Jacht hin und her gehuscht, hatte zusätzliche Decken über meine Beine ausgebreitet, versucht, mich zu überreden, etwas zu essen, eine Kanne Tee gekocht und dann noch eine, als ich ihr erklärte, dass ich keinen Pfefferminztee mochte, obwohl ich eigentlich *gar nichts* wollte. Jetzt saß sie neben Stellan und verarztete den Kratzer an seiner Schulter.

Stellan blickte mir über den Tisch hinweg in die Augen. Ich fühlte mich vollkommen taub, seit wir aus dem Wasser gestiegen waren, aber plötzlich empfand ich das überwältigende Gefühl, für uns behalten zu wollen, was geschehen war. Ich fürchtete Elodies Spott darüber, dass wir endlich eine Ausrede gefunden hätten, um miteinander rumzumachen. Ich wollte nicht, dass Jack eifersüchtig wurde und so tun musste, als sei er es nicht. Ich wollte nicht beschreiben müssen, wie es war, wirklich und wahrhaftig fast gestorben zu sein und mir von Stellan auf eine so intime Weise das Leben retten zu lassen, die mir so peinlich war, dass ich ihn jetzt nicht mal richtig anschauen konnte.

Stellan öffnete den Mund und wandte den Blick ab. »Aber wir sind ja nicht ertrunken«, sagte er schlicht. Er nahm Colette das Pflaster aus der Hand und stand auf. Ihre Hände fielen in ihren Schoß, und sie erhob sich ebenfalls, doch er wandte sich ab, ohne es zu bemerken. »Und jetzt werde ich schön heiß duschen. Wie sich herausstellt, ist das Mittelmeer im Juni noch *vraiment* kalt.«

Colette setzte sich verlegen wieder hin, und ich lehnte mich zurück, nur um festzustellen, dass ich mich die ganze Zeit unter Jacks warmen Arm gekuschelt hatte. Er wickelte mich in die Decke ein, zog mich an seine Brust, und ich sah über seine Schulter hinweg zu, wie Stellan den Flur hinunter verschwand.

KAPITEL 16

ELODIE UND COLETTE schliefen noch, als ich am nächsten Morgen aufwachte. Das Letzte, woran ich mich erinnerte, war, dass Colette mich gezwungen hatte, einen Teller Suppe zu essen, während ich in einem Nest aus Decken auf ihrem Bett saß. Ich musste irgendwann eingeschlafen sein, denn als ich aufwachte, war ich warm zugedeckt, und Colette und Elodie teilten sich das Bett nebenan. *Noch zwei Tage*, war mein erster Gedanke. Die Saxons hatten Peking gestern verlassen, machten heute einen Zwischenstopp in London und flogen dann weiter nach Washington, D.C. Mir blieben noch zwei Tage, bevor der Heiratscountdown des Kreises ablief.

Ich zog mir ein Sweatshirt über und schlich mich aus dem Zimmer. Stellan saß auf einem der Barhocker.

Er blickte auf, als ich das Deck betrat, und stellte eine

kleine Espressotasse auf dem Tresen ab. Eine gewaltige Gefühlswelle schwappte über mich hinweg, so überwältigend, dass ich wie angewurzelt stehen blieb.

Ich wäre letzte Nacht beinahe ertrunken. Ich wäre beinahe ertrunken, und er hatte mir das Leben gerettet, aber alles, woran ich denken konnte, war das, was danach passiert war.

Wir hätten genauso gut sofort zur Leiter schwimmen können. Ich hätte mich bei Stellan bedanken und mich dann an *Jacks* Schulter ausweinen können. Stellan hätte Witze darüber machen können, dass er mich hatte retten müssen, und Elodie und Colette damit aufziehen, dass sie beinahe das Mädchen mit den violetten Augen getötet hatten.

Genau das hätte ich eigentlich erwartet. Aber es war nicht das, was wirklich passiert war.

Stellan brach den Blickkontakt ab, weil ich es nicht konnte, und nippte an seinem Kaffee. »Ich war überrascht, dass Bishop ganz allein in seinem Bett lag. Ich hätte eher vermutet, dass ihr mich mit eurem *Ich bin so froh, dass du nicht tot bist*-Rumgemache die ganze Nacht wach haltet.«

Der Bann, der mich gefangen gehalten hatte, war gebrochen.

»Dir auch einen wunderschönen guten Morgen«, sagte ich mit immer noch krächzender Stimme und rauem Hals. Ich lehnte mich ans Ende der Bar. Offensichtlich war ich die Einzige, die sich unbehaglich fühlte, während für ihn alles so war wie immer. Es war eine echte Erleichterung.

Ich ließ den Blick über die Bucht schweifen. Sie sah an diesem Morgen so friedlich aus, während das Rosa und Gelb des Sonnenaufgangs auf dem Wasser glitzerten.

»Wegen der Sache mit dem Training …«, begann ich, verstummte dann jedoch. Mir war selbst nicht bewusst gewesen, dass ich es ansprechen wollte. Aber es ergab Sinn. *Zwei Tage*. Wenn wir die Hinweise nicht entschlüsseln konnten, musste ich den Orden vielleicht wirklich direkt herausfordern. Trotz aller Zweifel, die ich gestern noch gehegt hatte: Ich lag nicht falsch. Ganz gleich, ob Jack mit mir einer Meinung war oder nicht, ich wusste, dass ich *alles* tun würde, was nötig war, um meine Mom zu retten, selbst wenn ich mich dadurch in Gefahr brachte. Uns blieb allmählich kein anderer Ausweg mehr.

Auf Stellans Gesicht breitete sich ein triumphierendes Lächeln aus, bei dem sofort die Wut in mir hochkochte. »Was ist denn mit deinem *Danke, aber nein, danke* von vor vierundzwanzig Stunden passiert?«

Ich spürte, wie mein Gesicht vor Zorn errötete, aber vielleicht war auch ein wenig Verlegenheit mit dabei. Ich wandte mich zum Gehen. »Vergiss es. Ich trainiere allein.«

»Hey.« Stellan streckte eine Hand aus und packte mich am Oberarm. »Ich hab schließlich nicht Nein gesagt.«

Ich schaute auf seine Hand hinunter und er zog sie weg. »Es liegt *nicht* daran, dass Jack ein schlechter Lehrer ist.« Ich blickte über meine Schulter hinweg zu den Schlafzimmern und versuchte, mich nicht schuldig zu fühlen.

Stellan zuckte mit den Schultern und schaute zu seinen nackten Füßen hinunter. »Gib mir eine Sekunde.«

Ich hatte kaum Zeit, mir Schuhe anzuziehen und mein Messer zu holen, bevor er wieder zurückkehrte. Ich steckte das Messer vorne in die Tasche meines Sweatshirts, während Stellan den Kühlschrank durchsuchte.

»Machst du mir Frühstück?«, fragte ich.

Er zog ein in Papier eingewickeltes Päckchen heraus. »Nein«, antwortete er schlicht und nickte mit dem Kopf Richtung Ende der Docks. »Unten am Strand gibt's eine versteckte Bucht. Komm mit.«

Zu dieser frühen Morgenstunde waren die einzigen anderen Menschen, die wir sahen, eine Handvoll Frühaufsteher, die auf den Sonnenterrassen ihrer Boote frühstückten, sowie zwei Schwimmer weit draußen im Meer, deren leuchtend gelbe und weiße Badekappen auf dem türkisfarbenen Wasser auf und ab hüpften. Ich zog mir die Baseballmütze trotzdem tiefer über die Augen.

Die Bucht verbarg sich am hinteren Ende des Strands. Weißer Sand erstreckte sich bis zum Fuß einer felsigen, von Sträuchern bedeckten Klippe. Wir mussten die Schuhe ausziehen und durch das flache Wasser waten, um mehrere dunkle Felsbrocken zu überwinden. Als wir die Bucht erreichten, stellte ich fest, dass Stellan nicht zu viel versprochen hatte: Vom Weg und dem Rest des Ufers aus konnte man uns hier unmöglich sehen. Das sanfte Schwappen der Wellen hallte von den Felsen rundum wider und schuf erst recht die Illusion, wir seien vom Rest der Welt abgeschnitten.

Stellan zog seine Schuhe wieder an, während ich die Zehen in den Sand grub. »Es ist so wunderbar friedlich hier.«

Er sah auf meine nackten Füße hinunter und ließ den Blick dann über meine Leggings und mein Sweatshirt wandern. Das Messer in meiner Tasche schien sich in die Haut an meinem Bauch zu brennen und ich verlagerte verlegen das Gewicht von einem Fuß auf den anderen.

»Gut«, begann er. »Erst mal muss ich wissen, womit ich arbeite. Was hast du bisher gelernt?«

Ich atmete tief ein, holte das Messer heraus und warf die Scheide auf einen der Felsen.

Stellan lachte. »Oh, ganz sicher nicht. Ich bin nicht hier runtergekommen, um zu sterben.« Er hob die Scheide auf und stülpte sie wieder über das Messer, bevor er es mir vorsichtig aus der Hand nahm.

»Damit kannst du besser üben.« Er schnappte sich ein Stück Treibholz, das ungefähr denselben Durchmesser hatte wie mein Handgelenk, und brach es entzwei. Dann reichte er mir ein etwa fünfzehn Zentimeter langes Stück und behielt die andere Hälfte selbst. »Also?«

Ich fragte mich, ob er wegen gestern Abend behutsamer mit mir umging. Wahrscheinlich dachte er einfach, ich wäre noch nicht so weit.

Ich räusperte mich. Das Stück Holz fühlte sich ganz anders in meiner Hand an als das Messer. »Jack hat mir gezeigt, wie ich stehen muss. Und das Messer halten. Hauptsächlich Selbstverteidigung. Er denkt, dass ich mich nicht darauf verlassen sollte, mit dem Messer zu kämpfen, deshalb hat er mir dazu auch nicht viel beigebracht. Aber ich hab mir im Internet ein paar Tutorials angeschaut …«

»Du hast dir YouTube-Videos über Messerkämpfe angesehen?«, fragte er ungläubig. »Kein Wunder, dass du nicht weiterkommst.«

Ich runzelte die Stirn. »Was soll ich machen?«

Er zuckte mit den Schultern. »Stich zu.«

Ich nahm das Stück Holz richtig in die Hand, grub meine Füße in den Sand und –

Stellan warf sich mit dem Ellenbogen in mein offenes »Messer« und schleuderte es zwei Meter weit weg. Er nickte mit dem Kinn in die Richtung und sagte: »Versuch's noch mal.«

Diesmal bereitete ich den Angriff absichtlich nicht richtig vor, damit er nicht wusste, in welche Richtung ich einschlagen würde. Ich stach auf seine Seite ein, aber er wich mir problemlos aus. »Noch mal.«

Ich hieb nach seiner Schulter. Er wich wieder aus. Nach seiner Seite. Zielte auf die Mitte, so als wolle ich ihn ins Herz stechen. Er packte meinen Unterarm mit einer Hand, und da er viel stärker war als ich, drückte er meine Hand mit Leichtigkeit bis auf meine Brust zurück. Ich riss mich los.

»Deine Grundkenntnisse sind also nicht vorhanden«, sagte er.

»Du wusstest, dass ich nicht gut darin bin«, grummelte ich. Ich hasste es, schlecht in etwas zu sein.

»In Ordnung.« Stellan zog seinen grauen Kapuzenpullover aus. Darunter trug er nur ein dünnes weißes Tanktop, unter dem die Narben an seinen Schultern hervorkrochen. »Wir gehen die Sache anders an. *Sag* mir, was du gelernt hast.«

Ich zwang mich, den Blick von ihm abzuwenden. Dann beschrieb ich die Grundstellung, die ich einnehmen sollte.

»Zeig es mir.« Ich tat es, und er korrigierte mich, indem er meine Füße mit seinen Stiefeln ein Stück weiter auseinanderschob und meine Schultern hinunterdrückte. »Du musst lockerer werden. Bei mindestens der Hälfte eines Kampfes geht es darum, jederzeit bereit zu sein, auszuweichen, und nicht nur darum, dich zu verteidigen oder anzugreifen. Das geht aber nicht, wenn du so angespannt bist.« Er legte die Hände auf meine Schultern und schüttelte mich. »Entspann dich. Noch mehr.«

In dem Moment, als er losließ, spürte ich, wie meine Schultern wieder zu meinen Ohren hinaufwanderten.

Stellan seufzte. »Was noch?«

Er korrigierte meinen Griff und die Angriffshaltung. »Du bist kein vollkommen hoffnungsloser Fall«, verkündete er. »Immerhin hast du dir fast alles gemerkt, was du gelernt hast. Was noch?«

Neben dem, was Jack mir beigebracht und in den Videos zu sehen gewesen war, hatte ich im Internet auch eine Menge gelesen. »Ich weiß, welches die besten Stellen sind, wenn man … du weißt schon … jemandem richtig wehtun will.«

»Oder wenn man jemanden töten will«, ergänzte Stellan.

Ich zögerte, nickte dann jedoch. Er bedeutete mir fortzufahren.

»Die Schlagadern«, sagte ich. »Ich habe gelesen, dass sie, ähm, besonders stark bluten.«

Die Sonne war gerade über der Klippe aufgegangen, und Stellan kniff die Augen zusammen, bevor er uns an eine schattigere Stelle zog. »Okay, die Schlagadern. Wo sind die?«

»Es, ähm, gibt zum einen die Halsschlagader.« Ich blickte auf Stellans Hals und konnte mit Mühe seinen Pulsschlag erkennen.

Er nickte. »Komm her. Leg deinen Stock weg.«

Ich tat es, wenn auch widerwillig.

»Du hast recht. Wenn du die Halsschlagader auch nur ein

bisschen anritzt, ist überall Blut. Wenn du richtig tief hineinstichst, ist dein Gegner innerhalb von fünfzehn Sekunden bewusstlos und nach einer Minute tot. Aber … Gib mir deine Hand.« Er drückte meine Fingerspitzen an die Seite meines eigenen Halses, so fest, dass ich spürte, wie mein Puls beschleunigte. Dann bewegte er meine Hand ein Stück, damit ich selbst weitertastete. Ich fühlte mein schweres Schlucken. »Spürst du das? Hier ist die Halsschlagader, aber sie befindet sich unter einer Menge Muskeln, auch bei jemandem mit deiner Statur. Bei größeren Personen …« Er legte meine Finger auf seinen eigenen Hals. Er fühlte sich härter an, längst nicht so nachgiebig wie meiner. »Ist diese Schlagader tief vergraben. Außerdem musst du deinen Gegner erst mal in die richtige Position bringen, um sie überhaupt zu erreichen.« Er senkte das Kinn auf die Brust und legte meine Hand wieder an seinen Hals, aber ich kam kaum an seinem Kiefer vorbei. Ich zog die Hand wieder zurück und sah die roten Abdrücke meiner Finger auf seinem Hals.

»Wenn du das Überraschungsmoment auf deiner Seite hast, wenn du stark genug bist *und* dein Messer lang genug ist, könntest du jemandem den Kopf abschneiden. Aber höchstwahrscheinlich ist bei dir nichts von alldem der Fall, deshalb dürfte die Halsschlagader für dich ein zu schwieriges Ziel sein. Was noch?«

Ich versuchte, nicht an Prada zu denken. Daran, dass Luc *tatsächlich* jemandem den Kopf abgeschnitten hatte, bevor Stellan jemand anderem in die Brust gestochen hatte. Es kam mir vor, als sei es schon unendlich lange her. »Ähm«, stammelte ich. »Das Herz. Das Herz ist im Prinzip *die* Stelle, um jemanden zu erstechen, richtig?«

Diesmal nahm er meine Hand, ohne vorher zu fragen, und presste meine Finger auf seine Brust. »Zeig mir genau, wo das Messer hinmuss.«

»Ich ...« Einen Moment lang tastete ich verlegen die linke Seite seines Brustkorbs ab. »Ich weiß es nicht. Irgendwo hier.«

Er schob meine Hand ein Stück tiefer und drückte sie fest darauf. »Die Stelle ist ziemlich klein«, erklärte er und drückte noch fester, bis sich meine Finger zwischen zwei seiner Rippen bohrten. »Durch den Rücken ist es einfacher.« Er zog meine Hand hinter sich. Von Weitem sah es wahrscheinlich so aus, als würden wir uns umarmen. Sein Rücken war nicht ganz so muskulös wie seine Brust und ich konnte die Rippen deutlicher spüren. »Trotzdem ist die Stelle kaum groß genug für eine Klinge. Man braucht viel Übung, um die nötige Präzision zu erlangen.«

Er ließ mich los, und ich wich einen Schritt zurück, dann noch einen.

»Was noch?«, wollte er wissen.

Ich steckte die Hände in die Tasche meines Sweatshirts. »Die Oberschenkelschlagader. Im Internet hieß es, dass man dabei sehr schnell verblutet.«

Ein Lächeln huschte über Stellans Gesicht. »Sehr schnell«, bestätigte er.

»Sie befindet sich irgendwo im Oberschenkel«, fügte ich hinzu.

»*Ganz oben* im Oberschenkel«, erwiderte er, und sein Grinsen wurde noch breiter. Ich starrte reflexartig auf seinen *ganz oberen Oberschenkel*. Er verlagerte gezielt das Gewicht.

»Ich werde dich nicht zwingen, die auch anzufassen«,

sagte er. »Nur so viel: Die Probleme sind ähnlich. Auch wenn sie nicht von so vielen Muskeln geschützt ist, wird sie für gewöhnlich durch Kleidung verdeckt, durch die man oft nur schwer hindurchstechen kann. Davon abgesehen haben die meisten Männer ziemlich gute Reflexe, was Angriffe auf diesen Bereich betrifft.«

Meine Augen huschten unfreiwillig zu *diesem Bereich*. Er hätte sich auch ebenso gut ein leuchtendes Neonschild in den Schritt halten können. »Verstehe«, erwiderte ich hastig. »Ich schätze, da hätte ich wohl auch selbst draufkommen können.«

Stellan grinste immer noch. »Ihr Amerikaner seid immer so prüde. Ich erkläre dir, wie du jemanden *töten* kannst, und du nimmst es mit der stoischen Gelassenheit eines Soldaten auf. Aber wenn ich ohne den geringsten sexuellen Unterton die empfindlichste Stelle eines Mannes erwähne, kannst du mir noch nicht mal mehr in die Augen schauen.«

»Ich glaube nicht, dass du schon mal irgendetwas ohne den geringsten sexuellen Unterton gesagt hast«, gab ich zurück.

»Zweideutigkeit ist stets Interpretationssache, *kuklachka*. Das Ganze sagt also mehr über dich als über mich, hab ich recht?« Er hob eine Augenbraue.

Ich würde mich von ihm nicht provozieren lassen. »Und wann willst du mir endlich mal was beibringen? Alles, was ich von dir bisher gelernt habe, ist, dass nichts von dem, was ich weiß, funktionieren wird.«

Stellan hob sein Holzmesser aus dem Sand auf und warf mir meines zu. »Das ist das Wichtigste, was du überhaupt lernen kannst«, sagte er. »Es ist ungeheuer schwer, jemanden mit einem Messer zu töten oder ernsthaft zu verletzen, wenn du nicht weißt, was du tust, und deinen Gegner nicht durch bloße Körperkraft überwinden kannst. Das ist gleichzeitig gut und schlecht.«

Ich erinnerte mich wieder an den Nachtklub in Istanbul. Ich hatte ihn gefragt, warum er ein Messer benutzt hatte. *Es ist mühevoller, mit einem Dolch zu töten. Man muss es wirklich wollen. Pistolen machen es zu einfach.*

»Und warum soll ich es dann überhaupt lernen?«, fragte ich.

»Du weißt mehr als noch vor einer Stunde, oder? Jetzt begehst du vielleicht nicht mehr den Fehler, zu versuchen, jemanden in den Schritt zu stechen.«

Ich stach mit meinem Stock zu und traf ihn am Arm.

»Gut«, sagte er. »Gelenke sind eine gute Stelle für einen Angriff. Ein solider Treffer am Ellenbogen bringt deinen Angreifer aus dem Gleichgewicht.«

Er streckte den Arm aus und zeigte mir auch die verletzliche Stelle an der Innenseite. Er quälte mich noch eine halbe Stunde lang weiter, und als die Sonne endgültig über der Klippe aufgegangen war, triefte ich vor Schweiß.

»Du machst Fortschritte«, sagte er, als er innehielt, um Luft zu schnappen. »Du bist schon viel besser als bei deinem Training mit Jack.«

Ich schaltete auf Angriff, aber er schien es weder vorwurfsvoll noch spöttisch zu meinen.

Stellan griff nach dem Päckchen, das er aus dem Kühlschrank mitgenommen hatte. Er löste das weiße Papier, und ich hätte sicher nicht erwartet, rohe Schweinerippen darin zu sehen.

»Willst du mich abhärten, indem du mich nur mit rohem Fleisch fütterst?«, fragte ich misstrauisch.

»Das ist nicht zum Essen.« Stellan legte die Rippen auf einen großen, flachen Stein. »Stich zu.«

»Wie bitte?«

Er nahm mein Messer, zog es aus der Scheide und reichte es mir. »Stich in das Fleisch.«

»Warum?«

Stellan schlang seine Hände mit dem Messer um meine. »Weißt du noch, wie du in Notre-Dame auf mich eingestochen hast?«

Ich nickte langsam. Wir waren vor der Hochzeit geflohen und mussten es so aussehen lassen, als hätte Stellan uns nicht dabei geholfen, zu entkommen. Ich erinnerte mich nur allzu gut daran. An den ersten Schnitt, mit dem ich seine Haut verletzt hatte, als würde ich in eine Wasserbombe piksen, bis sie platzte. Und wie er meine Hand gepackt und das Messer noch tiefer in seine Schulter gedrückt hatte, bis ich unter meiner Hand spüren konnte, wie der Muskel riss. Ich erschauerte.

»Das dachte ich mir«, sagte Stellan. »Das hier wird dir helfen.«

Er hielt mir das Stück Fleisch hin. »Vergiss nicht, was du über den richtigen Griff weißt«, fuhr er fort. »Versuch, dich locker zu machen. Entspann deine Schultern. Und dann …«

Er stach in das Fleisch und zog meine Hand dann wieder zurück. Das Messer kam ganz klebrig wieder heraus.

Ich schluckte. »Ist das eigentliche Zustechen nicht sowieso der leichte Teil? Dass muss ich doch nicht üben.«

»Okay, dann zeig's mir.«

Ich stach in das Fleisch und erkannte selbst, dass ich es nur halbherzig tat. Ich versuchte es trotzig erneut, aber das Messer drang kaum ein. Ich schniefte.

»Hast du schon mal Fleisch geschnitten?«, fragte Stellan. »Oder bist du Vegetarierin?«

Ich schüttelte den Kopf.

»Stell dir vor, es wäre ein Steak, das du dir zum Abendessen braten willst. Fang damit an, ein Stück abzuschneiden. Was auch immer du tun musst, um dich damit wohler zu fühlen.«

Ich funkelte ihn an, aber er zuckte nur mit den Schultern. Er meinte es ernst. Ich wandte mich wieder dem Stück Fleisch zu. »Okay«, flüsterte ich. »Okay.« Ich stach zu.

Ich traf eine Rippe.

»Darum ist es so schwer, jemanden ins Herz zu stechen«, sagte Stellan. »Versuch's noch mal, aber konzentrier dich. Überstürze es nicht.«

Ich runzelte die Stirn und stach erneut zu. Diesmal sank die Klinge tief in den Muskel ein, und eine Sekunde lang glaubte ich, ich müsste mich übergeben.

»Mach's noch mal«, forderte Stellan mich auf.

Ich tat es.

»Noch mal.«

Ich tat es noch mal. *Nur Fleisch.* Ich hätte es zum Abendessen braten können. *Stell dir nicht vor, es wäre ein Mensch. Denk noch nicht mal an das Tier, von dem es stammt. Es ist nur etwas zum Kochen.* Ich stach erneut zu. Und noch mal. Und noch mal. Nun traf ich konstant den Muskel. Mein Ekelgefühl war mit jedem Zustechen nur noch halb so groß, bis ich mich kaum noch daran erinnern konnte, das Fleisch jemals als etwas anderes betrachtet zu haben. Ich konnte mich endlich darauf konzentrieren, das Messer richtig zu halten und die korrekte Haltung einzunehmen.

Ich wischte eine schweißnasse Haarsträhne weg und ließ das Messer sinken.

Stellan beobachtete mich, die Arme über der Brust verschränkt. »Fühlt es sich allmählich besser an?«

Meine Finger krallten sich fester um das blutige Messer und ich nickte.

»Du zuckst jedes Mal richtig zusammen, wenn du übers Training oder Kämpfen sprichst – oder auch nur ein Messer anschaust.«

»Nein, tue ich nicht.« Eine einsame Fliege schwirrte über das zerstörte Rippenstück und ließ sich an einem Ende nieder.

»Doch, tust du. Und das ist völlig normal«, versicherte Stellan. Er verjagte die Fliege mit der Spitze des Holzstocks, den er immer noch in der Hand hielt. »Du musst dich nicht schämen, weil du Angst davor hast, jemanden zu erstechen. Oder selbst verletzt zu werden.«

»Ich habe keine Angst –«, begann ich, verstummte dann jedoch. Wenn Angst *nicht* mein Problem war, hätte diese Therapiesitzung so gut funktioniert? Ich ging mit dem Messer ans Wasser, kniete mich hin und ließ die Wellen über die Klinge schwappen.

Als eine kräftigere Welle den Schritt meiner Leggings durchnässte, sprang ich auf. Ich war nicht überrascht, dass Stellan direkt neben mir stand. Seine Stiefel hinterließen tiefe Abdrücke im nassen Sand. »Als ich damals zum Kreis kam, haben mich die Dauphins sofort zum Training mit den älteren Kindern geschickt«, erzählte er mir. »Ich hatte keine Ahnung, was ich eigentlich tat. Meine Kindheit war sehr … behütet. Einfach. Ich hatte mich noch nicht mal mit jemandem geprügelt. Und plötzlich stand ich da, zwölf Jahre alt, direkt aus dem Krankenhaus, der Großteil meiner Familie tot, und sie wollten, dass ich lernte, Menschen zu töten. Niemand gab vor, es ginge nur um Selbstverteidigung. Es war von Anfang an klar, dass wir Aufträge für den Kreis erledigen würden, und bei einigen dieser Aufträge würde es darum gehen, jemanden umzubringen.«

Wir sahen beide zu, wie eine Möwe dicht übers Wasser schwebte, dann hineintauchte und mit einem zappelnden Fisch im Schnabel wieder herauskam. »Was ist passiert?«, fragte ich.

»Beim ersten Mal –« Er unterbrach sich und kratzte sich an der Augenbraue. »Hatte ich eine ausgewachsene Panikattacke. Ich hätte beinahe die komplette Mission gefährdet. Es bestand die Gefahr, dass man sich meiner entledigen würde, wenn ich mich nicht zusammenriss.«

»Was?« Eine Welle schwappte über meine Zehen. »Sie hätten sich eines *Kindes* entledigt?«

»Ich war ein Risiko. So ist das nun mal.« Stellan wendete den Stock immer wieder in seinen Fingern hin und her. »Ich hatte gerade erst meine Ausbildung bei Fitz begonnen. Er war derjenige, der mich zum Kreis gebracht hat, deshalb wäre er auch dafür verantwortlich gemacht worden, wenn ich mich als untauglich erwiesen hätte. Er hat das Gleiche mit mir getan.« Er deutete in Richtung des Rippenstücks. »Klassische Desensibilisierungstherapie. Danach bekam ich keine Panik mehr.«

Ich musste erneut an den Angriff des Ordens bei Prada denken. Stellan hatte dem Mann das Messer ins Herz gerammt, als sei überhaupt nichts dabei. »Bist du sicher, dass diese Distanzierung wirklich so gut ist?«

Er sah mich an. Seine Miene war unleserlich, suchend. »Diese Frage solltest du nicht vergessen.«

Ich schüttelte die letzten Tropfen Salzwasser von meinem Messer. »Warum hat Jack das nie mit mir gemacht?«, fragte ich, um ihn ganz beiläufig wieder in unsere Unterhaltung einfließen zu lassen. In unser Bewusstsein.

Wir gingen den Strand hinauf und Stellan wickelte das Papier um das Fleisch. »Wahrscheinlich musste Fitz ihm nie mit der Desensibilisierung helfen.« In seiner Stimme schwang ein unerwarteter Anflug von Verbitterung mit, aber als er den fragenden Ausdruck in meinen Augen sah, während ich mir die Turnschuhe wieder anzog, fügte er hinzu: »Jack ist im Kreis aufgewachsen. Er musste nicht erst lernen, dass es ganz normal ist.«

Ich hätte beinahe laut bei der Vorstellung gelacht, *Jack* sei mehr an Gewalt gewöhnt als Stellan, aber ich erkannte, dass er die Wahrheit sagte. Mir wurde bewusst, dass Stellan mir wahrscheinlich immer die Wahrheit sagen würde, ganz gleich, was ich ihn fragte. Ihn umgab zwar diese mysteriöse Aura, aber seine Geheimnisse lagen dicht unter der Oberfläche.

»Ich habe auch noch nie eine Waffe abgefeuert.« Ich starrte auf die Wölbung hinten in Stellans Hosenbund.

Er hob eine Augenbraue. »Ich werde dir nicht an einem Strand beibringen, wie man schießt. Dafür könnten wir verhaftet werden.«

»Natürlich nicht«, erwiderte ich. Aber ich fühlte mich plötzlich mutig. Neugierig. »Kann ich sie wenigstens mal kurz halten? Zeigst du mir, wie das geht? Nur für den Fall?«

»Du hast noch nicht mal eine in der *Hand* gehabt? Jack hat das nicht mit dir geübt?«

Ich schüttelte den Kopf.

Stellan blickte sich am Strand um. Als er sich vergewissert hatte, dass wir immer noch allein waren, zog er die Pistole hervor. Ich streckte eine Hand aus.

»Das ist die Sicherung«, erklärte er mir und schob einen kleinen Hebel hin und her. »So ist sie an, so aus. Ich lasse sie an. Du solltest sie nie entsichern, es sei denn, du willst wirklich damit schießen.«

»Ich bin nicht blöd«, erwiderte ich, und er legte die Waffe in meine Hand.

Sie war schwer und warm. Stellan zeigte mir, wie ich die Hand um den Griff legen und wo meine Finger hinmussten, wenn ich nicht schießen wollte. Er erklärte mir, dass diese spezielle Pistole zu groß für meine Hände war und es sich besser anfühlte, wenn eine Waffe die richtige Größe hatte.

Sie fühlte sich okay an.

»Jack hofft, dass du nie gezwungen sein wirst, dich selbst zu verteidigen. Darum versucht er, dich in Watte zu packen. Aber falls du es doch tun musst –« Stellan lehnte sich herüber und zeigte mir, wie ich zielen musste. »Ich bin sicher, dass er dich für ein Naturtalent hält. Darum hat er auch nicht gesehen, wie du jedes Mal mit dem Messer gezuckt hast.«

Ich ließ die Pistole aus meinem Sichtfeld sinken. Mit einem Mal fühlte sie sich ganz schwer an.

»Er stellt dich nun mal auf ein Podest«, fügte Stellan hinzu. Ich fuhr mit dem Daumen über den Griff der Waffe, als er sie mir wieder abnahm. »Es ist …« Er verstummte.

»Er glaubt an mich.« Ich kratzte mich an der Nase. Meine Finger rochen nach Metall. »Das ist doch nichts Schlechtes.«

Irgendetwas huschte über Stellans Gesicht, dann wurde seine Miene plötzlich vollkommen leer, und er wandte sich ab. »Oder er denkt, dass du im Kämpfen zu schlecht bist, und will nicht, dass du dich selbst umbringst. Und wahrscheinlich hat er damit sogar recht. Wir sollten das nicht wiederholen.«

Stellan steckte die Pistole wieder weg und zog das Sweatshirt über seinen Rücken. Die plötzliche Veränderung seines Tonfalls hatte mich so überrascht, dass ich ihn nur anstarren konnte. Er warf das verstümmelte Fleisch auf die Felsen am Rand der Klippe und sofort tauchte eine Gruppe zerzauster Katzen auf.

»Kommst du endlich oder willst du hier stehen bleiben und in Selbstmitleid baden?«, fragte er über seine Schulter hinweg.

Ausnahmsweise war ich sprachlos. Ich starrte nur stirnrunzelnd auf seinen Rücken und folgte ihm über die Felsen zurück zum Bootssteg.

KAPITEL 17

AM DOCK TEILTE ich Stellan mit, dass ich uns Gebäck zum Frühstück besorgen wollte. Er zuckte nur mit den Schultern und ließ mich stehen. Als ich wieder aufs Boot zurückkehrte, lag Elodie entspannt an Deck. Sie machte ein Auge auf. »Da bist du ja, und sogar ohne einen deiner Macker. Ich bin mir sicher, dass dich mindestens einer von ihnen sucht.«

Ich blickte hinter mich und hoffte, dass uns keiner von beiden zuhörte. »Das ist nicht fair.«

»Aber es ist wahr.« Elodie stand auf, ging über das Deck und lehnte sich über die Reling. »Ich verstehe ja, warum sie so fasziniert von dir sind, schließlich bist du die Retterin des Kreises und all das. Aber du hast recht: Es ist nicht *fair*, dass du ihnen beiden den Kopf verdrehst, und es ist uns anderen gegenüber auch nicht *fair*, dass ihr drei … keine

Ahnung, was ihr genau treibt, aber ihr solltet lieber einen klaren Kopf bewahren und euch darauf konzentrieren zu verhindern, dass wir alle getötet werden.«

»Wir machen doch gar nichts«, blaffte ich sie an. Elodie *wollte* sich mit mir streiten. »Wir sind vielleicht der wichtigsten Entdeckung in der Geschichte der Menschheit auf der Spur und du willst *darüber* reden? Mich langweilt diese Unterhaltung jetzt schon«, sagte ich, ging um sie herum und ignorierte das unausstehliche Grinsen auf ihrem Gesicht.

»Du solltest trotzdem mal mit Jackie reden«, rief sie mir nach. »Er hat diesen besorgten Ausdruck im Gesicht. Ich hasse diesen Blick.«

Jack tigerte auf dem Vorderdeck der Jacht auf und ab und kam in die Küche, als er mich entdeckte. Durch eines der oberen Fenster konnte ich sehen, dass Stellan allein auf dem Oberdeck saß.

Jack fragte nicht, wo wir den ganzen Morgen gewesen waren, aber seine eng zusammengekniffenen Augen sagten alles, was er nicht aussprach.

Ich hielt ihm die Tüte hin. »Wir waren früh wach«, sagte ich verlegen. Da ich vergangene Nacht beinahe ertrunken wäre, hatten Jack und ich noch nicht über unseren Streit gesprochen, aber nun lag er eindeutig in der Luft. »Wir sind spazieren gegangen, aber dann wollte Stellan wieder zurück, und ich wollte noch was zu essen besorgen und –« Warum log ich ihn an?

»Zum Frühstück«, fügte ich hinzu und drückte ihm die Tüte mit dem Gebäck in die Hand.

Jack blickte über seine Schulter auf die riesige Obstschüssel auf dem Tisch und den mit Essen vollgestopften Kühlschrank.

»Colette hatte keine frischen *bougatsa*.« Er öffnete die Tüte und der Duft breitete sich im Raum aus. »Das ist mit Vanillepudding gefüllter Filoteig. Ich dachte, die magst du vielleicht.«

Das Boot schaukelte sanft in der morgendlichen Brise.

Nach einer Sekunde warf Jack das Gebäck auf den Tisch, schnappte sich einen Stuhl und zog mich auf seinen Schoß hinunter. Ich drückte ihn ganz fest an mich.

»Wie fühlst du dich?«, flüsterte er in mein Haar.

»Mir geht's gut.« Überraschenderweise. Meine Brust und Kehle schmerzten zwar noch ein wenig, aber dass ich schon den ganzen Morgen auf den Beinen war und trainiert hatte, schien es nicht schlimmer gemacht zu haben.

Hinter seiner Schulter sah ich, wie Elodie das Oberdeck betrat und zu uns herunterschaute, bevor sie sich mit Stellan unterhielt. Ich erhob mich von Jacks Schoß und verteilte die *bougatsa* auf einem Teller. Nach ein paar Minuten gesellten sich die beiden zu uns, gefolgt von Colette.

»Es tut mir wirklich leid, aber ich fürchte, ich muss unsere fröhliche Runde auflösen«, sagte Colette und knotete einen rosa Seidenbademantel zu, bevor sie sich neben Stellan an den Tisch setzte. »Ich werde beim Filmfestival erwartet.« Stellan legte einen Arm um ihre Schultern. Ich tat, als würde ich es nicht bemerken, war mir nicht mal sicher, *warum* ich es bemerkte.

»Hier gibt's sowieso nichts mehr zu finden«, entgegnete Jack. »Oder?«

»Und wir haben auch keine *Zeit* mehr«, fügte ich hinzu.

Die anderen wechselten einen Blick, und ich wusste, dass sie an das Ultimatum dachten, dass die Saxons mir auferlegt hatten. Nicht einmal *ich* wusste, was ich tun würde, wenn die Zeit ablief. Doch je mehr ich darüber nachdachte, desto sicherer war ich mir, dass es keine Option war, Daniel Melech, Jakob Hersch oder irgendeinen der anderen zu heiraten.

»Ich habe vorhin mit Luc gesprochen«, sagte Elodie. »Er hat wegen des Zwillingsarmbands recherchiert. Noch hat er nichts herausgefunden, aber er glaubt, dass er kurz davorsteht.«

»Ich hoffe, er meint damit in den nächsten paar Stunden«, erwiderte ich leise. Ich nahm das Armband, das auf dem Kühlschrank lag, seit wir es gestern Nacht wieder aus dem Eiswürfelbehälter geholt hatten. Ich drehte an den Buchstabenringen, als könnte ich es dadurch zwingen, mir seine Geheimnisse zu verraten.

»Ich muss heute Abend aufbrechen«, teilte Colette uns mit. »Bis dahin können wir nur noch auf ein Wunder hoffen.«

In den folgenden Stunden lümmelten wir alle fünf auf der Jacht herum – auf Liegestühlen, auf dem Boden, in der strahlenden Mittagssonne draußen an Deck –, tief in Gedanken versunken. Elodie murmelte irgendetwas vor sich hin, was die Vereinigung des Blutes auf wissenschaftlicher Basis bedeuten konnte. Jack hatte sämtliche Hinweise aufgeschrieben und versuchte sich an leicht veränderten Übersetzungen. Ich hatte einen Thesaurus, ein mehrsprachiges Wörterbuch und die gute alte Google-Suchmaschine auf meinem Handy offen. Das Armband lag neben mir und hin und wieder versuchte ich mein Glück mit einem neuen Passwort. Um die Mittagszeit brachte ich jedoch kaum noch einen vernünftigen Satz zustande, ganz davon zu schweigen, auch noch über Synonyme und Rätsel nachdenken zu können. Am liebsten hätte ich das Armband quer durch den Raum geschleudert.

»Wo geht's als Nächstes hin?«, fragte Jack leise aus dem Liegestuhl neben meinem. »Paris?«

Ich vergrub das Gesicht in den Händen. »Ich schätze schon.« Das Armband in Frankreich zu finden, war ebenso gut möglich wie praktisch alles andere.

Jack nickte. »Ich sag den anderen Bescheid.«

Ich betrachtete das Armband durch meine gespreizten Finger. Wir mussten irgendetwas übersehen haben.

Blicke dorthin, wohin er blickt. Jene, die alles gaben, besitzen den Schlüssel. Und dann war da das Armband, das wir bereits hatten. *Nur dem Wahrhaftigen.* Wahrhaftig. Aufrichtig. Authentisch. Rechtmäßig. Echt. Die Worte ratterten durch meinen Kopf, als versuche mein Unterbewusstsein, mir etwas zu sagen, was ich bisher übersehen hatte. *Wahrhaftig.* Faktisch. Vertrauenswürdig. Moralisch richtig. Wie Jacks Kompass, der auf den wahren Norden zeigte.

Napoleon hatte jedoch nichts mit dem Kompass der Saxons zu tun. Er war ein Verwandter der Dauphins. Vorhin hatte ich es mit dem Wort *north* probiert, auch wenn es nicht Französisch war, nur für den Fall. Ich rieb mir frustriert die Augen. Wie es schien, gefiel Napoleon der körperlich aktive Teil seiner Rätsel mindestens so gut wie seine Wortspiele. Wir hatten tatsächlich zu dem Wasserspeier in Notre-Dame *gehen* müssen, um herauszufinden, wohin er blickte. Und dort hatten wir auch das Tagebuch gefunden, das Mr Emerson in dem Sarkophag im Louvre versteckt hatte.

Plötzlich lichtete sich der Nebel.

Blicke dorthin, wohin er blickt. So lautete der Hinweis. Und auf dem ersten Armband: *Wohin er blickt, ist es zu finden. Wird es gefunden, werden mein Zwilling und ich alles enthüllen.*

Ich setzte mich kerzengerade auf. Oh mein Gott. Das war es. *Das* hatte mir schon seit Tagen auf der Zungenspitze gelegen. Wir hatten den Hinweis *wohin er blickt,* der immer wieder auftauchte, vollkommen ignoriert, weil wir Mr Emersons Tagebuch damit bereits gefunden hatten, aber *Mr Emerson* hatte das Tagebuch versteckt.

Nicht Napoleon.

Wir waren solche Idioten.

Mr Emerson hatte Napoleons Rätsel gelöst und gewusst, wohin der Wasserspeier blickte, deshalb hatte er einen Ort in seiner Blickrichtung gewählt – im Louvre.

Aber der Hinweis *wohin er blickt, ist es zu finden,* den Napoleon auf dem Armband hinterlassen hatte, *konnte* sich gar nicht auf das Tagebuch beziehen, das wir im Louvre gefunden hatten. Er musste sich auf etwas beziehen, dass zu *Napoleons* Zeit dort gewesen war. Im Louvre oder an irgendeinem anderen Ort, auf den der Wasserspeier schaute. *Blicke dorthin, wohin er blickt. Wohin er blickt, ist es zu finden. Jene, die alles gaben, besitzen den Schlüssel.*

Das Passwort befand sich irgendwo in der Blickrichtung des Wasserspeiers.

Ich war so aufgeregt, dass ich *Louvre Paris* vier Mal in mein Handy eintippen musste, bevor ich es richtig schrieb. Endlich scrollte ich durch die Bilder. Es war unwahrscheinlich, dass wir im Museum etwas finden würden. Die Sammlung hatte sich seit Napoleons Zeiten zu sehr verändert. Aber vielleicht befand sich am Gebäude selbst ja eine völlig offensichtliche Inschrift, mit der wir die Armbänder entschlüsseln konnten.

In mir machte sich jedoch schnell Frustration breit. Die meisten Fotos waren nicht gut genug, um zu erkennen, ob dort tatsächlich irgendetwas zu finden war. Ich rief alle in der Küche zusammen.

»Das ist gar keine schlechte Idee«, sagte Jack mit leuchtenden Augen. »Aber vielleicht ist ja gar nicht der Louvre gemeint. Für den Wasserspeier stimmt die Richtung zwar, aber es gibt noch zig andere Gebäude, die ebenfalls passen würden.«

»*Jene, die alles gaben*«, überlegte ich laut. »Das klingt nach jemandem, der tot ist. Wie ein Märtyrer. Oder ein Heiliger? Könnte es eine Kirche sein?«

»Es könnte alles Mögliche sein«, erwiderte Stellan.

Er öffnete den Stadtplan von Paris auf seinem Handy, aber es war zu schwierig, die Blickrichtung des Wasserspeiers auf dem kleinen Bildschirm nachzuvollziehen.

»Wir brauchen einen richtigen Stadtplan«, sagte ich.

Elodie schüttelte den Kopf. »Wir müssen nach Paris.«

KAPITEL 18

EIN PAAR STUNDEN später landeten wir in der Stadt, die sich für mich mehr nach Zuhause anfühlte, als es irgendein anderer Ort seit Langem getan hatte.

Da die Saxons nicht erfahren durften, dass wir mit Stellan und Elodie unterwegs waren, setzte Colette Jack und mich in Paris ab, während die beiden anderen ein eigenes Flugzeug nahmen. Während des Flugs studierten Jack und ich den Stadtplan von Paris, den wir in einer Buchhandlung in Athen gekauft hatten. Wir hatten ein Gebiet definiert, das sich in der Blickrichtung des Wasserspeiers befand, und eine Liste mit Gebäuden innerhalb dieses Gebiets erstellt, darunter Kirchen und kleine Museen. Alles, was für Napoleon von Bedeutung gewesen sein konnte.

Im Taxi auf dem Weg vom Flughafen zog ich mein Handy aus der Tasche. Sechs verpasste Anrufe von meinem

Vater. Ich hörte gerade seine erste Sprachnachricht ab, als Jacks Smartphone klingelte.

»Elodie?«, fragte er und lehnte sich auf dem Sitz zurück. »Was? Ist er … Gott sei Dank.«

In meinem Ohr hörte ich die Stimme meines Vaters: »Avery, in Paris hat sich ein weiterer Angriff ereignet. Sie haben versucht, Luc Dauphin zu töten. Ruf mich zurück, sobald du kannst.«

Ich schnappte erschrocken nach Luft. Jack nahm sein Handy vom Ohr.

»Es geht ihm gut«, versicherte er mir. »Er wurde in aller Öffentlichkeit auf dem Vorplatz des Louvre von einem Mann angegriffen. Die Wachleute der Dauphins konnten ihn überwältigen und Luc in Sicherheit bringen. Im Augenblick verhören sie den Angreifer, aber er redet nicht. Elodie und Stellan wollten sofort zu Luc, aber die Dauphins haben ihn bereits an einen sicheren Ort gebracht. Sie treffen sich wie geplant mit uns.«

Wir stiegen aus dem Taxi, und ich blickte immer wieder über meine Schulter, weil ich erwartete, dass sich uns jeden Moment jemand mit einer Waffe nähern würde. Ich war mir sicher, dass ich nicht gezögert hätte, denjenigen mit bloßen Händen zu töten. Ein paar Mal hätte ich schwören können, dass ich jemanden sah, der uns beobachtete, bildete es mir aber jedes Mal wohl nur ein.

Ein Taxi näherte sich uns, und Elodie sprang bereits heraus und rannte auf uns zu, bevor es ganz zum Stillstand gekommen war. »Ich habe gerade mit Luc gesprochen. Er war allein unterwegs, weil er sich mit uns treffen wollte. Er hat herausgefunden, wo das Armband ist.«

Sie drückte mir ihr Smartphone in die Hand.

Auf dem Bildschirm war das Programm der Filmfestspiele von Cannes zu erkennen. Ich blickte sie verwirrt an und Elodie zeigte auf einen bestimmten Satz. *Unbezahlbare Antiquitäten aus aller Welt werden in einer Ausstellung während der Eröffnungsgala des Festivals zu sehen sein. 18-22 Uhr, Hauptlobby.*

Ich starrte sie an. »Bedeutet das …«

Elodie lächelte triumphierend. »Luc hat mit dem Nachlassverwalter des Sammlers gesprochen. Das Armband wird zwei Tage lang in Cannes ausgestellt sein.«

Das Armband an meinem Handgelenk glänzte im Sonnenlicht und mein Herz raste in wildem Galopp. »Wir werden es stehlen müssen«, stieß ich aus.

»Korrekt«, erwiderte Elodie und nahm mir das Handy wieder ab. »Wir müssen während der Filmfestspiele von Cannes einen echten *Kunstraub* über die Bühne bringen.«

✻

Jack wollte sofort aufbrechen, aber Elodie widersprach ihm. »Selbst wenn es uns gelingt, das andere Armband in die Finger zu kriegen, brauchen wir immer noch das Passwort. Außerdem befindet sich das Armband momentan noch auf dem Weg zum Ausstellungsraum.«

»Aber auf dem Filmfest wird es von Sicherheitsleuten nur so wimmeln«, erwiderte ich. Wir saßen am Rand eines Springbrunnens auf der Place de la Concorde. »Was, wenn wir versuchen würden, es uns zu schnappen, während es sich noch im Depot befindet oder wo immer es aufbewahrt wird?«

Stellan nickte zustimmend. »Ja. Dort gäbe es sicher nur

einen Wachmann am Hintereingang und den könnte ich mit Leichtigkeit überwältigen.«

Elodie fuhr mit den Fingern durchs Wasser. »Bei der Party sind die Leute abgelenkt. Betrunkene werden sich auf die Vitrinen lehnen, Stars aus aller Welt die Ausstellungsstücke bewundern und wunderschöne Frauen ihre Abendkleider präsentieren. Und alle werden sich fragen, ob der Orden wohl versuchen wird, sie umzubringen. Außerdem haben wir keine Ahnung, wo genau sich das Armband im Augenblick befindet. Vertraut mir, die Gala ist die beste Gelegenheit für einen Kunstraub.«

Stellan blickte an dem Obelisken in der Mitte des Platzes empor. »Dann müssen wir also vor Beginn der Eröffnungsgala dort sein. Avery und Jack können nicht mit uns fliegen. Vielleicht sollten wir alle mit dem Nachtzug fahren?«

Wir anderen nickten zustimmend.

»Das bedeutet, wir haben heute noch Zeit, uns in Paris umzuschauen und nach Lucien zu sehen, bevor wir die Stadt wieder verlassen«, fügte Elodie hinzu.

Mit neuer Energie zückten wir unsere Stadtpläne.

Auf der Place de la Concorde gab es nichts von Interesse. Ich hatte mich schon gefreut, weil der Obelisk auf dem Platz ägyptisch war und daher möglicherweise etwas mit Alexander zu tun haben konnte, kam mir jedoch wie ein Idiot vor, als ich erfuhr, dass er erst nach Napoleons Tod aufgestellt worden war. Die umliegenden Gebäude waren zwar alt genug, aber nichts wies auf eine bedeutende Inschrift oder eine Verbindung zu Napoleon hin.

Ich schützte meine Augen vor der Sonne und schaute mich um. »Ziehen wir weiter?«

Ein Passant mit einem blauen Hut verschwand hinter einem Crêpes-Stand und ich erstarrte.

»Was ist?«, fragte Jack und blickte über seine Schulter.

»Ich könnte schwören, dass uns jemand folgt«, antwortete ich leise. »Hast du das auch gesehen?«

Er schüttelte den Kopf.

Ich war mir sicher, dass mich nach meinen früheren falschen Vermutungen alle für verrückt hielten. Wahrscheinlich war ich tatsächlich müde genug, um zu halluzinieren. Ich ließ die Sache auf sich beruhen. »Wohin als Nächstes?«

Wir hatten verschiedene Orte markiert und machten uns auf den Weg, nur leider schien keiner von ihnen zu unseren Hinweisen zu passen. Es half auch nicht, dass praktisch jedes Denkmal seine Verbindung zu Napoleon besonders betonte, auch wenn die meisten nur ganz entfernt mit ihm zu tun hatten.

Am Eingang der dritten kleinen Kirche betrachtete ich gerade die Plaketten unter den Statuen der Heiligen, während Jack in die Hocke ging und den Sockel einer anderen untersuchte. Plötzlich wurde mir jedoch bewusst, dass er gar nicht auf die Statue schaute. Er blickte an mir vorbei und kaute auf seiner Unterlippe herum. Er bemerkte, dass ich ihn beobachtete, und wandte seine Aufmerksamkeit wieder dem Sockel zu, aber seine Schultern waren bis zu den Ohren hochgezogen.

»Was ist denn?« Ich blickte alarmiert hinter mich.

»Gar nichts.« Er richtete sich auf und ging zur nächsten Gruppe mit Statuen weiter.

Alles, was ich in der Richtung sehen konnte, in die er

gestarrt hatte, waren Stellan und Elodie, die auf der anderen Seite der Kirche suchten. »Ist dir irgendwas aufgefallen?«

»Nein.« Jack entfernte sich noch weiter von mir. »Es ist nichts.«

»Okay …« Ich machte mit dem Handy ein Foto der Plakette, nur für den Fall, dass mir später noch etwas dazu einfiel. Jack hatte den Altar fast erreicht, und meine Schritte hallten auf dem abgenutzten Boden wider, als ich zu ihm aufschloss. »Mal ernsthaft, was ist denn los?«

Er fuhr mit einem Finger über eine gravierte Metalltafel, ließ die Hand nun jedoch sinken. »Ich … das ist jetzt nicht der richtige Zeitpunkt für diese Unterhaltung.« Er blickte erneut über seine Schulter zu Stellan und Elodie, die auf einer Kirchenbank miteinander flüsterten. »Es ist nur … ich muss einfach wissen … läuft da irgendwas zwischen dir und Stellan?«

Meine ohnehin strapazierten Nerven spannten sich noch weiter. Ich setzte mich auf die Kante der Kirchenbank hinter mir. *»Was?«*, fragte ich dämlich.

Jack entgleisten die Gesichtszüge. Er maß meiner Reaktion viel zu große Bedeutung bei. Ich war einfach nur überrascht – und wütend, weil er mich so etwas überhaupt fragte. Nein, ich hasste Stellan nicht mehr. Ja, zwischen uns hatte sich etwas verändert. Aber das war auch schon alles.

Jack drehte sich wieder zu der Metalltafel um und rieb sich den Nacken. »Ich weiß, dass ihr zwei nicht *zusammen* seid. Und ich weiß, dass es hier um viel mehr geht als das, aber …«

Ich sah mich um, wollte mich vergewissern, dass Elodie und Stellan uns nicht hören konnten, senkte aber trotzdem die Stimme. »Und warum fragst du dann? Weil die Antwort offensichtlich *nein* lautet – abgesehen davon, dass wir eigentlich heiraten sollten. Und ich denke, das weißt du auch.«

»Ja, das dachte ich bisher auch.«

Die Worte trafen mich wie ein Schlag. »Und warum in aller Welt glaubst du dann jetzt etwas anderes?«

Jack ging zurück zum Eingang der Kirche, huschte zur Tür hinaus und holte den Stadtplan heraus. »In letzter Zeit seid ihr euch irgendwie nähergekommen.«

Ich folgte ihm und beugte mich über den Stadtplan, ohne ihn wirklich zu sehen. »Wir sind uns in letzter Zeit *alle* nähergekommen.« Ich klang ziemlich defensiv. Ich holte tief Luft und versuchte, mich zu beruhigen. »Wir haben zusammen auf einem Boot gewohnt. Und in einer kleinen Wohnung. Und uns den ganzen Tag gesehen. Ich frage dich ja auch nicht, ob zwischen dir und Elodie irgendwas läuft.«

»Ich habe ihn aus der Kabine auf dem Boot kommen sehen, in der du gestern Abend geschlafen hast«, erwiderte Jack leise.

Mein Finger hielt auf dem Stadtplan inne. »Das hast du ganz sicher nicht.«

»Doch, habe ich. Ich war hellwach.«

»Dann war er vermutlich bei einer der beiden anderen, die auch in der Kabine geschlafen haben.«

»Lettie und Elodie waren spazieren«, sagte Jack. »Ich glaube … Ich habe gesehen, wie er unser Zimmer verlassen hat. Und zu eurem gegangen ist. Ein paar Minuten später ist er wieder zurückgekommen. Entweder hat er sich Hoffnungen gemacht oder er wollte nur nach dir sehen.« Jack klang nicht wütend. Er klang nur … resigniert.

»Wahrscheinlich hat er sich eine Schlaftablette aus Elodies Tasche geholt«, vermutete ich. »Ich habe geschlafen. Was immer du auch gesehen hast, es war nichts. Weniger als nichts.«

»Du hast wahrscheinlich recht«, sagte Jack.

»Ja. Habe ich.« Ich lehnte mich gegen einen der Metallpoller, die den Gehweg säumten, und streckte meine Hand nach dem Stadtplan aus. Ein Teil von mir wunderte sich, dass ich überhaupt so gereizt war, denn am liebsten wollte ich gar nicht mehr darüber nachdenken. Ich riss Jack den Stadtplan mit einem etwas kräftigeren Ruck aus der Hand als nötig.

»Aber du denkst darüber nach«, sagte Jack leise. »Du denkst über *ihn* nach, meine ich.«

»Wenn das Armband nicht funktioniert, *muss* ich irgendetwas tun. Und ja, Stellan ist eine bessere Option als jeder Kandidat, den Alistair für mich auswählt.« Ich fuhr mit dem Finger über den Stadtplan, als ich die Worte hörte, die mir gerade über die Lippen gekommen waren. Wirklich? Wann war ich denn zu dem Schluss gekommen?

»Aber im Moment tue ich mein Bestes, um diesen Hinweis zu entschlüsseln«, fügte ich hastig hinzu, »und Ablenkung kann ich dabei wirklich nicht gebrauchen.«

Jack steckte die Hände in die Hosentaschen. »Ich muss nur einfach ständig daran denken, weil ich die ganze Zeit sehen muss, wie er dich anschaut.«

Ich blickte wieder zur Kirche. Die schweren Holztüren waren immer noch geschlossen. Elodie und Stellan befanden sich noch drinnen. »Er schaut mich an, als wäre ich eine goldene Trophäe, die er sich auf den Kaminsims stellen kann. Genauso, wie mich auch alle anderen aus dem Kreis anschauen.«

Für gewöhnlich entsprach das tatsächlich der Wahrheit. Nur nicht letzte Nacht, nachdem ich beinahe gestorben wäre. Oder heute Morgen, als er ganz offensichtlich nichts von mir hatte wissen wollen.

Jack streichelte meinen Handrücken. »Vergiss einfach, was ich gesagt habe, okay? Es ist nur … das alles hier, verstehst du?«

Ich blickte auf unsere Hände hinunter. »Ja.« Ich hatte das Ganze allmählich auch satt.

Ich zog meine Hand weg und fuhr über die Linien, die ich auf den Stadtplan gezeichnet hatte. Wir hatten das passende Gebiet großzügig mit einem Dreieck markiert, aber nun bewegte ich zwei Finger ein Stück außerhalb dieser Linien.

»Sind wir sicher, dass die Winkel wirklich stimmen?«, fragte ich, um das Thema zu wechseln.

»Nein«, antwortete Jack. »Das ist das *ungefähre* Gebiet im Sichtfeld des Wasserspeiers.«

Ich blickte mit zusammengekniffenen Augen auf den Stadtplan. »Ich frage mich, ob *ungefähr* hier das entscheidende Wort ist. Ich bin mir sicher, dass Napoleon sehr genau mit der Platzierung seiner Hinweise war, aber vielleicht wurde der Wasserspeier ja ein paar Millimeter bewegt, als er angebracht wurde. Das könnte den Winkel beträchtlich verändern, je weiter man sich von Notre-Dame entfernt.«

»Und für Fitz war der Louvre einfach die sicherste Wahl, deshalb hat er *seinen* Hinweis dort platziert –«

»Was aber nicht bedeutet, dass Napoleon exakt derselben Linie gefolgt ist«, brachte ich den Gedanken zu Ende.

Wir beugten uns aufgeregt über den Stadtplan. »Vielleicht sollten wir ein Stück außerhalb des Dreiecks suchen.«

»Weißt du, was hier ganz in der Nähe ist?« Jack deutete darauf.

Der Arc de Triomphe. »Den hat Napoleon erbaut, oder?«

»Er hat ihn in Auftrag gegeben, ja. Allerdings wurde er erst nach seinem Tod fertiggestellt. Er hätte definitiv eine Inschrift dort anbringen lassen können, wenn er es gewollt hätte.«

Die Kirchentüren öffneten sich und Stellan und Elodie kamen heraus. Wir berichteten ihnen von unserer Vermutung.

»Das andere Bauwerk, das Napoleon ausgewählt hat, war auch ziemlich groß«, endete ich. »Er hat Notre-Dame ausgesucht, keine dieser kleineren Kirchen. Vielleicht glaubte er, dass sein eigenes Monument genauso berühmt werden würde.«

Und er hatte damit recht gehabt. Abgesehen vom Eiffelturm, der erst lange nach Napoleons Tod errichtet worden war, bildete der Arc de Triomphe vermutlich das berühmteste Denkmal von ganz Paris.

Plötzlich schnappte Elodie nach Luft. »Der Arc de Triomphe ist ein Denkmal für die Soldaten, die in der Französischen Revolution und den Napoleonischen Kriegen gekämpft haben.«

Jack und Stellan wirkten eine Sekunde lang verwirrt, doch dann leuchteten auch ihre Augen auf, bevor endlich auch ich verstand, was sie damit meinte.

»*Jene, die alles gaben, besitzen den Schlüssel*«, sagte ich. »Gehen wir!«

KAPITEL 19

UNSER WAGEN SETZTE uns im Zentrum eines belebten Kreisverkehrs ab. Der Arc de Triomphe ragte vor uns auf wie die perfekte Verkörperung von Paris: statuenhaft, historisch und unglaublich detailliert, umgeben von der modernen Stadt mit ihren eleganten Damen auf Vespas, Touristen und umherstreifenden Händlern, die Eiffelturm-Schlüsselanhänger verkauften.

Den imposanten Bogen zierten rundum aufwendig gemeißelte Schlachtszenen, Engel und Soldaten. Jack eilte, ohne auf mich zu warten, zur anderen Seite. Elodie folgte ihm und warf mir einen neugierigen Blick zu. Ich lehnte mich gegen den behauenen Stein und schloss seufzend die Augen.

Jemand lehnte sich neben mich, und ich war nicht überrascht, als ich Stellans Stimme hörte: »Dann glaubt dein

Irgendwie-schon-aber-nicht-so-richtig-Freund also, du und ich hätten nebenbei was am Laufen?«

»Woher weißt du –? Ach, vergiss es einfach.« Es spielte keine Rolle. Ich machte die Augen wieder auf. Stellan wirkte nervös. Er hatte die Schultern bis zu den Ohren hochgezogen und sein Blick huschte über die Touristenscharen unter dem Denkmal. Er versuchte, sich normal zu verhalten, aber seit dem Angriff auf Luc waren seine Nerven angespannt.

Ich spielte mit dem Gedanken, ihn zu fragen, ob er letzte Nacht in unser Zimmer gekommen war, um sich eine Schlaftablette zu holen, oder nur, um sich zu vergewissern, dass es mir gut ging, tat es jedoch nicht. Stattdessen stieß ich mich von der Mauer ab und suchte den Bereich über meinem Kopf ab.

»War es Elodie?«, fragte ich.

Stellan verschränkte die Arme über der Brust. »War Elodie *was?*«

Ich löste den Blick von dem Basrelief über meinem Kopf. Ich konnte weder das Symbol von meinem Medaillon darauf erkennen, noch schien es die Schicksalsgöttinnen darzustellen und verfügte damit über keins der beiden Kennzeichen für einen neuen Hinweis, die wir bisher jedes Mal entdeckt hatten.

Ich nickte in die Richtung, in die Jack verschwunden war. »Ich weiß nicht, was zwischen euch passiert ist, dass ihr einander jetzt so sehr hasst, obwohl offensichtlich ist, dass ihr euch mal sehr nahestandet. Aber es klingt, als wärt ihr beide irgendwann mal in sie verknallt gewesen, und jetzt glaubt er, du würdest versuchen, ihm *mich* wegzunehmen.«

Stellan ließ resigniert die Arme an seine Seiten fallen und

wirkte mit einem Mal schrecklich müde. »Nein«, antwortete er, »wir standen uns mal *alle* sehr nahe. Ich und Elodie – wir mochten einander, aber es war nichts … Wir waren jung. Unsere Schlafzimmer lagen im selben Flur.« Er zuckte mit den Schultern, als wolle er sagen: *Was erwartest du denn anderes?* »Und sie und Jack waren danach … für eine Weile zusammen.«

Einen Augenblick lang war ich von dem Denkmal abgelenkt.

»Noch vor ein paar Jahren haben wir viel enger mit den Saxons zusammengearbeitet. Jack und ich haben wegen Fitz eine Menge Zeit miteinander verbracht, und wir beide und Elodie … waren Freunde, und Luc auch. Jack war so was wie ein kleiner Bruder für mich.«

Ich versuchte mir vorzustellen, wie es gewesen sein musste, als die beiden einander tatsächlich noch mochten. Und Jack und Elodie – *ein Paar*? Seit »Ich habe noch nie …« wusste ich zwar, dass sie sich geküsst hatten, aber – wow!

Ich erwiderte so lange nichts, dass Stellan ohne mich weiterging. Ich folgte ihm ins Innere des Bogens, wo zahlreiche Namen eingraviert waren, bei denen es sich um die Namen der Soldaten handeln musste. Sie befanden sich auf mehreren Säulen und einige von ihnen waren unterstrichen.

»Und was ist passiert –« Ich beendete den Satz nicht. Etwas, das die Fremdenführerin der Gruppe neben uns erklärte, erregte meine Aufmerksamkeit. »Hat sie gesagt, dass die unterstrichenen Namen Soldaten gehören, die in der Schlacht gefallen sind?«

Stellan zuckte mit den Schultern, lehnte sich zu der

Reisegruppe und fragte eine der am Rand stehenden Touristinnen. Die Frau nickte.

»*Jene, die alles gaben, besitzen den Schlüssel*«, sagte ich. »Was, wenn das Passwort einer der Namen ist?«

Stellan blickte mit zusammengekniffenen Augen zu den Namen hinauf und dann auf das Armband an meinem Handgelenk. Ich nahm es ab und drehte an den angelaufenen Goldringen.

»Ich schätze, wir können sie alle ausprobieren«, erwiderte Stellan.

Ich ließ den Blick über die Namen schweifen. »Nicht alle. Nur die mit fünf Buchstaben.« Ich drehte die fünf Ringe so, dass sie den ersten unterstrichenen Namen wiedergaben. Als nichts passierte, gingen wir die Säule systematisch weiter durch. *Damas. Binot. Penne.*

Als wir die Hälfte des Bogens auf unserer Seite ausprobiert hatten und ich schon zu schielen begann, nahm mir Stellan das Armband ab.

Ich las den nächsten Namen vor und fragte dann: »Wenn er mal wie ein Bruder für dich war, was ist denn dann passiert?«

Stellan drehte das Armband zum nächsten Passwort. »Wir hatten den verrückten Plan, alle drei unter Fitz arbeiten zu wollen, wie eine Art Hüter für den kompletten Kreis oder so. Elodie sollte auch dabei sein.« Er zuckte betont beiläufig mit den Schultern, als er sah, wie ich eine Augenbraue hochzog. »Vor dieser neuen Attentatswelle des Ordens waren die Dinge innerhalb des Kreises ein wenig einfacher. Wir waren idealistisch. Aber dann ist die Sache mit Oliver Saxon passiert.«

»Der älteste Bruder der Saxons.« Der Bruder, den ich niemals kennenlernen würde. Mir fiel wieder ein, dass Jack sofort dichtgemacht hatte, als ich nach ihm gefragt hatte.

Stellan nickte. »Er war nicht mal ein Jahr älter als Lydia und Cole. Wusstest du, dass man Geschwister, die innerhalb eines Jahres geboren werden, als *Irische Zwillinge* bezeichnet? Sie haben sich selbst *die Irischen Drillinge* genannt.«

»Dann …« Ich rechnete nach. »War er nur ein paar Monate jünger als ich.« Allmählich fügte sich der ganze Zeitstrahl zusammen. Mein Vater musste geheiratet und eine Familie gegründet haben, kurz nachdem meine Mutter fortgegangen war.

Stellan nickte. »Es war ein Routineauftrag. Einer von Jacks ersten als alleiniger Hüter. Es heißt, dass es einfach nur ein grauenvoller Unfall war. Ein Auto ist durch die Menge gepflügt. Vier Menschen sind gestorben. Oliver war einer von ihnen.«

Mir wurde eiskalt. »Oh mein Gott.«

»Jack hätte nicht das Geringste tun können. Er hat den Wagen vielleicht eine halbe Sekunde vor allen anderen kommen sehen und versucht, Oliver aus dem Weg zu stoßen, aber damit erreichte er nur, dass er selbst im Krankenhaus landete. Er hat sich das selbst nie verziehen.«

Ich schüttelte den Kopf. »*War* es denn ein Unfall? Oder der Orden?«

»Wir haben es nie herausgefunden. Es gab Gerüchte, aber der Orden hat nie die Verantwortung dafür übernommen.«

»Aber was hat das damit zu tun, dass er wütend auf dich ist?«

»Elodie und ich waren ebenfalls dabei, mit Luc. Es sind ein paar Sachen passiert, und Jack hat sich die Schuld daran gegeben, weil er abgelenkt war … Als er aus dem Krankenhaus entlassen wurde, war nichts mehr wie vorher.«

»Deshalb hat er diesen ausgeprägten Beschützerinstinkt«, murmelte ich.

»Die Saxons haben ihn behalten, obwohl einige spekuliert haben, dass er … Na ja, du kannst es dir denken. Oliver war an jenem Tag seine Verantwortung. Der Erstgeborene der Familie, verloren unter seiner Aufsicht. Aber Saxon – dein Vater – hat Jack nie dafür verantwortlich gemacht.«

»Und darum hat Jack das Gefühl, tief in seiner Schuld zu stehen«, ergänzte ich leise.

Ich spürte eine Welle der Zuneigung für meinen Vater, weil er Jack die Sache mit dem Unfall verziehen hatte. Und für Lydia, die Jack trotzdem akzeptierte.

»Darum und –«, erwiderte Stellan, unterbrach sich dann jedoch.

»Was?«

»Nichts, vergiss es.«

»Was?« Ich riss ihm das Armband aus der Hand. »Jetzt musst du es mir sagen.«

Er wirkte tatsächlich verlegen. Stellan wirkte *niemals* verlegen. »Es ist nicht … Es wird sich anhören, als würde ich versuchen, ihn schlechtzumachen, aber das will ich gar nicht. Ich bezweifle, dass du es wirklich wissen willst.«

Er griff wieder nach dem Armband, aber ich zog es weg. »Sag's mir.«

Er seufzte. »An dem Tag, als Oliver getötet wurde, hat Jack Lydia Saxon geküsst. Er hat behauptet, dass es nur dieses eine Mal passiert ist. Die Initiative ging von ihr aus – ich glaube, sie hat ihn immer gemocht. Aber es ist *an diesem Tag* passiert, ich habe es selbst gesehen – und Elodie auch, mit der er damals zusammen war. Es war eins dieser albernen Dramen, die eben manchmal geschehen sind, als wir noch jünger waren und weniger Verantwortung trugen. Jedenfalls waren wir deshalb alle ein bisschen durcheinander und abgelenkt… und dann ist diese schreckliche Sache passiert.«

Ich ließ zu, dass Stellan mir das Armband wieder aus der Hand nahm. Auf der anderen Seite des Denkmals konnte ich sehen, dass Jack und Elodie auf ein Fresko über ihren Köpfen zeigten.

Es *war* schrecklich. Aber es war auch … Jack regte sich auf, weil ich nett zu Stellan war, wo er selbst doch jeden geküsst hatte, den ich kannte? Und *Lydia,* ausgerechnet?

Ich folgte Stellan blind auf die andere Seite des Triumphbogens. Das Ganze war so albern. Was Jack in der Vergangenheit getan hatte, spielte keine Rolle. Ja, Lydia sah ein bisschen so aus wie ich. Und okay, das bedeutete, Jack hatte nicht nur irgendein Mädchen in mir gesehen, als er erfuhr, dass ich eine Saxon war. Er hatte eine andere Version eines Mädchens gesehen, das er schon mal geküsst hatte.

»Ich hab dir ja gesagt, dass du es nicht wissen willst«, sagte Stellan und drehte weiter die Buchstaben des Armbands.

Ich riss es ihm aus der Hand und blickte an der nächsten Säule empor. »Der nächste Name ist *Gudin*«, sagte ich. »Nein, warte, den haben wir schon ausprobiert.«

»Nein, haben wir nicht«, widersprach er mir.

Ich zeigte darauf. »Oh. Ich habe ihn dort drüben gesehen, aber er war nicht unterstrichen.«

Ich drehte das Armband auf *Gudin*. In dem Moment, als das *N* mit einem Klicken an seinen Platz rutschte, gab das Armband ein so lautes *Plopp* von sich, dass ich es beinahe hätte fallen lassen und uns ein paar ältere Touristen erschrockene Blicke zuwarfen. Wo die Innenseite des Armbands eben noch glatt gewesen war, ragte nun der Name *Gudin* einen halben Zentimeter hervor.

Ich starrte Stellan an. Mein eigenes Erstaunen spiegelte sich in seinen blauen Augen. Er zog mich aus der Menge in eine schattige Ecke, wo wir uns auf den niedrigen Vorsprung am Fuß des Bogens setzten und uns über das Armband in meinem Schoß beugten. »Es hat tatsächlich funktioniert.« Ich drehte das Armband in meinen Händen hin und her. »Das ist es. Das *Passwort*.«

Stellan nahm das Armband vorsichtig an sich und betrachtete den erhabenen Teil. »Aber was hat es zu bedeuten? Der Rest der Buchstaben scheint kein weiteres Wort zu bilden, und ich kann immer noch nicht erkennen, ob sich irgendetwas im Inneren befindet.«

Ich packte sein Handgelenk, und er hielt das Armband so, dass ich es auch sehen konnte. Unter dem erhabenen Teil war eine dünne Linie zu erkennen, die nach Topasen aussah, aber er hatte recht – sosehr wir auch daran zogen und drehten, wir konnten es nicht weiter öffnen.

»Wir können später noch herausfinden, was es bedeutet, aber es ist immerhin ein Anfang. Wir haben tatsächlich etwas *gefunden*.«

»Wir haben tatsächlich etwas gefunden.« Stellans Augen

leuchteten. Mir wurde bewusst, dass ich mich an seinen Arm klammerte wie an einen Rettungsring, und ließ ihn schnell wieder los. Jack und Elodie tauchten auf der anderen Seite des Bogens auf und ich sprang hoch und winkte ihnen zu. Sämtliche Unstimmigkeiten waren für einen Moment vergessen, als wir ihnen zeigten, was wir gefunden hatten.

»Glaubt ihr, das Passwort gilt für beide Armbänder?«, fragte ich atemlos.

»Keine Ahnung«, erwiderte Elodie. »Vielleicht sollten wir auch alle anderen unterstrichenen Namen aufschreiben.«

Ich zog sofort ein Stück Papier heraus und begann zu kritzeln. »Nein«, sagte ich dann. »Nicht die unterstrichenen. Zwillinge. Die Armbänder sind Zwillinge, und dieser Name, Gudin – da drüben gibt's noch einen anderen Gudin. Sucht nach Namen, die sich wiederholen.«

»Hier«, rief Jack nach ein paar Minuten. »Bei dem hier steht eine Initiale. Vielleicht bedeutet das, dass es ihn zwei Mal gibt.«

Ich schrieb den Namen *Boyer* auf und suchte dann weiter.

Einen Moment später strahlte mich Jack triumphierend an. Im nächsten starrte er jedoch über meine Schulter, und sein Lächeln erlosch, als hätte jemand den Strom abgestellt.

Ich drehte mich um, und mein ganzer Körper wurde erst heiß, dann kalt.

Hinter uns stand meine Schwester.

KAPITEL 20

STELLAN STECKTE RASCH das Armband in die Hosentasche. Dann tauchte auch Cole auf und die Zwillinge kamen direkt auf uns zu. Lydia winkte fröhlich.

Mein Herz raste. Es war zu spät. Völlig ausgeschlossen, dass sie Stellan und Elodie noch nicht entdeckt hatten.

Dann blitzte plötzlich eine Bewegung hinter ihnen auf und diesmal war ich mir sicher. Es war dasselbe Blau, das ich auch vorhin gesehen hatte. Der Mann drehte sich um, ich konnte endlich sein Gesicht sehen – und mir rutschte das Herz in die Hose.

Der Mann mit der blauen Baseballmütze war Narbengesicht.

Mit einem Mal hatte es keine Bedeutung mehr, den beiden zu erklären, warum Stellan und Elodie hier waren.

»Lydia!« Ich rannte auf meine Geschwister zu, packte ihre

Handgelenke und zerrte sie um die Ecke. »Cole! Wir müssen von hier verschwinden.«

Jack hatte Narbengesicht ebenfalls bemerkt und flüsterte Stellan und Elodie etwas zu, die beide die Hand an ihre verborgenen Waffen legten.

Eine Sekunde lang spielte ich mich dem Gedanken, Narbengesicht zu stellen, obwohl wir die Passwörter hatten und hoffentlich auch bald das zweite Armband in Händen halten würden. Das hier war vielleicht meine große Chance – aber ich hatte zu große Angst, dass er meinen Geschwistern etwas antun könnte.

Mir blieb nicht viel Zeit zum Nachdenken. Jack schirmte mich und die Zwillinge ab und schob uns zu der Treppe unter dem Kreisverkehr, in Richtung des Wagens, der uns auf der anderen Seite erwartete.

»Was tust du denn da?«, knurrte Cole.

»Geh einfach«, drängte ich ihn. »Vertraut mir. Ich erzähle euch gleich alles im Wagen.«

Ich drehte mich nach Stellan und Elodie um, die nun ebenfalls in die Unterführung rannten. »Wir haben ihn abgehängt«, sagte Stellan.

»Steigt einfach in den Wagen«, erwiderte ich.

Wir quetschten uns alle hinein. »Los«, befahl ich dem Fahrer. »Irgendwohin. Nur weg.«

Als der Wagen über die Champs-Élysées rollte, sank ich mit einem Seufzer auf dem Sitz zurück. »Fahren Sie von der Hauptstraße ab«, forderte ich den Fahrer auf, und er tat es. Niemand schien uns zu folgen. Mein Herz hämmerte gegen meine Rippen.

»Was wolltet ihr zwei denn da?«, fragte Jack.

»Was wolltet *ihr* da?«, konterte Lydia.

»Und wer sind *die?*«, wollte Cole wissen und zeigte auf den Beifahrersitz, wo Elodie auf Stellans Schoß saß.

»Stellan Korolev«, antwortete Lydia. »Hüter der Dauphins. Und«, sie betrachtete Elodie abschätzig von oben bis unten, »Elodie Fontaine. Dienstmädchen der Dauphins«, beendete sie den Satz, als wären wir anderen gar nicht da. Sie wandte sich wieder an mich. »Euer Freund Luc wäre vorhin beinahe *getötet* worden. Wenn dich keiner der anderen Angriffe davon überzeugt hat, uns dabei zu helfen, den Orden aufzuhalten, dann hoffentlich das. Du musst sofort mit uns kommen.«

»Ich … *was?*« In meinem Kopf drehte sich alles. Hatten die Zwillinge mich wegen des Attentats auf Luc aufgespürt? »Dieser Typ am Arc de Triomphe war vom Orden. Wie hat er uns gefunden?«

Ich befreite meine zwischen Jack und Lydia eingeklemmten Schultern, um mich ein Stück zu drehen und zur Heckscheibe hinaussehen zu können. Wir fuhren am Fluss entlang und schienen noch immer allein zu sein. »Ich glaube, wir haben ihn wirklich abgeschüttelt. Fahren Sie einfach noch ein bisschen weiter –«

»Unnötig«, grummelte Cole leise. Er saß gegen die Tür gequetscht mit uns auf der Rückbank des Wagens.

»Unnötig? Was soll denn das heißen?«, fragte ich. »Er war *direkt* hinter euch. Er ist uns gefolgt – wir müssen von hier verschwinden.«

Cole blickte mit höhnischem Grinsen aus dem Fenster. »Ja. Ich habe *schreckliche* Angst.«

Elodie drehte sich um und starrte ihn an.

Stellan stöhnte. »*Merde*, El. Das ist wirklich nicht die beste Stelle für dein Knie.«

Sie ignorierte ihn. »Was hast du für ein Problem?«, blaffte sie Cole an. »Was meinst du damit?«

»Cole«, warnte Lydia ihn leise.

»Na rate mal, was ich damit meine«, erwiderte Cole und fügte dann an Lydia gewandt hinzu: »Da es nun eben sein muss, bin ich bereit, mich mit unserer *Schwester* abzugeben, aber es ist wahnsinnig ermüdend, weil sie so dämlich ist. Ich weiß, dass du es ihr auch sagen willst. Wir waren heute noch nicht mal besonders vorsichtig. Der Rest von ihnen spielt doch sowieso keine Rolle. Und wie du siehst, wusste das Dienstmädchen der Dauphins ganz offensichtlich ohnehin schon Bescheid.«

»Wusste sie nicht, aber jetzt tut sie es.« Lydia schlug ihn auf den Arm. »Du Idiot. Jetzt darf ich wieder mal den Schaden beseitigen, den du angerichtet hast.«

»*Den Schaden beseitigen?*«, fragte ich. »Wovon sprichst du denn da?«

Und dann entdeckte ich einen Ausdruck auf Elodies für gewöhnlich so gelassenem, gelangweiltem Gesicht, den ich noch nie zuvor bei ihr gesehen hatte: pure Todesangst.

»Halt den Wagen an«, befahl sie dem Fahrer. Sie riss am Türgriff und fummelte am Türöffner herum, obwohl wir noch rollten, und versuchte, ihre mit Stellans verhakten Beine zu befreien. »Raus! *Dépêchez-vous!* Avery, Jack, steigt *aus!*«

Ich war so damit beschäftigt, mich zu fragen, ob sie den Verstand verloren hatte, dass ich erst sah, dass Cole eine Pistole gezückt hatte, als er sie auf den Hinterkopf des Fahrers richtete. »Nein«, sagte er. »Sie halten nicht an. Verriegeln Sie die Türen. Und du, Kleine: Hände hoch.« Der Fahrer wurde kreidebleich, beschleunigte jedoch wieder, während Elodie langsam die Hände hob.

»Was ist hier los?« Ich rutschte von den Zwillingen weg auf Jacks Schoß und konnte seinen Herzschlag gegen meinen Rücken hämmern hören, als er mich beschützend an sich drückte. »Lydia? Was ist –?«

»Du auch, Hüter«, befahl Cole. Er schwenkte die Waffe gelassen zwischen uns hin und her. Auf der schmalen Rückbank des Wagens war sie so nahe, dass Cole sie mir mit Leichtigkeit auf die Stirn hätte pressen können. »Hände hoch. Du auch, Bishop.«

Jack nahm die Hände von meiner Taille und hob sie langsam höher.

»Was zur Hölle soll das, Cole?«, fragte ich.

»Es war ihnen egal, dass der Orden dort war.« Elodies Stimme zitterte. »Sie sind *im selben Moment* aufgetaucht.«

Plötzlich verspürte ich das dringende Bedürfnis, mir die Hände auf die Ohren zu pressen.

»Mach schon, Schwesterchen, denk schneller«, sagte Cole mit gemeiner, kalter Stimme.

Ich spürte, wie sich Jacks Brust hinter meinem Rücken anspannte. »Nein«, flüsterte er. Stellan drehte sich um, der Schock stand ihm ins Gesicht geschrieben. Dann brach die Erkenntnis mit einem Mal wie eine Flutwelle über mich herein – Coles fieses Grinsen, seine Pistole und alles andere – ich hatte wieder das Gefühl zu ertrinken.

Die ganze Zeit, die wir zusammen verbracht und in der Lydia mir alles über den Kreis beigebracht und so getan hatte, als würde sie mich verstehen ... *Wir sollten ein geheimes Zeichen vereinbaren, nur für den Fall, dass du irgendwas brauchst. Du wirst Alex Frederick mögen. Er ist echt süß.*

»Ja«, sagte Cole, und es klang fast gelangweilt, so als müsse er einem Kleinkind etwas erklären. »Der Typ, den du *Narbengesicht* nennst, gehört zu uns. Sie gehören alle zu uns.«

Ich konnte nicht mehr atmen.

Lydia hatte bisher geschwiegen, aber nun lehnte sie sich vor und flehte beinahe: »Hör mir zu, Avery. Du hattest vor, das, was du vielleicht findest, jemandem zu überlassen, den du für ein Mitglied des *Ordens* gehalten hast. Natürlich mussten wir dich beobachten.«

»Aber das bedeutet –« Ich konnte den Gedanken nicht zu Ende bringen. All die Spannungen zwischen uns, die ich für normale kleine Familiendramen gehalten hatte. Die Tatsache, dass die Saxons darauf bestanden hatten, dass *sie* mir dabei helfen würden, meine Mom zu finden. Ihr Ultimatum für meine Heirat mit einem Mitglied des Kreises, das derart perfekt zum Ultimatum des Ordens passte. Mein Blickfeld verengte sich schlagartig, sodass ich nur noch die Augen meiner Schwester sah, die meinen so sehr glichen.

»Nichts von alldem war echt«, flüsterte ich.

»Es war echt«, entgegnete Lydia. »Es *ist* echt. Ich *wünsche* mir eine Schwester. Ich war diejenige, die Cole und Vater dazu überredet hat, dir eine Chance zu geben, das Richtige für unsere Familie zu tun.«

»Aber du wolltest nie eine von uns sein«, ging Cole dazwischen.

Ich erstickte beinahe an den Worten. »Ihr seid ... *ihr* seid der Orden«, stammelte ich. »Das wart *alles* ihr?«

Auf dem Vordersitz schnappte Elodie erstickt nach Luft.

Und dann traf mich eine neue Erkenntnis. »Ihr habt meine Mom.« Ich stürzte mich auf die Zwillinge und brüllte sie an: »Wo ist sie?«

Eine Pistole, eiskalt an meiner Schläfe. Lydia schlug sie weg. »*Nein*, Cole. Wir erschießen Avery nicht. Aber behalte die anderen im Auge, sonst versuchen sie vielleicht etwas, das ihnen später leidtun wird.« Lydia hielt mich eine Armeslänge auf Abstand und drückte mich zurück auf Jacks Schoß. »Deiner Mutter geht's gut.«

»Ihr habt all die Mitglieder des Kreises getötet?«, fragte Elodie. »Und ihr habt heute auch Luc angegriffen?«

»Wir haben ihn nicht *verletzt*«, erwiderte Lydia. »Es war nur eine kleine Erinnerung daran, wer hier die Oberhand hat.«

Stellan und Elodie warfen sich auf sie, als wollten sie Lydia mit bloßen Händen erdrosseln.

Cole winkte mit seiner Waffe und sie zogen sich wieder zurück.

»Ihr habt all diese Jungen getötet!«, schrie ich. »Wie konntet ihr nur? Und warum?«

Wie war das *möglich*? Ich musste an die Angst in den Augen jedes einzelnen Mitglieds des Kreises denken, das ich in letzter Zeit kennengelernt hatte. An den Hass. Eine solche Reaktion konnte nur von etwas absolut Grauenvollem ausgelöst werden – niemals von der kleinen Lydia Saxon oder dem Rest meiner Familie.

»*Ihr* habt Eli Abraham dazu gebracht, sich selbst zu töten.«

»Es musste sein.« Sie zuckte mit den Schultern und zeigte

mir mit dieser einen sparsamen Geste eindeutig, *wie* all das möglich gewesen war. Sie hatte verlegen *gelacht*, als Eli für uns gesungen hatte. Sie hatte mit ihm geflirtet, als sei sie ein ganz normales Mädchen. Aber dieses *normale Mädchen* war für all diese entsetzlichen Dinge verantwortlich.

»Wart ihr zwei das ganz allein?«, fragte ich. Keiner von uns hatte sich die Mühe gemacht, einen Sicherheitsgurt anzulegen, und Jack und ich klammerten uns beide am Türgriff fest, als wir scharf um eine Kurve bogen. »Oder hat mein – unser –« Ich erschauerte. »Hat Alistair euch geholfen?«

Cole funkelte mich an. »Hast du noch nie was von *glaubhafter Abstreitbarkeit* gehört? Wir verfolgen dieselben Ziele, aber er ist viel zu weichherzig für die meisten unserer Pläne. Wenn es nach ihm ginge, wären wir genauso schwach wie alle anderen.«

»Er hätte dich am liebsten die ganze Zeit eingesperrt, damit du in Sicherheit bist«, fügte Lydia frustriert hinzu. »Er wird sich freuen, dass er jetzt einen guten Grund dafür hat.«

Ich wusste, wie erbärmlich es klang, als ich sagte: »Solltet ihr nicht die Guten sein?«

Lydia schüttelte den Kopf. »Die Guten *gibt* es nicht, Avery. Hast du immer noch nicht verstanden, dass die Dauphins – deine kleinen *Freunde* hier – versucht haben, dich zu versklaven? Und die Mikados und die Rajeshs … Wenn du mehr über den Kreis wüsstest, dann würdest du verstehen, warum wir nicht zulassen konnten, dass du in eine dieser Familien einheiratest. Es ist nur zu deinem Besten. Und zu unserem.«

»Wollt ihr damit sagen, dass ihr sie alle getötet habt,

damit ich sie *nicht* auswähle?« Meine Stimme klang furchtbar schrill. »Wer *seid* ihr?«

Sie legte die Stirn in Falten. »Wer sagt denn, dass es falsch ist, ein paar Leute zu töten, damit der Rest des Kreises nicht nur mächtiger wird, sondern auch *besser*? Was wir tun, ist *richtig* – im Gegensatz zu allen anderen.«

»Es ist nun mal nötig«, sprang Cole ihr zur Seite. »Unser ältester Bruder ist tot. Der älteste Bruder meines Vaters ist tot. Es war allein die Schuld des Kreises, weil sie zu weich waren. Unsere einzige Möglichkeit, das Überleben unserer Familie zu sichern, ist es, über sie alle zu herrschen.«

»Wir haben das Mädchen mit den violetten Augen«, übernahm Lydia wieder. »Es ist *Schicksal*. Wenn die anderen sehen, alles Morden hört auf, sobald unsere Familie das Mandat erfüllt, können sie uns gar nicht mehr als ihre Anführer ablehnen. Und vielleicht finden wir obendrein sogar das Grab.«

Manifest Destiny – göttliche Vorherbestimmung, erinnerte ich mich wieder. Schicksal. Ich wurde von einer Welle des Ekels geschüttelt.

»Uns bleibt keine andere Wahl.« Lydia schaute mir direkt in die Augen, und ich erkannte, dass sie glaubte, was sie sagte, mit jeder Faser ihres Wesens. »Manchmal müssen zum Wohle aller eben Dinge getan werden, die man gar nicht tun will. Und es ist ganz sicher nicht so, dass ich keinen Respekt für sie empfunden hätte.« Sie zog die Bluse hoch und zeigte auf die Tätowierung der Blume, die nur über die Hälfte ihrer Blütenblätter verfügte. »Ich werde mich immer an sie erinnern, genau wie der Rest des Kreises. Sie sind Märtyrer.«

Aus der Nähe konnte ich sehen, dass einige der Blütenblätter wunder und frischer wirkten als andere. »Jedes Blütenblatt steht für jemanden, den ihr getötet habt.«

Jack lehnte sich über meine Schulter und starrte schockiert auf Lydias Brustkorb.

»Du –« Stellan brach in russische Flüche aus.

»Töte ihn einfach«, befahl Lydia und zog die Bluse wieder hinunter. »Er hat schon zu viel gehört. Und töte auch das Dienstmädchen.«

»Nein!«, schrie ich. »Ich werde –« Oh Gott, was sollte ich nur tun? »Ich habe auch alles gehört. *Ich* werde es jemandem sagen. Aber mich werdet ihr nicht umbringen. Lasst sie einfach gehen, sie werden euch nicht verraten.«

Doch Cole senkte seine Pistole keinen Millimeter. Ich konnte nicht einfach hier sitzen und zusehen, wie noch mehr Menschen verletzt wurden, die mir etwas bedeuteten. Es gab nur einen einzigen Ausweg.

»Ich komme mit euch«, sagte ich, »wenn ihr sie gehen lasst.«

»Avery, nein.« Elodie richtete den Blick wachsam auf Coles Waffe.

»Wir lassen dich nicht allein«, knurrte Stellan.

»Doch, tut ihr.« Stellan hatte das Armband sofort eingesteckt, als wir Lydia und Cole am Arc de Triomphe entdeckt hatten. Sie würden dafür sorgen, dass es in Sicherheit war, während ich mit den Saxons ging, meine Mom fand und dann zu fliehen versuchte. »Geht«, beharrte ich. »Cole, lass sie aussteigen.«

Coles violette Augen blitzten wütend auf. Nach einer gefühlten Ewigkeit zog ihn Lydia am Arm und er senkte die

Waffe. »Wir holen sie uns später«, sagte Lydia und wies den Fahrer an, stehen zu bleiben.

Stellan schaute mir direkt in die Augen und schüttelte den Kopf. Ich richtete den Blick auf Elodie. »Geht«, wiederholte ich tonlos. Sie griff hinter sich und öffnete die Beifahrertür. »Du auch«, drängte ich Jack und versuchte, von seinem Schoß aufzustehen.

»Du weißt, dass ich dich nicht allein lasse«, erwiderte er. Ich wusste es.

In dem Moment, als Elodie die Tür zuknallte, fuhren wir davon.

»Mom!«, schrie ich, vermutlich zum hundertsten Mal, seit wir am Pariser Wohnsitz der Saxons eingetroffen waren. Die Wachen hatten mich in einen fensterlosen Raum voller Fernseher gesteckt und die Tür hinter mir abgeschlossen. Es war eher unwahrscheinlich, dass meine Mutter tatsächlich hier war – vermutlich wurde sie in London festgehalten –, aber nur für den Fall schrie ich trotzdem so laut, dass meine Stimme inzwischen klang, als hätte ich jahrelang Kette geraucht.

Jemand hämmerte an meine Tür. »Ich hab dir doch gesagt, sie ist nicht hier. Halt die Klappe.«

Ich trat gegen die Tür, ging im Raum auf und ab und wartete. Auf meinen Vater? Auf Lydia? Ich zog an der kurzen Haarsträhne in meinem Nacken. Als ich das letzte Mal von einer Familie aus dem Kreis gefangen genommen wurde, war mein Haar das einzige Opfer gewesen. Aber diesmal hatte mich meine eigene Familie entführt. Allein die Tatsache, dass ich sie verloren hatte, war mehr, als ich ertragen konnte.

Wie aufs Stichwort ertönten Schritte, dann drehte sich ein Schlüssel in der Tür. Mein Vater betrat den Raum, und mein erster Gedanke war Erleichterung, weil es nicht Lydia war. Ich wollte meine Schwester nie wiedersehen. Mein zweiter Gedanke war, dass es sich tausend Mal schlimmer anfühlte, als ich es mir vorgestellt hatte.

Mein Vater drückte mehrere Knöpfe auf einer Fernbedienung und sämtliche Fernseher im Raum erwachten zum Leben. Jeder Bildschirm zeigte mein angsterfülltes Gesicht, und ich sah, wie ich verzweifelt und vergeblich eine Hand flach auf die Wunde in Takumi Mikados Brust drückte.

»Du bist jetzt eine Heldin«, begann mein Vater und legte die Fernbedienung auf einen Schreibtisch an der Wand des Raumes. Rund um uns wiederholte sich der Moment, in dem Eli aufblickte und eine Waffe zog. Dann war wieder ich zu sehen, und die Erste Familie Japans, unter Schock und zu Tode erschrocken. Immer wieder und wieder. »Du warst so nahe dran, Mikados Leben zu retten.«

Ich wandte die Augen von den Bildschirmen ab. »Nein, war ich nicht.«

»In unserer Version der Geschichte schon. Du hättest davonlaufen können, aber du hast tapfer versucht, das Leben des Opfers zu retten.«

Ich betrachtete den Nachrichtenbericht mit anderen Augen. »Wie konntet ihr das nur tun?«

»Du musst dir nur ein paar Minuten lang die Nachrichten anschauen, um deine Frage selbst zu beantworten. Sie blicken *alle* auf uns. Du bist weltberühmt. Jetzt will dich der

Kreis nur umso mehr.« Alistair schob einige Papiere auf dem Schreibtisch zusammen und legte den Stapel dann ordentlich darauf ab. »Als ich noch jünger war, habe ich geglaubt, die Familien des Kreises könnten Verbündete sein, keine Feinde. Mein Vater und mein Bruder empfanden genauso – und sieh dir nur an, wohin es sie gebracht hat. Im Laufe der Zeit habe ich meine Meinung jedoch geändert. Deine Schwester versteht diese Dinge besser, als ich es in ihrem Alter je konnte. Menschen wie wir sind nicht dazu bestimmt, nur Zahnräder in einem Getriebe zu sein. Früher oder später wird eine Familie die Führung übernehmen und das *müssen* wir sein. Irgendwann wirst du es verstehen.«

Er streckte einen Arm nach mir aus, aber ich schüttelte ihn energisch ab. »Das werde ich *niemals* verstehen. Und glaubt ihr ernsthaft, der Rest des Kreises wird nicht herausfinden, was ihr getan habt?«

Mein Vater setzte sich auf den Schreibtischstuhl und wirkte mit einem Mal furchtbar müde. »Ich hatte gehofft, dass du von selbst zur Vernunft kommst. Aber wenn das nicht der Fall sein sollte …«

Im Zimmer war es heiß und stickig, aber mir wurde plötzlich eiskalt. »Du hast gesagt, dass du Mom geliebt hast«, brachte ich erstickt hervor.

Mein Vater legte beide Hände auf die Schreibtischplatte und schaute mir direkt in die Augen. »Ich *will* das hier nicht, Avery. Ich will es genauso wenig wie du.«

Trotzdem würde er sie weiter bedrohen, um mich dazu zu bringen, mit ihm zu kooperieren. Und nach allem, was ich sonst noch über die Saxons herausgefunden hatte, hegte ich nicht den geringsten Zweifel daran, dass er seine Drohungen auch wahr machen würde. »Ich werde das Grab für euch finden«, versuchte ich es verzweifelt. »Wir haben Hinweise. Wir sind so nah dran.«

Mein Vater tippte mit den Fingern auf den Papierstapel.

»Ich heirate, wen immer du willst, wenn du sie nur gehen lässt. Lass sie einfach gehen.« Ich lehnte mich ebenfalls über den Schreibtisch, Auge in Auge mit meinem Vater. »Bitte.«

Er sank auf dem Stuhl zurück. »Ich wünschte, ich könnte dir glauben. Aber wir wissen beide, dass du sofort davonlaufen würdest, wenn wir deine Mutter freiließen.«

»Und was wollt ihr dann tun?« Meine Kehle schnürte sich zusammen wie das Symbol auf meinem Medaillon, so als würden sich die dreizehn Knoten um meinen Hals schlingen. »Mich mit ihr zusammen einsperren? Uns beide töten? Das könnt ihr nicht tun. Wir *kommen* dem Grab immer näher, und wenn du ihr wehtust, wirst du niemals herausfinden, was wir wissen – und ich werde nie zustimmen, deine kleine Prinzessin zu spielen.«

Mein Vater stützte das Kinn auf einer Hand ab und blickte über meine Schulter hinweg zum Porträt eines Mannes, das an der Wand hing. Der Mann hatte meine Augen. Während er ihn ansah, erkannte ich etwas im Blick meines Vaters, das mir Hoffnung gab.

Ich trat in sein Blickfeld. »Bitte. Alistair. Vater … *Dad*. Wenn du meine Mom jemals geliebt hast – wenn ich dir jemals etwas bedeutet habe, wenigstens ein kleines bisschen –, dann lass mich für die Freiheit meiner Mom kämpfen. Im schlimmsten Fall verschwinden wir für immer aus deinem Leben, und du kannst den Kreis mit dem regieren, was wir im Grab finden. Gib mir einfach nur diese Chance.«

Der Mund meines Vaters verzerrte sich zu einer straffen Linie und er seufzte schwer. »Okay. Gut. Wenn du uns zum Grab führst, dann lassen wir deine Mutter gehen.«

Vor Erleichterung wurden meine Knie ganz weich und ich fiel auf einen Stuhl auf der anderen Seite des Schreibtischs.

»Ich vertraue außerdem darauf, dass du sämtlichen Gerüchten ein Ende bereiten wirst, die deine Hüter-Freunde über uns in die Welt setzen«, fügte er hinzu.

»Ich tue alles.« Erwiderte ich sofort. »Aber tu ihr nicht weh. Und bitte, lass Jack frei. Es ist nicht seine Schuld –«

Mein Vater seufzte. »Avery –« Es klopfte an der Tür. Mein Vater erhob sich, knöpfte sein Jackett zu und öffnete die Tür einen Spalt.

»Es ist Lucien Dauphin, Sir«, sagte der Wachmann. »Irgendein lächerliches neues Gerücht über Ihren Sohn und Ihre Tochter. Er ist hier, um Ihnen die Hilfe seiner Familie anzubieten. Wenn sie mich fragen, will er nur die Sache mit der Hochzeit wiedergutmachen.«

Nein. Das konnte nicht wahr sein. Stellan, Elodie und Luc wären nicht dumm genug, zu versuchen, mich zu befreien. Oder doch? Ich wünschte mir verzweifelt, die Saxons hätten mir mein Handy nicht abgenommen.

Ein Walkie-Talkie knisterte. »Er wartet draußen.«

»Einer von euch bleibt an der Tür«, blaffte meine Vater die Wache an. »Die anderen kommen mit mir.«

Er sah mich an. »Wir setzen unsere Unterhaltung später fort.« Er machte die Tür hinter sich zu und schloss sie ab. Die Stimmen entfernten sich.

Nein, nein, nein. Ich suchte den Raum erneut nach einem Fluchtweg ab. Keine Fenster, nicht mal ein Lüftungsschacht.

Und dann hörte ich einen Knall im Flur, so als sei etwas gegen dir Tür geprallt.

Ein leises Klopfen.

»Avery?«, flüsterte eine Stimme. »Bist du da drin?«

Elodie.

KAPITEL 21

»ICH BIN HIER«, rief ich so laute, wie ich es wagte. »Ich kann nicht raus. Die Wachen haben den Schlüssel.«

Ein paar Sekunden später hörte ich ein Klimpern und dann schwang die Tür auf. Elodie hielt einen riesigen Schlüsselbund in der Hand. Stellan zerrte ein paar Meter entfernt einen ohnmächtigen Wachmann von der Tür weg. Er zog eine Pistole und ein Messer aus dem Gürtel der Wache.

Ich drängte mich an Elodie vorbei und blickte mich im Flur nach weiteren Wachen um. »Was macht ihr denn hier? Sie werden euch umbringen.«

»Wenn wir dich hierlassen, töten sie Jackie und sperren dich ein«, erwiderte Elodie. »Wir wollten Luc da nicht mit reinziehen, aber er hat darauf bestanden.«

»Ich glaube nicht, dass sie ihm *im* Haus der Saxons etwas

antun werden«, sagte Stellan und blickte sich um. »Aber er wird sie nicht lange aufhalten können.«

Elodie schaute hinter mich. »Wo ist Jack?«

»Ich weiß es nicht.«

Elodie fluchte und steckte den Schlüsselbund wieder ein. »Ich finde ihn schon. Ihr verschwindet!«

Ich nickte, blieb dann jedoch stehen. Sie hatten immer noch meine Mom. Ich schnappte mir den Notizblock auf Alistairs Schreibtisch und kritzelte darauf: *Ich finde das Grab für euch. Tut ihr nicht weh.*

»Komm jetzt«, drängte Stellan. »Was machst du denn?«. Ich warf den Notizblock wieder auf den Schreibtisch und drehte mich gerade noch rechtzeitig um, um zu sehen, wie sich der Wachmann aufrappelte und einen schweren Stuhl über Stellans Kopf schwang.

»Pass auf!«, schrie ich. Stellan duckte sich, aber nicht schnell genug. Das Vorderbein des Stuhls knallte gegen seinen Schädel und er ging taumelnd in die Knie.

Der Wachmann richtete sich wieder auf, packte mich und zerrte mich den Flur hinunter. Meine Beine schleiften über den Boden und ich zappelte wie wild und trat von hinten gegen seine Knie. »Lass mich los!«, kreischte ich.

Der Wachmann klatschte mir eine Hand auf den Mund.

Ich biss zu, so fest ich konnte, bis ich den metallischen Geschmack von Blut schmeckte.

Er schrie auf, ließ mich fallen und hielt sich mit einer Mischung aus Schock und Herablassung in den Augen die Hand. »Du miese kleine –«

Er brachte den Satz nicht zu Ende. Stellan tauchte hinter ihm auf und drückte ihm eine Pistole an den Kopf.

»Nicht –«, sagte ich, und Stellan nahm in letzter Sekunde den Finger vom Abzug und schlug dem Wachmann den Griff der Pistole seitlich gegen den Kopf. Er fiel neben mir zu Boden und ich sah zwei Handys mit Silikonhüllen aus seiner Hosentasche ragen. Mein nicht zu ortendes Smartphone – und Jacks. Ich schnappte sie mir und steckte beide in meine Umhängetasche, während Stellan mich auf die Beine riss. Ich spuckte den Rest des Blutes aus und wischte mir über die Zunge, als könnte ich dadurch den kompletten Gedanken an diesen Zwischenfall loswerden.

»Dein Kopf«, sagte ich. Blut klebte an Stellans blondem Haar.

»Schon okay.« Er tat seine offensichtlich ziemlich ernste Verletzung mit einem Kopfschütteln ab und zeigte dann mit der Waffe den Flur hinunter.

Wir eilten zu einer Tür und rissen sie auf. Sie führte in ein stockfinsteres Treppenhaus. Stellan nahm meine Hand und ich spürte klebriges Blut an meiner. »Bist du sicher, dass es dir gut geht?«

»Ja. Los jetzt.«

Ich klammerte mich mit einer Hand an Stellan fest, mit der anderen am Geländer und stolperte tatsächlich nur ein einziges Mal, als wir drei Treppen hinuntereilten, bis wir das Erdgeschoss erreichten. »Hier muss irgendwo eine Tür sein«, flüsterte Stellan, und wir tasteten mit unseren freien Händen die Wände ab. Alles war völlig glatt, keine Türklinken oder -rahmen.

Plötzlich knallte in der Wand eine Tür auf. Jemand hielt eine Taschenlampe hoch und ich konnte eine Pistole aufblitzen sehen. Und einen Mann. Narbengesicht.

Ich dachte nicht nach. Ich dachte nicht an die Waffe. Ich ließ Stellan los, wirbelte herum und rammte Narbengesicht, so fest ich konnte, ein Knie in die Weichteile.

Stellan hatte recht gehabt: Männer besaßen eindeutig gute Reflexe, wenn es um diesen speziellen Bereich ging, aber ich hatte das Überraschungsmoment auf meiner Seite. Narbengesicht fiel auf ein Knie, schnappte vor Schmerzen nach Luft und seine Waffe flog in die Dunkelheit davon.

»Das ist dafür, dass ihr Fitzpatrick Emerson getötet habt«, keifte ich. »Und dass ihr meine Mutter entführt habt. Wo ist sie?«

Narbengesicht keuchte heftig. »Ich weiß nicht, wo deine verfluchte Mutter ist. Nicht hier.«

Ich war geneigt, ihm zu glauben. Unter solchen Schmerzen würde er kaum eine vernünftige Lüge zustande bringen.

»Ich habe bereits Verstärkung gerufen«, sagte er und nickte in Richtung von Stellans Waffe. »Wenn du mich erschießt, sind sie trotzdem schneller hier unten, als ihr abhauen könnt.«

Ich blickte zu den oberen Stockwerken des Châteaus hinauf, wo sich Elodie und Jack möglicherweise gerade befanden. »Pfeif sie zurück«, befahl ich im.

Narbengesicht lachte nur.

Stellan bohrte die Pistole in seine Schläfe. »Wir versuchen unser Glück.«

»Warte.« Mir kam plötzlich eine Idee. Sie war riskant, in mehrerlei Hinsicht. Aber auch nicht riskanter, als wenn wir beide oder einer von uns wieder geschnappt werden würde.

»Du solltest am Ende nicht bei den Saxons landen, sie stehen nicht auf der richtigen Seite«, sagte ich zu Narbengesicht. Ich fing allmählich an, es zu verstehen. In Sachen Loyalität stand innerhalb des Kreises stets die Familie an erster Stelle, dicht gefolgt vom Kreis selbst – aber ich hatte viel mehr Macht als die Saxons.

Ein Stirnrunzeln zog Narbengesichts lange, dunkle Narbe nach unten. »Ich weiß, wer du bist. Du gehörst zu den Saxons.«

»Ich gehöre zu niemandem«, entgegnete ich. »Ich gebe dir eine Wahl, weil ich dich für clever halte. Wir könnten zusammenarbeiten.«

Schreie drangen aus den oberen Stockwerken herunter. »Pfeif sie zurück und lass uns gehen«, fuhr ich fort. »Dann stehst du auf meiner Seite, wenn ich erst an der Macht bin.«

Narbengesichts Blick huschte zwischen mir und Stellan hin und her. »Du willst die Macht *allein* übernehmen? Ohne die Saxons?«

»Ich stehe nicht mehr auf der Seite der Saxons.«

Narbengesicht dachte über meine Antwort nach – und ging dann auf die Knie.

Ich spannte mich an, aber er verneigte sich, die Hände vor der Stirn übereinandergelegt und mit den Handflächen zu mir, sodass sie sein Gesicht im Strahl der Taschenlampe in Schatten tauchten. Ich erkannte die Geste wieder: Bei der Hochzeit in Notre-Dame hatten die Anwesenden dasselbe getan, um mir ihre Treue zu schwören.

Ich blickte auf ihn hinunter und schaute dann Stellan an, bevor ich zitternd ausatmete. »Okay. Pfeif sie zurück.«

Narbengesicht zog ein Walkie-Talkie aus seinem Gürtel und bellte hinein: »Auf der Hintertreppe ist niemand. Versucht es im Ostflügel.«

Es hatte tatsächlich funktioniert. »Okay. Ähm. Bleib bei Lydia, und tu so, als würdest du immer noch für sie arbeiten. Und versuch, die anderen Wachen von uns fernzuhalten, während wir fliehen. Luc Dauphin ist ... sorg dafür, dass er heil wieder von hier wegkommt. Und lass nicht zu, dass die Saxons meiner Mutter irgendetwas antun. Das ist das Allerwichtigste.«

Narbengesicht nickte. Ich ging auf die Tür zu, aber er erhob sich noch immer nicht von den Knien.

Stellan hielt mich zurück. »Du musst ihn offiziell akzeptieren«, sagte er leise. »Sonst gehört er nicht wirklich dir.«

Ich blickte zur Tür, nach draußen, in die Freiheit. »Was meinst du denn damit?«

»Normalerweise wird das während der Zeremonie erledigt, wenn wir unsere Tätowierungen kriegen.« Stellans Stirnrunzeln verriet mir, dass er sich nicht sicher war, ob diese Idee wirklich so gut war. »Das Tattoo symbolisiert, wem wir Loyalität schwören.«

Eine heilige Zeremonie des Kreises. Dafür blieb uns keine Zeit. Außerdem konnte ich ihm sowieso kein neues Tattoo stechen. Ich legte automatisch die Hand an mein Medaillon, drehte es hin und her und hielt dann inne. Das Knotensymbol mit den dreizehn Schleifen.

»Wo ist deine Tätowierung?«, fragte ich Narbengesicht. Ohne aufzustehen oder auch nur aufzublicken, zog er seinen Hemdkragen im Nacken ein Stück nach unten. Ich erkannte ein Kompass-Tattoo, das über eine ältere Tätowierung gestochen worden war. Ich konnte das Symbol zwar nicht genau erkennen, aber es konnte durchaus ein Olivenzweig sein.

Es spielte keine Rolle. Ich nahm das Medaillon ab. »Feuerzeug?«, fragte ich Stellan. Er angelte es aus seiner Hosentasche. Ich zündete es an und ließ das Medaillon in der Flamme baumeln. Das orangefarbene Licht funkelte auf dem Gold.

»Bist du dir wirklich sicher, dass du ihm vertrauen willst?«, fragte Stellan. »Das ist ein großes Risiko.«

»Es ist mir egal, solange er uns gehen lässt«, flüsterte ich ihm ins Ohr. Schließlich mussten wir Narbengesicht nie wiedersehen, falls etwas schieflief.

»Sag mir, wo es hinsoll«, sagte Stellan.

Aber das kam mir nicht richtig vor. »Zusammen«, erwiderte ich. »Über dem Kompass.« Ich legte meine Hand auf Stellans und gemeinsam pressten wir das heiße Medaillon auf das Ende des Olivenzweigs. Narbengesicht zuckte zusammen und ich drückte nur umso fester. Ich wollte, dass es wehtat. Für meine Mom. Für Mr Emerson.

Schließlich zog Stellan unsere Hände wieder weg und enthüllte eine leuchtend rote Wunde. Ich hoffte inständig, dass uns das Ganze wirklich zur Flucht verhelfen würde.

Narbengesicht berührte seinen Nacken und hielt die Hände dann wieder vor die Stirn.

Obwohl er sie zurückgepfiffen hatte, öffnete sich im Treppenhaus über uns eine Tür.

»Geh«, sagte ich zu Stellan. Wir schlüpften zur Tür hinaus, während donnernde Schritte die Stufen hinuntereilten.

Narbengesicht sprang auf und hielt die beiden Wachen auf. »Sie entkommen«, sagte einer von ihnen.

Und dann schlitzte Narbengesicht beiden Wachmännern kurzerhand die Kehle auf.

Ein ersticktes Keuchen entwich meinem Hals. »Ich habe nicht gemeint, dass du alle *umbringen* sollst.«

Die Tür schloss sich langsam, aber ich hielt sie fest. »Töte niemand, wenn es nicht unbedingt nötig ist«, schrie ich.

Stellan packte meinen Arm und zog mich weg. »Du kannst es nicht mehr ändern.«

Mir war richtig übel. Mit einem letzten Blick zurück taumelte ich ihm nach und ließ die Tür zuknallen.

»Du weißt, was unsere Tätowierungen bedeuten, oder?«, fragte Stellan. »Loyalität bis in den Tod. Genau die hat er dir jetzt geschworen. Wenn sie gesehen hätten, dass er uns entkommen lässt, hätten sie stattdessen ihn getötet.«

Das Medaillon baumelte in meiner Hand. Ich zitterte so stark, dass ich den Verschluss nicht zumachen konnte. Stellan nahm es und legte es mir wieder um den Hals. Sein weißes Hemd, direkt vor meinen Augen, war so dunkelrot verschmiert, dass es im spärlichen Licht ganz schwarz aussah.

»Ist es genau das Gleiche, wie in ein Stück Fleisch zu stechen?«, flüsterte ich. »Wird es einfacher, je mehr Menschen man sterben sieht?«

»Nein.« Er ließ das Medaillon auf meine Brust fallen. Es war blutig und immer noch warm. »Es wird niemals einfacher.«

Stellan legte eine Hand auf meine Schulter und ich atmete zitternd aus. Eine Sekunde lang glaubte ich, er wolle mich trösten, aber dann wurde mir bewusst, dass er schwankte. Ich packte ihn um die Taille. »Gehirnerschütterung«, sagte er und lehnte sich an mich. »Glaube ich. Ich fühle mich nicht so gut. Sollte mich wahrscheinlich hinsetzen.«

Ich sperrte alle anderen Gedanken aus. Wir waren immer noch nicht in Sicherheit.

»Weißt du, wo Elodie nach Jack suchen wollte?«, fragte ich ihn.

»Nein.« Stellan taumelte ein wenig und ich hielt ihn fest.

Ich betrachtete das Château. Es verfügte über vier Stockwerke und zahlreiche Fenster. Ich hatte nicht den Hauch einer Ahnung, wo Jack sein konnte. Bisher hatte ich es mir nicht erlaubt, mir Sorgen um ihn zu machen, aber jetzt brach mit voller Wucht über mich herein, was sie einem Hüter antun würden, der sie hintergangen hatte.

Trotzdem mussten sie ihn zumindest lange genug am Leben lassen, um ihn zu verhören. Und Elodie würde ihn finden. Richtig? Dann kam mir ein neuer Gedanke, ebenso finster: Wenn sie ihm anboten, was sie mir angeboten hatten – mich auf ihre Seite zu schlagen und am Leben zu bleiben –, würde sich Jack dann für die Menschen entscheiden, denen er lebenslange Loyalität geschworen hatte?

Meine Frage wurde mit einem lauten Knall beantwortet. Ein Fenster im ersten Stock in der Mitte des Gebäudes zerbarst in einem im Mondlicht glitzernden Schauer aus Scherben.

Zwei Gestalten lehnten sich heraus. Jack und Elodie. Ich rannte auf sie zu und zog Stellan mit mir. Er stolperte über seine eigenen Füße und trat mir mit voller Wucht auf die Zehen. Ich sah, dass ihm die Augen zufielen.

Ich fauchte ihn an und stieß ihm den Ellenbogen in die Seite, um ihn wach zu halten. »Du musst weitergehen.« Er murmelte irgendetwas auf Russisch. Die Kopfverletzung war viel schlimmer, als mir bewusst gewesen war. Oder vielleicht hatte er auch zu viel Blut verloren. Er war viel zu schwer für mich und rutschte immer wieder aus.

Ich zerrte ihn mit mir zum Fenster, wo Elodie bereits vom Fensterbrett baumelte, bereit, sich in die Hecke darunter fallen zu lassen. Sie war kaum gefallen und sofort wieder aufgesprungen, als Jack hinter ihr aus dem Fenster kletterte – und dann gingen plötzlich die Lichter im Haus an, und ein Schatten betrat das Zimmer, in dem Jack aus dem Fenster hing.

Der Wachmann, der vorhin vor meinem Zimmer gestanden hatte, tauchte am Fenster auf und brüllte irgendetwas über seine Schulter hinweg. Er sah zuerst uns, dann Jack – und hob seine Pistole.

Etwas Silbernes huschte durch die Luft. Elodies Messer traf den Wachmann in der Schulter, aber erst nachdem er auf den Abzug gedrückt hatte. Jack schaffte es, sich Richtung Hauswand zu schwingen, und die Kugel verfehlte ihn. Trotzdem verlor er den Halt, stürzte und landete mit dem Kopf voraus im Gebüsch.

Ich schubste Stellans schlaffen Körper in Elodies Arme und eilte zur Hecke. Jack saß aufrecht zwischen zwei Sträuchern und blinzelte mich benommen an. »Mir geht's gut«, sagte er und hielt sich die Schulter.

»Allons-y«, schrie Elodie, und ich riss Jack auf die Beine, während über uns neue Schreie ertönten. Jack stützte Stellan auf der anderen Seite, und gemeinsam eilten wir zu einem Auto, das hinter dem Château versteckt stand. Elodie sprang auf den Fahrersitz und wir rasten davon.

KAPITEL 22

WIR HATTEN BEREITS am Morgen unter falschen Namen Zugfahrkarten nach Cannes reserviert. Elodie nahm Stellan in eines unserer beiden Erste-Klasse-Abteile mit, um seinen Kopf zu verarzten, während Jack und ich schweigend das andere betraten, völlig erschöpft und in Gedanken versunken, nachdem das Adrenalin abgeklungen war. Das Abteil war klein, aber elegant und die Wände mit dunklem Holz verkleidet. Auf beiden Seiten des Doppelbetts, das mit einer kastanienbraunen Tagesdecke aus Brokat bedeckt war, war nur gut ein halber Meter Platz. In einem kleinen Sitzbereich neben der Badezimmertür stand ein einsamer Sessel. Frische gelbe Nelken auf beiden Nachttischen hellten den Raum ein wenig auf.

Ich konnte immer noch nicht begreifen, wie es möglich war, dass der Rest der Welt weitermachte, als sei nichts passiert. Ich hatte das Gefühl, nichts würde jemals wieder in Ordnung sein.

Jack stellte sich hinter mich, ließ den Blick über das Gleis schweifen und zog dann die schweren Vorhänge zu. Ich starrte weiter darauf, als könne ich immer noch hinausschauen.

»Elodie findet, wir sollten dem kompletten Kreis mitteilen, was wir tun«, sagte Jack.

Ich wandte mich vom Fenster ab. Ich hatte schon geahnt, dass dieser Vorschlag kommen würde. »Erst, wenn wir meine Mom haben.« Ich erzählte ihm, was Alistair gesagt hatte. Er nickte. »Natürlich immer angenommen, Alistair hält seinen Teil der Abmachung ein«, fügte ich hinzu. »Denkst du, das wird er?«

Jacks Augen wirkten hohl. »Vor heute hätte ich darauf mit *Ja* geantwortet.« Ich erkannte den Ausdruck auf seinem Gesicht. Ich war mir sicher, dass er sich in meinem spiegelte. *Schock. Hilflosigkeit. Wut. Zweifel.* Keiner von uns hatte auch nur den Hauch einer Ahnung, wozu die Saxons alles fähig waren. »Jetzt kann ich nur noch sagen, dass ich es hoffe.«

Ich hoffte es auch. Ich wäre nicht geflohen, wenn ich Alistair nicht geglaubt hätte. Aber mal ehrlich: Was wusste ich schon?

Jacks normalerweise so entschlossenes Gesicht wirkte angespannt. »Es tut mir so leid«, sagte er. »Man kann über Lydia eine Menge sagen, und Alistair ist sicher nicht perfekt, aber ich hätte niemals geglaubt …«

»Ich weiß.« Ich spielte an dem Armband herum. Elodie hatte es mir auf dem Weg zum Bahnhof zurückgegeben.

Seit sich der innere Teil geöffnet hatte, fühlte es sich eigenartig an meinem Handgelenk an. »Wenigstens hat das Ganze etwas Positives«, fügte ich hinzu. »Uns ist gar nicht wirklich der *Orden* auf den Fersen. Ihretwegen müssen wir uns jedenfalls keine Sorgen mehr machen.«

Jack legte seine verschränkten Hände an den Hinterkopf. »Ich kann einfach nicht glauben, dass der Orden nichts mit alldem zu tun hatte.«

»Ich weiß. Ich frage mich, was der *echte* Orden die ganze Zeit getrieben hat.«

Jack fummelte an den Vorhängen herum. »Das ist es alles nicht mehr wert, Avery. Sobald wir das Armband haben, tun wir, was immer wir tun müssen, um es gegen deine Mom auszutauschen, und dann verschwinden wir. Zusammen. Und vergessen einfach, was die anderen denken.«

Ich blickte auf. »Du würdest den Kreis für immer verlassen?«

»Du etwa nicht? Du willst das doch alles gar nicht. Der Kreis bedeutet dir nichts.«

»Aber *dir* schon.« Ich hatte mich gefragt, ob er tatsächlich mit mir kommen würde, falls ich mich entschließen sollte zu gehen. Nun wurde mir bewusst, dass ich tief in meinem Inneren nicht daran geglaubt hatte.

Jack legte eine Hand auf seinen Unterarm und fuhr mit dem Daumen über sein Kompass-Tattoo. »Das dachte ich zumindest. Die Saxons haben mir wirklich etwas bedeutet. Ich dachte, bei ihnen zu bleiben, beim Kreis, sei das Richtige. Aber jetzt –« Er schüttelte den Kopf. »Jetzt habe ich das Gefühl, ich müsste so weit wie möglich von diesem ganzen Chaos weg.«

War er je auf die Idee gekommen, dass es vielleicht gar nicht so einfach war, *das Richtige* zu tun?

Der Gedanke überraschte mich. Wenn ich ehrlich war, hätte ich ihm zustimmen sollen. Eigentlich dürfte ich jetzt erst recht nichts mehr mit dem Kreis zu tun haben wollen. Mein Vater war bereit, meine Freiheit gegen das Geheimnis des Grabes einzutauschen, und Jack war bereit, mit mir zu kommen und alldem den Rücken zu kehren. Ich musste nicht länger darüber nachdenken, wie ich mich damit fühlte, meine neu gefundene Familie zu verlassen. Eigentlich hätte ich begeistert sein müssen.

Aber das war ich nicht. *Natürlich* wollte ein Teil von mir einfach gehen. Aber ein anderer Teil hatte das Gefühl, dass nun der Druck des kompletten Kreises auf meinen Schultern lastete – so als könne ich mir diese hoffnungsvollen Blicke tatsächlich *verdienen,* die sie mir alle zugeworfen hatten: Devs Familie und Takumis. Und sogar Narbengesicht.

Dass ich so denken könnte, war Jack überhaupt nicht in den Sinn gekommen – aus gutem Grund: Es war verrückt. Ich musste an Stellans Worte in der Wohnung am Montmartre denken: Der Kreis hatte keinen Anführer, aber ich kam dem am nächsten. *Wir* kamen dem am nächsten.

Und überhaupt: Wenn Jack und ich wirklich gemeinsam fortgingen, was würde das dann bedeuten? Würden wir uns schwören, für immer zusammenzubleiben? Sicher, er bedeutete mir viel – sehr viel sogar. Aber wenn ich es genau betrachtete, war es eine ziemlich große Verpflichtung.

Der Knoten in mir fühlte sich so angespannt an, als könne er jede Sekunde platzen.

Ich hatte Jack immer noch nicht geantwortet. Ich wusste

einfach nicht, was ich sagen sollte, deshalb lächelte ich nur und wünschte mir, meine Gefühle wären so stark, wie sie es hätten sein sollen. »Ich geh mich waschen.«

Nachdem ich mir den Dreck und die Reste von Stellans Blut abgespült hatte und wieder aus dem Bad kam, saß Jack mit freiem Oberkörper auf dem Bett und untersuchte im Spiegel an der hinteren Wand seine rechte Schulter.

Er wollte sein Hemd wieder anziehen, verzog jedoch vor Schmerz das Gesicht.

»Nicht«, sagte ich. »Was ist?« Ich ließ mein Handtuch aufs Bett fallen, stellte mich vor ihn und nahm ihm das Hemd aus der Hand. Ich berührte den dunkler werdenden blauen Fleck auf seiner Schulter und er zuckte zusammen.

»Der Sturz aus dem Fenster. Ich bin direkt auf meiner Schulter gelandet. Ich kümmere mich morgen darum.«

Ich fuhr mit den Fingern über seine kühle Haut. Nun, da ich die Fassung wieder weitgehend zurückgewonnen hatte, musste ich ihn noch etwas fragen. Etwas, das ich verdrängt hatte, seit wir Lydia am Arc de Triomphe entdeckt hatten.

Etwas, das ich unbedingt wissen musste, bevor ich auch nur darüber nachdachte, mit Jack abzuhauen. Der Zug ruckelte. Wir setzten uns in Bewegung. Ich ging zum Fenster und zog den Vorhang zur Seite, um hinauszusehen, während wir langsam aus dem Bahnhof rollten.

Ich wollte ihn nicht fragen, aber ich konnte es auch nicht *nicht* tun. »Woher wussten Lydia und Cole heute, wo wir waren?«

Es folgte eine Pause. »Keine Ahnung.«

Der Knoten in mir wurde noch enger. Die Andeutung

hing in der Luft, aber ich musste sie laut aussprechen. »Hast du es ihnen verraten?«

Er atmete langsam aus. »Nein.«

Ich lehnte die Stirn mit einem leisen Schlag gegen das kühle Glas. Gott sei Dank. Ich wusste nicht, was ich getan hätte, wenn sich herausgestellt hätte, dass er ... Ich schüttelte den Kopf.

»Vermutlich steht ihnen die modernste Überwachungstechnik zur Verfügung«, dachte ich laut. »Wir haben ihnen erzählt, dass wir nach Paris gehen. Irgendwie müssen sie herausgefunden haben, wohin wir genau wollten. Und Narbengesicht – oh!« Ich richtete mich kerzengerade auf. Den Teil hatte ich Jack bisher noch gar nicht erzählt. Ich sah zu, wie die Pariser Vororte an den Fenstern vorbeizogen, während ich ihm die Kurzversion meiner Begegnung mit Narbengesicht erzählte: wie ich ihn mit meinem Medaillon gebrandmarkt hatte. Wie er die anderen Wachen getötet hatte. Wie er mir Loyalität geschworen hatte. Während der kompletten Schilderung empfand ich eine eigenartige Distanz.

Die Bettfedern quietschten, und ich spürte, wie Jack sich hinter mich stellte. »Es tut mir so leid. Du solltest das alles nicht durchmachen müssen –«

»Doch, das sollte ich.« Ich drehte mich um, um ihn anzuschauen. »Das ist genauso *mein* Kampf wie der von allen anderen. Ehrlich gesagt sogar noch mehr. Du kannst mich nicht vor allem beschützen. Okay?«

Jack legte seinen gesunden Arm um mich. Er roch nach Schweiß und Blut. Ich lehnte mich an seine kühle nackte Brust. »Okay«, flüsterte er.

Die Tür öffnete sich knarrend und Stellan steckte den Kopf herein. »Ups, ich störe«, sagte er. »Ihr solltet wirklich mal lernen, wie man die Tür abschließt.«

»Du störst nicht.« Ich schlüpfte unter Jacks Arm hervor. »Geht's dem Kopf besser?« Er sah schon wieder viel munterer aus als vorhin.

Stellan nickte. Auch er trug kein Hemd, sondern nur eine Schlafanzughose, die mindestens zwei Nummern zu klein für ihn war.

»Gehört die *Elodie?*«, fragte ich.

Stellan zog einen Schmollmund. Er zog tatsächlich einen *Schmollmund.* »Meine Kleider sind voller Blut.« Sein Akzent war viel stärker als normalerweise. »Sie hat gesagt, dass ich mich nicht aufs Bett setzen darf, wenn ich nicht …« Er deutete auf die Hose und ich kämpfte gegen ein unpassendes Lachen an. Er betrachtete Jack. »Deine Schulter ist ausgekugelt.«

Jack nickte.

»Seine Schulter kugelt sich schon aus, wenn man sie nur schief anschaut«, fügte Stellan an mich gewandt hinzu. Ein nostalgisches Lächeln breitete sich auf seinem Gesicht aus, viel fröhlicher, als er es nach dem heutigen Abend sein sollte. Und eindeutig benebelt.

»Bist du betrunken?«, fragte ich und setzte mich aufs Bett.

Er schenkte mir das nächste unangemessen verträumte Lächeln. »Gehirnerschütterung. Schmerztabletten. Zu *viele* Schmerztabletten? Aber sie wirken noch nicht. Wirken sie schon?« Er tastete seinen Kopf ab und zuckte zusammen, als würde er sich daran erinnern, wie sehr es wehtat. Dann blickte er wieder auf, als sei er überrascht, dass er sich in unserem Abteil befand. Sein Blick richtete sich erneut auf Jack. »Leg dich hin«, befahl er und gestikulierte Richtung Bett.

Jack runzelte die Stirn. »Ich kümmere mich morgen darum. Oder Avery kann mir helfen.«

Stellan schnaubte spöttisch. »Du weißt, dass sie nicht stark genug dafür ist. Außerdem … *Ça va faire mal toute la nuit*, wenn du es nicht wieder einrenkst«, sagte er.

Ich lehnte mich gegen das Kopfende des Bettes und sah überrascht zu, wie Jack seufzte und sich dann vorsichtig aufs Bett legte – und noch überraschter, als Stellan ebenfalls aufs Bett stieg und sich über ihn beugte.

»Wie üblich?«, fragte er.

Jack nickte und verzog das Gesicht, als Stellan seine schmalen Finger in Jacks Haut bohrte. Dann drückte er ein Knie gegen Jacks Brust und Jack streckte den rechten Arm aus und kniff die Augen zusammen.

Das Ganze war so bizarr, dass ich mich eine Sekunde lang fragte, ob ich halluzinierte. *Interessant*, dachte ich nüchtern, *dass sich mein Hirn unter Stress* so etwas *ausdenkt*.

Stellan presste die Handfläche fest auf Jacks Schlüsselbein und riss dann mit einer flinken Bewegung an dessen Ellenbogen.

Jack versuchte ein Stöhnen zu unterdrücken. Seine Schulter bewegte sich auf so unnatürliche Weise, dass mir beinahe übel wurde. Stellan ließ den Arm vorsichtig wieder an Jacks Seite sinken und drückte mit beiden Handflächen gegen die Schulter. Dann nickte er.

»Gern geschehen«, sagte er, stieg von Jack herunter und lehnte sich erschöpft neben mich.

Ich starrte Jack nur an, der aufstand und sein Schlüsselbein massierte.

»Seine Schulter. Das Gelenk ist –« Stellan machte mit beiden Händen eine Explosionsgeste. »Ich musste –« Er führte beide Hände wieder zusammen.

»Seine Schulter wieder einrenken?«, beendete ich den Satz.

Stellan deutete mit dem Finger auf mich. »Genau. Hab ich schon x-mal gemacht.«

»Du warst schon mal besser darin«, grummelte Jack durch zusammengebissene Zähne.

»Und du warst schon mal härter im Nehmen«, konterte Stellan amüsiert. Er lehnte den Kopf zurück. »Müde. Darf aber nicht schlafen. Gehirnerschütterung.«

Jack betrachtete ihn misstrauisch. »Kannst du jetzt bitte wieder in Elodies Abteil zurückgehen?«

Stellan öffnete ein Auge. »Sie will reden. Armband. Raub. Ich will nicht reden. Geh *du* reden.«

Ein Kichern wollte meiner Kehle entweichen, obwohl die Sache eigentlich überhaupt nicht lustig war. Weil ich nicht wusste, was ich sonst tun sollte, klopfte ich auf die freie Stelle an meiner anderen Seite, damit Jack sich neben mich setzte. Ich würde den mit Schmerztabletten vollgepumpten Typen mit der Kopfverletzung sicher nicht allein in den Gang eines fahrenden Zuges hinausschicken.

Stellan schnappte sich die Fernbedienung und schaltete den Fernseher ein, der in der Ecke des Abteils hing. Soweit ich es verstand, war er auf einen französischen Verkaufskanal eingestellt, in dem gerade ein Mixer angeboten wurde, wobei die Verkäufer viel zu begeistert wirkten.

Nach kurzem Zögern kletterte Jack neben mir aufs Bett. Ich sah, wie er Stellan über meinen Kopf hinweg einen Blick zuwarf, aber dann lehnte auch er sich entspannt gegen das Kopfende. Nach einer Sekunde nahm er meine Hand und drückte sie ganz fest, als wolle er mir damit etwas sagen. Anfangs war ich überrascht, ließ es jedoch zu. Wir saßen zu dritt da, Schulter an Schulter an Schulter, ich und die beiden Jungs, die praktisch alles waren, was mir auf der Welt noch geblieben war.

KAPITEL 23

KURZE ZEIT SPÄTER hingen Stellans Augenlider auf Halbmast und fielen immer wieder zu.

Ich knuffte ihn sanft in die Seite. »Aufwachen.«

Er blinzelte heftig und murmelte irgendetwas auf Russisch.

»Du sollst wach bleiben«, sagte ich, aber eigentlich konzentrierte ich mich gar nicht richtig auf ihn. Ich verfolgte die Nachrichten, die nun im Fernseher liefen. Sie berichteten immer noch über Eli Abraham und zeigten mich, mit dem sterbenden Takumi Mikado im Arm. Mein Vater saß neben mir, Lydia einen Stuhl weiter, beide wie erstarrt und die Augen weit aufgerissen, so als hätten sie keine Ahnung, was vor sich ging. Ein leises, ungläubiges Lachen entwich meinen Lippen. Sie waren solche *Lügner*.

Ich krallte die Hand fester um Jacks, aber er reagierte

nicht. Ich schaute ihn an und sah, dass sein Kopf gegen das Bücherregal neben dem Bett gekippt war, sein Gesicht wirkte im flackernden blauen Licht des Fernsehers entspannt, wenn auch nicht vollkommen friedlich. Ich löste vorsichtig meine Hand aus seiner, aber er schlief weiter.

»Er konnte schon immer so gut schlafen.« Aus Stellans Stimme sprach mehr als nur ein Anflug von Neid. »Wäre wirklich nett. Ich wünschte, ich könnte mich einfach neben ihn legen.«

Ich holte tief Luft. »Es wäre *wirklich* süß, wenn ihr zwei miteinander kuscheln würdet«, scherzte ich. »Aber ernsthaft: Schlaf noch nicht ein, okay? Ich will nicht, dass du unter meiner Aufsicht stirbst.«

Er lehnte sich an mich, sein schwerer Kopf lag auf meinem, seine Haut warm auf meinem nackten Arm. »Dann halte mich wach«, murmelte er. »Erzähl mir eine Geschichte.«

Ich schob ihn sanft weg und er schenkte mir ein benebeltes Grinsen. Ein rotes Rinnsal floss über seine Stirn. Ich streckte die Hand aus und reichte ihm ein Taschentuch vom Nachttisch. »Ich dachte, Elodie hätte deine Kopfwunde verarztet.«

Der Fernseher tauchte Jacks schlafenden Körper in schwachblaues Flackerlicht. Nun sprachen sie in den Nachrichten über Premierminister Mikado. Als ich den Schmerz auf seinem und dem Gesicht seiner Frau sah, biss ich unwillkürlich die Zähne zusammen. Ich konnte heute Nacht nicht mehr darüber nachdenken.

Stellan tupfte ineffektiv seinen Kopf ab.

»Du blutest noch mein ganzes Bett voll«, sagte ich verärgert. »Aufstehen. Badezimmer.«

Ich warf einen letzten Blick auf die Nachrichten und folgte Stellan dann. Er betrachtete seinen Kopf mit zusammengekniffenen Augen im Spiegel. Er lehnte sich weiter vor und versuchte, die Wunde zu untersuchen, knallte jedoch mit der Stirn gegen das Glas.

»Au«, rief er entrüstet aus, so als hätte der Spiegel ihn absichtlich angegriffen.

Ich blieb in der Tür stehen. Er war so *groß*, dass er mit dem Kopf beinahe die niedrige Decke des Abteils streifte. Groß, einschüchternd und gebaut wie die Statue eines wunderschönen, halb nackten Wikingerhäuptlings – aber hier stand er, in diesem winzigen Zugbadezimmer, mit einem Rinnsal aus Blut auf der Stirn, nur mit einer Frauenpyjamahose bekleidet und mit einem Schmollmund im Gesicht, als sei er ein wütendes Kleinkind. Ich neigte den Kopf, um ein weiteres unangebrachtes Kichern zu unterdrücken.

Stellan rieb sich mit dem Handrücken die Augen. »Was?«, fragte er genervt, und ich biss mir fest auf die Unterlippe. Was war bloß los mit mir? Ich klatschte eine Hand auf den Mund, aber mir entwich trotzdem ein Grunzen, und dann brachen mit einem Mal alle Dämme, und das Lachen, das ich in der letzten Stunde erfolgreich unterdrückt hatte, platzte mit aller Gewalt aus mir heraus. Ich kriegte mich gar nicht mehr ein.

»Du siehst so … lächerlich aus«, brachte ich kreischend und verzweifelt hervor und war mir plötzlich sicher, dass ich einen kompletten Nervenzusammenbruch erleiden würde. »Das ist alles … das ist alles total lächerlich.«

Stellans Schmollmund verwandelte sich erst in Besorgnis, dann in Verwirrung. Er streckte einen Arm nach mir aus.

»Nein.« Ich wich aus seiner Reichweite. Falls er versuchen würde, mich zu umarmen oder etwas Aufmunterndes zu sagen, würde ich anfangen zu heulen. Und wenn ich anfing zu heulen, würde ich nicht mehr aufhören. »Setz dich hin«, befahl ich.

Ich zog einen kleinen Hocker unter dem Waschtisch hervor, immer noch mit einem leisen Kichern. Stellan setzte sich, und sein Kopf kippte nach vorn, bis das Kinn auf seiner Brust ruhte. Ich untersuchte seinen Kopf. Die obere Schicht seines blonden Haars war noch sauber, aber das darunter klebende Blut hatte Elodie nicht abgewaschen.

Ich begann wieder zu lachen, so stark, dass ich einen Schluckauf bekam. »Elodie hat dich überhaupt nicht richtig verarztet«, sagte ich entsetzt. »Was ist bloß mit ihr los?«

Stellan hob eine Augenbraue. Ich atmete zwei Mal keuchend ein und schluckte alles hinunter. Eins nach dem anderen. Das hatte ich schließlich schon den ganzen Abend so gemacht und das war auch weiterhin die Devise.

»Das muss heute noch vernünftig sauber gemacht werden, sonst wird es nie richtig heilen«, sagte ich.

Stellan betrachtete mich misstrauisch, aber ich stützte mich mit der Schulter an die Wand, um einen festeren Stand zu haben, und nickte in Richtung Duschkabine.

»Ich bin mir allerdings nicht sicher, ob du das selbst tun solltest.« In seinem Zustand hatte ich Angst, dass er sich in der engen Zugdusche umbringen würde. Oder dass er zumindest nicht sanft genug mit der Wunde umging und sie wieder aufplatzte.

Ein benebeltes, aber süffisantes Grinsen breitete sich auf seinem Gesicht aus. »Soll das heißen, du kommst *mit* rein? Hätte nich gedacht, du überlegst es dir, aber ich sag nicht Nein …«

»Wir waschen es im *Waschbecken* ab. Setz dich hin.«

Ich ließ warmes Wasser einlaufen und quetschte ein bisschen von dem Shampoo mit Orangenduft aus der Dusche hinein. Er lehnte sich zurück und sein langer Oberkörper reichte quer durch das halbe Bad. Ich rollte eines der plüschigen weißen Handtücher zusammen und klemmte es unter seinen Nacken. Er zuckte beinahe unmerklich zusammen, so als hätte er es unterdrücken können, wenn er im Vollbesitz seiner geistigen Kräfte gewesen wäre.

»Was?«, sagte ich. »Hast du dir auch die Schulter verletzt?«

Er schüttelte den Kopf.

»Was ist bloß mit euch Typen los?«, fragte ich. »Wenn du dir das Schlüsselbein gebrochen und es bisher nicht *erwähnt* hast …«

»Es ist nichts«, beharrte er, aber die Lüge klang nicht überzeugend.

Ich verschränkte die Arme vor der Brust. Schließlich holte er tief Luft und legte eine Hand auf die Narben, die sich über seinen Hals schlängelten. Diese seltsamen, durchsichtigen Narben, die seinen ganzen Rücken bedeckten und sich wie geisterhafte Kletterpflanzen über seine Schultern und um beide Seiten seiner Kehle rankten.

»Deine Narben tun weh?«, fragte ich. »Hast du irgendwas damit gemacht?«

Er schüttelte langsam den Kopf und starrte an die Decke.

»Immer«, antwortete er so leise, dass ich ihn kaum hören konnte.

Ich brauchte eine Sekunde, um zu verstehen, was er meinte. Als ich es endlich begriff, blieb mir die Luft weg. Wie von selbst streckten sich meine Finger nach der Narbe aus, die er berührte. »Die Narben tun *immer* weh?«, fragte ich.

Er nickte.

Ich folgte der Narbe an seinem Hals und seinen Schultern, die Verletzungen perlmuttartig auf seiner weisen Haut. Ich wusste nicht, was ich sagen sollte.

Stellans Finger streiften über meine Hand.

»Schon okay«, versicherte er. »Ich bin daran gewöhnt.«

Die Hitze hinter meinen Augen flammte wieder auf. Was diese Welt den Menschen nur antat. Was sie diesem Jungen angetan hatte, dessen Leben viel härter gewesen war als meines und der nun mit einer Mischung aus Gefühlen zu mir aufblickte, von der ich mir nicht sicher war, ob ich sie verstand. Ob ich verstehen *wollte*. Warum ich Jack zum Beispiel nicht gesagt hatte, dass ich mit ihm davonlaufen wollte.

»Lehn dich zurück«, sagte ich und ließ warmes Wasser über sein Haar fließen. Ich kämpfte gegen den Kloß in meiner Kehle an und meine Worte klangen abgehackt und viel zu fröhlich. »Ich hab mir auch mal so eine Kopfverletzung zugezogen«, zwitscherte ich. »Ich hab mich nach unten gebeugt und hatte einen der oberen Schränke offen stehen lassen. Als ich mich wieder aufgerichtet hab, bin ich voll gegen die Ecke geknallt. Überall war Blut! Es war widerlich. Meine Mom hat es mir rausgewaschen. Sie wusste immer genau –« Ich holte zitternd Luft, voller Tränen, die sich den ganzen Tag angesammelt hatten und die ich nicht strömen lassen würde. Nicht strömen lassen *konnte.* »Deshalb weiß ich auch, was hier nötig ist. Wir waschen erst mal das Blut aus deinen Haaren, um die Wunde besser erreichen zu können, und dann … und dann …« Meine Stimme brach. Der Kloß in meiner Kehle ließ die restlichen Worte nicht mehr durch. »Und dann …«

Ich verstummte, als ich spürte, wie sich Stellans Hand um mein Bein schloss.

»Und dann, ähm, sterilisieren wir die Wunde«, fuhr ich fort, meine Stimme hoch und dünn. »Kopfverletzungen bluten stark, aber sie wird schnell heilen, wenn du sie in Ruhe lässt. Und dann wirst du … dann wirst du …«

Stellan streichelte mein Knie mit dem Daumen, ruhig und fest. All das, was sich die ganze Zeit in mir aufgestaut hatte – der Knoten, der sich immer fester zusammenzog, und meine bis zum Zerreißen angespannten Nerven –, brach sich mit einem Mal Bahn.

Nachdem die erste Träne geflossen war, folgte eine wahre Flutwelle.

Diesmal gab es kein Lachen, nur stumme, stetige Tränen, die eine gefühlte Ewigkeit salzig in meinen Mund tropften. Der intensive Duft des Orangenshampoos, das Brummen des Neonlichts über dem Waschbecken, das *Klack-klack-klack* des Zugs auf den Schienen. Das Wasser schwappte im Waschbecken, als Stellan den Kopf hob. Ich konnte spüren, dass er mich anblickte.

Ich holte tief Luft und nahm das beruhigende, gleichmäßige Streicheln seines Daumens auf meinem Knie wahr –

ein Versprechen, dass ich nicht allein war, dass er mich aber auch nicht zwingen würde, darüber zu reden. Das letzte Beinahe-Schluchzen erstarb in meiner Kehle.

»Und dann wirst du wieder ganz gesund.« Ich blinzelte die Tränen weg und konnte wieder klar sehen. Mir wurde bewusst, dass Stellans Kopf noch immer in meinen Händen ruhte, meine Finger seine blonden, von Rot durchzogenen Haare durchkämmten, während zitternde Wellen das immer rötlichere Wasser kräuselten.

Ich fädelte meine Finger heraus und wischte mir mit dem Handrücken die Mascara aus dem Gesicht, bevor ich noch etwas Shampoo ins Wasser drückte und es verteilte. Stellan ließ mein Bein nicht los und ich zog es auch nicht zurück.

»Das ist doch nicht normal mit den Narben«, sagte ich, als hätte es die letzten paar Minuten nie gegeben. Meine Stimme klang nun wieder kräftiger. »Narben sind doch eigentlich totes Gewebe.«

Er schlug die Augen auf. »Nichts daran, nicht wie ein normaler Mensch zu verbrennen, ist normal«, erwiderte er. »Aber nein, ich denke auch, die Narben sollten sieben Jahre später schmerzfrei sein. Ich schätze, irgendwie wusste ich immer, dass damit etwas … nicht stimmt. Vielleicht hab ich deshalb nie jemandem davon erzählt.«

»Niemand sonst weiß es?«, fragte ich leise.

Er schüttelte den Kopf. Mein Blick wanderte erneut über seine Narben, während ich versuchte mir all die gewöhnlichen Dinge vorzustellen, die er täglich tat und die ihm große Schmerzen bereiten mussten. Ich atmete durch zusammengepresste Lippen aus, bevor ich mich wieder vorbeugte und versuchte, eine Position zu finden, in der ich nicht quer über seiner Brust hängen musste. »Geht es so für dich?«

Er legte die freie Hand auf seinen Bauch. »Überraschend gemütlich.«

»Ich versuche, vorsichtig zu sein, aber sag mir Bescheid, wenn es wehtut.« Ich wusch das Blut aus seinem Haar und gab mir alle Mühe, dabei nicht an die Wunde zu kommen. Ich war mir nicht sicher, wie gut die Schmerztabletten wirkten. Nach einer Minute breitete sich ein leises, entspanntes Lächeln auf seinem Gesicht aus. Offensichtlich ging es ihm schon besser. Ich wischte einen Tropfen blutiges Wasser von seiner Stirn und knuffte ihn in die Seite. »Du musst wach bleiben.«

»Aber das fühlt sich gut an«, murmelte er. »Es fühlt sich *richtig* gut an.«

»Hat das schon mal jemand bei dir gemacht?«

Er öffnete die Augen einen Spalt und zog eine *Was glaubst du wohl?*-Augenbraue hoch.

»Ich bin mal eingeschlafen, als mir beim Friseur die Haare gewaschen wurden«, gestand ich in dem Versuch, ihn wach zu halten. »Es war, direkt nachdem wir schon wieder umgezogen waren. Ich war total gestresst und hatte kaum geschlafen. Meine Mom hat uns einen Friseurbesuch mit Pediküre spendiert und ich bin mit dem Kopf im Waschbecken und den Füßen auf dem Schoß der Kosmetikerin eingenickt. Meine Mom hat sie überzeugt, mich *eine Stunde* lang schlafen zu lassen. Ich bin mit dem steifsten Hals aller Zeiten aufgewacht.«

Stellan lächelte, aber ich wusste, dass er kaum noch bei Bewusstsein war, als seine Hand von meinem Bein fiel. Ich zupfte ihn am Ohrläppchen. »Hey. Aufwachen. Lass mich mal deine Pupillen sehen.«

»Mmmm«, seufzte er, machte jedoch die Augen auf. Seine Pupillen wirkten nicht zu erweitert, und ich war mir ziemlich sicher, dass dies ein gutes Zeichen war. Er schwieg eine Minute lang und sagte dann: »Dieser Typ. Der, der jetzt … *dir* gehört. Mit der Narbe auf der Wange.«

Ich hielt inne, meine Hände im schwimmenden blonden Heiligenschein seines Haars erstarrt. Eine Sekunde lang erinnerte es mich so sehr daran, wie wir uns unter Wasser versteckt hatten, dass meine Lunge richtig brannte. »*Narbengesicht*. So nenne ich ihn.«

»Er hat mich an jemanden erinnert, aber ich wusste nicht mehr, an wen. Aber jetzt ist es mir wieder eingefallen. Einen Hüter der Emirs. Rocco. Sie haben sich seiner vor zwei Jahren entledigt. Weil –«

»… er etwas mit einem Familienmitglied hatte.«

Stellan nickte. »Abgesehen von der Narbe sieht er genauso aus wie dieser Hüter. Außerdem hätte ich schwören können, dass er unter dem Kompass einen Olivenzweig eintätowiert hatte. Ist dir das auch aufgefallen?«

Ich nickte. »Aber das ist unmöglich, oder? Dieser Hüter ist tot.«

Das mochte vielleicht etwas bedeuten, aber ich wollte jetzt nicht darüber nachdenken. Der Zug ruckelte und Wasser schwappte aus dem Waschbecken.

»Tut mir leid, dass ich davon angefangen habe«, sagte Stellan, als er mich wie immer durchschaute. »Wir müssen nicht darüber reden.«

»Schon okay«, erwiderte ich knapp, und wir verfielen wieder in Schweigen, während ich weiter behutsam das Blut aus seinen Haaren wusch und versuchte, die Wunde nicht erneut zu verletzen. Nach einer Weile blickte ich nach unten, um mich zu vergewissern, dass Stellan nicht doch eingeschlafen war, und musste feststellen, dass er mich anstarrte.

»Was?«, fragte ich.

»Du bist hübsch.«

Ich verdrehte die Augen. Nicht zuletzt, weil ich genau wusste, dass ich in diesem Moment mit der verschmierten Mascara unter den Augen und der vom Heulen knallroten Nase so weit von *hübsch* entfernt war wie nur irgend möglich. »Hör auf.«

»Hör auf womit?«

»Das weißt du genau.«

»Das ist doch nichts Beleidigendes.«

»Nein, es ist nicht *beleidigend*. Es ist nur ...« Aus irgendeinem Grund wurde auch ich durch seinen desorientierten Zustand offener, so als könne ich heute Abend, in unserer kleinen Blase, alles sagen, was ich sonst niemals sagen würde. »Dir ist schon klar, dass es überhaupt keinen Zweck hat, wenn du so was sagst, oder? Ich kenne deine Masche.«

Er verzog verwirrt das Gesicht. »Welche *Masche?*«

»Ich weiß sehr wohl, dass ich in diesem Spiel für alle nur eine Trophäe bin, dich eingeschlossen. Also, ja, ich weiß, dass du genau aus dem gleichen Grund mit mir flirtest, aus dem auch all die Familien des Kreises einen riesigen Aufwand bei meinem Besuch betrieben haben. Und es wird nicht funktionieren. Also ... hör auf.« Ich spürte, wie ich errötete.

Es folgte eine lange Stille. Ich hatte Stellans Kopf so gut

wie möglich gesäubert, hielt seine Haare hoch und zog den Stöpsel aus dem Abfluss.

»Ich glaube, du weißt gar nichts«, grummelte er und ließ die Augen wieder zufallen, während ich den Wasserhahn aufdrehte und warmes Wasser über seinen Kopf laufen ließ. »Du glaubst immer, du hättest recht. Aber das hast du nicht. Du hast nicht immer recht.«

Mir krampfte sich das Herz zusammen. Eine Sekunde lang schwiegen wir.

»Weißt du«, begann er dann, »als ich dich kennengelernt habe …« Er öffnete ein Auge, und die Krämpfe wanderten in meinen Magen weiter, als ich mich daran erinnerte, wie Jack mir auf dem Balkon der Dauphins gestanden hatte, dass er mich die ganze Zeit genauso sehr gemocht hatte wie ich ihn. Damals hatte es auch so angefangen. *Sag es nicht*, flüsterte es in meinem Kopf. Ich bin mir nicht sicher, dass ich damit umgehen kann. *Nicht –*

»Als ich dich kennengelernt habe«, wiederholte Stellan schläfrig, »habe ich dich für eine Idiotin gehalten.«

Seine Augen fielen wieder zu und sämtliche Luft entwich mit einem Seufzer aus meiner Lunge.

»Wer steigt schon mit einem völlig Fremden in ein Flugzeug, der gerade ein Messer gegen ihn gezogen hat?«, sagte er. »Was ist bloß los mit dir? Ich hätte ein Serienkiller sein können.«

Halb schnaubte, halb lachte ich – weil er recht hatte. Er ließ zu, dass ich seinen Kopf unter dem Wasserstrahl hin und her bewegte.

»Aber dieses dumme, naive Mädchen, für das ich dich gehalten habe, hätte sich mittlerweile schon längst umbringen lassen«, fuhr er schließlich mit verblassender Stimme fort. »Oder zumindest hätte es geschrien und wäre davongelaufen. Wie sich herausstellte, bist du also doch keine so große Idiotin.«

Überrascht hielt ich inne und drehte dann den Wasserhahn wieder zu. Ich musste mich eine Sekunde lang sammeln, bevor ich ihn wieder anschauen konnte, und als ich es schließlich tat, war er eingeschlafen.

Ich ließ ihn schlafen, während ich das Erste-Hilfe-Set aus dem Schrank holte. Ich hätte das Pflaster nicht so auf seinen Kopf kleben können, dass es auch wirklich hielt, deshalb sprühte ich nur ein wenig Desinfektionsmittel auf die Wunde und stieß Stellan dann mit meinem Knie an. Er blinzelte und schaute sich um, als hätte er nicht nur unsere Unterhaltung von eben vergessen, sondern auch, wo er sich befand.

»Und jetzt überlegen wir uns, wie wir dich noch ein paar Stunden lang wach halten«, sagte ich erschöpft und reichte ihm ein Handtuch für seinen Kopf.

Er verzog das Gesicht, folgte mir jedoch zurück ins Abteil, wo Jack immer noch tief und fest auf der anderen Seite des Bettes schlief, ein Kissen unter dem Kopf. Ich krabbelte wieder in die Mitte und Stellan kletterte neben mich. Ich sah zu, wie sich Jacks Rücken mit jedem Atemzug hob und senkte. Er zuckte zusammen und murmelte irgendetwas im Schlaf. Ich legte eine Hand auf seine Schulter und er entspannte sich wieder. So saßen wir da und ließen uns von der Bewegung des Zuges hin- und herwiegen, während Stellan durch die Kanäle zappte, bis er eine Sendung fand, die nach *Familien-Duell* auf Französisch aussah. Wir stellten den Ton auf Flüsterlautstärke und Stellan murmelte über das Rumpeln und Rattern des Zuges hinweg die Übersetzungen der Siegerantworten auf die Fragen nach den beliebtesten Snacks von Fußballern oder Urlaubszielen von Rentnern. So erfuhr ich, dass dreiundfünfzig Prozent der Befragten glaubten, französische Frauen würden im Alter von vierzig Jahren anfangen, sich die Haare zu färben.

Ich erwachte langsam und wäre am liebsten sofort wieder eingeschlafen. Es war beinahe absurd gemütlich, gegen eine warme, breite Brust gekuschelt zu liegen. Außerdem verriet mir der schwache Lichtstrahl, als ich ein Auge halb öffnete, dass es immer noch ziemlich früh war. Zum ersten Mal seit langer Zeit fühlte ich mich jedoch tatsächlich ausgeruht. Ich versuchte mich zu bewegen, um einen Blick auf meine Armbanduhr werfen zu können, aber die Arme, die meinen Körper umfassten, schlangen sich noch enger um mich. »Mmm, nein«, protestierte er verschlafen in mein Ohr. »Gemütlich.« Und das war es auch. So gemütlich, dass ich am liebsten für immer in diesem halbwachen Zustand verharrt hätte. Ich kuschelte mich wieder in seine Arme.

Und war dann mit einem Mal hellwach. Das war nicht der weiche britische Akzent, von dem ich erwartete, ihn morgens als Erstes zu hören. Ich riss die Augen auf und wusste sofort, dass es nicht Jacks Arme waren, weil Jack mit dem Gesicht zu mir lag, unsere Finger nur Millimeter von einer Berührung entfernt, so als hätten wir Händchen gehalten und einander irgendwann in der Nacht losgelassen.

Mit einem Mal brach wieder über mich herein, was gestern und in der vergangenen Nacht passiert war.

Ich schoss kerzengerade hoch und blinzelte mir den Schlaf aus den Augen. Meine Kontaktlinsen fühlten sich klebrig und trocken an. »Du bist eingeschlafen«, flüsterte ich Stellan zu.

Auch er blinzelte, kaum bei Bewusstsein, und blickte ebenso überrascht wie ich auf die Mulde im Bett, in der ich eben noch an seine Brust geschmiegt gelegen hatte. »Offensichtlich sind *wir* eingeschlafen.«

Ich blickte schuldbewusst auf Jack hinunter. Das Letzte, woran ich mich erinnerte, war, dass wir beide uns Gameshows anschauten und ich dabei eine Hand auf Jacks Rücken gelegt hatte.

»Du kannst von Glück sagen, dass ich nicht tot bin. Du bist kein besonders guter Babysitter.« Ein leises Lächeln huschte über Stellans Lippen. »Aber ziemlich gut im Kuscheln.«

»*Schhh*«, zischte ich ihn an. Ich spürte, wie mein Gesicht zu glühen begann und warf Jack einen weiteren Blick zu. Seine dunklen Augenbrauen zogen sich zusammen, und sein Mund zuckte, als würde er im Traum mit jemandem reden. Ohne Stellan anzuschauen, flüsterte ich: »Ich geh mal –« Ich nickte Richtung Tür und trat in den Gang vor unserem Abteil hinaus.

Es war später, als ich gedacht hatte. Die Sonne stand bereits am Himmel und ich trat an eines der großen Fenster. Wir rasten an einem Weinberg vorbei, über dem ein weiß getünchtes Haus auf einem Hügel stand, dann an einem leuchtend gelben Sonnenblumenfeld, das sich so weit erstreckte, wie mein Auge reichte.

Ich fasste die Haare zu einem Pferdeschwanz zusammen

und fuhr mit den Fingern durch die verhedderten Strähnen. Ich war mir nicht sicher, ob es ein Schritt nach vorn oder ein Schritt zurück war, dass ich nach dem gestrigen Tag überhaupt geschlafen hatte – noch dazu die ganze Nacht. Ich konnte mich gar nicht mehr daran erinnern, wann das zum letzten Mal passiert war.

Dann musste ich wohl für den Rest meines Lebens einfach nur zwischen Jack und Stellan schlafen – *perfekt*.

Ein paar Minuten später drehte ich mich um, als ich Schritte hörte. Stellan trug wieder seine eigenen Klamotten, die enge Jeans und ein T-Shirt, so dunkel, dass man sein getrocknetes Blut darauf nicht sah. Ich spürte, wie ich erneut errötete, weil ich wieder daran denken musste, wie ich vermutlich den Großteil der vergangenen Nacht in seinen Armen verbracht hatte. War einer von uns wirklich nur zufällig in dieser Position gelandet, oder hatten wir uns immer weiter aufeinander zubewegt, weil unser Unterbewusstsein dem Bedürfnis nachgegeben hatte, jemanden festzuhalten? Stellan blieb stehen, als er mich bemerkte. Ich fragte mich, ob er das Gleiche dachte.

Stellan zündete sich eine Zigarette an und blies einen Rauchwirbel aus dem Mundwinkel.

Ich verzog trotzdem das Gesicht in Richtung der Zigarette und Stellan schnitt eine Grimasse zurück.

»Dir scheint's ja schon besser zu gehen«, sagte ich. Er war wieder ganz der Alte, nicht mehr so weich und benommen wie letzte Nacht. »Hast du dir mal deinen Kopf angeschaut?«

Er beugte sich vor, damit ich einen Blick darauf werfen konnte. Ich musste nur das Haar zur Seite schieben und sah sofort, dass die Wunde viel kleiner war als noch gestern Nacht. »Sie heilt *richtig* schnell. Eigenartig schnell.«

Er strich das Haar wieder an seinen Platz. »Vielleicht liegt das an meiner magischen Haut. Ich schätze, meine Wunden sind schon immer schnell geheilt. Ich hab mir nie viel dabei gedacht.«

Ich hätte gerne noch mehr über seine »magische Haut« erfahren, wenn wir Zeit dafür gehabt hätten. Vielleicht irgendwann in der Zukunft. *Falls* Stellan überhaupt ein Teil meiner Zukunft war, erinnerte ich mich selbst. Schon in wenigen Tagen würde ich es wissen. Sobald wir das zweite Armband und hoffentlich Alexanders Grab gefunden hatten. Wenn alles gut ging, würde ich dessen Fundort bei Alistair gegen meine Mom eintauschen und dann … nun, dann würde ich mich entscheiden. Ob ich bleiben und ein Teil der mächtigsten Geheimorganisation der Welt sein oder unter- und nie wieder auftauchen wollte.

Ich lehnte mich gegen die Wand und spielte an meiner Halskette herum. Als ich das Medaillon losließ, waren meine Hände mit schwarzem Ruß verschmiert. Ich betrachtete es und stellte fest, dass Staub aus den Löchern des Musters rieselte. Ich öffnete es.

Das Bild darin musste in Flammen aufgegangen sein, als wir das Medaillon erhitzt hatten, denn es befand sich nur noch Asche darin. Ich schnappte überrascht nach Luft.

Ich starrte eine Sekunde lang blinzelnd auf das Medaillon und klappte es dann wieder zu.

»Was war da drin?«, fragte Stellan nach einer kurzen Pause.

»Ein Bild von meiner Mom.« Ich wischte den Rest der

Asche von der Verzierung, ballte die Faust um den Anhänger und drückte ihn an mein Herz.

Stellan stand einen Moment lang schweigend da, drückte dann die Zigarette aus und setzte sich auf einen der Klappsitze im Gang. Er musste seine langen Beine falten und klopfte auf den Sitz neben sich.

Stellan stützte die Ellenbogen auf den Knien ab, und wir blickten auf die schroffen Felsen der Schlucht hinaus, die wir gerade überquerten und die chon bald wieder von Feldern abgelöst wurde, gefolgt von den Ausläufern einer Stadt. Wenn der Zug pünktlich war, würden wir Cannes schon bald erreichen. Ich stand wieder auf und wischte meine Jeans ab.

Auch Stellan erhob sich und folgte mir zurück zu unserem Abteil.

Ich schob die Tür auf. Jack schlief – erstaunlicherweise – immer noch. Ich legte einen Finger auf die Lippen.

»Wir müssen nicht leise sein. Er hat *ewig* geschlafen«, sagte Stellan. Er warf sich bäuchlings auf Jacks Seite des Bettes. »So habe ich ihn immer aufgeweckt, als wir noch jünger waren. Er wird es zu schätzen wissen.« Er schob Jacks Hosenbein nach oben und riss an den Haaren an seinen Beinen. Jack schoss kerzengerade hoch.

Sein Schreck verwandelte sich in Verärgerung, als er Stellan sah. »Wie alt bist du? Zwölf?«

Stellan rollte vom Bett und wirkte überraschend gut gelaunt für jemanden, der noch an den Folgen einer Gehirnerschütterung litt.

Die Lautsprecher über uns erwachten mit einem Knistern zum Leben. Es ertönte eine Durchsage auf Französisch, dann auf Englisch. Wir würden Cannes in Kürze erreichen.

»Ich wecke Elodie«, sagte Stellan.

Jack fuhr sich mit den Fingern durchs Haar. Er schaute Stellan nach und sah dann mich am Ende des Bettes sitzen. »Guten Morgen«, sagte er.

Es klang irgendwie verlegen. Weniger wie *guten Morgen* und eher wie etwas anderes. *Tut mir leid, dass ich eingeschlafen bin und du allein die Krankenschwester spielen musstest.* Oder vielleicht auch so, als würde er sich fragen, was ich über unsere Unterhaltung von letzter Nacht dachte. Darüber, dass wir zusammen fliehen würden.

Aber vielleicht war auch einfach nur ich diejenige, die gerade befangen war.

»Guten Morgen.« Ich schnappte mir die Fernbedienung, die wir letzte Nacht aus dem Bett gekickt haben mussten, um die Morgennachrichten auszuschalten und endlich mit Jack zu reden. Dann erkannte ich jedoch, dass mein Gesicht schon wieder im Fernsehen zu sehen war.

Es war das Video von mir und Takumi Mikado, aber diesmal zeigte es schon nach wenigen Sekunden ein Standbild von mir, gefolgt von einem stirnrunzelnden Reporter. Ich stellte lauter. »Was sagen sie?«

Jack hörte eine Weile zu und schaute mich dann erschrocken an. »Sie sagen, dieses Mädchen, das einige als Heldin bezeichnen, wird wegen einer Befragung im Zusammengang mit dem Attentat gesucht.«

Ein tiefes schwarzes Loch riss in meinem Bauch auf. »Alistair versucht, den Kreis gegen mich aufzubringen. Es kann ihm eigentlich nur recht sein, dass ich abgehauen bin.

Dadurch kann er es so aussehen lassen, als hätten sie mich verschwinden lassen.« *Du bist jetzt eine Heldin,* hatte er gesagt. Er konnte mich genauso leicht in die Schurkin verwandeln.

Trotzdem musste ich mich in der Öffentlichkeit zeigen, um das Zwillingsarmband zu finden. Daran hatte Alistair allem Anschein nach nicht gedacht. »Sie werden mich zur meistgesuchten Person der Welt machen. Dann können wir keinen einzigen Schritt mehr unbeobachtet gehen.«

Die Tür ging auf, und ich spannte mich an, schon jetzt paranoid. Wie viele Passagiere dieses Zuges hatten diese Nachrichtensendung gesehen? Wie viele Menschen in Cannes?

Elodie und Stellan schlüpften ins Zimmer und schoben die Tür wieder hinter sich zu. »Schaltet mal die – oh. Ihr habt es schon gesehen.«

»Ja, haben wir.«

»Tja«, Elodie hielt mir einen Hut mit breiter Krempe und eine Sonnenbrille hin, »wir sind in etwa zehn Minuten in Cannes. Mal sehen, ob wir verhindern können, dass sie dich verhaften.

KAPITEL 24

COLETTE HATTE EINEN Wagen geschickt, der vor dem Bahnhof auf uns wartete. Wir verhielten uns so unauffällig wie möglich, bis wir im Auto saßen – abgesehen davon, dass mich so gut wie jeder erkennen konnte, stellte sich auch immer noch die Frage, wie es den Saxons gelungen war, uns am Arc de Triomphe aufzuspüren. Elodie hatte unsere Handys und anderen Geräte gründlich überprüft und keine Wanzen oder Peilsender gefunden, aber selbst sie musste zugeben, dass der Kreis vermutlich über Technologien verfügte, von der sie nichts ahnte.

Cannes war alles andere als ein verschlafenes Küstenstädtchen. Wir steckten in einer von Palmen geteilten Straße im Verkehr fest, die direkt am Meer entlangführte. Am Strand war zwischen all den Sonnenschirmen und Badetüchern kaum ein freies Fleckchen Sand zu erkennen. Vor uns schlenderte ein übermäßig braun gebrannter, untersetzter Mann, der nichts als eine knappe Badehose trug, gemütlich zwischen den stehenden Fahrzeugen hindurch.

»Das ist also die französische Riviera«, sagte ich.

Elodie zeigte auf ein weißes Hotel mit marineblauen Türmchen, das die Uferpromenade dominierte. »Normalerweise steigen die Dauphins im *Carlton* ab, aber wir übernachten in Colettes privater Villa. Sie ist immer noch ein bisschen kamerascheu.«

Für uns war das sowieso besser. Ich war mir sicher, dass sich hier Dutzende Mitglieder des Kreises tummelten. Möglicherweise besuchten sogar die Saxons selbst die Filmfestspiele. Wenn dem so war, mussten wir uns das Armband unbedingt holen, bevor sie herausfanden, was wir vorhatten. *Sie* wussten definitiv, wie ich aussah.

Vor uns, zu unserer Rechten, sah ich den Grund für den Stau: Eine Menschentraube drängte sich auf der Straße. Als wir näher kamen, erkannte ich ein gut zwei Stockwerke hohes Transparent an einem modernen Gebäude, dem Schauplatz der Filmfestspiele von Cannes. Der rote Teppich auf den Stufen darunter war von Fotografen mit Sonnenhüten gesäumt, die im Schneidersitz auf dem Boden saßen, ihre Kameras auf dem Schoß.

»Die offizielle Eröffnungsfeier ist erst morgen, wie ihr wisst«, sagte Elodie. »Aber das Defilee auf dem roten Teppich findet heute Abend statt. Die Fotografen warten den ganzen Tag hier, um sich ihren guten Platz zu sichern.«

Der Verkehr entspannte sich wieder, als wir am Festivalpalais vorbeifuhren. Wir erreichten Colettes Villa, die am äußersten Rand der Stadt auf einer Klippe stand, ohne weitere Verzögerungen. Sie war cremefarben gestrichen, mit schwarzen Fensterläden, und blickte über einen von Palmen und perfekt geschnittenen Hecken gesäumten Pool. Noch bevor wir aus dem Wagen steigen konnten, rannte Colette die Vordertreppe herunter. Der Fahrer holte derweil Elodies Tasche aus dem Kofferraum. Sie war die Einzige von uns, die Gepäck dabeihatte. Colette wollte später ein Kaufhaus ganz in der Nähe bitten, für den Rest von uns ein paar Klamotten zu schicken.

Die hohen Hecken versteckten die Villa perfekt vor ihrer Umgebung und ich entspannte mich zum ersten Mal seit der Nachrichtensendung am Morgen ein wenig.

»Lucien hat mir erzählt, was passiert ist«, sagte Colette und riss mich in eine Umarmung, bevor sie Jack auf die Wange küsste und die Arme um Elodie schlang. »Geht's dir gut? Geht's euch allen gut?«

»Abgesehen von ein paar kleineren Blessuren«, antwortete Stellan. Colette schmiegte sich an seine Seite, aber er drückte nur ihre Schulter und ließ sie dann wieder los.

Ich starrte auf Colettes Rücken, als sie Elodie und Jack in die Villa führte, und mir fiel wieder ein, was Stellan auf der Jacht zu mir gesagt hatte: *Du musst alle Möglichkeiten einsetzen, die du hast, um voranzukommen.*

»Du hast dasselbe mit mir gemacht«, sagte ich. Ich erinnerte mich wieder an seine Hände in meinem Haar, damals im Flugzeug, als er meine Haarnadeln entfernt hatte, obwohl wir uns erst seit wenigen Stunden kannten. An die unpassenden Bemerkungen, die direkt auf meinen hyperaktiven Errötungsmechanismus abzielten.

Er bemerkte, dass ich Colette beobachtete, und schien zu

verstehen, was ich meinte. »Ich dachte, du wärst ein leichtes Ziel.«

Wir stiegen die breiten Steinstufen hinauf. »Ich glaube, ich wusste es. Ich wusste, dass du mir nicht wehtun würdest. Darum bin ich mit dir in das Flugzeug gestiegen.«

Stellan öffnete die Tür. »Und was, wenn du dich geirrt hättest?«

Ich schlüpfte vor ihm hindurch. »Hab ich aber nicht.«

Wir fanden die anderen in einem ringsum verglasten Wohnzimmer. Es wirkte, als bestünde der Raum aus den Palmen und Kletterpflanzen, die draußen wuchsen. Ich setzte mich neben Jack aufs Sofa und er legte einen Arm um meine Schultern. Offensichtlich hatte er es ernst gemeint, und ihn interessierte nicht mehr, was die anderen dachten. Elodie bemerkte es und blickte uns mit hochgezogener Augenbraue an. Ich ignorierte sie.

Sie räusperte sich. »Wie ihr alle wisst, wird das Armband, deswegen wir hier sind, morgen während der Eröffnungsgala des Festivals ausgestellt. Das ist unsere beste – und möglicherweise einzige – Chance, es zu stehlen. Wir müssen also gut vorbereitet sein.«

Ich ließ den Blick über all die nickenden Köpfe schweifen. Wir verwandelten uns langsam in eine gut eingelaufene Maschine.

»Der Plan sieht folgendermaßen aus«, fuhr Elodie fort. »Vor dem Hauptevent morgen findet heute ein Schaulaufen auf dem roten Teppich statt. Colette und ich werden dort die Lage auskundschaften. Wir finden heraus, wo sich das Armband befindet und durch welche Sicherheitsmaßnahmen es bewacht wird. Morgen Abend geht Colette dann zur

Eröffnungsgala. Wenn der richtige Zeitpunkt gekommen ist, gibt sie mir ein Zeichen, und ich schalte den Strom ab. Dadurch sollten die Alarmanlagen an den Schauvitrinen für gut fünfundvierzig Sekunden lahmgelegt sein, bevor die Notgeneratoren anspringen. Stellan bleibt als ihr Leibwächter bei Colette. Sobald die Lichter ausgehen, schnappt er sich das Armband und ersetzt es durch das hier. Colette hat es in einem Secondhandladen entdeckt.« Sie hielt ein relativ ähnliches goldenes Modeschmuckstück hoch. »Anschließend verschwinden wir, so schnell wir können.«

Alle nickten, abgesehen von mir. »Und was mache ich?«

»Du und Jack mixt uns Piña coladas, damit wir feiern können, sobald wir wieder zurück sind.« Elodie breitete dramatisch die Arme aus. »Hör mal, du bist im Augenblick die berühmteste Person in der Welt des Kreises, und noch dazu auf der Flucht. Wenn dich irgendjemand sieht, könnte das die Sache nur unnötig verkomplizieren. Und du«, fuhr sie an Jack gewandt fort, »bist zwar nicht ganz so berühmt, aber es gibt trotzdem eine Menge Kreismitglieder, die dich für einen Verräter halten und dir mit Freuden den Kopf abschneiden würden, was unseren Plan definitiv vereiteln würde. Du musst dich genauso bedeckt halten.«

Ich wollte energisch protestieren, aber Jack erwiderte: »Du hast recht. Wir bleiben hier.«

Wütend glitt ich aus seinem Arm, gab jedoch nach. »Na schön. Ich werde den Plan nicht gefährden, nur weil ich dabei sein will. Ich finde zwar, dass es dämlich ist, uns nicht einzusetzen, aber von mir aus. Was sonst noch?«

»Das war's. Bis dahin verhalten wir uns ruhig und bereiten uns auf unseren Coup vor.«

KAPITEL 25

ALS DIE ANDEREN gegangen waren, um sich ein Schlafzimmer auszusuchen, folgte Jack mir durch die Bogenglastür auf eine Terrasse hinaus, auf der Zierbüsche und Liegestühle standen. Ich ging zu einem Springbrunnen, in dem ein Marmorfisch Wasser aus seinem Mund in das Becken darunter spuckte. Jack stellte sich neben mich, die Hände in den Hosentaschen.

»Tut mir leid wegen eben«, sagte er. »Reflexreaktion. Ich hätte dich mit Elodie diskutieren lassen sollen, wenn du das wolltest. Es wäre mir zwar lieber, wenn du hierbleibst, aber …«

Ich runzelte die Stirn und steckte das Haar hinter die Ohren. »Ich denke einfach, dass es besser wäre, wenn wir alle zusammenbleiben, nur für den Fall, dass irgendwas schiefgeht. Aber wenn ihr alle denkt, dass Risiko, ich könnte erkannt werden, ist zu groß, dann sollte ich euch wohl einfach vertrauen, schätze ich.«

Über uns kreischten zwei Vögel und ich lehnte mich gegen das Brunnengeländer und blickte zu den umliegenden Villen hinauf.

Wir standen ein paar Sekunden lang schweigend da, völlig in Gedanken versunken. Schließlich streckte Jack einen Arm aus. Ich schmiegte mich mit der Wange an seine Brust und er legte das Kinn auf meinen Kopf. »Du weißt, dass ich alles für dich tun würde, oder?«, fragte er. Ich konnte die Worte ebenso deutlich spüren, wie ich sie hörte. »Es ist mir egal, wie oft wir unterschiedlicher Meinung sind. Du könntest den ganzen Tag mit mir streiten und ich würde trotzdem –«

Er verstummte abrupt, und seine Hand, mit der er kleine Kreise auf meinen Rücken gemalt hatte, hielt inne. Ich spannte mich an und starrte auf sein Hemd. Er würde trotzdem was?

»Ich würde trotzdem das tun, was für dich richtig ist«, beendete er den Satz und streichelte mir wieder den Rücken. »Das werde ich immer.«

Ich dachte an den Teil von Jacks Vergangenheit, von dem er mir nichts erzählt hatte. Wie hilflos er sich bei Oliver Saxons Tod gefühlt haben musste und dass ich an seiner Stelle auch alles tun würde, um nie wieder in so eine Situation zu geraten. »Ich weiß«, flüsterte ich.

Er strich mit den Händen über meine Arme und löste sich dann von mir. »Warte kurz hier«, sagte er.

Er eilte durch den Garten zu einem schwer mit pinkfarbenen Rosen beladenen Busch. Er pflückte eine von ihnen, rannte wieder zurück und bot sie mir an. »Heute Abend, wenn Colette und Elodie die Lage erkunden, möchte ich mit dir ausgehen. Ein richtiges Date. Irgendwo weit weg von all dem Trubel, wo uns niemand erkennt. Es wird wahrscheinlich nicht unbedingt ein Edelrestaurant sein, aber …«

Ich war mir sicher, dass ich skeptisch wirkte. *Wirklich? Jetzt? Ausgerechnet?*

»Ich meine es ernst. Wir sind immer noch nicht miteinander ausgegangen, seit ich dich in Minnesota gefragt habe. Ich habe es damals ernst gemeint und meine es jetzt noch tausendmal ernster. Alles ist so ein Durcheinander, dass ich wirklich nicht weiß, warum wir uns noch zurückhalten. Avery West, möchtest du mit mir ausgehen?«

Ich nahm die Rose. Es wäre bestimmt gut für uns. Vielleicht würde dann alles wieder ein bisschen normaler, falls das überhaupt möglich war. »Okay. Ja.«

Ich erschrak, als sich in einem der Nachbarhäuser eine Balkontür öffnete. Eine Frau in einem roten Bikini kam heraus. Sie trug einen weißen Hut mit breiter Krempe, aber ihre langen, wilden Locken und der dicke geschwungene Eyeliner waren unverkennbar: Miranda Cruz hatte im vergangenen Jahr den Oscar als beste Schauspielerin gewonnen. Sie lehnte sich über den Balkon, blickte sich um und sah, dass wir zu ihr hinüberschauten. Ich duckte mich hinter Jack, nur für den Fall.

Wie aufs Stichwort öffnete Elodie die Terrassentür und winkte uns zu, hereinzukommen. »Ich hab euch schon gesucht«, sagte sie. »Welchen Teil von *Alle werden dich erkennen* hast du nicht verstanden? Du gehst *nicht* nach draußen. Für zwei Tage. Selbst du solltest das hinkriegen.«

Ich folgte ihr zurück in das kühle klimatisierte Haus. »Ich habe nicht vor, mich von der Gefangenen der Saxons in *deine* Gefangene zu verwandeln. Nächstes Mal trage ich eine Sonnenbrille oder so, aber ich werde mich nicht hier drinnen verstecken. Und überhaupt: Warum kann ich nicht einfach auch morgen eine Sonnenbrille tragen und irgendwo in der Nähe des Festivalpalais warten? Dann hättet ihr mich wenigstens als Verstärkung dabei. Ich habe die Nachrichten gesehen. Sie sagen nur, dass man mich wegen einer Befragung sucht. Es ist ja nicht so, als stünde ich auf der Liste der meistgesuchten Verbrecher. Zufällige Passanten werden mich sicher nicht erkennen.«

»Als ob eine Sonnenbrille irgendetwas bringen würde«, widersprach mir Elodie.

»Wir könnten sie verkleiden«, schlug Colette vor. »Das mache ich andauernd. Eine Sonnenbrille reicht nicht, aber du kannst eine Menge erreichen, wenn du Kleidung und Haar veränderst. Wenn ich eine Perücke und einen riesigen Mantel trage, brauche ich die Sonnenbrille eigentlich gar nicht mehr. Es ist fast so, als würden die Leute mein Gesicht nicht sehen, wenn der Rest von mir nicht so aussieht, wie sie es erwarten.«

»Dann mache ich das auch«, erwiderte ich. Ich blickte auf mein langes, welliges dunkles Haar hinunter, das über meine Schultern fiel. »Ich schneide mir die Haare.«

»Sie hat von einer *Perücke* gesprochen«, erwiderte Elodie. »Du musst es ja nicht gleich übertreiben. Andererseits hast du eine Menge Haare, die du unter der Perücke verstecken müsstest …«

Ich legte eine Hand an die Haarsträhne, die mir bei der

Hochzeit abgeschnitten worden war und die nur noch bis zu meinem Schlüsselbein reichte.

»Du könntest es auch als Ausrede benutzen, mal etwas ganz Neues auszuprobieren«, warf Colette ein. »Du könntest sie alle auf diese Länge abschneiden. Und pink färben.«

Ich begann zu lachen, verstummte dann jedoch. »Gar keine schlechte Idee. Ich verwandle mich in einen Hipster. Ein paar rosa Strähnchen, eine große Brille ... Die abgeschnittene Strähne sieht sowieso lächerlich aus. Ich will schon die ganze Zeit *irgendwas* damit machen.«

Ich wandte mich an Elodie. »Würdest du mir helfen?«

✵

Als Elodie mit dem Haarfärbemittel aus der Drogerie zurückkehrte, ließen wir Colette und die Jungs im Wohnzimmer allein und schlossen uns im marmornen Badezimmer ein.

»Gleich wird aus dir die neue hippe Avery – obwohl dafür natürlich ein bisschen mehr nötig ist als nur ein Haarschnitt«, sagte Elodie und warf eine Schere und die Packung mit dem Färbemittel auf den Waschtisch.

Ich betrachtete mich ein letztes Mal in dem vergoldeten Spiegel, zog an den Enden meines langen Haars und setzte mich auf den Toilettendeckel. »Können wir anderen irgendetwas tun, während ihr heute Abend auf dem roten Teppich seid?«

Elodie bürstete mein Haar. »Hier nutzlos rumsitzen.«

Ich biss mir fest auf die Lippe. »Warum magst du mich nicht?«

Sie grinste höhnisch.

»Ich meine es ernst. Ich versuche die ganze Zeit, nett zu dir zu sein, aber du hasst mich trotzdem. Ich will einfach nur sichergehen, dass du mir nicht gleich den kompletten Schädel rasierst.«

Elodie riss mit der Bürste an einem Knoten in meinen Haaren und ich zuckte zusammen. »Ich hasse dich nicht. Ich finde diese ganze Sache nur total abscheulich und wünsche mir manchmal, du wärst nie in unser Leben getreten. Aber ich hasse dich nicht.«

»Ähm, okay. Danke«, erwiderte ich, ohne meinen Sarkasmus zu verbergen.

Sie seufzte übertrieben. »Das war ein *Kompliment*. Ich finde, du schlägst dich ganz wacker. Aber ich hoffe wirklich, dass du ihm nicht wehtust. Jackie. Er ist … einer von den Guten. Das sind sie beide.«

Oh. Dann war das also der Grund für die wieder aufgeflammte Feindseligkeit. Ich fand, dass sie uns heute Morgen im Zug alle irgendwie komisch angeschaut hatte. »Ich dachte, wir hätten vereinbart, nicht darüber zu reden. Komplizierter Beziehungskram ist einer ernsthaften Suche nach weiteren Hinweisen nicht zuträglich, schon vergessen?«

»Lustig, dass du so was sagst, aber trotzdem beide an der langen Leine hältst.«

Ich drehte mich so schnell um, dass die Bürste an meinen Haaren riss. »Au! Ich halte niemanden an der langen Leine. Ich hatte was mit Jack. *Habe* was mit Jack. Wie auch immer. Es ist kompliziert. Ende der Unterhaltung.«

»Aber du willst trotzdem wissen, wie Stellans Zunge schmeckt.«

»Elodie!« Ich wirbelte erneut herum, diesmal zur Tür, um

mich zu vergewissern, dass uns niemand gehört hatte. Ich zischte durch zusammengebissene Zähne, als sich die Bürste erneut verfing, riss sie ihr aus der Hand und entwirrte mein Haar selbst.

»Aber ich habe recht, oder?« Sie nahm mir die Bürste wieder ab und steckte die oberste Schicht meiner Haare eng an meinem Kopf fest.

»Lass es einfach gut sein.«

Gnädigerweise zuckte Elodie daraufhin nur mit den Schultern und zerrte an der kurzen Haarsträhne. »Bist du dir auch wirklich sicher? Dein Haar ist so *glamoureux*. Kurzes Haar fühlt sich ganz anders an.«

Ich schüttelte den Kopf und spürte, wie mein Haar auf meiner Haut kitzelte. Ich trug es seit unserem ersten Umzug so lang. Ich hatte es noch nie gefärbt oder sonst etwas damit getan. War das hier verrückt? Vielleicht. War ich mir sicher? Nein. Ich betrachtete Elodies akkuraten Bob.

Sie sah, dass ich sie beobachtete, und fuhr sich durch ihr eigenes Haar. »Genau. Du willst schließlich nicht so aussehen wie ich.«

»Eigentlich habe ich gerade gedacht, dass mir deine Frisur richtig gut gefällt«, entgegnete ich. Ich hatte so viel Zeit mit Kämpfen verbracht und mich stur an die Vorstellung geklammert, dass alles wieder so werden musste, wie es einmal gewesen war. Vielleicht hätte ich stattdessen lieber versuchen sollen, mich der neuen Situation anzupassen. Mein Haar radikal zu verändern, anstatt zu versuchen, das zu verbergen, was ich verloren hatte. Ich rollte bei dem ziemlich pathetischen Gedanken innerlich die Augen und fügte hinzu: »Ich will es kurz. Tu es.«

Elodie schürzte ihre Lippen und betrachtete mich eindringlich, so als sei sie sich nicht sicher, ob ich es wirklich ernst meinte. »Okay.«

Ich hielt trotzdem den Atem an, als sie mein Haar für den ersten Schnitt glatt zog. Auf das eindeutige Geräusch einer schneidenden Schere folgte das Flüstern einer Locke, die auf den Badezimmerboden fiel. Die abgeschnittene Strähne war viel länger, als ich es erwartet hatte. Sie lag auf den Fliesen, zu einer Spirale zusammengerollt. Es traf mich wie ein Schlag. »Oh Gott«, stieß ich leise aus.

»Jetzt ist es zu spät«, sagte Elodie.

»Ich weiß.« Ich sah zu, wie die zweite Locke fiel. Und die dritte.

Kurz darauf stellte sich Elodie vor mich und glich die Strähnen an, die meine Schlüsselbeine berührten. Ich tastete nach den frisch abgeschnittenen Enden und sie schwangen frei hin und her.

Elodie öffnete die Spange und ließ die nächste Haarschicht herunter. Ich schluckte schwer.

»Ich hasse dich auch nicht. Nur, damit du's weißt«, sagte ich in dem Versuch, mich abzulenken.

Sie klemmte eine Strähne zwischen zwei Finger. »Ich weiß.« Als sie die oberste Haarschicht herunterließ, fühlte sich mein Kopf bereits fünf Kilo leichter an.

Schließlich wuschelte sie mir durchs Haar und strich es mir aus dem Gesicht. Ich hatte die Augen immer noch geschlossen und spürte, wie sie einzelne Locken über meinen Ohren arrangierte, dann mein Kinn packte und mein Gesicht nach oben neigte. »Augen auf«, sagte sie.

Ich tat es. Elodies Gesicht war nur wenige Zentimeter

von meinem entfernt. Sie lächelte tatsächlich und nahm mein Gesicht in beide Hände. »Hör auf so zu gucken, als wäre jemand gestorben, sonst färbe ich es dir nicht pink.«

Ich setzte ein Lächeln auf, das sich selbst für mich falsch anfühlte. Sie schnaubte spöttisch, schnappte sich jedoch die Haarfarbe. Dann betrachtete sie mich von oben bis unten und rümpfte die Nase. »Bitte, sag mir, das sind nicht dieselben Klamotten, die du schon bei unserer Abreise aus Griechenland anhattest.«

»Ich hatte leider nicht so wahnsinnig viel Zeit, shoppen zu gehen.« Ich berührte mein Haar und versuchte, über meine Schulter einen Blick in den Spiegel zu erhaschen.

»Nein! Noch nicht gucken!« Elodie machte einen Satz vor mich und zeigte auf die Trennwand am Endc des Raumes, hinter der sich die Dusche befand. »Deine Haare müssen dafür sowieso nass sein. Geh duschen. Ich bitte Colette, uns ein paar saubere Klamotten zu bringen, dann färben wir.«

Fast eine Stunde später war ich frisch geduscht, mein Haar war gefärbt, und Elodie holte einen Föhn. Sie setzte mich wieder mit dem Rücken zum Spiegel, und ich spürte, wie sie meine Wellen um ihre Finger wickelte. Als sie fertig war, lächelte sie. »Fertig. Du kannst gucken.«

Ich erhob mich und glättete das schwarze Baumwollkleid, das Colette uns gebracht hatte. Sie und ich hatten zwar nicht annähernd dieselbe Größe, aber das Kleid war weit geschnitten, deshalb spielte es keine Rolle.

Ich atmete tief ein, um mich für den Anblick zu wappnen, und drehte mich um.

Ich wusste nicht, was ich erwartet hatte, aber sicher nicht das.

Elodie hatte mein Haar zu einem langen akkuraten Bob geschnitten, der bis zu meinen Schultern herabfiel. Ich hatte mich gefragt, ob ich mit den kurzen Haaren jünger aussehen würde, aber ich wirkte reifer. Älter, auf gute Art. Ohne das lang herunterhängende Haar kamen meine Wangenknochen besser zur Geltung, und meine Augen wirkten größer, schienen jedoch gleichzeitig auch besser proportioniert. Ich sah aus wie ich, aber auch wieder nicht.

Und dann die Farbe: Falls pinkfarbenes Haar überhaupt natürlich aussehen konnte, dann sah das hier natürlich aus. Es war kräftig – unglaublich kräftig. Es war nicht einfach nur pink, es war magenta. Alle pinkfarbenen Strähnen befanden sich in der unteren Haarschicht, und Elodie hatte sie so geschickt platziert, dass sie oben zwischen den Locken durchschimmerten. Beim ersten Blick fielen sie kaum auf, aber wenn ich mein Haar nach hinten warf oder schnell den Kopf drehte, blitzten sie neongrell auf.

»Es gefällt mir gut«, sagte ich. »*Richtig* gut. Du bist ein Genie.«

»Ich werde nicht vergessen, dass du das gesagt hast, und dich irgendwann mal damit erpressen«, scherzte Elodie, aber sie schien sich ehrlich zu freuen.

»Ich sehe gar nicht mehr aus wie ich.« Oder irgendwie doch, aber trotzdem so anders, dass ich durch die Gänge der Lakehaven High hätte spazieren können, ohne dass mich jemand erkannte. »Das wird funktionieren.«

»Wahrscheinlich müssen wir dich in weite Klamotten stecken, damit du dicker aussiehst, aber es ist ein Anfang.«

Ich nickte. »Alles. Ich tue alles.«

Mit der neuen Frisur und dem Kleid wirkte ich so … gelassen. Gewandt. Selbstbewusst.

»Danke«, sagte ich. »Ich hätte das nie so … Danke.«

»Du willst mich doch jetzt nicht umarmen, oder?« Elodie wich einen Schritt zurück.

Ich spürte, wie sich ein echtes Lächeln auf meinem Gesicht ausbreitete. »Nein, keine Angst. Ich werde dich nicht umarmen. Aber vielen Dank. Ich finde es toll.«

»Tja«, erwiderte sie und öffnete die Badezimmertür, »wir haben den halben Nachmittag damit verschwendet. Ich hoffe, es war die Sache wert.«

Wir gingen die Treppe hinunter. Colette fing uns im Flur ab und klatschte begeistert in die Hände, bevor sie mich am Arm packte und ins Wohnzimmer zerrte. »Und was habt ihr so getrieben, während wir weg waren?«

Weder Jack noch Stellan antwortete ihr. Sie versuchten an ihr vorbeizuschauen und einen Blick auf mich zu erhaschen.

Als sie mich sahen, klappte Jack die Kinnlade herunter. Ich nahm an, dass er nicht geglaubt hatte, dass ich es wirklich durchziehen würde. Colette schüttelte mein Haar auf und ich kaute auf meiner Unterlippe herum. »Gefällt es dir?«, fragte ich Jack.

»Ja! Ja. Und wie. Es sieht toll aus«, antwortete er und erwachte wieder aus seiner Trance. »Rosa Haar, was? Die Tarnung ist perfekt.«

»Es gefällt dir nicht.«

»Sei doch nicht so ein Spießer«, schnauzte Elodie ihn an. »Sie sieht fantastisch aus. Stellan, sag ihr, dass sie fantastisch aussieht.«

»Fantastisch«, wiederholte Stellan, blickte jedoch kaum auf und schien sich plötzlich sehr für seine Stiefel zu interessieren.

»Also, *mir* gefällt's«, verkündete ich mit so viel Selbstbewusstsein, wie ich aufbringen konnte. Hier ging es schließlich darum, dass ich das Haus verlassen konnte, ohne erkannt zu werden, und nicht darum, hübsch auszusehen. Aber davon abgesehen gefiel es mir *wirklich*.

»Du siehst großartig aus«, versicherte Jack mir erneut. »Es ist nur … es ist so … anders. Ich –«

Elodie bedachte ihn mit einem Stirnrunzeln, legte einen Arm um meine Schultern und führte mich zum Fenster.

»Ich hasse sie«, flüsterte Elodie mir ins Ohr. »Alle beide. Okay, ich hatte mal mit beiden von ihnen was, aber sie sind beide echt schrecklich.«

Ich stieß ein ungläubiges Lachen aus.

Elodie verzog das Gesicht. »Okay, das war gelogen. Total gelogen. Aber ich hasse sie trotzdem.«

Ich blickte über meine Schulter zurück. »Das war der mieseste Aufmunterungsversuch aller Zeiten«, flüsterte ich.

»Es spielt keine Rolle, was sie denken«, fügte sie hinzu. »Jeder schwule Typ in Cannes wird dein Haar berühren wollen.«

Ich lehnte mich mit der Stirn an ihre Schulter.

»Zu sehr wie eine Umarmung«, sagte sie und wich zurück. »Jetzt sind wir dran, Lettie«, rief sie hastig und schnappte sich Colettes Arm. »Unsere erste Lagesondierung beginnt in weniger als vier Stunden.«

KAPITEL 26

SPÄTER ZOGEN SICH Elodie und Colette für den roten Teppich um und Stellan war irgendwo unterwegs. Ich schlenderte in die Küche. Irgendwie wünschte ich mir, wir würden uns schon heute Abend das Armband holen. Ich verstand zwar, warum sich morgen die bessere Gelegenheit bot, aber ich wurde allmählich nervös. Wenigstens konnte ich mich auf mein Date mit Jack freuen. Ich fragte mich, was wir wohl unternehmen würden. Gelangweilt griff ich nach meinem Handy, das auf der Arbeitsplatte lag.

Ich hatte eine Nachricht erhalten.

Ich bin wirklich nicht erfreut, dass du mir nicht antwortest.

Lydia Saxon.

Mir wurde eiskalt. Lydia wusste doch gar nichts von meinem neuen nicht zu ortenden Handy, oder? Aber wenn sie es wusste, konnten sie es auch orten.

Ich rief nach Jack. Wir mussten von hier verschwinden, sonst würden die Saxons uns finden – wenn sie das nicht schon längst getan hatten.

Und dann sah ich mein Handy dort liegen, wo ich es vorhin zurückgelassen hatte, in Colettes strahlend weißem Wohnzimmer, auf meiner Handtasche.

Das Handy, auf das ich starrte, gehörte gar nicht mir.

Es gehörte Jack.

Ich konnte nicht anders. Ich scrollte durch seine Nachrichten. Es waren eine ganze Menge.

Ich setzte mich auf einen der durchsichtigen Plastikstühle am Esstisch, überflog blinzelnd die Worte auf dem Bildschirm und las Sätze, die dort eigentlich gar nicht stehen sollten.

Die halbe Esszimmerwand bestand aus Türen und Jack kam durch eine von ihnen herein. Zwischen den Türen sowie an der Wand hinter mir befanden sich Spiegel, die von der Decke bis zum Boden reichten, und sein unsicheres Lächeln wurde von einem zum anderen geworfen, immer hin und her, bis in die Unendlichkeit. »Hi«, sagte er. »Tut mir leid, dass ich so auf dein Haar reagiert hab. Ich war nur überrascht.«

Meine Hand verkrampfte sich um das Smartphone darin. »Natürlich.« Meine Stimme klang hohl. »Natürlich warst du überrascht, dass ich etwas tun wollte, mit dem du nicht einverstanden warst.«

»Avery«, sagte er »es tut mir leid. Du siehst wunderschön aus, ganz egal, was … Was ist denn los?«

Ich hielt das Handy hoch. »Ich habe die Nachrichten gecheckt. Ich dachte, es wäre meins.«

Eine Sekunde lang wirkte er verwirrt, dann entgleisten ihm völlig die Gesichtszüge, und der ganze Raum schien einzustürzen. Ich ließ das Handy über den Tisch schlittern.

»Avery –«

»So wussten sie, was wir in Paris vorhatten«, sagte ich ruhig.

Jack ließ sich schwer auf den Stuhl mir gegenüber fallen. »Gott. Nein. Es ist nicht –«

»Es ist nicht das, wonach es aussieht? Und was ist es dann? Weil es nämlich so aussieht, als hättest du meiner Schwester *alles* erzählt. Und mich deswegen angelogen.«

Er spreizte die Hände auf der gläsernen Tischplatte. Ich hielt den Atem an. Vielleicht gab es ja noch eine andere Erklärung.

»Ich wollte, dass du in Sicherheit bist«, sagte er, und in mir zerbrach alles.

»Das war nicht *deine* Entscheidung.«

»Lydia hat versprochen, dass sie jemanden schickt, der auf dich aufpasst, ohne dass sie dir in die Quere kommen«, fuhr Jack fort.

Ich hob eine Hand, während sich die Puzzleteile in meinem Kopf zusammensetzten. »Jedes Mal, wenn ich dachte, ich hätte jemanden gesehen, der uns beobachtet, und du so getan hast, als würde ich es mir nur einbilden – das waren *alles* Leute der Saxons?«

»Es war die einzige Möglichkeit«, flehte er.

Es tat *weh*. Meine Brust tat richtig weh, so sehr, dass ich eine Hand in mein Kleid krallte. Es fühlte sich an, als sei mein Innerstes in eine Million Scherben zerbrochen.

»Ich hatte keine Ahnung, was sie wirklich vorhatte«,

sagte Jack. »Ich habe es im gleichen Moment erfahren wie du. Ich hätte niemals –«

»Hör einfach auf.« Ich blickte zu den Türen hinaus, vorbei an den weißen Säulen und den zu einem Bogengang geschnittenen Hecken, die zur Einfahrt hinunterführten. »Wissen die Saxons, dass wir hier sind?«

»Natürlich nicht. Ich hatte seit gestern keinen Kontakt mehr zu Lydia und sie konnte dieses Handy auch nie orten. Du musst das verstehen, Avery. Dein Vater hätte dich niemals nach Griechenland gehen lassen, ohne dich von ihren Wachleuten beschatten zu lassen. Und er hätte dich gestern auch nicht allein nach Paris fliegen lassen.«

Ich hätte es wissen müssen, das war alles viel zu einfach gewesen.

»Und sie haben auch tatsächlich an den Hinweisen gearbeitet –«

»Du hast ihnen von den *Hinweisen* erzählt? Von allen?« Ich vergrub meinen Kopf in den Händen. »Hattest du auch Kontakt zu Lydia, bevor wir überhaupt beschlossen haben, zu ihnen zu gehen?«

»Glaubst du wirklich, wir hätten uns in Paris sonst so lange verstecken können? Sie hätten dich aufgespürt. So konnten sie unsere Wohnung durch ihre Leute überwachen lassen –«

Ich gab ein ersticktes Würgen von mir. »Und du hast die ganze Zeit mit Lydia zusammengearbeitet.«

Jacks Hände ballten sich zu Fäusten und seine Finger hinterließen Abdrücke auf dem Glas der Tischplatte. »Ich dachte, sie wäre auf unserer Seite. Wir alle wollen den Orden aufhalten – und Lydia hat verstanden, dass du deinen Freiraum brauchst. Sie wollte nicht, dass du das Gefühl hast, beobachtet zu werden –«

»Aber das wurde ich!«, unterbrach ich ihn und schluckte meinen Schmerz voller Wut hinunter, weil es so ein kleines bisschen einfacher war. Das hier war so *erniedrigend.* Ich konnte einfach nicht fassen, wie ich so blind hatte sein können. »Und musste es ausgerechnet Lydia sein? Sie ist schließlich nicht nur irgendeine Saxon – du hattest auch mal was mit ihr!«

Jack riss den Kopf hoch.

»Stellan hat es mir erzählt, weil er hier offensichtlich der Einzige ist, der mir überhaupt noch irgendwas erzählt. Es ist mir egal, mit wem du vielleicht mal zusammen warst, aber es ist mir nicht egal, wenn du mich anlügst. Und das nach dieser ganzen Sache von wegen *Familienmitglieder und Angestellte?* Gott!« Ich fuhr mir mit den Händen durch mein nun kürzeres Haar. »*Lydia?* Sie *sieht aus* wie ich. Sie *ist* ich – nur, dass sie eben eine Saxon ist.«

Jack schüttelte den Kopf. »Und du *nicht*. Genau das ist ja der Punkt. Ich meine, das bist du schon, aber nicht in den wichtigen Dingen. Ihr zwei seid euch überhaupt nicht ähnlich.«

Ich schob meinen Stuhl so schwungvoll unter den Tisch, dass er beinahe umkippte. »Trotzdem hast du immer behauptet, dass *wir* nicht zusammen sein könnten, während du die ganze Zeit hinter meinem Rücken mit *ihr* in Kontakt standest.«

»Damit du in Sicherheit bist! Du hast mit Stellan hinter *meinem* Rücken schließlich genauso über Dinge gesprochen, nach denen du eigentlich *mich* hättest fragen müssen.«

»Das ist nicht das Gleiche.« Ich hörte Schritte in der Etage über uns und versuchte, leiser weiterzusprechen. Das Ganze war schon schlimm genug, ohne dass Elodie und Colette uns zuhörten. »Hier geht's nicht um Stellan.«

»Tut es nicht? Dann hast du in letzter Zeit also nicht immer wieder seinetwegen Streit mit mir angefangen?«

»Wenn überhaupt, dann streitest *du* dich seinetwegen mit *mir*.« Am liebsten hätte ich auf irgendetwas eingeschlagen. »Können wir Stellan vielleicht aus dieser Sache rauslassen? Hier geht es darum, dass du genau das getan hast, wovon ich dich gebeten hatte, es nicht zu tun. Du warst der einzige Mensch auf der Welt, dem ich vertraut habe. Es war deine Entscheidung. Du hättest dich für *mich* entscheiden können.«

Jack stand auf und lehnte sich über den Tisch. »Ja. Es war meine Entscheidung, entweder das zu tun, was *du* wolltest, oder dafür zu sorgen, dass du am Leben bleibst. Weißt du, wie oft ich mir gewünscht habe, ich könnte egoistisch genug sein, mich für *uns* zu entscheiden?« Er stieß sich vom Tisch ab und brachte die Vase mit den Pfingstrosen zum Wackeln, die in der Mitte stand. »Weißt du noch, was ich in der Nacht nach dem Ball der Dauphins auf dem Balkon zu dir gesagt habe? Es war *alles* nur für dich.«

Meine Fingernägel krallten sich in die Rückenlehne eines Stuhls und ich betrachtete mich selbst in den endlosen Spiegeln. Ich sah aus wie eine Verrückte. »Du solltest gehen, bevor die anderen herausfinden, auf wessen Seite du wirklich stehst.«

Jack schüttelte den Kopf. Seine Hände lagen wieder auf der Tischplatte, die Knöchel kreideweiß. »Ich stehe auf *deiner*

Seite, Avery! Ich habe eine andere Entscheidung getroffen, als du es getan hättest, weil du mir etwas bedeutest.«

»Und das hättest du nicht tun sollen.« Ich schnappte mir meine Handtasche und ging zur Haustür hinaus. »Und ich will dir auch nichts mehr bedeuten. Was immer auch zwischen uns war, es ist vorbei. Das mit uns ist vorbei.«

»Sei vorsichtig«, rief Jack mir nach einer Sekunde mit angespannter Stimme nach. »Dein Haar macht dich nicht unsichtbar. Halte dich bedeckt und –«

Ich blieb in der lackierten Haustür stehen. »Ich habe gesagt, du sollst damit aufhören. Hör auf, mich beschützen zu wollen!«

Jacks Stiefel hallten auf dem Marmorboden wider und dann bog er um die Ecke und stand vor mir. »Avery! Du kannst Schluss machen, aber du wirst mir trotzdem noch genauso viel bedeuten.«

»Wie kann ich mit dir Schluss machen, wenn wir sowieso nie wirklich zusammen waren?«, erwiderte ich und knallte die Tür hinter mir zu.

Ich weinte nicht. Ich war vollkommen leer geweint. Aber ich hatte trotzdem das Gefühl, mein Herz würde gleich explodieren. Ich stapfte die Straße durch das Wohngebiet hinunter und setzte mich an eine Bushaltestelle. Die Kälte der einsamen Metallbank drang durch Colettes Kleid direkt in meine Beine.

Ich war total durcheinander. Was machte ich hier eigentlich? Obwohl es bereits dunkel wurde, setzte ich die Sonnenbrille auf, hielt den Kopf gesenkt und hoffte, dass ich wie eine beliebige Punkergöre aussah, der niemand große Beachtung schenken würde. Ich war mir ziemlich sicher, dass Jack den Saxons wirklich nicht erzählt hatte, wo wir waren, aber völlige Gewissheit besaß ich nicht. Und der Kreis hatte seine Augen schließlich überall.

Ich klammerte mich an der Handtasche auf meinem Schoß fest, als sei sie meine letzte Rettungsleine. Zum allerersten Mal in meinem Leben gehörte ich tatsächlich zu jemandem, und trotzdem verlor ich alle, die mir etwas bedeuteten. Mr Emerson. Meine Mom. Lydia und meinen Vater. Jack.

Wenigstens hatten es die Dauphins offen zugegeben, als sie mich entführt und versucht hatten, mich mit Luc zu verheiraten.

Ich wusste nicht, was ich tun sollte. Ich wollte nicht zurück in die Villa, aber ich konnte auch sonst nirgendwohin. Ohne wirklich darüber nachzudenken, tastete ich in meiner Handtasche nach meinem Handy.

Ich tippte *Wo bist du* und drückte auf *Senden.*

Ich war bereits unterwegs, als die Antwort eintraf.

KAPITEL 27

AM FUSS DES Hügels führte eine Promenade am Ufer entlang, die von Cafés, Restaurants und Bars gesäumt war. Ich ging an einem Café vorbei, vor dem leuchtend gelbe Tische standen, blickte auf mein Handy, um die Adresse noch einmal zu überprüfen, und zog dann die kastanienbraune Tür nebenan auf. Das Innere war klein, dunkel, warm und rot schimmernd – jede einzelne Glühbirne der von der Decke hängenden Kronleuchter schien dunkelrot zu leuchten und verlieh der Bar die Atmosphäre eines eleganten, aber dennoch anrüchigen Etablissements.

Ich bahnte mir einen Weg zwischen einem Pärchen und mehreren Gruppen lachender Jugendlicher hindurch, die kaum älter waren als ich. Stellan lehnte am anderen Ende des Tresens und plauderte mit dem Barkeeper und irgendeinem anderen Kerl. Ich rauschte neben ihn, nahm ihm sein

Getränk aus der Hand, ohne zu wissen, was es war, und trank einen kräftigen Schluck. Als ich schmeckte, dass es nur Espresso war, runzelte ich die Stirn.

»Hi«, sagte er, und ich ignorierte die erhobene Augenbraue seiner Gesprächspartner, die uns wortlos allein ließen.

Ich knallte seine Tasse lauter als nötig wieder auf den Tresen. »Was tust du denn hier?«, fragte ich.

»Ich wollte einen Kaffee.«

Ich blickte mich um. »In einer Bar?«

Einer seiner Mundwinkel bog sich nach oben. »Ich dachte, du würdest dich freuen, wenn ich hierherkomme, anstatt Colette zu bitten, mir einen zu kochen.«

»Mir ist egal, was du mit Colette machst. Warum denken eigentlich alle …« Beinahe hätte ich es laut ausgesprochen, hielt mich aber noch rechtzeitig zurück. *Warum denken eigentlich alle, dass du* mir *gehörst?* Ich lehnte mich über die Bar und fuhr mir mit den Händen durchs Haar. Durcheinander. Ich war komplett durcheinander. Was machte ich überhaupt hier?

Stellan blickte über meine Schulter hinweg zur Tür. »Sollte ich dich fragen, wo dein Freund Schrägstrich Leibwächter ist?«

»Das ist mir egal, solange er nicht hier ist.« Ich versuchte so angestrengt wie möglich, das *ist mir egal* auch wirklich so zu meinen.

Stellan hob eine Augenbraue.

»Er hat den Saxons die ganze Zeit berichtet, was wir gemacht haben. Angeblich, damit ich in *Sicherheit* bin.« Stellans ganzer Körper spannte sich an. »Hat er ihnen auch gesagt, dass wir *hier* sind?«

»Er behauptet, er hätte nicht mehr mit ihnen gesprochen, seit wir herausgefunden haben, was sie wirklich vorhaben. Ich glaube, er sagt die Wahrheit.«

Stellan hob einen Finger und zwei Gläser mit irgendeiner klaren Flüssigkeit tauchten vor uns auf. Ich kippte meines hinunter, ohne zu fragen, was es war, und bestellte direkt ein neues, bevor der Barkeeper überhaupt die Chance hatte, sich umzudrehen.

Erst dann brannte es so intensiv in meiner Kehle, dass ich würgen musste. »Das ist ja widerlich.«

»Wodka«, sagte Stellan.

»Und manche Leute trinken das *gerne*?« Als die nächste Runde kam, wollte ich das zweite Glas ebenfalls sofort leeren, musste jedoch bereits unfreiwillig würgen, als ich danach griff, und schwenkte es stattdessen nur in der Hand hin und her.

Stellan räusperte sich. Das spärliche Licht unterstrich seine tief liegenden Augen nur umso mehr. »Dann seid du und Jack also …«

»Können wir über was anderes reden?«

Er nickte und nippte an seinem eigenen Glas.

Nach etwa einer halben Minute breitete sich angenehme Wärme in meinem Magen aus. Nach einer weiteren Minute strahlte sie bis in meinen Kopf aus, und noch eine Minute später fühlte ich mich fast, als würde ich schweben. Ich blickte mich um. Trotz der vampirfreundlichen Beleuchtung wirkte die Bar ziemlich gemütlich, so als würden sich hier alle schon seit Jahren kennen. Es war nicht die typische Bar an der Ecke, die man zu Hause in den USA oft sah, voller alter, mürrischer Männer, die sich mit Bier betranken.

Wir waren die Einzigen hier, die Wodka bestellten. Die meisten anderen Gäste tranken Espresso oder genossen ein Glas Wein.

»Aus«, sagte ich in mein Glas.

Stellan zog beide Augenbrauen hoch.

»Ich und Jack. Schluss. Aus. Vorbei. Was immer wir auch vorher waren, jetzt sind wir nichts mehr.«

Ich wollte, dass mich der Schmerz förmlich durchbohrte, aber seine schärfsten Kanten schienen bereits abgestumpft zu sein. Ich blickte absichtlich nicht auf, weil ich Stellans Reaktion nicht sehen wollte. Hinter uns befand sich eine improvisierte Tanzfläche, auf der irgendein Typ einen völlig unpassenden Robotertanz zu der sinnlichen französischen Musik aufführte, die aus den Lautsprechern tönte. Mein Kopf fühlte sich noch benommener an.

Ein paar Minuten lang nippten wir in kameradschaftlichem Schweigen an unseren Wodkas, und ich spürte, wie ich allmählich immer ruhiger wurde. Genau das mochte ich so an Stellan: Er musste nicht jedes Schweigen mit leeren Worten füllen.

Ich stützte einen Ellenbogen auf den Tresen, legte meinen Kopf in die Hand und beobachtete ihn, während er den Rest der Bar beobachtete. Sein Haar sah auch in dem eigenartigen Licht noch blond aus, aber seine Haut schimmerte rötlich. Er hatte mir in Griechenland das Leben gerettet. Und er hatte seither einen entscheidenden Beitrag dazu geleistet, dass ich nicht völlig durchgedreht war. Ich fragte mich, was Stellan gerade dachte. Wahrscheinlich machte er sich im Stillen über mich lustig. Wahrscheinlich verfluchte er Jack.

Ich ließ wie er den Blick durch die Bar schweifen. Ein Mädchen und zwei Jungen gafften ihn auffällig unauffällig an und beäugten mich mit einer Mischung aus Faszination und Eifersucht.

Stellan wedelte mit der Hand vor meinem Gesicht herum, und mir wurde bewusst, dass er mich beim Starren erwischt hatte.

Ich kicherte leise. Der Wodka schmeckte gar nicht mehr so schlecht wie vorher. »Na, dann, hoch die Tassen«, sagte ich und stieß mit meinem Glas an seines, bevor ich den Rest mit minimalem Würgen hinunterkippte.

Stellan hob eine Augenbraue. »Ganz ruhig, Partygirl. Wir haben morgen einiges vor. Wichtiges.«

Ich ignorierte ihn. Jetzt verstand ich, warum Leute sich betranken. Alles, woran ich in den letzten paar Minuten gedacht hatte, war, wie hübsch dieser Junge aussah, der neben mir an der Theke stand. Noch ein paar Wodka mehr, und ich könnte auch alles andere vergessen, was heute Abend passiert war. Und in den letzten paar Tagen. Oder überhaupt jemals. »Mehr«, sagte ich.

Stellan orderte auf Französisch noch mal zwei Drinks, aber da ich inzwischen ein paar Worte verstand, wusste ich, dass er meinen mit Wasser bestellt hatte. »Ich bin nicht *betrunken.*«

»Ich mag dieses Hemd. Ich will später kein Erbrochenes davon waschen müssen.«

Ich stieß ihm den Ellenbogen in die Seite und vollführte eine schnelle Pirouette. Meine Handtasche konnte nicht ganz folgen. Sie knallte mit einem dumpfen Schlag gegen die Bar, aber ich drehte mich trotzdem weiter. »Siehst du?«, sagte ich über meine Schulter. »Nicht betrunken, sonst könnte ich das hier gar nicht.«

»Klar, schließlich hättest du das eben in nüchternem Zustand auch getan«, erwiderte Stellan ironisch. Ich bremste abrupt ab und starrte auf seine Hand, die plötzlich an meiner Taille lag und mich festhielt.

Er bemerkte meinen Blick und nahm die Hand ganz langsam wieder weg. Ich kletterte auf einen von zwei gerade frei gewordenen Barhockern. Als er sich neben mich setzte, fragte ich: »Magst du die Dauphins überhaupt? Von Luc mal abgesehen scheinen sie dir nicht annähernd so viel zu bedeuten, wie die Saxons Jack bedeutet haben.«

»Wie kommst du denn jetzt darauf?«

Ich zuckte mit den Schultern.

Stellans Knie berührte meines, als er auf dem Hocker neben mir nach vorne rückte. »Ich tue, was ich für mich selbst tun muss. Und für meine Schwester.«

Ich erinnerte mich wieder daran, wie ich ihn beim Ball gesehen und er sich mit Madame Dauphin unterhalten hatte. »Aber du befolgst trotzdem immer, was sie dir sagen. Madame Dauphin hat dir befohlen, mich auszuspionieren, als wir uns kennengelernt haben. Und du hast es getan.«

»Ja. Das musste ich. Das ist nun mal mein Job.«

Ich streckte die Füße aus, aber meine Beine waren kaum lang genug, um die Fußstütze unter der Bar zu erreichen. »Es sah fast so aus, als hättest du Angst vor Madame Dauphin. Aber jetzt hast du keine Angst mehr.« Die Worte sprudelten heraus, bevor ich sie zurückhalten konnte.

»Sie ist … hart zu mir. Ich kann mir bei ihr keinen Fehler erlauben.«

»Mag sie dich nicht?«

Er grinste höhnisch. »So was in der Art.«

Ich bedeutete ihm mit einer Handbewegung, es mir genauer zu erklären. Zuerst schien es, als würde er es nicht tun, aber dann nahm er einen Schluck von seinem Wodka und fuhr fort: »Okay. Vor ungefähr einem Jahr habe ich vielleicht … eine Situation falsch eingeschätzt.«

Ich schüttelte den Kopf, weil ich mir nicht sicher war, was er zu sagen versuchte.

»Es war immer in meinem eigenen Interesse, sie nicht gegen mich aufzubringen. Sie mochte mich von Anfang an. Aber bis zu jenem Moment wusste ich nicht, wie *sehr.*«

Ich brauchte ein paar Sekunden länger als nötig, bis ich kapierte, was er meinte. Ich schwenkte meinen Barhocker herum, um ihn anzuschauen. »Warte mal. Madame Dauphin hat versucht …?«

Stellan schwenkte den Rest Wodka in seinem Glas und mir kam ein grauenvoller Gedanke. »Und hast du?«

»Nein. Aber vielleicht hätte ich es tun sollen. Denn jetzt setzt sie alles in ihrer Macht Stehende daran, um mir das Leben schwer zu machen. Vor dem Zwischenfall sollte ich eine Stellung übernehmen, in der es mir möglich gewesen wäre, ein paar Mal im Jahr nach Russland zu reisen und meine Schwester zu besuchen. Aber danach … nicht mehr. Was ein weiterer Grund dafür ist, warum die Sache mit der dreizehnten Familie so hilfreich sein könnte. Und das Grab. Und was immer wir darin finden.«

Ich drehte mich wieder zurück. »Darum willst du es so dringend finden. Damit du ein Druckmittel hast.«

»Das ist *ein* Grund.«

»Gibt's noch mehr?«

»Es gibt immer noch mehr.« Er drehte das Glas auf dem Tresen. »Vor ein paar Jahren habe ich herausgefunden, dass der Orden jenes Feuer gelegt hat, dem meine Familie zum Opfer gefallen ist.«

Ich erstarrte. »Ich dachte, das war ein Unfall.«

»War es nicht.«

»Ein Druckmittel *und* Rache«, sagte ich. Ich hatte geglaubt, ich könnte ihn genauso durchschauen wie er mich, aber das war offensichtlich ein Irrtum gewesen. »Das wusste ich nicht. Das hast du mir gar nicht erzählt.«

»Du hast mir nicht die richtigen Fragen gestellt.« Endlich schaute er mich an. »Ich habe dich nicht angelogen.«

»Ich weiß. Ich glaube, du hast mich nie direkt angelogen. Überraschenderweise.«

Der Ausdruck auf seinem Gesicht glich beinahe einem Lächeln. »Schön zu wissen, dass du eine so hohe Meinung von mir hast.«

Ich streckte eine Hand aus, um ihn anzustupsen, aber mein Barhocker kippte, und ich landete praktisch auf seinem Schoß. Er packte meine Hand, um mich festzuhalten. Einen Moment lang verharrten wir wie erstarrt und sein Herz hämmerte unter meiner Handfläche.

»Ich komme mir so idiotisch vor, weil ich ihnen vertraut habe«, gestand ich. Irgendjemand hatte anscheinend den Filter vor meinem Sprachzentrum ausgeschaltet. Jedenfalls fühlte sich meine Zunge furchtbar ungeschickt an, so als könne sie nicht mehr mit meinem Hirn mithalten. »Die Saxons wollten mich nur, weil ich etwas für sie tun konnte. Und Jack …«

Stellans Brust hob und senkte sich unter seinen schweren Atemzügen. Er roch nie nach Parfüm. Er roch nach etwas ganz anderem – nach kleinen Lichtern in der Dunkelheit. Nach *Junge.* »Es kann verführerisch sein, gewollt zu werden«, erwiderte er. »Und es macht uns unvorsichtig.«

Ich blickte auf seine langen Finger, drückte die Hand auf seine Brust und dachte an Jack, der den Saxons blind vertraut hatte, weil sie so taten, als würde er ihnen etwas bedeuten. An Lydia, die davon gesprochen hatte, wie reizvoll es war, ein Teil von etwas zu sein, das größer war als man selbst. Sie hatte genau diese Tatsache dazu benutzt, den kompletten Kreis glauben zu lassen, der Orden sei der Feind.

»Und es ist verführerisch, etwas zu *wollen*«, fuhr Stellan fort und legte langsam meine Hand wieder auf den Tresen. »Es fühlt sich gut an. Und gleichzeitig schrecklich.«

»Ich will gar nichts«, flüsterte ich und richtete mich wieder auf.

Der Barkeeper kam zu uns, aber Stellan bedeutete ihm, wieder zu verschwinden. »Ich glaube nicht, dass du dich wirklich sicher gefühlt hast, als du mit mir in dieses Flugzeug gestiegen bist. Du *wolltest* nur so sehr etwas, dass du bereit warst, alles dafür zu tun. Du wolltest diese Familie. Und du wolltest dieses Leben, das vor dir lag.«

Ich dachte an jenen ersten Morgen im Wagen auf dem Weg zu Prada, als ich noch nicht wirklich begriffen hatte, wie sehr mein Leben tatsächlich auf den Kopf gestellt worden war. *Toska*, hatte Stellan gesagt. *Das Gefühl, das etwas fehlt, und du sehnst dich danach. Bis tief in dein Mark.*

Ich fuhr mit dem Finger über mein beschlagenes Glas.

»Darum weiß ich auch, dass du lügst, wenn du behauptest, dass du nichts willst. Jemand zu sein, der etwas so sehr *will* – das geht nicht so einfach wieder weg, ganz gleich, wie sehr man auch versucht, es zu unterdrücken. Man kann nur hoffen, dass einem irgendwann bewusst wird, *was* einem so sehr fehlt.«

»Und was willst *du*?«, fragte ich in mein Glas. »Wonach *sehnst* du dich?«

Er setzte ein rätselhaftes Lächeln auf und ich starrte einen Moment zu lang auf seinen Mund. »Du erinnerst dich noch daran.«

»Natürlich erinnere ich mich.« Ich strich mir das Haar aus dem Gesicht und war eine Sekunde lang überrascht, dass es nicht lange genug war, um einen Knoten zu machen. Ich ließ es wieder los und es fiel über meine Schultern.

Stellan zog an einer meiner pinkfarbenen Strähnen.

Ich schlug seine Hand weg. »Ich weiß, dass es dir nicht gefällt.«

»Oh, es gefällt mir«, widersprach er.

Ich rollte mit den Augen und betrachtete die Spitzen der pinkfarbenen Strähne. »Du musst nicht lügen. Es war ziemlich offensichtlich, dass du es furchtbar findest, aber das ist okay. Es ist mir egal.«

Er lachte leise. »Nein, ich war nur nicht dämlich genug, vor deinem Quasi-Freund laut auszusprechen, was ich denke.«

Ich hob die Augenbrauen.

»*Kuklachka*, ich finde, du siehst ...« Es folgte ein französischer Wortschwall. Ich wusste nicht, was er bedeutete, aber sein Tonfall und die Art, wie sein Blick beim Reden über mich hinweghuschte – schnell genug, dass es Zufall hätte sein können, aber doch so langsam, dass meine ganze Haut kribbelte –, reichten aus, dass ich vor lauter Verlegenheit die Augen abwenden musste.

»Hab ich dir nicht gesagt, dass du aufhören sollst, mit mir zu flirten?«, fragte ich.

Ich konnte sein Lächeln regelrecht hören, als er erwiderte: »Dann sagen wir einfach, dass es mir gefällt.«

Nun band ich mein Haar doch zu einem zerzausten Pferdeschwanz zusammen.

»Warum …«, begann ich, aber die Worte tanzten wie Luftballons. »Warum bist du manchmal wie mein bester Freund oder so was? Und manchmal denke ich wieder, dass du mich hasst?«

Er saß ganz still da und betrachtete uns im Spiegel hinter der Bar. »Ich bin manchmal dein bester Freund?«

Ich schaute uns ebenfalls im Spiegel an. Nach einer Weile zog ich ein paar der pinkfarbenen Haarsträhnen heraus und sie säumten lose mein Gesicht.

»*Kuklachka.*« Ich konnte Stellans Blick förmlich auf mir spüren. Dann fuhr er so leise fort, dass ich ihn kaum hörte: »Ich hasse dich nie.«

Etwas Warmes, das nichts mit dem Alkohol zu tun hatte, breitete sich in meiner Brust aus, und ich blickte auf das Sonnen-Tattoo in seinem Nacken. *Licht in der Dunkelheit.*

Ich streckte eine Hand aus und fuhr mit dem Finger darüber. Die Tätowierung war heiß, so als sei es wirklich die Sonne, die auf seinem Rücken brannte. Dann strich ich über seine Narben, kühl und glatt wie Marmoradern auf seiner warmen Haut.

Plötzlich bemerkte ich, dass er mich richtig seltsam ansah.

»Tut mir leid.« Ich wich zurück. »Ich … Hat das wehgetan?«

Er blinzelte. »Nein.«

Als die nächste Runde kam, trank ich sofort einen Schluck und rümpfte die Nase. »Das schmeckt komisch«, sagte ich. Ich nahm sein Glas und nippte daran. Bei seinem Drink fehlte der bittere Geschmack des Alkohols nicht. »Hey«, beschwerte ich mich, »bestell mir einen richtigen.«

»Nein.« Er nahm mir sein Glas wieder aus der Hand und hielt es außerhalb meiner Reichweite – was bedeutete, dass ich mich komplett über seinen Schoß lehnen musste, um es zu erreichen. Die unsichtbare Blase des angemessenen Abstands zwischen uns hatte sich offiziell in Luft aufgelöst.

Ich setzte mich mit einem triumphierenden »Ha!« wieder auf, aber er riss mir das Glas erneut aus der Hand, bevor ich daraus trinken konnte.

Ich setzte einen Schmollmund auf. Mein Kopf fühlte sich ganz warm an, träumerisch leicht wie Marshmallow-Creme. Irgendwann hatten wir uns so weit zueinander gedreht, dass sich unsere Füße auf der Fußstütze unter der Bar berührten.

Ich wartete kurz und bewegte dann meinen Fuß ein Stück. Es reichte aus, um ihm klarzumachen, dass er *mich* berührte und sein Stuhlbein und seinen Fuß am besten wieder zurückziehen sollte, weil es so für uns beide am wenigsten peinlich war. Er tat es nicht. Ich richtete mich wieder auf, und obwohl ich spürte, dass mein Bein in dieser

Position schon bald einschlafen würde, bewegte ich mich genauso wenig wie er.

Am anderen Ende der Bar hatte ein Pärchen begonnen, wild zu knutschen. In den letzten paar Minuten hatten die beiden sich unaufhaltsam der Grenze zu »Erregung öffentlichen Ärgernisses« genähert. »Küssen«, sagte ich und zog das *S* unnötig in die Länge.

»Hmm?« Es klang ein wenig verträumt und ein bisschen verwirrt. Mir wurde bewusst, dass auch Stellan nicht mehr ganz nüchtern war.

»Küssen. Ich hab vorher noch nie richtig drüber nachgedacht. Ist das nicht ein total seltsames Wort?«

Wir glotzten beide das Pärchen an. Seine Hand kroch unter ihr Top und sie hätte beinahe ihren Wein von der Bar gestoßen. Mein Fuß presste sich ein bisschen fester gegen Stellans. Er drückte ein bisschen fester zurück. »Was … was meinst du damit?«, fragte er.

Nun glotzte ich nicht mehr das Pärchen an, sondern ihn, aber er drehte sich zu mir und erwischte mich dabei.

»Ich … ich will damit nur sagen«, stammelte ich nervös, »dass es noch ein anderes Wort dafür geben muss, wenn sich jemand *so* küsst.«

Stellan grinste, biss sich auf die Unterlippe und saugte sie in seinen Mund. Unsere Füße bewegten sich immer noch nicht. »Zeit, dich auszunüchtern«, sagte er. »Ich bestelle dir einen Kaffee.«

»Als ob *du* nüchtern wärst.« Ich knuffte ihn erneut, so fest, dass er beinahe von seinem Hocker fiel.

Er packte meine beiden Handgelenke mit einer Hand. »Nüchterner als du. *Du* machst dich hier zum Affen.«

Es gelang mir, eine Hand zu befreien und sie auf seinen Mund zu klatschen. Er wandte sich mir wieder zu. Seine Augen schienen zu tanzen. »Pscht«, nuschelte ich.

»Hmpf«, grummelte er, und ich spürte seinen warmen Atem auf meiner Hand. Ich wich zwei Zentimeter zurück. »Ich wette, du hältst keine zehn Sekunden durch, ohne zu lachen«, sagte er hinter meiner Hand, stützte sich mit einem Ellenbogen an der Bar ab und drehte sich zu mir.

Ich ließ meine Hand fallen und tat es ihm nach. »Los.«

Mein Mund zuckte mehrmals, während ich angestrengt versuchte, nicht zu kichern. Stellans Augen tanzten immer noch fröhlich und der goldene Ring in ihrem Inneren leuchtete in der Dunkelheit besonders hell. Aber dann schien plötzlich sämtliches Lachen daraus zu verschwinden.

Ich rutschte an die äußerste Kante des Barhockers vor. Wir saßen nun einander komplett zugewandt. Unsere Knie, die sich ohnehin bereits berührt hatten, drückten sich gegeneinander. Ich spürte, wie sich meine Lippen öffneten.

»Hör auf«, hauchte er, seine Stimme noch tiefer als sonst, sein Akzent ein wenig stärker.

»Womit?«

»Du weißt genau, was ich meine«, sagte er. Natürlich wusste ich das.

Ich schaute auf unsere Beine hinunter und hob dann wieder den Blick. Nach einer Sekunde fragte ich: »Warum?«

Keiner von uns bewegte sich. »*Kuklachka*«, begann er. »Du hast mir noch nicht geantwortet. Was *willst* du?«

Ich atmete langsam aus. Ich wusste nicht, ob es an dem Streit mit Jack lag, am Wodka oder an der Musik und der schummrigen Beleuchtung – oder ob es mir die Mischung aus allem zusammen einfach nur erlaubte, das zu fühlen, was ich mir schon so lange verwehrte. Alles, was ich wusste, war, dass der Knoten in meiner Brust sich langsam in Stellans Händen löste.

»Erinnerst du dich noch, was Toska noch bedeutet?«, fragte er. »Etwas, das du willst, auch wenn du glaubst, du solltest dich nicht danach sehnen.« Unsere Gesichter waren nicht einmal mehr dreißig Zentimeter voneinander entfernt. »Etwas, von dem du dir noch nicht einmal sicher bist, dass du es verstehst.« Ich konnte sehen, wie der Puls in seiner Kehle pochte. »Aber es nicht zu haben, fühlt sich an, als würdest du keine Luft mehr bekommen.« Zum allerersten Mal nahm ich meine eigene Atmung bewusst wahr. Wie flach sie war, wie schnell.

Er lehnte sich näher zu mir. »Du willst das Grab nicht nur finden, weil du erpresst wirst. Dir gefällt die Vorstellung, diese Macht zu haben. Die Kontrolle über dein eigenes Leben.«

Ich konnte den Rest der Welt nicht mehr sehen, nur noch sein Gesicht.

»Und du willst die Macht, die wir zusammen haben könnten«, fuhr er fort. »Dann wärst du nicht mehr so allein. Es hat dir *gefallen*, als *wir* gesprochen und die anderen uns zugehört haben.«

Ich schluckte. Er schaute auf meinen Mund.

»Ich glaube, dir bedeutet inzwischen sogar der Kreis etwas. Du willst ein Teil davon sein. Du willst gewollt werden. Sag es. Ich will hören, wie du es laut aussprichst.«

Ich leckte mir über die Lippen. Mein Mund fühlte sich mit einem Mal ganz trocken an. Mein Körper war nicht mehr mein eigener. Meine Stimme war nicht mehr meine eigene. Ich wollte es *nicht* auf die gleiche Weise, wie einige andere Mitglieder des Kreises es wollten. Geld, Ruhm oder die Weltherrschaft interessierten mich nicht. Aber der Rest … Noch vor einer Stunde hätte ich alles abgestritten. Aber jetzt … »Ich will es«, flüsterte ich. Stellan beobachtete mich immer noch wie gebannt. »Ich will das alles.«

Es war unendlich falsch, so zu empfinden. Überhaupt etwas anderes zu wollen, als nur meine Mom zu retten. Ich konnte einfach nicht glauben, dass ich es tatsächlich laut ausgesprochen hatte. Aber ich fühlte mich plötzlich ganz leicht. Frei.

Ein Lächeln huschte über Stellans Gesicht. Seine Pupillen wirkten riesig im spärlichen Kneipenlicht. »Was noch?«

Ein Schauer wogte durch meinen Körper und endete tief in der Magengegend. Stellan drehte sich minimal und eines seiner Knie rutschte zwischen meine. Er blickte darauf hinunter. Ich tat es auch.

»Gibt es sonst noch irgendetwas, das du willst, Püppchen?«, raunte er.

Ich starrte ihm direkt in die Augen. Es war nur ein einziger Moment, aber er reichte so weit zurück, wie ich mich überhaupt erinnern konnte, so als seien wir nie irgendwo anders gewesen als hier, in der gefährlichen Schwebe zwischen Ja und Nein, zwischen *Wollen* und *Nichtwollen*.

Ich fühlte mich furchtbar verängstigt. Ich fühlte mich mächtig. Ich fühlte mich mutig.

Ich nickte.

KAPITEL 28

STELLAN STARRTE MICH einen Herzschlag lang an. Zwei. Dann stand er so abrupt auf, dass ich von meinem Barhocker rutschte. Er fing mich auf, warf eine Handvoll Euroscheine auf die Bar, nahm meine Hand und führte mich nach draußen.

Wir schafften es beinahe die Treppe hinunter.

Er wirbelte mich urplötzlich herum, während ich noch eine Stufe über ihm stand, krallte die Finger in mein Kleid und zog mich zu sich heran.

Es folgte eine Sekunde des Zögerns. Haut, die Haut berührte. Eine kalte Nase auf einer warmen Wange. Lippen, die sich beinahe streichelten, so nah. Wollten wir das wirklich?

Ich hob mich auf die Zehenspitzen und presste meinen Mund auf seinen.

Er schien nur auf diese Ermutigung gewartet zu haben.

Funken schossen von meinen Lippen bis zu meinen kribbelnden Zehenspitzen hinunter. Seine Hand schloss sich fest um meinen Nacken, er zog mein Gesicht zu seinem, und der Rest der Welt löste sich auf.

Nach dem langen Vorgeplänkel hätte ich beinahe erwartet, dass es eine Enttäuschung sein würde, ihn zu küssen.

Aber das war es nicht.

Er löste sich aus unserem Kuss und schaute mich mit weiten Augen an. »Oh«, hauchte ich nur, aber es bedeutete eine Million andere Dinge, die mich sofort zum Erröten gebracht hätten, wenn ich sie laut ausgesprochen hätte. Seine Lippen verzogen sich zu einem Lächeln, aber dann konnte ich das Lächeln plötzlich nicht mehr sehen, nur noch fühlen, und dann nahm ich nichts anderes mehr wahr.

Ich gestand mir ein, dass ich schon früher darüber nachgedacht hatte, dass es irgendwann so weit kommen würde, auch wenn ich versucht hatte, es nicht zu tun. Aber in meiner Vorstellung flammte die überwältigende Macht von Lippen, Atem und Händen so heiß zwischen uns auf, dass dieses Feuer ebenso schnell wieder erlosch, wie es entfacht war. Dass wir es einfach nur einmal tun mussten, damit es nicht mehr zwischen uns stand.

Dieses Gefühl hingegen hatte ich mir nie vorgestellt:, dass er – obwohl er viel mehr Erfahrung hatte als ich – genauso gefangen von unseren Lippen sein würde wie ich, weil sie perfekt zueinanderpassten. Vom Echo unseres gedämpften Atems. Von der Tatsache, dass es hier draußen inzwischen ziemlich kühl war, sich zwischen unseren Gesichtern aber nichts als weiche Wärme ausbreitete. Ich hatte mir nie vorgestellt, dass dies hier die einzig logische

Fortsetzung der besonderen Art war, auf die er mich immer anschaute, seit dem Tag, an dem wir uns kennengelernt hatten. So als wüsste er so gut, was in mir vorging, dass es beinahe unangenehm war. Ich war noch nie von jemandem geküsst worden, der wusste, was ich wollte, bevor ich es selbst auch nur ahnte. Der genau wusste, wann er mit seinen Fingern durch mein Haar streichen oder seine Hände so sanft um mein Gesicht legen musste, als sei es etwas unendlich Wertvolles.

Es war energisch, süß und wild, alles auf einmal, vermischt mit Wodka und Limetten, aber *nicht* mit dem Geschmack von Zigaretten. Einen flüchtigen Augenblick lang fragte ich mich, ob er meinetwegen darauf verzichtet hatte, aber dann verlor sich auch dieser Gedanken, weil sich einfach alles verlor, abgesehen von dem leisen, flehenden Geräusch, das mein Mund von sich gab, wenn sich seine Lippen von meinen lösten.

»*Kuklachka*«, flüsterte er. »Püppchen.«

Püppchen. Aber genau das wollte ich nicht mehr sein, oder? Nicht die Spielfigur eines anderen.

Ich zwang mich, ihn wegzustoßen, aber meine Hände ruhten weiter auf seiner Brust. »Willst du das, was ich für dich tun kann?«, fragte ich. »Oder willst du wirklich *mich*?«

Ich hatte erwartet, dass er sagen würde, was immer nötig war, damit er mich weiter küssen konnte, aber über sein Gesicht huschte ein tieferer Ausdruck, als ich ihn je zuvor bei ihm gesehen hatte. Er leckte sich über die Lippen, und ich konnte nicht anders, als sie anzustarren. Seine Augen verfinsterten sich. »Beides«, antwortete er, als sei es ihm selbst erst bewusst geworden.

»Ich dachte, ich bin nicht dein Typ«, flüsterte ich und erinnerte mich wieder an die Unterhaltung zwischen ihm und Jack auf der Jacht.

Ein leises Lachen. »Bist du auch nicht.« Seine Hände lagen auf meiner Taille, die Finger über meine Rippen gespreizt wie auf Klaviertasten. »Wer spioniert jetzt wen aus?«

Ich zuckte mit den Schultern. Ich war es leid, mich zu entschuldigen. Dann zog ich sein Gesicht wieder zu mir herunter und ließ es nicht mehr los.

Ich wusste nicht mehr, wo wir waren. Wer wir waren. Ich glaube, ein paar Minuten lang standen wir auf irgendeiner Straße. An eine Statue mitten auf dem Gehweg gelehnt. Dann gegen eine raue Steinmauer gepresst, während meine Füße ein gutes Stück über dem Boden schwebten und ich mit dem Rücken gegen das Metallgitter eines bereits geschlossenen Ladens knallte.

Irgendwann sah unsere Umgebung wieder vertrauter aus, aber es interessierte mich gar nicht. Wir bewegten uns eine Einfahrt und eine Treppe hinauf, zumindest bildete ich mir das ein, und taumelten dann durch Türen und noch mehr Türen, bis wir definitiv die Tür zu einem Schlafzimmer öffneten.

Ich löste mich keuchend von ihm. »Sind wir wieder bei Colette?«

Er nickte. Sein Hemd hing aus der Hose, sein Haar war völlig zerzaust. Sein Zimmer musste sich in einem anderen Flügel befinden als meines und zum Glück war sonst niemand hier.

Ich blickte mich im Raum um. Eine Nachttischlampe verströmte weiches Licht. Ich sah Bücher auf einem Couchtisch. Stellan – oh Gott! Wirklich ernsthaft *Stellan*! Nach allem, was passiert war? Meine Gedanken huschten kurz zu einem anderen Lippenpaar zurück, das sich auf meine presste. Zu einem Kuss, der sich ganz anders angefühlt hatte als dieser. Mir krampfte sich allein bei der Vorstellung die Brust zusammen. Nein, jetzt war ich bei Stellan, der vor mir in der Tür stand und wartete. Ich hätte beinahe einen Ausdruck des Triumphes auf seinem Gesicht erwartet, wie damals, als ich ihn gebeten hatte, mir bei meinem Kampftraining zu helfen. Ich erkannte jedoch nicht den Hauch von Selbstgefälligkeit.

Für Menschen müsste es eigentlich eine Schönheitsgrenze geben, die niemand überschreiten durfte – andererseits gab es da ihn. War es wirklich möglich, dass er so zerzaust und wild noch attraktiver aussah als sonst, oder hatte ich sein Aussehen die ganze Zeit nur so angestrengt verdrängt, dass ich es irgendwann einfach vergessen hatte?

»Ja.« Ich nahm seine Hand. Die Tür schloss sich hinter uns. »Okay.«

Als ich das nächste Mal die Augen öffnete, saß ich auf dem Fensterbrett, Stellans Brust zwischen meinen Knien eingeklemmt. Wir mussten uns schon seit Stunden küssen, aber vielleicht waren es auch nur ein paar Minuten. Jedenfalls überraschte es mich bei diesem Kuss nicht, als mir irgendwann bewusst wurde, dass ich nach den Knöpfen seines Hemds grapschte, auch wenn ich nicht wusste, ob ich es rein instinktiv oder absichtlich tat. Meine Finger fühlten sich ungeschickt an, beinahe fremd. Der erste Knopf öffnete sich. Dann der zweite.

Stellan zog sich zurück, heftig keuchend, und beobachtete stumm, wie meine Hände ihn langsam auszogen. Sein Hemd glitt von einer Schulter und enthüllte das Muster seiner durchsichtigen Narben, die wunderschön im schwachen Licht leuchteten.

Ein winziger, nervöser Knoten bildete sich in meinem Bauch. Ich wusste genau, wohin das führen würde, wenn ich es nicht beendete. Es war noch nicht zu spät, sein Hemd wieder zuzuknöpfen. Wir mussten nicht weitergehen als bis zu diesem Kuss. Einem Kuss, für den es eigentlich ein anderes Wort geben müsste.

Aber *wollte* ich das überhaupt?

Stellans Hand legte sich um mein Bein, direkt unter dem Saum meines Kleides. Er blickte mich an und ich erkannte dasselbe Zögern in seinen Augen.

Ich musste unwillkürlich innegehalten haben, denn ebenso sanft, wie sie aufgetaucht war, entfernte er seine Hand mit einem zärtlichen Kuss auf meine Wange wieder. Sie wanderte zu meiner Taille hinauf und legte sich auf meinen Rücken. Ungefährlich.

Dann küssten wir uns wieder. Mehr passierte nicht.

Die Schmetterlinge in meinem Bauch flatterten wie wild, aber er hatte mich missverstanden. Dieses Zögern, das unregelmäßige Schlagen meines Herzens in meiner Brust, war zwar Nervosität, aber keine ängstliche Nervosität.

Ich zog mich von ihm zurück, nur einen Zentimeter. Gerade weit genug, dass er mein Gesicht in seine Hände nehmen, mich direkt anschauen und seine Augen sich fragen konnten, was ich tat.

Ich fuhr mit den Fingern über seinen Hemdkragen und öffnete einen weiteren Knopf.

Wirklich?, fragten seine Augen.

Sein Mund hatte keine Zeit, die Frage zu wiederholen, bevor ich meine Lippen wieder darauf presste und ihn so anflehte, nicht nachzudenken, nicht nachzufragen und nichts zu sagen. Mich nur dieses eine Mal nicht mit der Frage nach der Entscheidung zu quälen, ob ich wirklich das Richtige tat. *Tu* es einfach.

Wir küssten uns noch leidenschaftlicher. Nach einer Weile öffnete sich ein weiterer seiner Knöpfe. Dann noch einer. Ich hatte ihm das Hemd halb ausgezogen.

Ich blickte zu seinem Bett mit den frischen weißen Laken hinüber. Er tat es auch. Ich wollte den nächsten Knopf öffnen.

Er hielt mich auf und unsere beiden Hände hoben und senkten sich mit seiner ungleichmäßigen Atmung.

»Warte, Avery«, keuchte er. Es klang irgendwie falsch, dass er meinen richtigen Namen benutzte, und ich hob unwillkürlich den Blick. Er strich sanft eine Haarsträhne zurück, die sich in meinem Mund verfangen hatte, und steckte sie mir hinters Ohr. »Hast du schon mal …?«

Ich war mir sicher, dass er die Antwort bereits kannte. Ich schüttelte den Kopf. »Das ist doch unwichtig«, sagte ich und küsste ihn wieder.

Aber nach einer Sekunde brach er den Kuss ab und drückte seine Lippen in mein Haar. »Bist du dir sicher?«

»Bin ich«, antwortete ich und unterstrich es mit einem weiteren langen Kuss.

»Absolut?«, hauchte er.

»Absolut.« Meine Finger fummelten an seinem letzten Knopf herum.

»Okay«, atmete er in meinen Mund. »Nein. Warte. Ich kann das nicht. *Du* kannst das nicht.«

Ich riss die Augen auf. »*Was?* Warum?«

Er stieß ein Seufzen aus, als würde es ihm körperlich wehtun, löste sich aus meinen Armen und fluchte leise, aber energisch. »*Kuklachka.*« Er setzte sich auf die Armlehne des Sofas und vergrub das Gesicht in der Armbeuge. »Du hast zu viel getrunken. Wir beide. Ich will nur sichergehen … Ich finde nicht, dass wir das tun sollten … Ich will nichts sein, das du später bereust.«

Es hing zwischen uns wie ein schweres, nasses Laken. Ich zitterte, obwohl die Haut an meinem ganzen Körper heiß glühte. »Das werde ich nicht –«

»Nur, damit du's weißt: Das hier ist viel schwerer für mich, als es vielleicht aussieht. Gib mir eine Sekunde, okay?« Er wandte sich von mir ab und ich saß einfach nur da und starrte ihn an. Er meinte es ernst.

Mir wurde erst heiß, dann eiskalt. Mit einem Mal war ich wieder bei klarem Verstand und die reale Welt stürzte auf mich ein. Ich sprang auf und rannte zur Tür.

Die Couch knarrte hinter mir. »Nein, warte.« Stellan fing mich an der Tür ab und versperrte mir den Weg. »Ich will, dass du bleibst. Ich muss einfach nur wieder klar denken können, okay?«

Ich riss mich von ihm los. *Nein, nicht okay.* Es war genau das Gleiche wie immer. Er war genau wie alle anderen in meinem Leben, die dachten, sie wüssten besser als ich, was das Richtige für mich war.

»Geh zur Seite, bitte«, sagte ich, ohne ihm in die Augen zu schauen.

Er fuhr sich mit beiden Händen durchs Haar. »Avery …«

Wir erschraken beide, als die Tür von außen aufgerissen wurde.

»*Merde*«, stieß Elodie atemlos aus. Sie trug ein schwarzes Abendkleid und starkes Make-up um die Augen. Ihr gebleichtes Haar war glatt unter einem Stirnband zurückgekämmt. »Da bist du ja. Warum gehst du nicht an dein Handy, wenn …«

Dann erst entdeckte sie mich.

Ich wollte mir gar nicht vorstellen, wie ich im Augenblick aussah. Stellan knöpfte hastig sein Hemd wieder zu. Elodie verzog gereizt die Lippen, und unter die Erniedrigung, gerade eben abgewiesen worden zu sein, mischte sich ein peinliches Stechen. Ich hatte genau das getan, was sie vermutet hatte, obwohl ich versprochen hatte, es nicht zu tun.

»Ah«, sagte sie. »Natürlich. Tja, tut mir leid, wenn ich störe, aber wir haben ein klitzekleines Problem, und es kann unmöglich warten.«

KAPITEL 29

ALS ICH INS Esszimmer kam, saßen Elodie und Colette am Tisch, Elodie in ihrem schwarzen Kleid und Colette in einer weißen, hauchdünnen Robe – es war der glamouröseste Hauch von Nichts, den ich je gesehen hatte.

Ich hielt den Blick gesenkt und ließ mich auf einen Stuhl fallen. Mein ganzer Körper kribbelte unangenehm und der Kopf wollte mir einfach nicht aufhören zu schwirren.

Auf dem Weg nach unten war ich im Badezimmer vorbeigegangen und hatte versucht, ein paar der Knoten aus meinem Haar zu bürsten, aber ich wusste, dass ich genauso durcheinander aussah, wie ich mich fühlte. Meine Augen brannten, meine Wangen waren vor Atemlosigkeit knallpink, ganz gleich, wie viel Wasser ich auch darauf spritzte, und das Kleid war völlig zerknittert.

Stellan sah genauso derangiert aus wie ich. Als er sich

in seinem Stuhl aufrichtete, fiel mir auf, dass er sein Hemd schief geknöpft hatte. Colette erwischte mich dabei, wie ich ihn beäugte, und ich sah, wie ihr Blick zwischen uns beiden hin und her huschte. Sie lehnte sich zu ihm, flüsterte etwas in sein Ohr und er machte hastig die Knöpfe richtig zu. Dann warf er mir einen verstohlenen Blick zu, den ich nicht erwiderte.

»Wo ist Jack?«, fragte Colette.

Ich rieb mir das Gesicht und gab den beiden die Kurzversion, die mit der Tatsache endete, dass ich ihm gesagt hatte, er solle verschwinden, was er allem Anschein nach auch getan hatte.

»Leider ist das im Vergleich zu dem, was ich gerade erfahren habe, nur ein kleines Problem«, sagte Elodie. »Wir wollten eben zur Gala auf dem roten Teppich aufbrechen, als wir gehört haben, dass es ein weiteres Attentat gegeben hat. Diesmal war es noch schlimmer: Eine Bombe ist auf dem Anwesen der Emirs explodiert. Ihr jüngerer Sohn wurde dabei getötet.«

»Was zur Hölle?« Ich krallte eine Hand in mein Haar. »Warum tun sie das immer noch?«

»Terrorismus«, erwiderte Elodie ruhig. »Genau, wie Lydia gesagt hat. Der Kreis wird die Saxons als Helden feiern, wenn das Mandat erst einmal erfüllt ist und der Orden verschwindet. Sie weiten die Angriffe aus, damit die Wirkung umso größer ist.«

»Sobald wir meine Mom haben, erzählen wir es jemandem«, sagte ich. »Wir *müssen* sie aufhalten.«

»Dann sollten wir uns lieber beeilen und dieses Armband finden. Wenn sie so weitermachen, löschen sie sonst noch den halben Kreis aus.« Als ich Stellans Stimme hörte, traf mich eine Sinneserinnerung mit solcher Wucht, dass sie mich beinahe umhaute: mein Kopf, wunderbar warm, der sich über seinen Schoß lehnte, als ich nach seinem Glas grapschte und beinahe von meinem Barhocker fiel, die Hand auf seine Brust gedrückt.

»Ich weiß.« Ich konnte ihn nicht ansehen, redete mir ein, dass meine Wangen nur wieder glühten, weil es so peinlich war, dass ich mich betrunken und die Kontrolle verloren hatte. Das Kribbeln und Prickeln an jeder Stelle meiner Haut, die er berührt hatte, sagten mir jedoch etwas anderes.

Elodie erhob sich. »Was uns zum heutigen Abend bringt«, fügte sie hinzu. »Die Bombe hat das Fass zum Überlaufen gebracht. Sie sagen den Rest der Filmfestspiele aus Sicherheitsgründen ab. Das Defilee auf dem Teppich ist bereits in vollem Gange, aber es wird die einzige Veranstaltung bleiben.«

»Was bedeutet«, warf ich ein, »dass heute unsere einzige Gelegenheit ist, das Armband zu stehlen.«

✵

Wir waren ohnehin schon spät dran und Stellan und ich schlüpften hastig in etwas schickere Outfits. Der Plan hatte sich geändert. Da wir uns nun in den Festivalpalast schleichen mussten, um das Armband zu bekommen, brauchten wir so viel Ablenkungsmanöver wie nur möglich. Plötzlich hatte sich die Tatsache, dass man mich vielleicht erkennen könnte, von einer potenziellen Katastrophe in eine Notwendigkeit verwandelt. Ich würde auf dem roten Teppich die Blicke der Kreismitglieder und all der anderen Gäste und Wachleute auf mich ziehen, die in den vergangenen Tagen die Nachrichten gesehen hatten. Dadurch würde hoffentlich niemand bemerken, wie Elodie durch eine Hintertür schlüpfte, um den Strom abzuschalten und das Armband zu entwenden. Stellan würde bei mir und Colette bleiben und sicherstellen, dass niemand versuchte, mich anzugreifen.

»Ich mache, so schnell ich kann«, versicherte uns Elodie und rückte einen Träger an Colettes Kleid zurecht. »Ich will nicht, dass ihr zu lange da draußen seid. Wenn das Licht wieder angeht, tut ihr einfach so, als sei außer einem kleinen Kurzschluss, der die Party vorübergehend in harmlose Dunkelheit gehüllt hat, nichts weiter passiert. Dann verabschiedet ihr euch schnell und verschwindet, bevor Avery doch noch verhaftet wird. *Falls* du verhaftet wirst ... machen wir uns Gedanken darüber, wenn es so weit ist.«

»In Ordnung«, sagte ich, und auch Colette nickte zustimmend. Stellan band vor dem Spiegel über der Bar seine Fliege. Als er sah, dass ich ihn über den Rand des Taschenspiegels beobachtete, mit dessen Hilfe ich meinen Lippenstift auftrug, verhakte sich sein Finger nervös an einer Schlaufe der Fliege, und beide Enden fielen auf seine Brust.

»Wir werden hoffentlich längst weg sein, bevor sie bemerken, dass ihr Armband fehlt«, endete Elodie.

»Es kommt mir fast zu einfach vor«, dachte ich laut.

»Das sind die besten Pläne immer.« Elodie schlüpfte in zwölf Zentimeter hohe Stilettos. »Wenn sich in einem Bankräuberfilm alles darum dreht, dass jemand genau im richtigen Moment mit einer anderen Person zusammenstößt, um ihr einen Schlüssel zu klauen, damit sich ein anderer durch den Lüftungsschacht abseilen und ein Vorhängeschloss öffnen kann, dann ist das völlig unrealistisch. Was passiert, wenn der Typ mit dem Schlüssel verdorbene Shrimps gegessen, die ganze Nacht im Bad verbracht hat und sie ihn nicht finden können?«

»Okay«, erwiderte ich nur und zog meine eigenen Schuhe an. Ich trug eins von Elodies Kleidern, das bis zur Hälfte meiner Wade hinabreichte. Es war von der Korsage bis zum schmalen Bleistiftrock mit aufwendigen goldenen Perlenstickereien verziert.

»Ehrlich gesagt«, fügte Elodie hinzu und zeigte mit ihrem orangeroten Lippenstift erst auf mich, dann auf Stellan, »ist das komplizierteste an diesem ganzen Plan, dass ihr zwei als Team zusammenarbeiten müsst. Nach dem, was ich vorhin gesehen habe, frage ich mich ernsthaft, ob ihr damit klarkommt.«

Colette riss die Augen auf. Stellan wollte etwas zu unserer Verteidigung sagen, aber ich kam ihm zuvor. »Lass es gut sein, Elodie. Ja, wir haben die Sache unter Kontrolle.«

Sie zuckte mit den Schultern.

»Okay, dann sind wir fertig. Fehlt nur noch …« Ich blickte mich automatisch nach Jack um. Angesichts der offensichtlichen Lücke in unserer Runde bohrte sich ein stechender Schmerz in meinen Bauch. »Wir sind fertig. Los geht's.«

KAPITEL 30

DAS SCHAULAUFEN AUF dem roten Teppich war bereits seit mindestens zwei Stunden im Gange, als wir eintrafen. Unser Fahrer bahnte sich einen Weg durch die Paparazzi, und vor uns leuchteten so viele Blitzlichter auf, dass sie aussahen wie Stroboskoplicht. Auf der Tribüne jenseits der Straße drängten sich winkende und jubelnde Fans mit ihren eigenen Kameras. Der rote Teppich endete direkt vor unserem Wagen und führte eine Treppe hinauf, auf der ein Dutzend Leute, von denen ich die meisten erkannte, lächelnd winkten.

»Das sind die Schauspieler aus Alejandro Ruiz' neuem Film«, erklärte mir Colette und lehnte sich über mich, um aus dem Fenster zu schauen. »Eigentlich sollte ich auf dem Teppich mit ihm sprechen. Ich habe schon fast vergessen, dass es hier ja auch ums Geschäft geht.«

Elodie nickte. »Du gehst zuerst, Colette. Ich komme mit dir. Avery, du steigst ein paar Minuten später aus. Versuch die Aufmerksamkeit aller Anwesenden auf dich zu ziehen, damit niemand sieht, wie ich mich wegschleiche.«

»Ich weiß«, erwiderte ich und blickte zu der Menschenmenge hinaus.

Sobald sich die Autotür öffnete, blendete mich das nächste Blitzlichtgewitter. Colette, geübt und vollkommen gelassen, setzte ein Lächeln auf, winkte und nahm die Hand des Fahrers, der ihr aus dem Wagen half. Elodie folgte ihr, machte die Tür hinter sich zu und tauchte Stellan und mich wieder in Dunkelheit.

Colette verwandelte sich sofort in *Colette LeGrand, Superstar*, posierte, zwinkerte in die Kameras und küsste andere Schauspieler auf die Wangen. Vor ein paar Monaten wäre ich noch völlig ausgeflippt, weil mir all diese Stars zum Greifen nah waren.

»Die Leute sollten mich ziemlich schnell bemerken«, sagte ich zu Stellan. Da wir *wollten*, dass alle aufmerksam wurden, hatte ich mein Haar hochgesteckt und nur ein paar dunkle Strähnen rund um mein Gesicht herausgezogen. Außerdem hatte ich meine braunen Kontaktlinsen durch farblose ersetzt. »Trotzdem sollten wir jemanden aus dem Kreis finden und uns mit ihm unterhalten, so können wir noch mehr Aufmerksamkeit erregen.«

Stellan blickte über meine Schulter hinweg aus dem Fenster. »Da«, sagte er und deutete auf ein Pärchen mittleren Alters, das sich am Rande des Teppichs in einer kleinen Gruppe unterhielt. »Verwandte der Fredericks. *Sie* ist eine richtige Klatschtante.«

Ich nickte. Zwischen uns breitete sich eine unangenehme Stille im Wagen aus, die es früher nie gegeben hatte.

»Avery –«, begann Stellan, wurde jedoch unterbrochen, als sich die Autotür öffnete. Wir erschraken beide, aber dann steckte Elodie den Kopf herein.

»Wir müssen durch Metalldetektoren.« Sie zog eine Pistole aus ihrer Handtasche, warf sie auf den Sitz und wandte sich dann an Stellan: »Vielleicht solltest du lieber hierbleiben, nur für den Fall, dass wir die Waffen brauchen.«

Er schüttelte den Kopf. »Ich lasse Avery und Colette da draußen nicht allein.«

Elodie verzog den Mund und blickte über ihre Schulter. »Das gefällt mir nicht«, knurrte sie, knallte die Tür dann wieder zu und eilte zurück zu Colette.

Stellan zog seine eigene Pistole unter der Smokingjacke hervor und legte sie neben Elodies. »Sie sind hier im Wagen, falls wir sie brauchen«, sagte er, so als würde er versuchen, sich selbst zu überzeugen. Wir schwiegen ein paar Sekunden lang, bis er bedeutungsvoll Luft holte.

Ich ergriff jedoch das Wort, bevor er irgendetwas sagen konnte. »Ist schon okay. Du musst mir wirklich nichts erklären.« Mein Atem beschlug die Fensterscheibe. »Du brauchst nicht so tun, als würde ich dir etwas bedeuten.«

Er packte meinen Arm und drehte mich unsanft zu sich herum. »*Das* glaubst du? Ich habe es getan, *weil* du mir etwas bedeutest.« Er ließ meinen Arm wieder los und setzte einen finsteren Blick auf. Ich konzentrierte mich auf die Manschetten seines weißen Hemds, die unter den Ärmeln der Smokingjacke hervorlugten.

Durch das Fenster gegenüber sah ich die langen Reihen

der Limousinen und ein Meer aus Kamerablitzlichtern unzähliger Touristen. Das hier fühlte sich unangenehmerweise genauso an wie mein Streit mit Jack. »Ich erinnere mich noch, wie mir *irgendjemand* gesagt hat, dass man im Kreis nicht weit kommt, wenn andere einem zu viel bedeuten.«

»Das habe ich nie gesagt. Ich habe gesagt, mit *Nettsein* kommst du nicht weiter. Das ist ein Unterschied. Aber du bedeutest mir etwas, und darum wollte ich auch nicht ...« Er stieß ein frustriertes Schnauben aus. Colette und Elodie waren bereits zur Hälfte über den Teppich flaniert. »Ich hatte auch zu viel getrunken und konnte nicht mehr klar denken. Ich hätte dich nicht drängen dürfen und jetzt bist du wütend auf mich.«

»Du hast mich nicht gedrängt ...« Ich spürte, wie ich knallrot anlief. Ich konnte einfach nicht fassen, dass wir tatsächlich *darüber* redeten – ausgerechnet jetzt. Elodie blickte sich zu unserem Wagen um. »Sollten wir nicht langsam aussteigen?«

»Wahrscheinlich«, antwortete er und langte über mich hinweg zum Türgriff.

»Ich bin wütend, weil du genauso bist wie alle anderen«, platzte ich heraus. »Du kannst von mir aus fühlen, was immer du willst, aber du musst mich nicht vor etwas beschützen, das *du* für eine schlechte Entscheidung hältst. Es war nämlich nicht deine Entscheidung. Es war meine.«

Stellan versteifte sich, halb über meinen Schoß gelehnt. Die Tür ging auf und sein Arm schwebte in der Luft. Der Fahrer hielt mir seine Hand hin und ich nahm sie dankbar.

Fast sämtliche Kameras schwenkten in meine Richtung. Stellan stieg aus dem Wagen, knöpfte seine Smokingjacke zu und grinste direkt in die Objektive. Er hatte sich das Haar aus dem Gesicht gekämmt und sah nicht nur elegant aus, er wirkte auch, als würde er sich rundum wohlfühlen und hierhergehören. Jeder, der mich *nicht* erkannte, würde *ihn* für die Berühmtheit halten und mich für seine austauschbare Begleitung.

Er bot mir seinen Arm an und ich nahm ihn. »Lächeln«, flüsterte Stellan so angespannt, dass es überhaupt nicht zu seinem selbstbewussten Grinsen passte. »Tu einfach so, als würdest du hier hingehören, dann werden es dir auch alle glauben. Das ist die halbe Miete.«

Ich lächelte. Ich winkte. Ich sah, dass mich ein paar Leute bemerkten, verdutzt ein zweites Mal hinschauten und zu flüstern begannen.

Ich klammerte mich an Stellans Arm fest, und wir schoben uns langsam auf das Pärchen zu, das dem Kreis angehörte.

Aus dem Augenwinkel nahm ich wahr, wie er sich zu mir lehnte. »Hör mir zu.« Er lächelte in eine Kamera, deren Besitzerin quer über den Teppich zu uns gerannt war. Nachdem sie wieder verschwunden war, fuhr er mit noch leiserer Stimme fort: »Ich weiß, dass du dich moralisch im Recht fühlst und darüber beklagst, dass man dir sämtliche Entscheidungsgewalt entzogen hat. Aber so einfach ist das nicht. Ich bin mir ziemlich sicher, dass für das, was wir vorhin beinahe getan hätten, *zwei* Leute nötig sind. Deshalb war es ebenso meine Entscheidung wie deine. Und ich fühle mich einfach nicht wohl dabei, ein Mädchen auszunutzen, das betrunken und aufgewühlt und deshalb nicht bei klarem Verstand ist. Und ja«, fügte er schnell hinzu, als ich versuchte, etwas zu erwidern, »man nennt es *ausnutzen,* wenn ein Typ ein Mädchen betrunken machen muss, damit es ihn überhaupt beachtet. Okay?«

»Ich war nicht –« Ich blickte über meine Schulter und lächelte mechanisch. Eine Dame in einem smaragdgrünen Kleid sprach einen der Wachmänner an und dann blickten beide in meine Richtung.

Wir näherten uns den Fredericks. *Warte,* wollte ich sagen. *Und was bedeutet das jetzt?* Was fühlst du wirklich? Was fühle *ich* wirklich? Ist das vorhin tatsächlich nur passiert, weil ich betrunken und aufgewühlt war? Und wenn ja, würde ich dann jetzt wirklich noch darüber nachdenken, was beinahe passiert wäre, wenn wir *nicht* aufgehört hätten?

Zumindest bei einer Sache war ich mir ganz sicher. Meine Hand krallte sich noch fester um Stellans Arm, und das hohle Lächeln klebte förmlich auf meinem Gesicht, als ich flüsterte: »Ich wusste genau, was ich tue. Du hast mich *nicht* ausgenutzt.«

Stellan schaute blinzelnd zu mir herunter. »In dem Fall weiß ich trotzdem nicht, ob du es nur getan hast, um *ihn* wütend zu machen oder um dich selbst besser zu fühlen. Oder ob du doch nur zu viel getrunken hattest …« Er lehnte sich näher zu mir und glühende Funken jagten durch meinen Körper. »Aber wenn du sauer auf mich bist, weil du glaubst, ich hätte es nicht tun *wollen,* dann solltest du wissen, dass das nicht wahr ist. Ganz im Gegenteil.«

Blitzlichter blendeten mich und dann drehten sich die Fredericks plötzlich zu uns um.

»Mr Frederick«, grüßte Stellan und schlüpfte sofort wieder in seine Rolle zurück. »Mrs Frederick.«

Sie wirkten genervt, weil er sie unterbrochen hatte, bis sie mich entdeckten. Mrs Fredericks Hand legte sich flatternd auf ihre Brust. Mr Frederick verabschiedete sich hastig von den anderen Partygästen, mit denen sie sich unterhalten hatten. Der Wachmann, den ich vorhin schon bemerkt hatte, hielt sich ein Walkie-Talkie vor den Mund.

Mein Puls raste und ich klammerte mich noch verkrampfter an Stellans Arm fest. Elodie und Colette befanden sich immer noch auf der Treppe. *Jeden Moment*, dachte ich und blickte in Elodies Richtung.

Bevor ich wusste, was passierte, bildete sich eine Menschentraube um uns, und alle hingen mir förmlich an den Lippen, während ich die Fragen der Fredericks beantwortete.

Ja, ich bin Amerikanerin, obwohl ich zur Familie Saxon gehöre. Ich bin in den USA aufgewachsen. Nein, ich kannte Eli Abraham vor jenem Abend nicht. Es ist grauenvoll, ja.

Trotz dem, was in den Nachrichten über mich berichtet worden war, starrten mich die meisten in der Gruppe – die höchstwahrscheinlich alle dem Kreis angehörten – an, als sei ich die Wiedergeburt Jesu Christi. Sie schienen nicht ohne Weiteres bereit zu sein, eine der ihren auszuliefern, selbst wenn sie von der Polizei gesucht wurde. Einige der Galagäste hielten sich jedoch ein wenig abseits, so als befürchteten sie, ich könnte eine Pistole in meiner winzigen Perlenhandtasche versteckt haben.

Ich blickte wieder zu Colette und Elodie, die sich inzwischen der Eingangstür näherten. Colette nickte mir kaum merklich zu, ging dann zu dem Wachmann, der die Seite des Gebäudes beaufsichtigte, und zeigte auf mich. Er blickte mich mit zusammengekniffenen Augen an und runzelte die Stirn.

Hinter den beiden schlüpfte Elodie heimlich zur Rückseite des Gebäudes.

Ich drückte Stellans Arm und er tätschelte mir zur Bestätigung die Hand. Phase eins war abgeschlossen. Er lehnte sich zu mir und flüsterte mir ins Ohr: »Die einzigen Sicherheitsleute, die ich gesehen habe, waren am Eingang und an der Seite des Gebäudes postiert. Sie haben ein paar Gäste reingelassen, wahrscheinlich, weil sie auf die Toilette mussten. Elodie sollte im Inneren daher keinen Verdacht erregen, aber falls die Wachen irgendwann nach drinnen gehen, gebe ich dir ein Zeichen, und wir ziehen noch mehr Aufmerksamkeit auf uns. Aber für den Moment machen wir erst mal so weiter.«

Ich nickte und versuchte mein Bestes, mich auf die Unterhaltungen zu konzentrieren, während ich nervös auf das Erlöschen des Lichts wartete. Die Wachmänner hier verfügten wahrscheinlich nicht über die Befugnis, mich zu verhaften, aber sie konnten trotzdem die Polizei rufen. Mit einem Ohr horchte ich daher wachsam nach Sirenen in der Ferne.

Und dann rollte wirklich ein Auto zum Ende des roten Teppichs, aber es war nicht die Polizei. Lydia Saxon stieg aus, gefolgt von ihrem Bruder.

Stellan sah sie im selben Moment wie ich. Er nahm mich an der Hand und zog mich weg, aber es war zu spät. Der Blick meiner Schwester richtete sich sofort auf mich und schlagartig durchschoss mich ein eiskalter Schauer. »Ich dachte, sie seien nicht in der Stadt«, flüsterte Stellan.

»Jack hat behauptet, er hätte ihnen nicht gesagt, dass wir hier sind«, erwiderte ich. Andererseits konnten sie natürlich die ganze Zeit vorgehabt haben, nach Cannes zu reisen.

»Vor all diesen Leuten können sie dir nichts antun«, beruhigte mich Stellan.

Ich nickte. Die Zwillinge steuerten direkt auf uns zu und ignorierten die rufenden Fotografen, die sich ein Foto von ihnen wünschten. Sie waren ein atemberaubendes Paar: Lydia hatte ihr Haar glatt zurückgekämmt und zu einem eleganten Pferdeschwanz zusammengebunden, der über den Rückenausschnitt ihres trägerlosen roten Kleids fiel, während Coles ebenso dunkles Haar und die olivfarbene Haut von einer roten Fliege und seinem üblichen selbstgefälligen Grinsen akzentuiert wurden.

»Avery. Wie schön, dich hier zu sehen.« Lydia lehnte sich zu mir, um mich auf die Wange zu küssen, hob jedoch missbilligend eine Augenbraue, als sie sah, dass ich immer noch Stellans Hand hielt. Ich löste mich von ihm und nahm Lydias Hände in meine, nicht zuletzt, um mich zu vergewissern, dass sie nirgendwo eine Waffe versteckte.

»Ich wusste ja gar nicht, dass ihr auch zum Festival kommt«, sagte ich. Da ich Alistair den Inhalt des Grabs versprochen hatte, hätten sie mich eigentlich in Ruhe lassen können, aber offensichtlich vertrauten sie mir kein bisschen.

»Spontane Entscheidung«, erwiderte Cole. Er reichte Stellan nur bis zur Schulter, blickte jedoch trotzdem mit fiesem Grinsen zu ihm hinauf. »Wir wussten auch nicht, dass du hier sein würdest. Mit dem Dienstboten.«

Sie wussten nicht, dass ich hier sein würde? Die Kameras

leuchteten auf wie ein Schwarm Glühwürmchen in der Nacht.

Die Fredericks stellten Cole irgendeine Frage, und er wandte mir den Rücken zu, um sich mit ihnen zu unterhalten. Lydia wich jedoch nicht von meiner Seite. »Ich kann's gar nicht erwarten zu hören, was du in Cannes so alles getrieben hast«, sagte sie mit demselben strahlenden Lächeln, das mich überhaupt erst dazu verleitet hatte, ihr zu glauben, dass sie mich wirklich mochte.

Ich blickte zum Filmpalast hinauf. Was machte Elodie denn so lange? Konnte sie den Sicherungskasten nicht finden?

»Avery.« Colette gesellte sich zu uns und ihr Blick bohrte sich förmlich in Lydia. »Ich möchte dir einen meiner Regisseure vorstellen. Begleitest du mich kurz?«

Ich nickte dankbar. Vielleicht konnte ich mich verstecken, bis –

Die Lichter gingen aus. *Endlich.*

Vereinzelt war Gekicher zu hören. Manche Leute schienen es aus irgendeinem Grund lustig zu finden, wenn der Strom ausfiel. Ich hörte, wie dicht neben mir jemand erschrocken nach Luft schnappte.

Dann umklammerte plötzlich Lydia mit überraschend starkem Griff mein Handgelenk. »Verschwinde von hier, Avery«, raunte sie mir zu.

»Was?«

»Im Augenblick ist es hier nicht sicher für uns.« Lydia klang wirklich nervös. »Der Strom sollte nicht ausfallen … Verschwinde einfach.«

Ein eiskalter Schauer jagte mir über den Rücken. »Was

hast du getan?« Ich ließ den Blick über das Menschengetümmel schweifen und musste an das Attentat auf die Emirs denken. Lydia und Cole waren gar nicht *meinetwegen* hier – und auch nicht, um über den roten Teppich zu flanieren.

Stellan zerrte Colette und mich von dem Gebäude und der Menschenmenge weg.

Lydia folgte uns. »Nimm deinen Hüter-Freund mit, wenn es unbedingt sein muss. Aber verschwinde einfach von hier.«

»Werden diese Menschen verletzt werden?«, fragte Stellan so leise, dass es in dem aufgeregten Stimmengewirr außer uns niemand hören konnte. Meine Augen gewöhnten sich allmählich an die Dunkelheit, und ich sah, dass er Lydias Handgelenk fest gepackt hielt, genau wie sie meines.

Sie versuchte sich loszureißen. Cole eilte zu uns. »Ich bin mir nicht sicher, ob sie explodiert, wenn der Strom wieder angeht, aber es könnte sein. Wenn jemand zu nahe dran ist …«

»Ihr habt eine Bombe platziert? Hier?«, zischte Stellan im selben Augenblick, als ich sagte: »Elodie. Ruf sie an. Sofort.«

Stellan holte mit der freien Hand sein Handy aus der Jackentasche.

»Wir müssen alle von hier wegbringen«, flüsterte ich.

Ich machte den Mund auf, um laut zu schreien, aber Lydia hielt mich zurück. »Willst du das wirklich tun?«

Der Schrei erstarb auf meinen Lippen. Sie hatten immer noch meine Mom, und ich konnte mir nicht sicher sein, dass sich auch Lydia an die Abmachung halten würde, die ich mit Alistair getroffen hatte.

Stellan raunte irgendetwas auf Französisch in sein Telefon. Es klang drängend.

»Lydia, diese Menschen werden *sterben*«, flehte ich.

»Sie sollte erst später hochgehen«, erwiderte sie und blickte sich zum Palast um. »Wenn alle gegangen sind. Wir wollten uns das Armband schnappen, und niemand hätte etwas bemerkt.«

Natürlich wussten sie, dass das Armband hier war. Jack musste es ihnen verraten haben, bevor er herausfand, was sie wirklich planten. »Das ist mir egal«, zischte ich. »Wir müssen evakuieren –«

»Nein! Wir können nichts unternehmen, sonst wissen alle, dass wir etwas damit zu tun hatten.« Lydia wirkte überraschend panisch.

Ich befreite mit einem kräftigen Schütteln meine Hand aus ihrer. Ich hatte schon zu viele unschuldige Menschen sterben lassen. Wäre meine Mom hier gewesen, sie hätte mir zugestimmt, dass es dieses Risiko wert war, daran hatte ich keinen Zweifel.

Ich holte tief Luft und schrie: *»Feuer!«* Es war zwar vollkommen offensichtlich, dass es nirgendwo ein Feuer gab, aber ich schrie trotzdem weiter. Gemurmel breitete sich in der Menge aus. »Alle weg von dem Gebäude!«, brüllte ich. Irgendjemand in der Menge erkannte die Panik in meiner Stimme und begann ebenfalls zu schreien – und das genügte. Mehrere Leute rannten los und im nächsten Moment stürmte die komplette Menschenmenge auf uns zu. Ich riss Stellan und Colette auf die Seite hinter ein Auto, weg von der Flut der Körper. Die Lichter über dem roten Teppich erwachten flackernd wieder zum Leben.

Die Schreie wirkten eine Sekunde lang noch lauter, während die fliehenden Gäste gegen das grelle Licht anblinzelten – und dann wurden sie von einer gewaltigen Explosion übertönt, die den gesamten roten Teppich erschütterte.

KAPITEL 31

ICH SCHLANG SCHÜTZEND die Arme um meinen Kopf. Stellan warf sich quer über mich und Colette, als die Bombe mit einem dröhnenden Knall detonierte. Der unnatürliche Geruch von chemischem Qualm und die Hitze schlugen uns mit einem Schwall entgegen, als hätte gerade jemand einen Industrieofen in die Luft gejagt. Splitter prasselten auf meine nackte Haut nieder. Über uns zerplatzten die Scheinwerfer in Mini-Explosionen, und ich hob gerade noch rechtzeitig den Kopf von Stellans Brust, um zu sehen, wie winzige Glasscherben wie Glitter auf uns herabregneten.

Stellan hielt mich an den Schultern fest und flüsterte mir irgendetwas ins Ohr, das ich nicht verstehen konnte. »*Was?*«, fragte ich, konnte mich jedoch selbst nicht hören. Das einzige Geräusch war das Klingeln in meinen Ohren, wie von einer tiefen Glocke. *Bist du okay?*, konnte ich dann von seinen Lippen ablesen. Ich nickte. »Du auch?« Glasscherben brachten sein Haar zum Glitzern und er hatte einen Kratzer auf der linken Wange. »Mir geht's gut«, antwortete er, und diesmal hörte ich ihn, wenn auch wie aus weiter Ferne. Colette setzte sich langsam auf und nickte, als ich ihr die gleiche Frage stellte.

Ich rappelte mich auf. Einen Herzschlag lang schienen alle auf dem roten Teppich still zu stehen, so als seien sie zu Stein erstarrt. Der nächste Herzschlag. Mr Frederick lehnte sich gegen eine Wand, die Brille schief auf der Nase, und hielt sich verwirrt den Kopf. Der nächste Herzschlag. Miranda Cruz, die Schauspielerin, taumelte an uns vorbei, ihr Gesicht und weißes Kleid blutverschmiert. Der nächste Herzschlag. Ein Fotograf hockte über seiner auf dem Boden zertrümmerten Kamera und starrte auf die dicke Rauchwolke, die aus dem Gebäude drang. Der nächste Herzschlag. Ich blickte mich nach Lydia um – sie war verschwunden. Genau wie Cole.

Und dann rannten plötzlich wieder alle. Stellan und ich kämpften uns gegen den Strom auf das Gebäude zu.

Je näher wir dem Filmpalast kamen, desto mehr Menschen stolperten uns entgegen oder brachen auf dem Teppich zusammen, blutüberströmt, aber am Leben. Gott sei Dank hatte die Gala drinnen noch nicht begonnen gehabt. Stellan stieß die Tür auf, durch die wir Elodie hatten schlüpfen sehen, und dichter schwarzer Rauch wallte uns entgegen.

Ich musste würgen und hustete in meine Ellenbeuge. »Elodie!«, schrie ich zwischen zwei Hustern.

Ein Mann im Smoking taumelte durch die Tür, das Gesicht in der Armbeuge vergraben, gefolgt von einem Leibwächter, der eine Frau beim Gehen stützte.

»Ist sonst noch jemand hier drin?«, brüllte ich. Sie schienen mich gar nicht zu hören.

Der Rauch dünnte langsam aus, und ich konnte sehen, dass Flammen an den Wänden emporzüngelten. Stellan erschauderte – ich wusste, dass er Feuer nicht mochte –, sagte jedoch: »Ich gehe rein. Du bleibst hier.«

Bevor ich protestieren konnte, holte er tief Luft und rannte los. Obwohl beten normalerweise nicht mein Ding war, betete ich, dass seine Haut wirklich so feuerbeständig war, wie wir glaubten, und ihn vor dem Schlimmsten beschützen würde. Ich rannte zu einer anderen Tür und rüttelte daran, aber sie war verriegelt. Am anderen Ende des Gebäudes entdeckte ich eine offene Tür, aber es war zu gefährlich, auch nur daran zu denken, hindurchzugehen. Ich schrie nach Elodie und blockierte die Tür mit einem losen Ziegelstein, nur für den Fall, bevor ich wieder zur Vorderseite des Filmpalasts rannte.

Colette wartete oben an der Treppe und es versammelten sich immer mehr Leute um sie. »Stellan!«, schrie ich durch die offene Tür. »Elodie!«

Hinter der Wand aus Rauch blitzte eine Bewegung auf.

Gestalten tauchten auf. Ich sah, wie eine von ihnen zu Boden fiel.

Ich konnte nicht länger untätig zusehen, zog mir den Ausschnitt meines Kleides übers Gesicht und stürmte hinein. Stellan hatte den Arm um Elodie geschlungen und zog sie taumelnd mit sich. Ich nahm sie ihm ab. »Komm!«, schrie ich und löste sofort meinen nächsten Hustenanfall aus.

Aus dem Nichts tauchten plötzlich Arme über mir auf, fassten Elodie und nahmen sie mir ab. Ich richtete mich auf, von einem weiteren Hustenanfall geschüttelt.

Jack?

Er zog seine Jacke aus und warf sie mir zu. »Drück sie dir aufs Gesicht«, sagte er und trug Elodie davon, während er mich vor sich her und in ein Paar Arme schubste. Erst nach einem Moment erkannte ich, dass es Lucs waren. Der packte auch Stellan, fasste ihn um die Taille und zu dritt platzten wir zur Tür hinaus.

Die Luft war so kalt und frisch, dass sie in meiner Kehle brannte. Jack setzte Elodie wieder ab, stützte sich mit den Händen auf den Knien ab und schnappte japsend nach Luft. Elodie öffnete blinzelnd die Augen, würgte und wirkte ein wenig benommen. Stellan fiel hustend auf die Knie.

Ich starrte Jack an, aber meine Augen brannten so sehr, dass ich ihn kaum erkennen konnte. »Woher wusstest du, was hier los ist?«

Er schüttelte den Kopf. »Wusste ich nicht. Aber ich wollte dir etwas bringen. Das wollte ich schon, seit wir erfahren hatten, was die Saxons planen. Ich habe ihr gesagt, sie solle im Wagen warten und es sei zu gefährlich, aber …«

Ein blonder Haarschopf blitzte in der Menge auf, und diesmal musste ich wirklich halluzinieren, weil es schlichtweg unmöglich war, dass ich dieses Gesicht wirklich vor mir sah, hier und jetzt.

Doch im nächsten Moment zog meine Mutter mich glücklich in ihre Arme.

KAPITEL 32

SIRENEN NÄHERTEN SICH dem Filmpalais aus allen Richtungen. Elodies ganzer Körper war mit einer dunklen Rußschicht bedeckt, aber sie rappelte sich tapfer auf und winkte uns anderen zu, ihr zu folgen.

Ich nahm sie kaum wahr. Meine Mom und ich waren auf die Stufen gesunken und saßen auf dem nicht mehr roten, sondern nunmehr aschgrauen Teppich. Ich konnte nicht aufhören, sie anzustarren, so als hätte ich Angst, sie würde wieder verschwinden, wenn ich es tat. Sie war so blass und dünn. Über einem ihrer Augen erkannte ich eine heilende Schnittwunde und ihr Haar war völlig zerzaust.

Ich war hin- und hergerissen: Lydia und Cole hätte ich für das, was sie getan hatten, am liebsten umgebracht und wollte mich gleichzeitig nur noch in die Arme meiner Mom werfen und mich bei ihr ausweinen.

Als hätte sie meine Gedanken gelesen, zog sie mich zu sich heran. »Wir müssen hier weg«, flüsterte sie. »Solange sie abgelenkt sind.«

Ich konnte es förmlich vor mir sehen. Meine Mom und ich, wie wir in ein Taxi sprangen und erst wieder anhielten, nachdem wir die Grenze überquert hatten. Wie wir unser Bestes taten, um dem Kreis für immer den Rücken zu kehren, ohne ein Wort des Abschieds. Trotz allem, was ich vorhin gesagt hatte, und obwohl es die *Wahrheit* gewesen war – mit meiner Mom nun leibhaftig neben mir und der Möglichkeit, sie endlich in Sicherheit bringen zu können, hätte ich meine Meinung beinahe geändert.

Aber dann sah ich Stellan, der ein Taschentuch auf eine hässliche Brandblase drückte, die seinen kompletten Handrücken bedeckte. Jack, verschwitzt und ascheverschmiert und ohne Jacke, die noch immer über meinen Schultern hing. Elodie, die sich eine kleine schwarze Handtasche auf den Bauch drückte, als enthielte sie einen Schatz – und vielleicht tat sie das ja wirklich.

Dann dachte ich wieder an Lydia und Cole, die nirgends zu sehen waren. Sie mussten geflohen sein, bevor sie irgendjemand mit der Bombe in Verbindung bringen konnte.

»Ich kann noch nicht fort«, sagte ich zu meiner Mom.

Sie nahm mein Gesicht in beide Hände und sagte resigniert: »Ich hab mir schon gedacht, dass du das sagen würdest. Dann mal los. Tun wir, was getan werden muss.«

Ich winkte den anderen zu und wir schlüpften unbemerkt durch die Menge davon.

Wir blickten uns nach unserem Wagen um, aber der Fahrer musste die Flucht ergriffen haben, nachdem die Bombe explodiert war. Da wir beinahe als Letzte angekommen waren, musste er zu den wenigen gehört haben, die es noch geschafft hatten, zu verschwinden, bevor alle Straßen versperrt waren. Leider hatte er auch unsere Waffen mitgenommen.

Wir setzten uns in ein kleines Café am Strand, ein paar Straßen entfernt, um zu beratschlagen. Luc drückte den Mädchen hinter der Theke mehrere Scheine in die Hand und bat sie zu verschwinden.

Ich ging zu Jack, der gerade die Tür des Cafés verriegelte. »Danke«, sagte ich zu seinem Rücken. »Meine Mom. Ich –« Es gab nicht genügend Worte, um auszudrücken, was ich sagen wollte. Ich hatte mit ihm Schluss gemacht, war davongestürmt und hatte den Rest des Abends in den Armen seines einstigen besten Freundes verbracht. Und er – der Junge, der niemals die Regeln brach – hatte in der Zwischenzeit sämtliche Verbindungen zu der einzigen Familie gekappt, die ihm je wichtig gewesen war, und das alles nur, um den Menschen zu retten, der *mir* auf der Welt am meisten bedeutete.

Er rüttelte am Türknauf – *abgeschlossen* – und drehte sich zu mir um.

»Ich danke dir so sehr«, wiederholte ich.

Er nickte und steckte die Hände in die Hosentaschen. »Es tut mir leid«, sagte er. »Es tut mir wirklich sehr leid.«

Ich zupfte am rußigen Saum meines Kleides herum. »Ich weiß.« Sagen, dass ich ihm verzieh, konnte ich nicht, denn das wäre gelogen gewesen. Ich nahm das Medaillon von meiner Brust und drückte es ganz fest.

Jack senkte dem Blick zu Boden, und ich konnte sehen, wie er innerlich zusammensackte, auch wenn er versuchte, es zu verstecken. »Du solltest dich bei Rocco bedanken – Narbengesicht –, wenn du ihn das nächste Mal siehst. Er war derjenige, der sie befreit und mit Luc hierhergeschickt hat. Ich habe ihm nur gesagt, was er tun soll.«

Ich hätte in einer Million Jahre nicht geglaubt, dass ich jemals das Bedürfnis verspüren würde, Narbengesicht in den Arm zu nehmen. Er war loyaler, als ich es erwartet hatte. Das durfte ich niemals vergessen.

Ich drehte mich wieder zu meiner Mom um. Colette hatte einen Schal um ihre Schultern gelegt und versorgte sie genauso mütterlich wie den Rest von uns. Ich quetschte mich neben Mom in einen großen Sessel und sie nahm meine Hand und ließ sie nicht mehr los.

Jack blickte zum Fenster hinaus und setzte sich dann zu Colette auf die Couch neben uns. Ihre rußverschmierten Kleider färbten den abgenutzten beigen Polsterstoff grau. Stellan und Elodie saßen auf unserer anderen Seite, während Luc sich an einem wackligen Bistrotisch gegenüber niederließ.

»Und?«, fragte ich.

Elodie hielt das Armband hoch, das sie aus dem Filmpalais entwendet hatte. Es war definitiv der Zwilling des meinen, beinahe völlig identisch. Ich nahm das Original von meinem Handgelenk und reichte es ihr.

»Das Passwort für das zweite ist *Boyer*«, sagte ich. »Hoffentlich.«

Elodie drehte an den Ringen des Armbands, und wir hörten ein Klicken, als sich ein Teil davon herausschob, genau wie bei dem anderen. Wir stießen ein kollektives Seufzen aus, aber unsere Erleichterung war nur von kurzer Dauer. »Und was jetzt?«, fragte Elodie. »In den Hinweisen hieß es, wir müssten sie öffnen. Wir haben sie geöffnet. Was übersehen wir?«

»Vielleicht steckte ja noch mehr hinter den Rätseln«, vermutete Colette. »Kannst du die Hinweise noch mal zitieren?«

»Der erste Hinweis war: *Der Entschlüsselung des Geheimnisses einen Schritt näher; durch eine in Blut geformte Vereinigung.* Dann haben wir noch den über die Priesterinnen in Delphi. Und das, was auf diesem Armband steht …« Luc verstummte und Elodie las den Text auf dem Armband in ihrer Hand vor.

»Erst durch die Vereinigung werden mein Zwilling und ich das dunkle Geheimnis enthüllen, das unsere Herzen bergen. Und in dem anderen heißt es: *Mein Zwilling und ich werden alles enthüllen, aber nur dem Wahrhaftigen.«*

»Und dann ist da natürlich noch das Mandat«, erinnerte Stellan uns. *»Durch ihre Vereinigung wird das Geburtsrecht der Diadochen enthüllt.«* Er blickte mich an. *»Ihre Schicksale sind miteinander verknüpft und werden zum Schicksal des Kreises.«*

Elodie legte die Armbänder vor sich ab und stützte die Ellenbogen auf die Knie. Sie wischte einen Teil des Rußes aus ihrem Gesicht und es sah streifig und ein bisschen unheimlich aus. »Ich komme immer wieder auf die Schicksalskarte zurück«, sagte sie. *»Eine in Blut geformte Vereinigung. Ihre Schicksale sind miteinander verknüpft.* Die Vereinigung … *erschafft* etwas, wodurch sich diese Armbänder endgültig öffnen. Es hat irgendetwas mit Blut zu tun, da sind wir uns ziemlich sicher. Aber was genau …«

Hinter mir war ein ohrenbetäubender Knall zu hören. Wir schreckten alle von unseren Sitzen hoch, und ich erkannte, dass jemand gerade die Cafétür aufgeschossen hatte.

Die Tür schwang auf und herein kamen mein Bruder und meine Schwester.

KAPITEL 33

ICH WARF MICH vor meine Mom. Jack hatte bereits seine Pistole gezogen. Stellan griff nach seiner eigenen Waffe und fluchte leise, als ihm wieder einfiel, dass sie mit unserem Wagen verschwunden war. Sie hielten beide inne, als sie sahen, dass Lydia und Cole bereits mit ihren Pistolen auf uns zielten.

»Schaut mich nicht so schockiert an«, sagte Lydia und wandte sich dann an mich: »Ich weiß, dass Vater dir vertraut, und ich *will* es ja auch, aber … Dein Kleid hat es uns fast *zu* leicht gemacht, einen Peilsender daran zu verstecken.«

Ich versteifte mich und suchte hektisch den Perlenstoff ab, bis meine Mom etwas von meinem Rücken pflückte, direkt unter meinem Schulterblatt. Es war eine winzige schwarze Scheibe. Lydia zuckte halbherzig mit den Schultern und richtete ihre Pistole dann auf Jack. »Jack Bishop, leg deine Waffe auf den Boden.«

Jack zögerte, gehorchte dann jedoch.

Cole gestikulierte in Richtung meiner Mom. »Wie ist sie überhaupt rausgekommen? Ich hab dir doch gleich gesagt, dass wir sie hätten töten sollen.«

»Wenn ihr sie auch nur *anrührt* –«, schrie ich, aber meine Mom drückte meine Hand ganz fest.

»Provoziere ihn nicht«, flüsterte sie. Cole wirkte alles andere als amüsiert.

»Warum setzen wir uns nicht alle zu einer kleinen Brainstorming-Runde zusammen«, sagte Lydia. Sie stand in sicherer Entfernung und konnte jeden erschießen, der versuchte, sie anzugreifen. »Ich habe schon ein bisschen was gehört, aber lasst mich mal sehen, ob ich alles richtig verstanden habe. Diese Armbänder sind immer noch teilweise verschlossen, die Vereinigung wird sie öffnen und hat allem Anschein nach irgendetwas mit Blut zu tun.«

Ich blickte zur Tür und sah, wie Stellan das Gleiche tat. Er schüttelte kaum merklich den Kopf. Wir konnten zwar versuchen abzuhauen, aber die Zwillinge würden ganz sicher einen von uns erschießen, bevor wir alle durch die Tür waren.

»Wir verraten euch gar nichts«, zischte ich sie an.

»Hmm«, überlegte Cole laut. »In wessen Kopf wollen sie wohl auf gar keinen Fall ein Loch sehen?« Er drehte sich langsam herum, hielt erst bei mir an, dann bei Colette und schließlich bei Luc. »Der Erbe der Dauphins. Natürlich.«

Elodie schnappte erschrocken nach Luft und Stellan stand halb von der Couch auf.

»Nein, nein, nein«, fuhr Cole fort und drückte seine Pistole an Stellans Schädel. Stellan setzte sich wieder.

»Gut«, sagte Lydia. Beide Armbänder lagen zwischen uns auf dem Tisch. Sie beugte sich nach vorn und hob eines von ihnen auf.

Plötzlich sauste ein Messer über ihrem Kopf durch die Luft.

Cole wich aus, das Messer streifte ihn an der Schulter und landete mit einem seltsam hohlen Scheppern auf dem Boden. Es war aus Plastik – und es gehörte Elodie. Sie musste es irgendwo an ihrem Körper versteckt und durch die Metalldetektoren geschmuggelt haben.

In der Sekunde, die ich brauchte, um zu begreifen, was hier gerade passierte, sprang Elodie bereits von der Couch und warf sich über Luc. Dann ertönte ein Schuss und sie wurde auf den Tisch zurückgeschleudert.

Ich kreischte vor Entsetzen. Stellan, Colette und Jack sprangen auf.

»Hinsetzen!«, brüllte Lydia. »Sonst treffe ich nächstes Mal ein lebenswichtiges Organ.«

Elodie hatte Mühe, sich wieder aufzurichten, und drückte eine Hand auf ihre blutende Seite. Sie lebte noch. Stellan wollte zu ihr.

»Bleib stehen«, warnte Lydia.

»Sie wird verbluten.« Stellan setzte sich an die Sofakante vor. »Lass mich die Wunde versorgen.«

»Darüber hätte sie nachdenken sollen, bevor sie versucht hat, meinen Bruder zu töten«, spuckte Lydia aus. »Wenn ihr uns alles sagt, was ihr wisst, dann denke ich vielleicht darüber nach, euch zu erlauben, ihr zu helfen.«

»Nein«, brachte Elodie mit einer erstickten Grimasse hervor. »Sagt es ihnen nicht.«

»Wie das Dienstmädchen bereits erklärt hat«, fuhr Lydia fort, als sei nichts passiert, das Armband noch immer in der einen und die Pistole in der anderen Hand, »ist Blut der Schlüssel zu diesem Schloss. Wir müssen nur noch wissen, wie es funktioniert.« Keiner von uns sagte ein Wort. »Zunächst mal: Was könnte mit *eine in Blut geformte Vereinigung* überhaupt gemeint sein? Da wäre natürlich die offensichtliche Lösung, die ihr gewiss bereits in Betracht gezogen habt: ein Kind.«

Jack warf Lydia einen so hasserfüllten Blick zu, dass selbst ich zitterte. »Das würde auf keinen Fall funktionieren.«

Lydia hob die Augenbrauen. Ganz offensichtlich hatte er ihr vorher noch nie widersprochen. »Sicher, es liegt ein wenig außerhalb unseres Zeitplans, aber lasst uns doch mal kurz darüber nachdenken. Falls es sich wirklich als die Lösung herausstellen sollte, was würde das dann aus wissenschaftlicher Sicht bedeuten?«

Noch immer sagte keiner von uns ein Wort, obwohl wir die eine oder andere Idee hatten.

Elodies Gesicht wurde immer blasser und ihre Atmung ging unregelmäßig. Plötzlich rückte Luc an die Kante seines Stuhls vor. »Die DNA eines Babys ist eine Kombination aus der seiner Eltern«, sagte er.

»Luc, hilf ihnen nicht«, stöhnte Elodie.

»Ich lasse dich nicht sterben, El«, sagte er und fuhr dann fort: »Wenn schon die Eltern etwas Besonderes sind, dann könnte eine Kombination ihres Blutes etwas wahrhaftig Unglaubliches hervorbringen.«

Wir starrten ihn alle mit offenem Mund an. Ich hatte Luc zwar nicht unbedingt für dumm gehalten, aber auch nicht den Eindruck gehabt, dass er den einzelnen Details besonders viel Aufmerksamkeit schenkte – und trotzdem zitierte er nun mühelos die Theorie, die Elodie in den letzten Tagen zusammengesetzt hatte.

Meine Geschwister schienen längst nicht so beeindruckt. »Du willst also sagen, dass die DNA im Blut eines Babys eine Art Verriegelung *öffnen* könnte, die in dieses Armband eingebaut ist? Eine menschliche biologische Substanz könnte eine nicht menschliche Substanz so entscheidend verändern?«, fragte Cole skeptisch. »Dann müssen wir also nur dafür sorgen, dass Avery mit dem Einen – wer immer er auch sein mag – ein Kind zeugt, neun Monate warten, die DNA entnehmen, diese DNA in die Armbänder injizieren und *puff!* Schon haben wir vier hässliche Schmuckstück anstatt von zweien?«

»Interessante Theorie«, fand Lydia.

Cole verzog die Lippen. »Lass uns die Dinger doch einfach zertrümmern.«

»Wenn wir das tun, beschädigen wir, was immer sich darin befindet«, erwiderte Lydia gereizt.

»Jetzt wisst ihr genauso viel wie wir«, sagte ich. Elodie versuchte weiter, Druck auf ihre Wunde auszuüben, aber ich konnte sehen, dass sie langsam das Bewusstsein verlor. Stellan hockte an der Sofakante, als würde es ihn umbringen, dass er nicht zu ihr konnte. »Lasst uns ihr helfen, bitte.«

Lydia schüttelte den Kopf. »Selbst wenn die Baby-Hypothese stimmt, hilft uns das im Moment auch nicht weiter. Ihr müsst noch andere Theorien haben.«

»Tun wir nicht«, erwiderte Jack. »Wir sagen die Wahrheit, Lydia. Wir dachten, die Passwörter würden beide Armbänder entriegeln, aber die haben sie nur halb geöffnet.«

Ich spielte nervös an meinem Medaillon herum und runzelte erstaunt die Stirn, als ich Blut an meinen Fingern entdeckte. Eine der Schnittwunden auf meiner Brust, die ich mir bei der Explosion zugezogen hatte, musste immer noch bluten.

Ich wollte das Blut an meinem Kleid abwischen, starrte dann jedoch auf den Finger.

Moment mal.

Blut. Was, wenn die Sache viel einfacher war, als wir bisher geglaubt hatten?

Ich presste die Lippen zusammen.

»Was?«, wollte Lydia wissen. Natürlich hatte sie es gesehen.

Ich ließ die Arme an meinen Seiten herunterbaumeln. »Nichts.«

Lydia stellte sich hinter mich und schwenkte ihre Pistole weiter zwischen uns hin und her. »Was meinst du, wie lange das Dienstmädchen noch durchhält?«

Stellan stieß ein tiefes, kehliges Knurren aus und Colette schluchzte leise. Elodies Augen fielen immer weiter zu.

»Oder vielleicht verstümmele ich ja auch einen der Hüter«, drohte Lydia. »Du hängst sowieso viel zu sehr an den beiden.« Sie blickte erst zu Jack, dann zu Stellan. Ich sah, wie ihr Blick an der Brandverletzung an seiner Hand hängen blieb. Das Taschentuch war heruntergerutscht und die Wunde war längst nicht mehr so rot und schon beinahe verheilt. Lydia starrte sie mit zusammengekniffenen Augen an, aber sie konnte unmöglich begreifen, was dies wirklich bedeutete.

Ich schmeckte Galle, die in meiner Kehle hochstieg. »Ich wollte gerade sagen …«, versuchte ich, Zeit zu schinden.

Lydia blickte über meine Schulter. »Blut«, sagte sie und fuhr mit den Fingern über mein Schlüsselbein. Verdammt. Sie musste gesehen haben, wie ich darauf schaute. »Blut enthält DNA. Das denkt ihr, richtig? Dass man einfach das Blut vereinen könnte, statt auf ein Baby zu warten?«

Elodie zwang sich, ein Auge zu öffnen. »Nicht dasselbe«, krächzte sie schwach. »Das Blut zweier Menschen zu vermischen wie bei einem Cocktail vereint nicht ihre DNA.«

»Wir raten doch sowieso nur«, entgegnete Lydia. »Wer sagt uns denn, dass wir damit nicht trotzdem richtigliegen?«

»Dann nehmen wir also Averys Blut und das des Einen, vermischen sie miteinander und injizieren *das* in die Armbänder? Ich schätze, das ginge tatsächlich neun Monate schneller, was ein Vorteil wäre, aber es klingt trotzdem völlig absurd«, fand Cole.

»Allerdings lässt es sich ganz leicht ausprobieren«, konterte Lydia. Sie zeigte auf Luc. »Er kann genauso gut der Eine sein wie jeder andere auch.«

Cole packte Luc am Unterarm, schnitt mit einem Messer hinein und reichte es dann Lydia. Luc sank mit weiten Augen auf der Couch zurück. Lydia lehnte sich über mich und wischte ein wenig Blut von meiner Brust. Sie schmierte Lucs Blut auf ihren Daumen, rieb die beiden Finger aneinander und bedeckte damit den hervorstehenden Teil des Armbands in ihrer Hand.

Obwohl wir anderen wussten, dass eine Vereinigung zwischen Luc und mir nicht funktionieren würde, starrten wir alle wie gebannt auf das Armband. Ich beobachtete Cole und Lydia. Vielleicht könnten wir sie ja überwältigen, solange sie abgelenkt waren. Aber sie blieben die ganze Zeit über wachsam.

Nach ein paar Sekunden lag das Armband immer noch genauso da wie zuvor, ohne das etwas passierte, und wir entspannten uns langsam wieder.

»Er ist es nicht«, sagte Lydia leise. »Und ihr wusstet alle, dass es nicht funktionieren würde.« Einen Moment lang blieb sie vollkommen still, dann fuhr sie mit dem Messer tief über meine Brust. Ich schnappte nach Luft, schlug die Hand auf die brennende Wunde und spürte, wie heißes Blut zwischen meinen Fingern hervorquoll. Meine Mom drückte mich fest an sich.

Lydia wirbelte herum. Stellan saß immer noch auf der Kante des Sofas, nur einen Meter entfernt. Bevor ich überhaupt kapierte, was in ihr vorging, stach sie mit demselben Messer in seinen Unterarm, wischte die Klinge an ihrer Hand ab und vermischte mein Blut mit seinem.

»Nein«, stieß ich erstickt aus und löste mich aus den Armen meiner Mom. Neben mir färbte sich der hochgekrempelte Ärmel von Stellans Hemd tiefrot. Er beobachtete Lydia wie hypnotisiert, als sie nach dem anderen Armband griff. Sie drückte ihre blutige Handfläche auf die Innenseite und färbte das Gold rot.

Eine Sekunde lang passierte nichts.

Und dann begann Napoleons Zwillingsarmband zu qualmen.

KAPITEL 34

»DAS BLUT SCHMILZT ES.« Lydia legte das Armband wieder auf den Tisch. »Oder erhitzt es. Oder irgend so was. Es ist ein Schloss. Ich hatte *recht.*«

Ich spürte, wie sich eine Hand um meine legte, und fädelte meine blutigen Finger durch Stellans. Tiefrote Tropfen fielen von unseren Händen auf den abgenutzten Parkettboden des Cafés. Bisher hatten wir uns nicht hundertprozentig sicher sein können, aber jetzt schon: Die Vereinigung bezog sich auf uns. Unsere Schicksalskarten waren real. Stellan gehörte der dreizehnten Blutlinie an, und auch wenn wir nicht heirateten, hatten wir – zusammen – etwas zu bedeuten.

Und wie es schien, ging es dabei um viel mehr als nur um symbolische Macht.

Lydia wirbelte herum. »Er ist es. Ich *wusste* es. Als wir eben hier reingekommen sind, habe ich mich schon gewundert, dass er nicht mehr abbekommen hat als diese winzige Brandwunde. Seit wir hier sind, ist sie komplett verheilt, hab ich recht?«

Sie hatte recht. Als ich genauer hinschaute, erkannte ich, dass dort, wo eben noch die Brandblase gewesen war, nun nichts anderes mehr zu sehen war als frische Haut, perlmuttfarben wie der Rest von Stellans Narben.

»Wie ist das möglich?«, platzte Cole heraus.

»Ich wusste, dass Avery nicht so an irgendeinem beliebigen Hüter hängen würde, nur, weil er gut aussieht«, fuhr Lydia beinahe stolz fort.

Stellan ließ meine Hand wieder los.

»Das hat etwas mit der Dreizehn zu tun, die andauernd erwähnt wird, richtig?«, fragte Lydia.

Auf dem Tisch qualmte das Armband immer noch.

»Aber wenn es dabei um eine Person geht ...«, überlegte sie laut weiter, »dann bedeutet das ... es gibt eine dreizehnte *Familie* des Kreises?«

»Aber es waren nur zwölf Diadochen«, widersprach ihr Cole, und aus seiner Stimme sprachen zu gleichen Teilen Herablassung und Misstrauen.

»Und Alexander.« Auf Lydias Miene breitete sich Erkenntnis aus. »Seine ist die dreizehnte Familie, nicht wahr? Alle glauben, er hätte keinen Erben gehabt. Aber was, wenn doch?«

»Aber –«, stammelte Cole. »Aber das bedeutet ... Das Mandat besagt ... *Er* ist der Eine?«

»Jeder aus dieser Blutlinie.« Lydia setzte sich auf eine gepolsterte Sitzbank mit Blumenmuster, die Pistole noch immer in der Hand. Trotz allem war ich beeindruckt, wie schnell sie die einzelnen Puzzleteile zusammenfügte. »Das ist es, oder?«

»Aber die Angehörigen der Blutlinie des Einen sind … Sie sollen über alle anderen herrschen …« Cole richtete seine Waffe auf Stellan.

Lydia sprang zwischen die beiden. »Es bedeutet, dass er wichtig ist. Wir *brauchen* ihn.«

Cole schnitt eine Grimasse und drehte sich wieder zu Luc um.

Und dann war ein leises Ploppen zu hören. Das goldene Armband teilte sich in zwei.

Wir starrten alle mit heruntergeklappter Kinnlade darauf. Lydia griff mit ihrer blutigen Hand danach, aber Elodie sagte schwach: »Nein! Oder willst du zerstören, was sich darin befindet?«

Lydia gab Jack das Armband. »Aufmachen.«

Er nahm es ihr ab, hielt es dann jedoch hinter seinen Rücken. »Wir haben euch so weit gebracht. Lasst uns Elodie helfen.«

Lydia seufzte. »Von mir aus.«

Innerhalb weniger Sekunden sprang Stellan auf, legte Elodie auf die Couch und übte Druck auf ihre Wunde aus.

»Und jetzt mach es auf«, befahl Lydia Jack. »Und du behältst das Dienstmädchen im Auge, Cole.«

»Gib mir die andere Pistole«, erwiderte Cole und deutete auf Jacks Waffe, die am Boden lag. Lydia reichte sie ihm und er richtete seine eigene Pistole auf Luc und Jacks Waffe auf den Rest von uns.

»Beeil dich«, drängte Lydia.

Jack schaute mir in die Augen. Was konnten wir sonst

schon tun? Er zog sanft an dem Armband und es fiel auseinander. Ein zusammengefaltetes Blatt Papier kam zum Vorschein und er faltete es ganz vorsichtig auseinander.

Das Papier war nur ein paar Zentimeter breit und etwa dreimal so lang. Ich konnte sehen, dass es in Jacks Händen beinahe zerfiel. Er blickte mit zusammengekniffenen Augen auf die winzige Schrift.

»Lies vor!«, befahl Lydia. »Oder muss ich dich erst daran erinnern, dass wir euch alle auch einfach umbringen und die Armbänder mitnehmen könnten, jetzt, wo sie sich geöffnet haben? Ich weiß zwar selbst nicht, warum ich so nett zu euch bin, aber du solltest es lieber ausnutzen.«

Ich wusste, warum. Sie hoffte immer noch, dass ich trotz allem, was sie getan hatten, irgendwann freiwillig auf ihre Seite wechseln würde. Sie wusste jedoch auch, dass das niemals passieren würde, wenn sie meine Freunde tötete. So wahnsinnig Lydia auch war, ihre Familie bedeutete ihr wirklich etwas.

»Lies die Nachricht vor«, knurrte auch Cole. »Ich hab eure Hinhaltetaktik allmählich satt.«

Jack blickte uns noch einmal an und räusperte sich dann. »Sie ist auf Französisch. Ganz oben steht: *Abschrift einiger Dokumente, die im Grab Alexander des Großen gefunden wurden, in seiner eigenen Stadt, im Dreizehnten in der Mitte der Zwölf. Dies ist der Schatz, nach dem ich mein halbes Leben gesucht habe. Er birgt noch mehr – ein Heilmittel –, doch ich befürchte, dass es alles nur schlimmer machen würde, daher lasse ich es begraben. Ich warne Euch aus Pflichtgefühl dem Kreis gegenüber. Sollte dies dem Feind in die Hände fallen, würde es den sicheren Untergang bedeuten.* Unterzeichnet ist es mit *Napoleon Bonaparte, 1801.*«

Wir tauschten verwirrte Blicke. Es klang, als wolle Napoleon uns sagen, was er im Grab gefunden hatte, und nicht, wo sich das Grab tatsächlich befand.

»Ist das alles?«, wollte Lydia wissen.

Jack schüttelte den Kopf und las weiter: »*Liebste Helena, ich hoffe, Du bist in Sicherheit und entdeckst dies nicht zu spät, um diesen Verrätern …* nein, *um diesen Thronräubern ihre Macht zu entreißen und Dir zurückzuholen, was rechtmäßig Dein ist.*« Noch mehr verwirrte Blicke huschten von einem zum anderen. Thronräuber? »*Seit dem Augenblick, in dem Du geboren wurdest*«, fuhr Jack fort, »*wusste ich, dass ich alles dafür tun würde, um Dich zu beschützen, wie ich meinen Sohn nicht beschützen konnte – den Herrscher der Welt, so weit das Auge reicht –, oder seinen Sohn nach ihm – Deinem Vater.*«

Lydia schnappte nach Luft. »Meinen Sohn«, murmelte sie. »Und seinen Sohn nach ihm. Diese Worte stammen von –«

»Olympias«, krächzte Elodie. Stellan verknotete die Arme seines Smokinghemds auf ihrem Bauch.

»Er zitiert die Mutter von Alexander dem Großen.«

»Aber Alexanders Sohn ist gestorben, als er noch sehr jung war«, dachte ich laut.

»Er war im Teenageralter«, sagte Jack. »Nicht unbedingt zu jung, um ein Kind zu haben.«

»An sie ist der Brief gerichtet«, stieß ich aus. »An das Kind. Helena. Olympias Urgroßenkelin.«

Wir verfielen alle wieder in Schweigen, und Jack las weiter: »*Nachdem sie meinem Sohn die Herrschaft gestohlen hatten, wollten die Diadochen wahrhaftig miteinander verbunden sein, durch Blut. Wie Brüder.*«

»Gestohlen?«, fragte ich.

»Thronräuber«, erinnerte Stellan mich. »Lies weiter.«

»Aber sie hatten zum letzten Mal eine Frau unterschätzt. Der Orden von Olympias und ich –«

»Der Orden!«, flüstere Lydia. »Glaubt ihr –«

»Ja«, unterbrach Colette sie ungeduldig. »Das muss es sein.«

Jack begann erneut: *»Gemeinsam mit dem Orden von Olympias habe ich ihren Wunsch erfüllt und sie miteinander verbunden. Sie konnten jedoch nicht ahnen, dass ich dabei die Saat ihrer Vernichtung gestreut habe.«*

Auf meinen Armen bildete sich Gänsehaut und wir alle blickten einander schweigend an. Nun ließ es sich nicht mehr leugnen: Olympias sprach von den Diadochen nicht als Alexanders auserwählten Erben, wie es der Kreis immer geglaubt hatte. Sie bezeichnete sie als Diebe, die ihm seine Macht und *ihrer* Blutlinie ihr Geburtsrecht als Könige gestohlen hatte.

Jack hielt die winzige Schriftrolle hoch. »Auf dieser hier steht sonst nichts mehr.«

Alle blickten sofort zu dem anderen Armband und dann auf mich und Stellan. Er hatte Elodies Wunde, so gut es ging, verbunden und saß nun wieder auf der Couch, nur noch mit einem weißen T-Shirt bekleidet. Lydia sprang von der Polsterbank auf, wischte kurzerhand noch mehr Blut von seinem Arm und von meiner Brust und streifte es auf dem Schloss des zweiten Armbands ab.

Wenige Minuten später zog Jack den zweiten Zettel heraus und begann erneut, vorzulesen.

»Alles, was Ihr braucht, um das Schicksal der Diadochen zu erfüllen, ist ein weibliches Mitglied der Blutlinie. Vergewissert Euch,

dass sie die violetten Augen besitzt – nur dann könnt Ihr Euch sicher sein, dass sie genügend Blut in der richtigen Zusammensetzung hat.« Jack schaute zu mir hoch, bevor er fortfuhr: *»Ihr Blut, zusammen mit unserem, wird …«* Seine Stimme zitterte. *»Wird eine Seuche erschaffen.«*

»Eine Seuche?«, wiederholte Stellan. Cole lachte, kalt und gehässig. Alle anderen wirkten nur vollkommen verdutzt.

»Lies weiter«, bat ich Jack.

»Wiederholt die bacchischen Riten, die auch wir bei ihrer Verbindung ausübten, und füllt die Becher mit ihrem vereinten Blut. Schon ein winziger Tropfen des Blutes genügt, und das Königreich wird Euch gehören, bis ans Ende der Welt.«

Einen langen Augenblick lang schwiegen wir alle. Schließlich durchbrach Elodie die Stille. »Der Fluch der Olympias«, murmelte sie. Sie hatte die Augen geschlossen, aber ich war unglaublich erleichtert, dass sie wach genug war, um zu verstehen, was vor sich ging. »Ich habe schon mal davon gehört. Aber ich hätte nie gedacht …«

»Soll das etwa heißen, *damit* ist die Waffe im Grab gemeint?«, fragte Cole. »Ich dachte, es sollte eine Waffe gegen den Orden sein.«

Lydia warf ihm einen entnervten Blick zu. »Wieso machst du dir immer noch Gedanken über den Orden? Hier steht doch, dass der Orden offensichtlich schon vor zweitausend Jahren vollkommen unfähig war. *Das* muss von Anfang an die Bedeutung des Mandats gewesen sein. Wir dachten nur, der Orden sei gemeint, weil darin von den *größten Feinden* die Rede ist. Aber die Mitglieder des Kreises waren schon immer ihre eigenen schlimmsten Feinde.«

Meine Mom neben mir schauderte.

»Habt ihr nicht zugehört?«, fragte ich. »Jeder innerhalb des Kreises könnte sich dieses Virus einfangen, wenn er unser Blut in sich aufnimmt. Nicht mal *ihr* wärt dagegen immun.«

»Dann sollte besser keiner Avery oder Stellan ablecken«, scherzte Elodie schwach. Ich starrte auf meine blutigen Hände hinunter, die sich mit einem Mal in Waffen verwandelt hatten.

Lydia schaute auf ihre eigenen Hände und hielt sie ein Stück von ihrem Körper weg. »Napoleon spricht auf der anderen Schriftrolle von einem Heilmittel, das sich im Grab befindet. Wir können es immer noch finden. Aber selbst wenn nicht, wird uns schon irgendwas einfallen. Die moderne Medizin hat inzwischen bestimmt so große Fortschritte gemacht, dass sie gegen das ankommt, was diese Frau angeblich entdeckt hat.«

»Dann müssen wir nur ihr Blut vermischen und dafür sorgen, dass es jemand trinkt?«, fragte Cole dazwischen.

»Sie müssten es noch nicht mal trinken«, erwiderte Lydia. »Anscheinend genügt schon ein einziger Tropfen. Vielleicht ist es gar nicht nötig, jemanden zu infizieren. Allein die Tatsache, dass wir darüber verfügen ...« Ich konnte die Räder in ihrem Gehirn förmlich rattern hören. »Ich weiß zwar noch nicht, *was* genau wir damit anfangen können, aber *irgendetwas* bestimmt.«

»Aber nicht ohne unser Blut«, warf Stellan ein.

Lydia blickte wieder auf ihre Hände hinunter und dann auf das Messer. Im selben Moment wurde mir klar, was sie dachte.

»Wir müssen alles abwaschen, was sich bereits vermischt hat«, sagte ich leise. »Bei uns und bei Lydia.«

Jack hörte mich und nickte. Wir blickten beide zu Cole hinüber, der mit seiner eigenen Pistole immer noch auf Luc zielte und mit Jacks auf uns. Wenn wir zu fliehen versuchten …

»Halt dich bereit«, raunte Jack.

»Wofür?«, flüsterte ich, aber bevor ich verstand, was er meinte, holte Jack tief Luft und sprang von seinem Stuhl auf.

Cole richtete gelassen die Waffe auf ihn.

»Jack!«, schrie ich.

Cole drückte ab.

Die Pistole klickte hohl.

Cole runzelte die Stirn und drückte ein zweites Mal auf den Abzug. Ein weiteres wirkungsloses Klicken ertönte, bevor sich Jack auf ihn stürzte. Coles zweite Pistole knallte und feuerte durch den Kristallkronleuchter über uns in die Decke. Ein Schauer aus Putz regnete auf uns herab.

»Cole!«, schrie Lydia und richtete ihre eigene Waffe auf die beiden, traute sich jedoch nicht, auf das ringende Wirrwarr aus Armen und Beinen zu schießen.

Ich schnappte mir Lydias Messer von der Polsterbank und hielt es ihr an die Seite, bevor sie durch den Stuhlkreis zu ihrem Bruder eilen konnte. »Nicht bewegen.«

Eine Sekunde lang verharrte sie stocksteif, dann drehte sie sich herum und versuchte mir das Messer aus der Hand zu schlagen, aber ich erinnerte mich an mein Training. Ich riss das Messer außerhalb ihrer Reichweite und kickte mit einem Fuß die Beine unter ihrem Körper weg. Sie fiel auf die Sitzbank und ich hielt sie mit einem Knie unten.

Und dann stand plötzlich Stellan neben mir und riss Lydia die Pistole aus der Hand.

Neben uns hatte sich Luc ins Getümmel gestürzt, und gemeinsam mit Jack gelang es ihm, auch Cole zu entwaffnen. Jack schlug Cole mit dem Griff der Waffe gegen die Schläfe und er sackte auf dem Boden zusammen

Lydia kreischte auf.

Dann schnappte sich Jack seine eigene Pistole, die Cole auf die Couch hatte fallen lassen. Er eilte zu dem Platz, auf dem er vorhin gesessen hatte, zog das volle Magazin unter dem dick gepolsterten Sitzkissen hervor und steckte es wieder in die Waffe. Er musste es entfernt haben, bevor er die Pistole auf den Boden gelegt hatte. Wenn es nicht funktionierte und Cole stattdessen die geladene Waffe auf ihn gerichtet hätte …

Ich atmete zitternd aus und mein Herz dröhnte noch immer wie eine Basstrommel in meinen Ohren.

»Cole! Lasst mich nachsehen, ob es ihm gut geht!« Lydia zappelte hin und her und versuchte, sich zu befreien.

»Ihm fehlt nichts.« Ich stieß sie wieder nach unten und drehte mich zu Stellan um. »Wir sollten sie irgendwo einsperren, aber zuerst müssen wir das Blut von ihr und uns selbst abwaschen.«

Stellan warf Lydia über seine Schulter. »Colette«, sagte er, bevor wir aus dem Café stürmten. »Bring Elodie zu einem Krankenwagen.«

Meine Mom folgte uns dicht auf den Fersen. »Was kann ich tun?«, fragte sie.

»Geh mit Colette und Elodie«, antwortete ich. Sie zögerte, aber je weiter ich sie von der Gefahrenzone fernhalten konnte, desto besser würde ich mich fühlen. »Bitte.«

Schließlich nickte sie, küsste mich auf die Stirn und

rannte dann wieder zurück, während wir uns immer weiter vom Café entfernten.

Lydia schrie Zeter und Mordio. »Gibt's hier irgendwo einen Springbrunnen?«, brüllte ich über ihre Flüche hinweg.

»Damit würden wir nur das Wasser verseuchen.«

Ich blickte mich verzweifelt um. »Der Strand. Das Meer müsste das Blut genug verdünnen.«

Wir rannten über den Sand und ich kickte meine Pumps weg. Schon wenige Sekunden später tauchten wir ins eiskalte Wasser ein und wateten gegen die Wellen an, die ans Ufer brandeten, während das Salz in meinen Schnittwunden brannte und sich mein goldenes Kleid so schwer mit Wasser vollsaugte und an mir zerrte, dass ich mich unwillkürlich wieder an Griechenland erinnerte. Es gelang mir jedoch, die Panik zu verdrängen, bevor ich das Messer so weit ins Meer hinausschleuderte, wie ich nur konnte. Hoffentlich würde es auf den Grund sinken, bevor sich ein nichts ahnender Tourist daran schnitt, auch wenn das immer noch ungefährlicher gewesen wäre, als unser Blut weiter daran kleben zu lassen. Stellan warf Lydia in die Wellen, und ich packte sie fest, blinzelte das Salzwasser aus meinen Augen und rieb die letzten Spuren unseres Blutes von ihren Händen.

»Hör auf«, spuckte sie aus. Wir waren ungefähr gleich groß, aber sie erwies sich als verblüffend stark. Allein dank der gewaltigen schäumenden Wellen war ich ihr ebenbürtig. »Du hältst dich für so wahnsinnig *gut*, was? Du denkst, du seist nicht wie wir. Aber das bist du. Du weißt es nur noch nicht.«

Eine hohe Welle brach und Wasser spritzte auf mein Gesicht. »Lydia –«

Das Haar meiner Schwester klebte wie schwarze Tentakel an ihrem Gesicht. »Warte nur, bis du etwas hast, das dir so viel bedeutet, dass du dafür kämpfen würdest. Dann wirst auch du tun, was immer nötig ist. Dann wirst du es verstehen.«

Sie schaute Stellan an, der seine eigenen Hände und Arme in den Wellen wusch. Sein weißes T-Shirt leuchtete im Licht des beinahe vollen Mondes.

Dann riss Lydia sich plötzlich von mir los und warf sich ins Meer. Stellan bekam sie mit einer schnellen Armbewegung zu fassen und hielt meine wild um sich tretende Schwester fest.

Ich tauchte unter und schrubbte mich ab. »Bin ich sauber?« Ich streckte die Arme aus und Stellan begutachtete auch Hals und Oberkörper im Mondlicht. Wir ignorierten beide meine Schwester, die wutentbrannt in seinem Arm zappelte.

»Du blutest immer noch, aber ich denke, das vermischte Blut ist weg.«

Die Wellen trugen uns zurück an den Strand und Stellan ließ Lydia auf den Sand fallen. Sie rappelte sich sofort auf, stolperte jedoch über ihr triefnasses langes Abendkleid. »Wo ist Cole?«, wollte sie wissen, und dann sahen wir Jack und Luc, die über einer zusammengekauerten Gestalt im Sand standen.

Lydia rannte auf sie zu. »Cole!«, kreischte sie. Sie warf sich neben ihren Bruder in den Sand, der immer noch am Kopf blutete.

»Er wird schon wieder, Lydia. Hör auf zu schreien«, sagte ich und packte Jack am Arm. »Wir müssen sie von hier fortschaffen und irgendwo hinbringen, wo wir sie festhalten können, bis wir uns überlegt haben, was wir mit ihnen machen wollen.«

Bevor er etwas erwidern konnte, kamen mehrere Autos mit quietschenden Reifen auf der Straße über uns zum Stehen, und mindestens ein Dutzend Leute strömte heraus.

Jack fluchte. »Die Sicherheitsleute der Saxons.«

Mein Mund fühlte sich ganz trocken an. Die Männer rannten direkt auf den Strand zu.

»Hier!«, schrie Lydia. »Beeilt euch!«

Stellan zog Coles Pistole und drehte sich zu den heranstürmenden Wachmännern um.

»Nein!«, rief ich. »Wir verschwinden. Es sind zu viele. Luc! Lauf!«

Jack nickte. Stellan richtete die Waffe auf die Zwillinge.

»Nein!«, rief ich. »Nicht.«

»Warum nicht?«, knurrte er. »Wir können sie nicht gehen lassen. Sie werden eine *Seuche* auslösen.«

Lydia hob die Hände. »Das werden wir nicht«, schluchzte sie. »Wir sind schließlich nicht blöd. Nimm die Waffe runter. Lasst uns warten, bis die Sicherheitsleute hier sind, und reden über –«

»Du glaubst ihr doch nicht etwa, oder?« Stellan ließ die Waffe sinken.

Das tat ich nicht. Aber … »Sie haben unser Blut nicht mehr. Und sie sind immer noch –« Ich verstummte. *Sie sind immer noch meine Familie,* brachte ich den Satz in meinem Kopf zu Ende. Nach allem, was passiert war, klang es zwar verrückt, entsprach aber nun mal der Wahrheit. »Bitte, nicht«, sagte ich.

Jack fasste um mich herum und packte Stellan am Handgelenk. »Wenn du sie tötest, werden die Wachen dich töten.«

»Bitte«, flehte ich.

Stellan spannte den Kiefer an, aber dann ließ er seinen Arm endlich sinken. Wir rannten Luc hinterher, und ich blickte mich im Laufen noch einmal zu Lydia um, die uns nachsah. Wir schauten uns ein paar Sekunden lang in die Augen, bevor die Dunkelheit sie verschluckte.

KAPITEL 35

EINIGE TAGE SPÄTER waren wir wieder in Paris.

Ich erwachte im Schlafzimmer in derselben Wohnung am Montmartre, in der ich auch mit Jack untergekommen war. Meine Mom, die neben mir geschlafen hatte, duschte bereits.

Ein Blick ins Wohnzimmer zeigte mir, dass Jack noch auf der Couch schlief. Ich beobachtete ein paar Sekunden lang, wie sich seine Hand auf seinem Bauch hob und senkte. Das Hemd war ihm ein Stück nach oben gerutscht und enthüllte die seltsame Narbe an seiner Seite, von der ich immer noch nicht wusste, woher sie eigentlich stammte. Sein dunkles Haar war nun so lang, dass es sich ein wenig wellte und auf das Kopfkissen fiel.

Er hatte unseren Streit nicht mehr erwähnt und ich auch nicht. Ich hatte wirklich geglaubt, ich hätte ihn für immer verloren, aber jetzt war ich mir da nicht mehr so sicher. Er vertraute zu blind, zu tief, aber das tat ich auch. Ich war überzeugt gewesen, dass ich nie jemanden wirklich nahe an mich heranlassen würde, aber das stimmte nicht. Ich hatte mir immer wieder das Herz herausgerissen und es bereitwillig jedem geschenkt, der mich wollte. Nun fing ich jedoch endlich an zu begreifen, dass niemand dieses blinde Vertrauen wert war, nicht einmal Jack. Aber was das für uns bedeutete, wusste ich nicht.

Auch Stellan hatte nicht mehr über unsere gemeinsame Nacht gesprochen, obwohl kein Zweifel daran bestand, dass sich die Dinge zwischen uns verändert hatten. Wir wussten nun, dass die Vereinigung nicht bedeutete, dass wir heiraten mussten, auch wenn mir das auf einmal gar nicht mehr wie eine so große Sache vorkam. Mir war endlich klar geworden, was für eine stete, ruhige Kraft er in meinem Leben darstellte. *Er* vertraute *niemandem*, aber *ich* konnte *ihm* vertrauen – und womöglich sogar noch mehr als das.

Einen flüchtigen Moment lang stellte ich mir eine Unterhaltung vor, wie sie theoretisch mit Lydia hätte möglich sein können, unter anderen Umständen. Ein typisches Gespräch unter Schwestern, über Liebe und Lust, Verlust und Verwirrung und darüber, wie man das eigentlich alles verstehen sollte. Darüber, dass ich mich in letzter Zeit noch verwirrter fühlte und ziemlich allein.

Aber vielleicht war *allein* ja auch gar nicht das Schlechteste. Vielleicht musste ich erst einmal lernen, *mir selbst* zu vertrauen.

Ich machte die Schlafzimmertür zu.

Stellan, Elodie und Luc hatten die Dauphins davon überzeugen können, dass sie nur zufällig in Cannes gewesen waren, als sich das Bombenattentat ereignet hatte. Sie waren ebenfalls wieder zurück in Paris. Elodies Schusswunde heilte langsam, aber sicher.

Vergangene Nacht hatte Colette uns angerufen. Obwohl die restlichen Filmfestspiele in Cannes abgesagt worden waren, fing die Pariser Modewoche gerade erst an. Madame Dauphin hatte sie bereits einmal verschieben lassen, weil sie schwanger gewesen war, und wollte sie nicht noch einmal vertagen. Man würde einfach die Sicherheitsvorkehrungen ausweiten und weitermachen wie geplant. Colettes Freundin Emilia Deschamps, eine entfernte Cousine der Dauphins, lief bei der ersten Show mit.

Von ihr hatte Colette auch erfahren, dass Lydia und Cole Saxon die Modenschau als Ehrengäste besuchen würden. Wir hatten seit Cannes bereits mehrfach versucht, mit Lydia Kontakt aufzunehmen, aber sie hatte nie geantwortet. Ebenso wenig wie mein Vater. Sie hatten zwar mein und Stellans Blut nicht mehr, aber sie wussten über das Virus Bescheid, was schlimm genug war. Da ich das Mandat jedoch nicht erfüllen würde und ihnen das Grab auch keinen weiteren Machtgewinn bescheren konnte, war ich mir nicht sicher, was sie mit diesem Wissen tun würden.

Deshalb wollten wir sie bei der Modenschau zur Rede stellen. Sie würden *uns* dort sicher nicht erwarten, aber wir waren auf alles vorbereitet, was sie möglicherweise planten. Ich hoffte, dass ich vernünftig mit ihnen reden und wir eine Art Waffenstillstand vereinbaren konnten, vor allem, weil ich mir immer noch nicht sicher war, was ich wegen des Kreises unternehmen wollte. Ich war inzwischen so bekannt, dass es nicht mehr so leicht sein würde, einfach zu verschwinden. Und ich wusste auch gar nicht, ob ich das überhaupt noch wollte, obwohl ich meine Mom endlich wiederhatte.

Ich schlüpfte in die Kleider, die Colette mir geschickt hatte: ein schwarzes mit Perlen besetztes Minikleid, eine Jacke im Militärstil und Schuhe mit Blockabsätzen aus der neuen Kollektion, die heute gezeigt wurde. Dann machten Jack und ich uns zusammen mit meiner Mom – die keine Sekunde lang von meiner Seite gewichen war, seit wir einander wiederhatten – vom Montmartre zum *Carrousel du Louvre* auf, dem kleinen Einkaufszentrum direkt unter dem Museum.

Colette und Luc warteten draußen auf uns, und Luc führte uns durch die Meute der Paparazzi, die nicht nur Colettes Namen riefen, sondern auch meinen. Die Nachrichten berichteten nicht mehr darüber, dass ich im Zusammenhang mit Takumis Tod gesucht wurde, doch der Kreis spekulierte öffentlich weiter über meine Beteiligung daran und an dem Anschlag in Cannes. Und natürlich bissen sich auch die Medien daran fest, dass das Mädchen im Zentrum der Tragödie um Eli Abraham nicht nur während des Bombenattentats in Cannes gewesen, sondern auch Colette LeGrands neue beste Freundin war.

Ob inner- oder außerhalb des Kreises – *alle* liebten Intrigen, vor allem, wenn sie mit berühmten Personen zu tun hatten. Und im Moment war ich nun mal *die* skandalumwitterte Berühmtheit schlechthin.

Wir gingen an einer ganzen Horde extrem dünner Mädchen in extrem seltsamen Kleidern vorbei und bahnten uns einen Weg durch den Gang. *Elie Saab. Miu Miu. Alexander McQueen. Chanel.*

Colette führte uns zielsicher zu Emilias Show. Es waren insgesamt nur rund hundert Gäste anwesend, aber der Raum war winzig, rappelvoll und von Stimmengewirr erfüllt. Unsere Plätze befanden sich in der ersten Reihe, von wo aus ich meine Geschwister perfekt im Blick haben würde.

Stellan und Jack positionierten sich im hinteren Teil des Raumes. Falls die Zwillinge versuchen sollten, mich oder Stellan zu entführen oder unser Blut zu stehlen, würden sie innerhalb einer Sekunde überwältigt werden.

Lydia und Cole tauchten jedoch gar nicht erst auf. Nach einer Weile dröhnte ein elektronischer Beat aus den Lautsprechern an der Decke und eine lange Reihe von Models in Anzughosen aus Tweed schritt über den Laufsteg. Die Zuschauer saßen auf beiden Seiten aufgereiht, schossen Fotos mit ihren Handys, machten sich Notizen und drängten sich aus dem hinteren Bereich nach vorne, um besser sehen zu können.

Ich schaute mir die Kleider an, behielt aber vor allem die Anwesenden im Auge, nur um sicherzugehen, dass nichts passierte. Ich fragte mich, wo die Saxons waren.

Nach einigen Minuten riss die Reihe der Models ab, und das letzte von ihnen erreichte das Ende des Laufstegs, vollführte eine schnelle Drehung und stakste wieder zurück, bevor es am anderen Ende der Bühne noch einmal bei den anderen stehen blieb. Ein weißhaariger Mann mit Sonnenbrille stand in ihrer Mitte und winkte. Hinter ihm verteilten mehrere schwarz gekleidete Frauen Champagnergläser an ihn, an die Models und die Gäste in der ersten Reihe, auch an uns.

Der weißhaarige Mann wandte sich auf Französisch an die Zuschauer. Sie lachten, dann wechselte er zu Englisch. »Und mein besonderer Dank geht an unseren Ehrengast, Cole Saxon. Die Unterstützung deiner Familie war für unser Label in diesem Jahr unschätzbar wertvoll.«

Cole tauchte hinter der Bühne auf, ein falsches Grinsen im Gesicht. *Da* steckten sie also. Aber Lydia war gar nicht bei ihm. Ich ließ den Blick durch den hinteren Bereich des Raumes schweifen und sah, dass Jack und Stellan es ebenfalls bemerkt hatten.

Vollkommen synchron hoben die Zuschauer ihre Champagnergläser, um Cole zuzuprosten, und auch ich trank einen Schluck, ohne jedoch wirklich etwas zu schmecken.

Ich wollte eigentlich lieber nicht mit Cole verhandeln. Lydia war der Kopf hinter der Operation der Saxons – sie war diejenige, mit der wir reden mussten. Oder mit meinem Vater. Aber wenn Cole, der mir immer noch ein bisschen unheimlich war, unsere einzige Wahl war …

Plötzlich zerbrach klirrend ein Glas und eine Frau begann zu schreien.

Ich ging in die Hocke und riss meine Mom und Colette mit mir nach unten. Jack und Stellan stürmten sofort Richtung Laufsteg, ebenso wie einige Männer, bei denen es sich vermutlich um die Leibwächter anderer Gäste handelte.

Eins der Models im vorderen Bereich des Raumes schnappte erschrocken nach Luft und stieß erneut einen Schrei aus, diesmal lauter. Es dauerte eine Sekunde, bis ich kapierte, worauf sie starrte. Ein weiteres Model war auf die Knie gefallen und presste verzweifelt eine Hand an ihre Kehle. Während ich die junge Frau beobachtete, hob sie den Blick. Blutige Tränen strömten aus ihren Augen. Sie hustete noch zwei Mal, brach dann von heftigen Krämpfen geschüttelt zusammen und blieb reglos liegen.

Der ganze Raum verfiel in Schockstarre.

Zwei Meter weiter kreischte ein weiteres Mädchen auf, und als es die Hände von den Augen nahm, waren auch seine Wangen von tiefroten Rinnsalen gezeichnet.

Ich fing erst Stellans zu Tode erschrockenen Blick ein, dann Jacks. Auch Elodie stand völlig entsetzt hinter ihnen. Sie trug ein weites Top, das ihren Verband verdeckte.

Ich wusste zwar nicht, *wie* Cole es getan hatte, aber ich wusste, *was* er getan hatte.

Das Virus.

Die Musik spielte unbeirrt weiter, irgendein wilder Elektro-Mix, und dann brach die Hölle los: Die Menschen schrien und sprangen von ihren Stühlen auf. Eine Champagnerflöte zerschellte vor meinen Füßen und sprühte klebrige Flüssigkeit und winzige Glasscherben auf meine Beine.

Ein paar Stühle entfernt hustete eine Frau, von Krämpfen erfasst, ihre Augen blutunterlaufen, bevor sie schließlich zusammenbrach – direkt vor Jack und Stellan, die sich durch die Menge in unsere Richtung kämpften. Auch der weißhaarige Mann betastete mit einer Hand sein Gesicht und nahm die Sonnenbrille ab. Rote Tränen strömten über seine Wangen.

Ich entdeckte Cole wieder, der inmitten des ganzen Chaos auf die Tür zueilte. Aus seiner Miene sprach mehr als nur Befriedigung. Es war pure, grausame Begeisterung. Zwischen uns lagen ein halbes Dutzend Menschen tot oder sterbend auf dem Boden. Über einige von ihnen beugten sich verzweifelt schluchzende Angehörige.

»Hey, Jungs!«, schrie ich, aber Jack und Stellan betteten gerade das tote Mädchen neben sich auf den Boden und konnten mich durch das angsterfüllte Kreischen der Menge nicht hören.

Ich stürmte selbst auf Cole zu. »Was hast du getan?«, brüllte ich.

Cole hob das Champagnerglas, das er immer noch in der Hand hielt, und ein manisches Grinsen breitete sich auf seinem Gesicht aus.

Und plötzlich war mir alles klar. Ich schaute mich nach Luc und Colette und all den anderen Mitgliedern des Kreises um, die mit den Champagnergläsern in den Händen erstarrt waren. »Er ist vergiftet«, schrie ich. Cole musste es irgendwie gelungen sein, einen Tropfen unseres Blutes zu retten – und ein einziger Tropfen war alles, was nötig war.

Cole verschwand durch die Tür. »Jack!«, brüllte ich erneut. »Stellan!« Ich hatte keine Waffe bei mir, aber irgendjemand musste ihn aufhalten. Ich blickte mich sogar verzweifelt nach der verletzten Elodie um. Als ich in der Flut der Körper keinen von ihnen entdeckte, wollte ich Cole schon selbst hinterherjagen, doch dann sah ich, wie sich plötzlich seine Augen weiteten. Er grinste, als hätte er gerade etwas höchst Erfreuliches entdeckt.

Ich wollte gar nicht wissen, was ihn so glücklich machte, aber ich musste hinsehen.

Im Raum befanden sich über hundert Menschen, aber

ich wusste sofort, wen Cole gesehen hatte. Meine Mutter saß zusammengesunken und von einem heftigen Hustenanfall geschüttelt da.

Trotzdem brauchte ich eine Sekunde, um es wirklich zu begreifen.

Und dann brach meine ganze Welt in sich zusammen.

»Mom!« Ich vergaß Cole völlig, rannte zu ihr und stolperte dabei mehrmals über meine eigenen Füße. Ich erreichte sie gerade noch rechtzeitig, um zu sehen, wie sie heftig hustend auf die Knie fiel. Sie blickte auf und rote Tränen bildeten sich in ihren Augenwinkeln.

»Mom!«, schrie ich. »Nein! Nein, nein, nein!«

Genau wie bei allen anderen, die sich infiziert hatten, strömten blutige Rinnsale über ihre Wangen, auch wenn es bei ihr ein wenig länger gedauert hatte. Ihre Augen weiteten sich und sie legte eine Hand auf mein Gesicht. Sie versuchte, etwas zu sagen, wurde jedoch sofort vom nächsten Hustenanfall geschüttelt. Dann wurde sie mit einem Mal völlig schlaff.

»Nein!«, kreischte ich und schüttelte sie. »Mom!«

Jack stieß mich unsanft zur Seite und fühlte ihren Puls. »Wiederbeleben«, sagte er und drückte immer wieder auf ihre Brust. Ich beugte mich über sie und atmete in ihre Lunge. Mein Mund füllte sich mit dem Geschmack ihres Blutes, meine Augen mit Tränen. Schnelle Herzdruckmassage. Beatmen. Herzdruckmassage, minutenlang, stundenlang, ein ganzes Leben lang. Ich spürte, dass sich eine Menschentraube um uns versammelte, aber das war mir egal.

»Mom!«, schluchzte ich.

Colette fiel auf die Knie, nahm die Hand meiner Mom

und starrte auf ihr weiches, kreidebleiches Gesicht. »Ich dachte, sie gehört nicht zum Kreis.«

»Tut sie auch nicht!« Ich beatmete sie erneut, völlig hysterisch. »Das sollte nicht passieren! Vielleicht ist es gar nicht das Virus. Vielleicht ist es etwas anderes. Ruft einen Krankenwagen!« Ich wischte das Blut vom Gesicht meiner Mutter. »Sie ist verletzt. Wir müssen die Blutung stoppen. Sie muss ins Krankenhaus. Ruft Hilfe!«

Hände legten sich um meine, hielten mich fest. »*Kuklachka*«, sagte Stellan sanft. »Sie ist tot.»

»Nein. Nein! Sie braucht Hilfe! Sie wird wieder gesund.« Ich blickte mich verzweifelt um. »Hilfe! Irgendjemand –«

Jack legte zwei Finger an den Hals meiner Mom, wartete ein paar Sekunden lang – und schüttelte dann den Kopf. Mit sanften Fingern schloss er ihre Augen.

Es war, als hätte er meine dadurch geöffnet.

Ich blinzelte ein paarmal und erkannte erst jetzt wirklich, was ich vor mir sah. Meine Mutter. Reglos auf dem Boden liegend. Wie jeder andere Mensch in diesem Raum, der sich mit dem Virus infiziert hatte. Nicht verletzt. Tot.

Mein Herz, mein Hirn, mein tiefstes Inneres explodierten in einem Schauer aus Rot und Blut und Zorn. Wie die Schusswunde in Mr Emersons Kopf. Wie all das Blut auf dem Gesicht meiner Mom. Wie die Glühbirnen, das Glas und der dichte schwarze Rauch. Es explodierte, dehnte sich aus und nahm jeden einzelnen Zentimeter von mir ein. Die Welt ging unter. Und ich schrie – schrie so laut, dass ich mich selbst nicht mehr hören konnte. So laut, dass nichts mehr real war. Die Welt war nicht mehr real. Ich war nicht mehr real.

Und dann stürzte alles auf mich ein, verhärtete sich. Wie Lava, die zu Stein erstarrte.

Ich stand auf. Langsam, ganz vorsichtig, zog ich meine blutverschmierte Jacke aus. Das Kleid darunter war erstaunlicherweise noch vollkommen sauber. Ich legte die Jacke über das Gesicht meiner Mom – und dann drehte ich mich um und ging.

Vage hörte ich Stimmen. Vage wurde mir bewusst, dass mich jemand aufhielt. Vage bemerkte ich, dass mich Leute berührten. Jemand legte etwas über meine Schultern. Jemand anders wischte mein Gesicht mit einer Serviette ab. Sie unterhielten sich leise. *Was hat es zu bedeuten, wenn sie nicht dem Kreis angehörte? Aber das muss sie, wahrscheinlich wussten wir es nur nicht. Hat jemand gesehen, wohin Cole verschwunden ist? Nein.*

Die Stimmen verhallten in meinem Kopf.

Meine Mom war tot. Mr Emerson war tot. Meine eigene Familie hatte sie umgebracht.

Nein.

Stellan hatte recht gehabt, damals in Paris, ganz zu Anfang. Die Saxons waren mein Fleisch und Blut und daran konnte ich nichts ändern. Aber sie waren nicht meine Familie.

»Wo ist Stellan?«, hörte ich mich fragen.

Er war direkt neben mir, Jack auf der anderen Seite, und sie sahen beide sehr besorgt aus.

Es war mir vollkommen egal.

Ich drehte mich zu Stellan um. »Ich werde sie aufhalten und dafür sorgen, dass sie dergleichen nicht noch mehr Menschen antun. *Wir* werden sie aufhalten.«

Jack nahm zärtlich meine Hand. »Avery –« Ich schüttelte ihn ab.

»Sie hat recht«, sagte Elodie. »Das Virus funktioniert. Und jetzt wissen sie es.«

»Im Grab befindet sich ein Heilmittel«, warf Luc ein. »Wir müssen es finden. Wir müssen sie *stoppen.*»

»Niemand sonst aus dem Kreis darf etwas davon erfahren«, warnte Jack. »Schlimm genug, dass Lydia und Cole es wissen. Wenn auch andere Familien Wind davon bekämen, würden sie sich ganz sicher an den beiden rächen wollen, und dann könnte das Ganze nur umso mehr außer Kontrolle geraten?«

Ich hörte sie, aber ich hörte ihnen nicht zu. Ich nahm immer noch gedämpfte Schreie wahr. Vielleicht waren es meine eigenen. Vielleicht würde ich von nun an nur noch schreien.

»Nein.« Meine eigene Stimme klang hohl. Meine Augen sahen langsam wieder schärfer, so als würde ich mich durch Wasser bewegen. »Wir sagen es ihnen.«

Die anderen verstummten und warfen mir misstrauische Seitenblicke zu.

»Wir erzählen allen ganz genau, was die Saxons getan haben und was sie noch tun könnten. Wir hätten es ihnen sofort erzählen müssen, als wir es herausgefunden haben.«

»Das käme einem Dritten Weltkrieg gleich«, sagte Jack.

»Wenn wir es verschweigen, könnte es enden wie der Schwarze Tod«, gab Stellan zurück.

»Einige Familien werden sich auf ihre Seite schlagen, obwohl sie wissen, was sie getan haben«, gab Luc zu bedenken.

»Und andere werden es *nicht* tun, sondern sich für die

richtige Seite entscheiden.« Elodies Stimme durchschnitt den Lärm. Alle schauten mich an. Und dann Stellan.

»Gut«, sagte ich.

Die anderen tauschten erneut einen Blick. Eine tröstende Hand legte sich auf meinen Rücken und streichelte mir übers Haar. Colette.

Elodie nahm meinen Arm, schob ihr Gesicht ganz dicht vor meines und zwang mich, sie anzusehen. »Hör mir zu. Ich weiß, wie schwer das für dich ist, aber wir brauchen dich jetzt, okay? Du musst *verstehen,* worüber wir hier sprechen. Schaffst du das, nur für eine kleine Weile?«

Ich schüttelte ihre Hände ab, die mich so festhielten, als könnte ich umfallen. So als wollten sie verhindern, dass ich völlig zusammenbrach. »Ich weiß, was ich sage.«

»Aber das würde bedeuten –«

»Ich was, was es bedeutet.« Es bedeutete, dass der Kreis uns nicht akzeptieren würde, wenn wir ihnen nicht ein paar Garantien gaben.

Mir wurde langsam klar, dass auch die mächtigsten Menschen der Welt nur nach jemandem suchten, dem sie folgen konnten, genau wie alle anderen auch. Und ich musste ihnen genau das geben. Alistairs Stimme, an ihrem Esstisch in London, dröhnte wieder in meinem Kopf. *Im Mandat geht es zwar darum, das Grab zu finden, aber es geht auch um Politik. Und um Macht. Es geht um einen vereinten Kreis, der all seine Feinde besiegt.*

Sie mussten vereint hinter mir stehen. Stellan ließ sich auf einen Klappstuhl fallen und vergrub das Gesicht in den Händen.

Vereint hinter *uns.*

Draußen im Korridor kreischte jemand. Madame Dauphin stürzte in den Raum, ihre Wangen tränenüberströmt.

Luc warf mir einen Blick zu und streckte ihr dann seine Arme entgegen. »*Maman.*«

Monsieur Dauphin folgte dicht hinter ihr und seine breiten Schultern füllten den kompletten Türrahmen aus. Hinter ihm kamen mehrere Wachmänner herein, die ich teilweise als Sicherheitspersonal der Dauphins wiedererkannte. Kurz darauf folgten schließlich die Fredericks aus Cannes und einige weitere vertraute Gesichter. Alle gehörten dem Kreis an. Sie traten vorsichtig in den nun vollkommen stillen Raum und schauten sich entsetzt um.

»Was ist hier passiert? Lucien?« Monsieur Dauphin taumelte durch den Saal. Mir kam der vage Gedanke, dass ich eigentlich Angst vor ihm haben sollte. Als ich ihm das letzte Mal begegnet war, in Notre-Dame, hatte er versucht, mich zu einer Heirat mit seinem Sohn zu zwingen.

Stattdessen funkelte ich ihn jedoch nur an. Und alle anderen.

»Lucien«, wiederholte Monsieur Dauphin, bevor er sich zu Colette umdrehte, der einzigen anderen akzeptablen Person in unserer Bande von Bediensteten und Verrätern. »Ich habe gefragt, was hier passiert ist.«

Bevor Luc antworten konnte, tat ich es: »Dieselben Leute, die Ihre Söhne getötet und den Kreis terrorisiert haben, sind in den Besitz einer biologischen Waffe gelangt, die nicht nur den Kreis stark dezimieren könnte, sondern auch den Rest der Welt. Das hier ist nur das Ergebnis eines Experiments im kleinen Rahmen.«

Ein Raunen ging durch die Menge.

Ich spürte eine Hand auf meiner Schulter, ein Herz, das hinter meinem Rücken pochte. Stellans Hand glitt in meine. Wir standen vor den Menschen, die sein Leben im vergangenen Jahrzehnt beherrscht hatten, und mir kam der vollkommen nüchterne Gedanke, dass *er* sich in diesem Moment an *mir* festhalten musste. Ich ließ es zu.

Denn ausnahmsweise brauchte *ich* ihn nicht. Oder Jack, der neben mir stand. Oder sonst irgendjemanden. Mit einem Mal wusste ich unumstößlich, dass ich nie wieder Angst haben würde. Nicht vor dem Virus, nicht vor meinen Geschwistern, nicht vor Stellans Hand in meiner oder davor, was es zu bedeuten hatte. Das Schlimmste war bereits passiert. Es gab nichts mehr, wovor ich noch Angst haben musste.

Monsieur Dauphin schnauzte irgendetwas auf Französisch, nun wieder an Luc gerichtet. Luc drehte sich zu uns um und ich nickte ihm zu. Er straffte die Schultern. »Was sie damit sagen will, ist, dass der Orden nicht für das hier verantwortlich war«, begann er. »Und sie stecken auch nicht hinter den Attentaten.«

Verwirrung machte sich in der Menge breit.

»Ihr Feind war niemals der Orden«, fügte ich über das Flüstern der Anwesenden hinzu. »Es war die Familie Saxon.«

Es folgte ein Moment völliger Stille und dann verwandelte sich das Flüstern in lautstarken Protest. Ich sprach trotzdem weiter und versuchte sie zu übertönen. »Sie stecken hinter diesem Anschlag und dem Rest der Morde. Und ja, auch ich gehöre ihrer Blutlinie an – aber ich bin trotzdem keine von ihnen. Ich sage Ihnen das jetzt, weil ich nicht zulassen kann, dass sie einfach so weitermachen.«

Das Gemurmel wurde wütender.

Jack trat von der einen Seite einen schützenden Schritt auf uns zu, Elodie von der anderen. Luc und Colette stellten sich vor uns.

Colette hob eine Hand. »Das war noch nicht alles. Wir haben auch herausgefunden, wer der Eine ist.«

Die Menge verstummte.

»Und nein –«, Luc drehte sich wieder zu seinem Vater um und fügte mit kräftigerer Stimme hinzu: »Ich bin es nicht. Es ist überhaupt niemand aus dem Kreis.«

Er und Colette gingen zur Seite und Luc deutete hinter sich. »Es gibt noch eine dreizehnte Blutlinie. Die Blutlinie von Alexander dem Großen selbst.«

Stellan und ich waren plötzlich völlig ungeschützt, wenn auch flankiert von unseren Freunden. Stellan drückte meine Hand so fest, dass es wehtat, aber es fühlte sich gut an.

Ich beobachtete die Dauphins und alle anderen im Raum, als sie endlich unsere ineinander verflochtenen Finger sahen und sich Entsetzen auf ihren Gesichtern ausbreitete.

»Es ist wahr«, bekräftigte Luc.

»Und ihr solltet euch besser daran gewöhnen«, fügte Colette hinzu, »weil sie das Mandat bereits erfüllt haben. Und wir stehen alle hinter ihnen.«

Madame Dauphin kniff ungläubig die Augen zusammen.

Elodie machte einen Schritt nach vorne und blickte ihr, ohne zu zögern, direkt in die Augen. »Ich gehöre Ihnen nicht mehr.«

Monsieur Dauphin ballte die Fäuste an seinen Seiten. »Und der Hüter der Saxons?«

Wir drehten uns alle zu Jack um. »Ich bin nicht mehr der Hüter der Saxons.« Er nickte in meine und Stellans Richtung und hob dann entschlossen den Kopf. »Ich bin ihrer.«

Stellans Hand krallte sich förmlich in meine. Der Junge, der fast so etwas wie ein Bruder für ihn war und von dem ich bis vor ein paar Tagen noch gedacht hatte, ich wäre in ihn verliebt, hatte soeben geschworen, sein Leben für uns beide zu geben. Madame Dauphins Hand legte sich flatternd auf ihre Brust. Der Rest der Anwesenden begann wieder zu flüstern.

Ich blinzelte und starrte Monsieur Dauphin in die Augen, bis er als Erster den Blick abwandte. Die anderen Mitglieder des Kreises versammelten sich hinter ihm und flüsterten aufgeregt.

»Ruhe! Sofort!« Es kam vollkommen unerwartet über meine Lippen, aber das Raunen verstummte, als hätte jemand einen Lichtschalter umgelegt. »Das hier ist kein Spiel. Hier geht's nicht um den neuesten Klatsch und Tratsch.« Die kalte Härte in meiner Stimme klang überhaupt nicht nach mir. Ich erhaschte in einem Spiegel am Ende des Laufstegs einen Blick auf mich selbst. Neben Stellan wirkte ich immer noch winzig, aber gemeinsam bildeten wir mit unseren Freunden ringsum eine Mauer, die aus meinem Blickwinkel unüberwindbar aussah. Ich stand genau in der Mitte, mein Gesicht noch immer wie mit einer Kriegsbemalung aus Blut verschmiert, mein Kleid dunkel und schwer, wie eine glitzernde Rüstung.

Die versammelte Menge hielt den Atem an und wartete darauf, dass ich weitersprach.

»Wir werden sie aufhalten.« Ich warf einen letzten Blick auf meine Mutter, auf ihren kleinen Körper am Boden, zugedeckt mit einer hässlichen Haute-Couture-Jacke.

Ich hatte schon immer einen harten Panzer gehabt, den ich anlegen konnte, wenn ich ihn brauchte. Er war nur noch nie so unzerstörbar gewesen wie jetzt. Ich ließ mich rundum davon einhüllen, und er stärkte mein Rückgrat, machte meine Stimme kräftiger und zermalmte jede verirrte Emotion, die womöglich noch in mir pulsierte, bis ich mich auf wunderbare Weise vollkommen leer fühlte. Alles sah noch genauso aus wie immer und doch hatte sich alles vollkommen verändert.

Ich musste nicht darüber nachdenken, was ich als Nächstes sagen würde. Es war, als hätte ich es schon immer gewusst. »Wir haben das Mandat erfüllt. Wir haben gefunden, wonach ihr in Alexanders Grab gesucht habt.« Jetzt starrten mich alle nur noch an. »Ihr werdet genau das tun, was wir sagen, um die Saxons davon abzuhalten, noch weiteren Menschen wehzutun.« Die Gesichter der Zwillinge blitzten vor meinem inneren Auge auf. »Und dann werde ich sie töten.«

Das würde ich wirklich. Und der Kreis würde mir dabei helfen, weil ich ihre neue Anführerin war. *Stellan und ich* waren ihre neuen Anführer. Sie gehörten uns, so unverbrüchlich, als hätte ich sie mit den dreizehn Schleifen meines Medaillons gebrandmarkt. Elodie hatte recht gehabt: Einige Familien würden sich auf die Seite der Saxons stellen. Es war möglich, dass uns der Dritte Weltkrieg drohte, und ich kämpfte an vorderster Front. Aber wir konnten nichts anderes tun.

Luc nickte mir kaum merklich über seine Schulter hinweg zu und wandte sich dann wieder an seine Eltern und den Rest des Kreises. »Ihr habt sie gehört. Aber nur für den Fall, dass es trotzdem noch nicht alle verstanden haben … Darf ich vorstellen: Avery West und Stellan Korolev. Das Mädchen mit den violetten Augen und der Eine, vereint. Die neue dreizehnte Familie des Kreises der Zwölf.«

LESEPROBE AUS:

Band 3 der SOCIETY-Triologie
(978-3-570-31096-0)

PROLOG

DIE GERÜCHTE VERBREITETEN sich wie ein Lauffeuer, schneller als eine Seuche.

Einige von ihnen entsprachen der Wahrheit: Sie hat die Augen, sagten sie. Er hat Alexanders Blut.

Andere allerdings nicht: Er ist unverwundbar. Es ist Magie.

Der Eine und das Mädchen mit den violetten Augen, flüsterten sie. *Ihr Schicksal ist das Schicksal des Kreises.*

Doch sie kannten das wahre Geheimnis dieses Schicksals nicht. Aber das mussten sie auch nicht. Sie konnten es nicht.

Außerhalb des Kreises der Zwölf verbreiteten sich die Gerüchte ebenso schnell, aber es waren andere. Gerüchte von Terrorangriffen, zuletzt mit einer biologischen Waffe in Paris. *Verschwörung,* flüsterten sie. *Es geschieht etwas,* hörte man sie raunen.

Nachdem das Virus in Paris freigesetzt worden war, war die Welt stiller geworden. Aber es war nicht die Stille tiefer Ruhe. Es war die Art von Stille, die den Atem anhielt. Wie ein straff gespannter Bogen, der zerreißen würde, wenn er nicht bald losgelassen wurde.

Und hinter alldem fand ein Wettlauf statt. Ein Wettlauf um das größte Geheimnis in der Geschichte der Archäologie. Um das Grab von Alexander dem Großen, in dem sich das Heilmittel gegen das Virus befand, das den Kreis zerstören konnte. Das einen Krieg auslösen konnte. Wer immer es als Erster fand, konnte die Zukunft des Kreises bestimmen. Vielleicht sogar die Zukunft der Welt.

Es waren nicht dieses Mädchen und dieser Junge, die über das Schicksal der Welt bestimmten. Es war eine weit zurückreichende Ahnenreihe, deren Geschichte vor Tausenden von Jahren ihren Anfang genommen hatte. Eine Ahnenreihe, die einige der größten Eroberer hervorgebracht hatte, die die Welt je gesehen hatte. Und einige der größten Torheiten.

Ihr Schicksal war in die Sterne geschrieben.

KAPITEL 1

Nur bei Nacht, nur in der Dunkelheit, gelang es mir, sie loszuwerden.

Die Schreie. Das herablassende Grinsen auf Cole Saxons Gesicht. Das erste bellende Husten meiner Mutter, als ich es noch nicht begriffen hatte. Und das zweite, als ich es tat. Ihr blutüberströmtes Gesicht. All die Menschen, die um mich herum zu Boden fielen und an ihrem eigenen Blut erstickten, wegen meinem.

Doch auch wenn ich wach war, so wie jetzt, krallte sich mein Hirn in diesen Erinnerungen fest und spielte mir Streiche.

So wie jetzt auf dieser Party: Der junge Mann, der mir bei der Party aufgefallen war, war klein, hatte dunkles Haar und trug einen Smoking. Ich konnte nur seinen Rücken sehen, als er von der Bar zum Rand des Anwesens schlenderte und über die funkelnden Lichter von Jerusalem blickte.

»*Kuklachka*«, flüsterte Stellan mir ins Ohr.

Ich zuckte zusammen. Aus der geringeren Entfernung erkannte ich, dass die Haare des Mannes lockiger waren, als ich geglaubt hatte. Länger. Schließlich drehte er mir doch das Gesicht zu und trank einen Schluck von seinem Champagner. *Es war nicht Cole Saxon.* Keiner von ihnen war hier. Ich hätte froh darüber sein sollen, denn wenn die Saxons tatsächlich hier aufgetaucht wären, hätte dies nichts Gutes bedeutet.

Ich drehte mich zu Stellan um. »Was?«

Er legte besitzergreifend eine Hand auf meinen Rücken und lehnte sich ganz dicht zu mir. »Ich habe dich gefragt, ob du vielleicht nackt mit mir in den Springbrunnen hüpfen willst. Diese Party könnte ein bisschen mehr Leben vertragen.« Ich starrte ihn mit leerer Miene an. Er seufzte. »Ich habe dich gefragt, ob du zufällig gesehen hast, ob die Rajeshs eingetroffen sind, während ich mich mit Elodie unterhalten habe.«

Ich hätte über seinen Witz lächeln sollen. Genau das versuchte er schließlich: mich lockerer zu machen, damit ich so aussah, wie ein Mädchen in einem Cocktailkleid auf einer Party eben aussehen sollte. Aber mein Gehirn wusste einfach nicht mehr, wie es bestimmte Gefühle erzeugen sollte. Ich verzog daher angestrengt das Gesicht und hoffte, dass mein Ausdruck freundlicher und weniger roboterhaft wirkte, als er sich anfühlte. »Nein. Ich glaube nicht, dass sie schon hier sind. Vielleicht sollten wir mit jemand anderem anfangen.«

Stellan machte sich noch nicht einmal die Mühe eines falschen Lächelns.

Ein Feuerwerk explodierte, laut genug, um die Erde zum Beben zu bringen. Ganz in der Nähe, direkt neben dem Springbrunnen, über den Stellan eben noch gescherzt hatte, blickten Jack und Elodie in den Himmel empor. Elodie lehnte sich zu Jack, um ihm etwas zuzuflüstern, und zuckte dabei kaum merklich zusammen. Ihre Schusswunde war noch immer nicht ganz verheilt und sie war daher nach wie vor nicht im Vollbesitz ihrer Kräfte. Sie hasste es. Trotzdem war sie heute Abend hier. Für uns. Genau wie an jedem anderen Tag. Im vergangenen Monat waren sie und Jack als unsere Freunde an Stellans und meiner Seite gewesen. Heute Abend waren sie als unsere Hüter hier.

Diese Party war eine Feier und wir waren die Ehrengäste. Morgen würden wir offiziell als die dreizehnte Familie in den Kreis der Zwölf aufgenommen werden.

Es war nun schon fast einen Monat her, seit meine Mutter gestorben war. Seit Cole Saxon das Virus in einem überfüllten Saal bei der Pariser Modewoche freigesetzt und damit meine Welt – die *ganze* Welt – auf den Kopf gestellt hatte. An jenem Abend hatten wir dem Rest des Kreises verkündet, was die Saxons wirklich getan hatten. Wir hatten ihnen erzählt, wie meine Halbgeschwister Lydia und Cole – mit dem Segen unseres Vaters, Alistair – Kreismitglieder auf der ganzen Welt getötet und dem Orden, den Erzfeinden des Kreises, die Schuld dafür in die Schuhe geschoben hatten. All dass, nur um im Kreis dadurch so viel Angst und Schrecken zu verbreiten, dass er sich geschlossen hinter sie stellen würde. Wir hatten ihnen erzählt, dass sich die Saxons nun im Besitz einer biologischen Waffe befanden, durch die weitere Angriffe für sie noch leichter durchzuführen waren.

Was wir ihnen nicht erzählten, war, dass diese biologische Waffe aus unser beider Blut bestand.

Stellan und ich waren *der Eine und das Mädchen mit den violetten Augen*. Das Paar, von dem im Mandat die Rede war, einer Prophezeiung, an die der Kreis seit Jahrtausenden glaubte. Wir hatten jedoch vor einiger Zeit herausgefunden, dass die darin erwähnte *Vereinigung*, von der der Kreis glaubte, sie würde ihm schier grenzenlose Macht verleihen, in Wahrheit etwas anderes bedeutete, als sie bislang angenommen hatten: Wenn Stellans und mein Blut miteinander vermischt wurden und ein nichts ahnendes Mitglied des Kreises es in irgendeiner Form zu sich nahm, wurden dadurch unkontrollierbare innere Blutungen ausgelöst, und der Betroffene starb innerhalb weniger Minuten.

Die nächsten Feuerwerkskörper erleuchteten eine Brücke in der Ferne. Etwas näher wurden die Mauern des alten Viertels von Jerusalem in verschiedene Violetttöne getaucht. Einer von ihnen hatte exakt die Farbe meiner Augen.

Anfangs hatte mich das überschwängliche Luxusleben des Kreises fasziniert: die Wohnung im Louvre. Der Ball im Eiffelturm. Ein Feuerwerk über der ganzen Stadt für eine private Feier. Inzwischen erkannte ich jedoch, dass alles nur Schall und Rauch war. Dieser Prunk sollte den Kreis nur daran erinnern, wie bedeutend er war.

Und wir steckten nun mittendrin.

Ich hatte den vergangenen Monat in der Hoffnung verbracht, es würde nie so weit kommen.

Dem Kreis zu offenbaren, wer wir waren, war die einzige Möglichkeit gewesen, die Saxons zur Rechenschaft zu ziehen und sie davon abzuhalten, noch mehr Menschen zu verletzen. Doch seit sich meine Wut und Angst allmählich in Trauer und Benommenheit verwandelten, wollte ich das, was damit einherging, immer weniger. Sicher, als offizielle Familie des Kreises anerkannt zu werden, würde uns mehr Macht verleihen, und in gewisser Hinsicht betrachtete ich dies durchaus als erstrebenswert. Aber es würde auch politische Kämpfe und Gefahren mit sich bringen, und mich – und das war das Allerschlimmste – in eine hübsche kleine Schachfigur dieser Welt verwandeln, die mir alles genommen hatte.

Doch trotz all unserer Bemühungen war es uns nicht gelungen, die offizielle Aufnahme in den Kreis noch weiter hinauszuzögern. Aber wie sich herausstellte, war das auch gut so. Wir brauchten etwas, das nur der Kreis uns geben konnte, und auf diese Weise würden wir es bekommen.

Auf der anderen Seite des Gartens erkannte ich Laila Emir und ihren kleinen Bruder. Sie starrten uns an. Stellan hatte sie ebenfalls gesehen. Er strich eine meiner Haarsträhnen hinters Ohr und lächelte. Ich schmiegte mich in seine offene Handfläche und lachte kokett.

Hinter den Emirs entdeckte ich auch Daniel Melech in der Menge. Er warf uns einen finsteren Blick zu. Die Melechs hatten diese überschwängliche Feier zwar organisiert, weil sich die Stätte für die Initiationszeremonie hier in Jerusalem befand, aber sie waren auch die Familie des Kreises, die den Saxons gegenüber am loyalsten war. Ihr Sohn Daniel stand vor allem Lydia sehr nahe.

Ich wünschte mir nichts mehr, als das Messer, das in einer Scheide an meinem Bein steckte, an Daniels Kehle zu drücken und ihn zu zwingen, mir zu verraten, wo sich meine Schwester befand. Ich wollte ihm sagen, dass ich seit Wochen davon träumte, meinem Bruder eine Kugel in den Kopf zu jagen, und dass er selbst an allem, was sie taten, eine Mitschuld trug, weil er ihnen half, sich weiter zu verstecken.

Mir war vage bewusst, dass ich mich für diese Gedanken selbst verachten sollte. Aber alles, was ich empfand, war Leere. Seit jenem Abend kam ich mir vor wie ein Roboter, in den nur ein einziger Befehl einprogrammiert war: *Halte sie auf. Töte sie.* Ich könnte lügen und behaupten, dass ich damit nur verhindern wollte, dass sie noch mehr Menschen verletzten. Und natürlich wollte ich das. Aber in Wahrheit war die einzige echte Emotion, die hin und wieder das Gefühl der Leere durchbrach, der Drang, das Leben der Saxons genauso zu zerstören, wie sie meins zerstört hatten.

Eine violette Feuerwerksrakete explodierte. Goldene Bogen spannten sich über den Himmel und ergossen sich über die Stadt wie die Äste einer Trauerweide. Ein *Oooooh* ging durch die Menge.

Ich drehte uns ein wenig mehr in Daniel Melechs Richtung und streichelte mit den Fingern zärtlich an Stellans Arm auf und ab, während ich den Blick über die Gäste schweifen ließ. Die meisten Familien des Kreises, auf die wir gewartet hatten, waren inzwischen eingetroffen.

Als wir von dem Virus erfahren hatten, hatten wir auch noch etwas anderes erfahren: Es gab ein Heilmittel. Napoleon hatte es jedoch im Grab zurückgelassen. *Ich befürchte, dass es alles nur schlimmer machen würde,* hatte er geschrieben.

Er hatte recht.

Mithilfe des Virus konnten sich die Saxons die Kontrolle über den Kreis erschleichen – oder sie mit Gewalt an sich reißen. Im Idealfall hätten wir das Virus natürlich einfach zerstört, aber das war unmöglich – wir *waren* das Virus. Und sämtliche Bemühungen der Wissenschaftler, die wir angeheuert hatten, damit sie es in unserem Blut deaktivierten, waren erfolglos geblieben. Es gab nur noch eine Möglichkeit.

Lydia hatte mich wochenlang jeden Tag angerufen, nachdem meine Mutter getötet worden war. Ebenso wie mein Vater. Als ich schließlich einen ihrer Anrufe entgegengenommen hatte, hatte Lydia Stein und Bein geschworen, dass sie niemals gewollt hatten, dass meine Mutter in die Schusslinie geriet. Sie wollten nur zum Wohl der Familie einsetzen, was wir herausgefunden hatten. Das Virus in Paris ging allein auf Coles Konto und war nicht mit den anderen beiden abgesprochen gewesen, behauptete sie. Ich wusste, dass sie die Wahrheit sagte. Lydia und mein Vater waren viel zu vorsichtig, um etwas so Gefährliches freizusetzen – ohne eine Möglichkeit, es wieder aufzuhalten.

Daher suchten die Saxons nun nach dem Heilmittel. Und wir mussten es finden, bevor sie es taten. Da wir das Virus nicht zerstören konnten, mussten wir stattdessen das Heilmittel zerstören.

Weitere Explosionen erleuchteten den Himmel, begleitet von Musik, die nur die Gäste der Party hören konnten. Bunte Ranken und Lichter schlängelten sich durch die Wolken, während ich über irgendetwas lächelte, das Stellan mir zuflüsterte.

Im Prinzip waren wir einer Schatzkarte von Napoleon Bonaparte gefolgt, seit ich zum Kreis gekommen war. Der letzte Hinweis deutete auf Alexandria in Ägypten als Grabstätte Alexanders des Großen hin. Dort war das Heilmittel versteckt. Doch obwohl uns die beinahe unerschöpflichen Ressourcen des Kreises zur Verfügung standen, hatten wir dort nichts gefunden. Nicht an den verschiedenen Ausgrabungsstätten. Nicht mithilfe modernster Bodenradargeräte.

Beinahe durch Zufall stießen wir dann schließlich auf den Hinweis, der uns den richtigen Weg wies. Ich hatte Napoleons Tagebücher immer wieder gelesen und einen Eintrag nach dem anderen durchgekämmt, obwohl sie nicht das Geringste mit unserer Suche zu tun hatten, sondern nur von Schlachten, Strategien, Hochzeiten und Affären handelten. Plötzlich hatte jedoch etwas meine Aufmerksamkeit erregt: ein Eintrag, in dem es darum ging, einen unbekannten Leichnam seiner angemessenen letzten Ruhestätte zuzuführen. Die Seiten direkt davor waren herausgerissen worden. Nach kurzer Recherche hatten wir entdeckt, dass sich Napoleon zu diesem Zeitpunkt in Venedig aufgehalten hatte.

Jack hatte – mit seinem scheinbar endlosen Erinnerungsvermögen, wenn es um willkürliche Fakten ging – schließlich den Zusammenhang hergestellt. Es gab eine Theorie, die Venedig mit dem Leichnam von Alexander dem Großen in Verbindung brachte. Eine Art archäologisches Gerücht, in die Welt gesetzt von einem Wissenschaftler, der es nie hatte beweisen können. Die meisten Historiker verspotteten seine Theorie. Sie besagte, dass Alexanders Gebeine im neunten Jahrhundert nach Christus nach Venedig überführt worden waren, wo sie jahrhundertelang im Markusdom ruhten. In dem Fall hätte Alexanders Leichnam überhaupt nie in seinem Grab gelegen.

Es war eine lächerliche, verzweifelte Vorstellung, aber wir waren schließlich verzweifelt. Wir reisten also zum Markusdom, wo wir letzten Endes feststellen mussten, dass die Gebeine des heiligen Markus gar nicht seine Gebeine waren – aber sie gehörten auch nicht Alexander. Sie stammten aus dem frühen neunzehnten Jahrhundert. »Genau zu dieser Zeit hat Napoleon auch den Tagebucheintrag verfasst«, sagte Elodie, die sich schließlich doch für die Theorie erwärmte. »Er hätte Alexanders Leichnam wieder in sein eigentliches Grab bringen und irgendeine andere Leiche in Venedig zurücklassen können, um seine Spuren zu verwischen.«

Doch da Alexanders Leichnam nicht dort war, half uns das nicht weiter. Zu diesem Zeitpunkt wären wir mit unserem Latein am Ende gewesen, wenn Elodie nicht wieder eingefallen wäre, dass die katholische Kirche Reliquien einiger ihrer bedeutendsten Heiligen im Vatikan aufbewahrte.

Dem Kreis anzugehören, brachte einige nützliche Privilegien mit sich. Dazu gehörte auch, dass wir einfach in den Vatikan reisen und nachschauen konnten. Wie sich herausstellte, verwahrten sie dort tatsächlich eine Reliquie des heiligen Markus: einen Oberschenkelknochen. Wir nahmen ihn mit. Wir untersuchten ihn.

Trotz der Beweise waren wir schockiert, als sich herausstellte, dass der Knochen ungefähr aus dem Jahr 350 vor Christus stammte. Aus der Zeit Alexanders.

»Kurz nach dem Tod von Alexander gab es eine Prophezeiung, die besagte, wer immer im Besitz seiner Leiche sei, würde niemals besiegt werden. Das war einer der Hauptgründe für die frühen Diadochenkriege«, erinnerte sich Jack. »Ist es vielleicht möglich, dass dieser Knochen irgendwie das Heilmittel birgt?« Diese Idee vernachlässigten wir jedoch fürs Erste, als unsere Wissenschaftler etwas anderes entdeckten: eine Nachricht, die in eine Spalte in dem Knochen eingeritzt worden war.

Dort, wo unsere Königin die Zwölf erschuf, entriegelt der Knochen unseres Königs eine Karte zur Stätte ewiger Ruhe.

Unser König, so vermuteten wir, war Alexander, und der Knochen der in unseren Händen. *Unsere Königin* schien sich auf Olympias zu beziehen, Alexanders Mutter. Sie hatte das Virus erschaffen, um ihrer eigenen Blutlinie wieder an die Macht zu verhelfen. Sie hatte auch die Modifikationen an den Diadochen vorgenommen – Alexanders zwölf Generälen, die sein Reich untereinander aufgeteilt hatten und zu den zwölf Familien des Kreises geworden waren –, die sie nicht nur empfänglich für das Virus gemacht, sondern ihnen auch das Gen der violetten Augen beschert hatte. Die Zeremonie, die sie damals durchgeführt hatten, war bis heute das einzige Initiationsritual des Kreises geblieben.

Morgen würde die Zeremonie mit unserer offiziellen Aufnahme zum zweiten Mal stattfinden.

Welche Ironie, dass ich mich so lange gegen mein »Schicksal« innerhalb des Kreises gewehrt hatte und er nun doch genau der Ort war, an dem wir sein *mussten*. Dies bedeutete jedoch nicht, dass wir nicht noch einen allerletzten Versuch unternehmen würden, um herauszufinden, was der Knochen *entriegelte,* bevor wir die Zeremonie über uns ergehen ließen.

Nachdem uns bewusst geworden war, dass der Hinweis etwas mit dem Initiationsritus zu tun haben musste, hatten wir so viele Informationen zusammengetragen, wie wir konnten. Jack, Stellan und Elodie wussten bereits ein wenig über die ursprüngliche Zeremonie, da sie in der Geschichte des Kreises unterrichtet worden waren. Unsere Freunde Luc und Colette wussten als Mitglieder der Familie Dauphin noch etwas mehr. Außerdem gelang es Luc, ein paar alte Texte aus der Bibliothek der Dauphins mitgehen zu lassen, um einen Teil unserer Wissenslücken zu füllen. Höchstwahrscheinlich würde Feuer eine Rolle spielen, wie unsere Recherchen ergaben. Außerdem eine Art Beschwörungen und Eide, durch die wir offiziell aufgenommen wurden. Trotzdem fehlten uns immer noch genauere Einzelheiten. Wir nahmen an, dass wir nach einem Objekt suchen mussten. Nach irgendetwas, das man tatsächlich *entriegeln* konnte.

Heute Abend mussten wir daher zwei Dinge tun: herausfinden, worum es sich bei dem Objekt handelte, das den nächsten Hinweis enthielt, und es noch vor der Initiationszeremonie morgen in unseren Besitz bringen, ohne dass der Kreis etwas davon erfuhr.

Sonst würden Stellan und ich morgen offiziell als dreizehnte Familie in den Kreis aufgenommen werden.

Weiter geht es mit Averys
atemberaubender Suche im Mai 2020 in:
SOCIETY – Das Ende der Welt

Janet Clark

Ingenium

384 Seiten, ISBN 978-3-570-16552-2

Ein unheimliches Projekt. Ein verschwundenes Mädchen.
Und vier Jugendliche, deren Begabungen gefährlicher sind als eine Waffe.

Matt, Jeanie und Luke sind drei alles andere als normale Teenager: sie alle leiden unter einer Gen-Anomalie, die sie zu Freaks macht – meinen sie. Dass ihre besonderen Talente sie auf der anderen Seite auch zu Superhelden im wahren Leben machen können, erfahren sie erst, als sie sich kennenlernen und durch ihre Mitschülerin Develine in das Abenteuer ihres Lebens verwickelt werden.

20286

cbj

www.cbj-verlag.de

Lena Kiefer

OPHELIA SCALE

Die Welt wird brennen,
Band 1, 464 Seiten,
ISBN 978-3-570-16542-3

Der Himmel wird beben,
Band 2, 496 Seiten,
ISBN 978-3-570-16543-0

Die Sterne werden fallen,
Band 3, 512 Seiten,
ISBN 978-3-570-16557-7

Die 18-jährige Ophelia Scale lebt im England einer nicht zu fernen Zukunft, in dem Technologie per Gesetz vom Regenten verboten ist. Die technikbegeisterte und mutige Kämpferin Ophelia hat sich dem Widerstand angeschlossen und wird auserkoren, sich beim royalen Geheimdienst zu bewerben. Gelingt das, wird sie als eine der Leibwachen in der Position sein, ein Attentat auf den Herrscher zu verüben. Doch schon bald werden dort ihre Gewissheiten infrage gestellt und Ophelia muss sich entscheiden zwischen Loyalität und Verrat, Liebe und Hass ...

20301_3

cbj

www.cbj-verlag.de